KB191226

첫번째 거짓말이 중요하다

FIRST LIE WINS
by Ashley Elston

Copyright © 2024 by Ashley Elston
All rights reserved.

This edition is published by arrangement with Sterling Lord Literistic, Inc.
and The Danny Hong Agency.
Korean translation copyright © 2025 by Munhakdongne Publishing Corp.

이 책의 한국어판 저작권은 대니홍 에이전시를 통해
저작권사와 독점 계약한 (주)문학동네에 있습니다.
신저작권법에 의해 한국 내에서 보호를 받는 저작물이므로
무단 전재 및 무단 복제를 금합니다.

FIRST

첫번째 거짓말이 중요하다

LIE

애슐리 엘스턴 장편소설

엄일녀 옮김

WINS

문학동네

일러두기

1. 주석은 모두 옮긴이주다.

2. 본문의 고딕체나 볼드체 등은 원서에서 이탤릭체나 대문자 등으로 표시된 부분이다.

밀러, 로스, 아처에게

차례

1장

    시작은 소소했다. 세면대 옆 양치컵에 꽂힌 여분의 칫솔, 제일 작은 서랍 속 옷가지 몇 벌, 침대 양옆의 휴대폰 충전기. 그렇게 소소했던 것들이 슬그머니 불어났다. 욕실 수납장에서 자리를 차지하기 위해 서로 악다구니하는 면도기와 구강청정제와 피임약, "올래요?"에서 "저녁은 뭘 해 먹지?"로 바뀌는 물음.

    그리고 과연 두려워했던 대로, 피할 수 없는 다음 순서가 찾아왔다.

    지금 식탁에 둘러앉은 사람들, 라이언이 어렸을 때부터 알고 지낸 저 사람들과 나는 오늘 처음 만나지만 내가 라이언의 삶 속에 이미 깊숙이 들어앉았음은 그 누구의 눈에도 빤하다. 남자의 집에 여자의 손길이 닿은 자잘한 낌새, 가령 색이 잘 어우러지는 소파 위 작은 쿠션들이랄지 책장 위 디퓨저에서 풍겨오는 옅은 재스민 향기 같은 것은 여자라면 현관문에 들어서는 순간 대번에 알아챈다.

촛불이 켜진 식탁 너머에서 '우아하면서도 대담한' 스타일이라고 추천받은 센터피스를 우회하여 흘러온 목소리가 내 앞에서 맴돈다. "에비라니, 드문 이름이네요."

사실 질문이라고 볼 수 없는 그 질문에 답을 할까 말까 고민하다 나는 베스 쪽으로 고개를 돌린다.

"에벌린의 줄임말이죠. 할머니 이름을 따서 지었대요."

여자들은 식탁을 사이에 두고 은밀히 눈빛을 교환하며 말없이 의견을 주고받는다. 내가 하는 모든 대답이 차후 토론을 위해 평가되고 분류된다.

"와, 멋진데요!" 앨리슨이 환성을 지른다. "내 이름도 우리 할머니 이름에서 딴 거예요. 근데 고향이 어디라고 했더라?"

나는 얘기한 적 없고 저들도 그 사실을 안다. 저 여자들은 원하는 답을 얻어낼 때까지 맹금류처럼 밤새 쪼고 쪼고 또 쪼아댈 것이다.

"앨라배마의 조그만 시골 동네예요." 내가 대답한다.

앨라배마의 조그만 시골 어느 동네인지 질문이 나오기 전에 라이언이 화제를 돌린다. "앨리슨, 지난주에 슈퍼에서 너희 할머니 뵈었는데. 지내시는 건 좀 괜찮으시대?"

할아버지가 돌아가신 후 할머니가 어떻게 지내시는지 앨리슨이 중계방송하는 동안 라이언은 내게 잠깐의 귀중한 숨 돌릴 틈을 안겨주었다. 그러나 내가 다시 관심의 초점이 되기까지 그리 오랜 시간이 걸리지 않을 것이다.

나로서는 저 사람들을 파악하기 위해 시시콜콜 다 알아야 할 필요가 없다. 저들은 유치원 동기로 시작해서 고등학교를 졸업할 때까지 자기들끼리만 어울렸다. 몇 군데 대학에 진학하며 두셋씩 동네를 벗어났지만 모두 차로 오갈 수 있는 거리였다. 대학에서는 엇비슷한 배경의 다른 지역 출신 두셋과 짝지어 고급 회원제 여학생 사교클럽이나 남학생 사교클럽에 들어갔지만 결국 중력에 이끌리듯 여기 루이지애나의 소도시로 돌아와 다시 자기들끼리 뭉쳤다. 젊고 부유한 상류층 여성들로 이루어진 지역 모임, 디너파티, 남동부 대학 축구 리그 일정과 겹치지 않는 토요일 오후의 골프가 대학 시절의 사교클럽을 대체했다.

　저들이 사는 모습에 말을 얹을 생각은 없다. 아니 오히려 샘이 난다. 저 사람들이 이런 상황에서 느끼는 편안함이 부럽다. 자신에 대해서나 남에 대해서나 기대치와 예상치를 정확히 알고 있으니까. 이 도시의 모두가 자신의 최악의 모습을 보아왔고 그럼에도 여전히 품어주고 있음을 아는 자들의 여유와 품위가 부럽다.

　"두 사람은 어떻게 만났어요?" 세라가 묻자 관심이 다시 내게 쏠린다.

　충분히 무해한 질문이면서도 내게는 긴장감 넘치는 질문이다.

　라이언은 얼굴에 미소를 떠올리며 이런 질문을 받은 내 기분이 어떤지 다 안다는 표를 내고, 대신 대답하기 위해 다시 끼어들 태세지만 내가 선수를 친다.

　나는 이 모임을 위해 특별히 마련한 새하얀 천 냅킨으로 조신하게 입을 닦으며 말한다. "제 차 타이어가 펑크나서 갈아끼우는 걸 이이가 도와줬어요."

　라이언이라면 저들이 알 필요 없는 얘기까지 다 털어놓을 테니 미리 막은 것이다. 그게 도시 외곽에 위치한 고속도로변 트럭 휴게소에서 일어난 일이었고 나는 그 휴게소 내 작은 식당 겸 술집에서 일하며 주류와 음료를 서빙했다는 말 따위는 하지 않는다. 저들에겐 석박사니 논자시니 하는 단어가 익숙하겠지만 내가 아는 거라곤 검정고시밖에 없다는 점 또한 말하지 않는다.

저 사람들, 즉 라이언의 친구들은 그런 기본적인 것 때문에 나를 안 좋게 생각할 것이다. 그럴 의도는 없더라도 말이다. 자신들이 안 좋게 생각하고 있다는 사실조차 인지하지 못하겠지.

저 사람들이 내 출신과 자라온 환경이 자신들과 너무 다르다는 것을 알고 나서 나를 어떻게 볼지, 그게 나는 겁난다고 라이언에게 말했다. 라이언은 남들이 어떻게 생각하든 자기는 전혀 신경 쓰지 않는다고 했지만 실은 신경쓰고 있다. 결국 항복하고 자기 친구들을 다 집으로 초대해 이번주 내내 내가 메뉴를 올바르게 짜도록 도왔다는 사실이, 어릴 적 같이 자란 여자애들과 내가 정말 다르고 이질적이라서 나를 좋아한다고 어둠 속에서 속삭이던 밀어보다 내게 더 많은 것을 알려준다.

앨리슨이 라이언을 보며 말한다. "하긴, 주변에 너 같은 애가 있으면 꽤 유용하긴 하지."

나는 라이언을 쳐다본다. 나는 우리 만남의 전 과정을 한 문장으로 줄였고, 그렇게 넘어가는 나를 일단 지금까진 라이언이 넘어가주고 있다.

나를 바라보는 라이언의 얼굴에 번지는 미소가 이건 당신이 주관하는 쇼이고―당분간은―나도 기꺼이 당신 장단에 맞출게, 라고 내게 알려준다.

앨리슨의 남편 콜이 추임새를 넣는다. "저 녀석이 짠 하고 나타나서 당신을 도와주려고 일부러 그 타이어에 펑크를 냈다 해도 놀랍지 않은데요."

식탁을 둘러싸고 퍼지는 웃음소리, 그리고 아마도 우리 편을 들어줬다고 남편의 옆구리를 찌른 아내의 팔꿈치. 라이언은 시선을 내게 고정한 채 고개를 절레절레 젓는다.

나는 크지도 길지도 않게 적당히 미소와 웃음을 흘려서, 라이언이 나를 만나기 위해서라면 그런 무모한 행동도 서슴지 않았을 거라는 생각을 나 또한 재미있어하고 있음을 보여준다.

라이언이 텍사스 동부의 사무실에서 일과를 마친 후 목요일 저녁마다 그 트럭 휴게소에서 기름을 가득 채운다는 사실은 조금만 시간을 들여 관찰하면 누구나 알 수 있었을 거라는 게 재미있지. 그가 건물 서편의 주유기를 선호한다는 사실과 자기 앞을 지나가는 모든 여자에게 좀 길다 싶게 눈길을 준다는 사실과 특히 미니스커트를 입은 여자들에게 더욱 그렇다는 사실을 누군가는 알고 있었다는 게. 덧붙여 그 누군가가 실제로 만났을 때 이야깃거리가 떨어지지 않도록 자동차 뒷자석에 있는 루이지애나주립대학LSU 야구모자와 새하얀 드레스셔츠 아래 비쳐 보이는 남학생 사교클럽 면티와 앞유리창 좌측 하단에 붙어 있는 컨트리클럽 스티커 같은 사소한 것들을 눈여겨봤다는 게. 그 누군가가 못을 딱 맞게 밸브에 찔러넣어 타이어의 공기가 새어나가도록 했을 거라는 게.

내 말은, 한 사람이 오직 다른 한 사람을 만나기 위해 그 정도까지 애를 쓸 수 있다고 생각하면 재미있다는 거다.

"나 완전 잘했지." 비누거품 가득한 설거지통에 마지막 접시를 집어넣으며 내가 말한다. 라이언이 내 뒤로 다가오더니 양손이 내 엉덩이를 스치듯 지나 허리에 감긴다. 내 어깨에 가볍게 얹힌 턱, 목의 특정 부위를 지그시 누르는 입술, 이 애무를 내가 무척 즐긴다는 것을 그는 잘 안다.

"친구들이 당신을 좋아하더라." 라이언이 나지막이 속삭인다.

저들은 나를 좋아하지 않는다. 끽해야 호기심의 제1차 폭우를 만족시켰을 뿐. 이 집 진입로에서 첫번째 차가 나가기도 전에 조수석에 앉은 여자들이 일제히 오늘 저녁을 모든 각도에서 면밀히 파헤치는 문자를 단톡방에 올리고, 내가 누군지 내 고향 앨라배마의 조그만 시골 동네가 정확히 어딘지 추적하기 위해 SNS 검색창을 모조리 뒤지고 있는 모습이 눈에 선하다.

"레이한테 방금 문자 왔는데. 세라가 당신 전화번호를 알려달라네. 다음주 점심식사에 초대한다고."

내 예상보다 이른걸. 호기심의 제2차 폭우가 올 거라는 짐작은 했지만. 모든 검색 결과에 극소량의 정보밖에 나오지 않는다는 걸 알고 나서는 더욱 애가 닳아 정보를 갈구하겠지.

"레이한테 당신 번호 보냈어. 괜찮지?" 라이언이 말한다.

나는 몸을 돌려 라이언을 마주보고, 양손으로 그의 가슴을 쓸어올리고 그의 얼굴을 감싼다. "그럼. 자기 친구들이잖아. 내 친구도 된다면 좋지."

자 이제 점심식사 자리에서는 질문이 더욱 노골적이겠군, 막아줄 라이언이 그 자리에 없을 테니.

나는 까치발로 서서 내 입술이 그의 입술에서 몇 센티밖에 떨어지지 않을 때까지 그를 바싹 끌어당긴다. 우리 둘 다 이 지점을, 이 설렘을, 두 사람의 숨결이 뒤엉키고 내 갈색 눈이 그의 푸른 눈을 똑바로 응시하는 이 순간을 사랑한다. 가깝지만 충분히 가깝지는 않은. 내 셔츠 밑자락으로 슬쩍 들어온 그의 손가락이 나의 연한 허릿살을 파고들 때 그의 뒷덜미를 타고 오른 내 손가락은 그의 고동색 머리칼을 부드럽게 휘감는다. 라이언의 머리는 우리가 처음 만났을 때보다, 내가 그를 처음 관찰하기 시작했을 때보다 많이 길었다. 나는 지금 같은 머리가 좋다고 라이언에게 말했다, 뭔가 붙잡을 게 있는 편이 좋다고. 그후로 라이언은 머리를 자르지 않았다. 저 사람들은 오늘 라이언을 보고 분명 깜짝 놀랐다. 나의 SNS 검색에 의하면 라이언은 목깃에 닿을 정도로 머리를 기른 적이 단 한 번도 없으니까. 이어서 나를 쳐다보는 저들의 눈길에 담긴 의문이 내게는 똑똑히 보였다. 라이언이 왜 이렇게 변했지? 저 여자 때문에?

라이언이 팔을 내려 미니스커트 아래 허벅지를 잡고 들어올리자 내 두 다리가 그의 허리에 감긴다.

"자고 갈 거야?" 이 집에 우리 둘밖에 없건만 라이언은 귓속말로 묻는다. 매일 밤 내게 그렇게 묻는다.

"응." 나도 귓속말로 답한다. 내 대답은 항상 똑같다.

라이언의 입술이 내 입술 바로 위쪽에 있지만 아직 우리 사이엔 아주 작은 공간이 남아 있다. 눈이 초점을 잃어 그의 얼굴이 흐릿해진다. 애가 타서 죽을 것 같지만 나는 그가 우리 사이의 간격을 좁힐 때까지 기다린다.

"이젠 물어보기 싫다. 당신이 매일 밤 이 집에 있을 거라는 걸 알고 싶어, 왜냐면 이 집은 당신 집이기도 하니까. 그래줄 거지? 여길 당신 집으로 만들어줄 거지?"

나는 그의 머리칼을 파고든 손가락에 더욱 힘을 주고, 그를 감싼 두 다리를 더욱 단단히 조인다. "그 말 평생 못 듣는 줄 알았네."

내 입술에 닿는 그의 미소가 느껴진다. 라이언은 내게 키스한 다음 나를 안고 주방을 지나 복도를 거쳐 침실로 간다.

우리의 침실로.

2장

닷새 전 라이언이 내게 같이 살자고 하고 내가 그러마고 대답한 후 라이언은 자꾸 내게 언제 이사올 거냐고 채근한다. 디너파티 이튿날 아침에 일어나보니 라이언이 이삿짐센터에 전화해 마침 누가 막판에 취소한 건수를 딱 낚아채서 당장 그날 오후로 예약을 잡고 있었다.

나는 다만 일주일이라도 기다려보라고, 그게 정말 당신이 원하는 건지, 값비싼 와인과 완벽히 구워진 안심스테이크 만찬을 먹은 김에 나온 말은 아닌지 잘 생각해보라고 설득했다. 게다가 내가 아직 짐을 싸지도 않았는데 이삿짐센터를 부르다니 너무 성급하다는 말도 보탰다.

"나랑 같이 사는 게 내키지 않는다면 그렇다고 말해줘. 알았지?" 라이언은 욕실 거울 앞에 서서 감청색과 회색이 섞인 줄무늬 타이를 매면서 마치 별것 아닌 척 사소한 부탁을 한다는 투로 말한다. 삐친 거다. 자기 생각대로 일이 잘 풀리지 않을 때 이러는 걸 전에도 봤다.

나는 하얀 대리석 선반 위에 훌쩍 올라앉아 엉덩이걸음으로 라이언 바로 앞까지 간다. 라이언은 내가 가린 거울에 넥타이를 매는 자기 모습이 보이기라도 하는 듯 내 어깨 너머만 쳐다본다. 오늘 아침의 그는 약간 아이처럼 군다.

나는 그의 얼굴을 똑똑히 머리에 새겼지만 그래도 기회 있을 때마다 아주 작은 거라도 놓친 건 없는지 유심히 살핀다. 라이언은 정통파 미남이다. 숱 많은 고동색 머리는 너무 길어지면 끝부분이 동그랗게 말리는데 지금이 바로 그렇다. 푸른 눈은 기막히게 매력적이고, 방금 면도했다는 건 알지만 오늘 저녁에 다시 볼 때쯤이면 턱이 거뭇거뭇해질 거고, 그 까슬한 턱으로 내 목을 쓸면 소름이 오스스 돋을 것이다.

나는 그의 손을 살며시 밀어내고 넥타이를 마저 매어 마무리해준다. "당연히 같이 살고 싶지. 어디서 그런 말이 나오는 거야?"

라이언은 넥타이를 내려다보며 바로잡고, 이미 똑바른데도 뭔가 더 할 게 있다는 듯 잡아당긴다. 오늘 아침 그는 한 번도 나와 손길도 눈길도 부딪치지 않는다. 이봐라, 완전 애라니까.

아무 대답이 없길래 나는 이렇게 덧붙인다. "나더러 이 집에서 같이 살자더니 당신 맘이 바뀐 거야? 당신은 내가 이삿짐 싸는 일을 미루고 있는 줄 알지만, 난 짐 정리하려고 오늘 하루를 통째로 비워뒀어. 필요 없어진 물건은 몽땅 기부할 거라서 오늘 굿윌스토어에서 가지러 오기로 했고. 그래도 뭐 전화해서 취소하면……"

라이언의 손과 시선이 드디어 내게 닿는다. "아냐, 당신하고 같이 살고 싶은 마음은 그대로야. 당신이 오늘 짐을 쌀 계획이라는 건 전혀 몰랐네. 근데 하필 내가 도와줄 수 없는 날을 골라서. 오늘은 눈코 뜰 새 없이 바쁜데."

오늘은 목요일이고, 라이언은 80킬로미터 떨어진 텍사스 동부의 사무실에 하루종일 있을 것이다. 목요일마다 늘 그러듯.

"그러게, 타이밍이 최악이지. 하지만 내가 휴가를 낼 수 있는 날이 오늘뿐이고 굿윌스토어에서도 트럭을 보내줄 수 있는 시간이 오늘 오후밖에 없대. 짐이 별로 없어서 나 혼자 해도 별로 오래 안 걸릴 거야."

라이언이 고개를 숙여 내 입술에 키스하며 양손으로 내 허리를 힘주어 잡는다. 삐침은 진작 자취를 감췄고, 나는 두 발로 그의 다리 뒤쪽을 감아 가까이 끌어당긴다.

"오늘 병가 낼까. 어쨌든 사장은 나고, 내 권력과 지위를 남용해야 한다면 그건 바로 지금이지." 라이언이 웃음을 터뜨리며 말한다.

나는 키스하는 와중에 키득거린다. "병가는 이삿짐 싸기보다 더 중요한 때를 위해 남겨두시지요. 그리고 진짜로 거의 다 버릴 거라서 챙길 것도 별로 없어." 나는 문 너머로 침실을 흘깃 본다. "내 가구는 여기 있는 것처럼 좋은 게 아니라서 갖고 있을 이유가 없거든."

라이언이 양손으로 내 얼굴을 감싼다. "말했잖아, 당신이 갖고 오고 싶은 게 있으면 둘 자리야 마련하면 되지. 굳이 안 버려도 돼."

나는 아랫입술을 깨물며 말한다. "아니 진짜로, 이 집 거실에 나의 흉물스러운 중고 소파를 들여놓긴 싫을걸."

"내가 그걸 싫어할지 좋아할지 어떻게 알아? 보여준 적도 없으면서." 나는 시선을 돌려 이 지뢰밭 같은 대화를 피하려 하지만 라이언의 손가락이 내 턱을 끌어당겨 우리는 다시 눈을 마주친다. "민망해하지 않아도 돼."

"민망한 걸 어쩌라고." 나는 그의 눈길을 되받으며 말했다가, 또다른 삐침을 방지하고자 얼른 고개를 내밀어 키스한다. "토요일에 이삿짐센터 사람들 만나면 알게 될 거야. 어제 예약 잡았어. 그리고 일요일엔 내 짐을 둘 공간을 찾아서 정리해야지. 병가는 월요일을 위해 아껴둬. 월요일쯤 되면 우리 둘 다 녹초가 돼서 하루종일 잠옷 바람으로 뒹굴거려야 할걸. 잠옷은 선택사항이고."

라이언이 고개를 숙여 내 이마에 제 이마를 맞댄다. 그의 미소는 전염력이 강하다. "약속한 거다." 라이언은 마지막으로 가볍게 입을 맞추고 물러나 성큼성큼 욕실 밖으로 나간다.

라이언의 쉐보레 타호가 집을 출발하고 나서 20분 뒤, 10년 된 나의 도요타 4러너도 출발한다. 루이지애나 북부에 위치한 이곳 레이크포빙은 비옥한 농지와 풍부한 천연가스 매장량으로 유명한 중소도시다. 부유한 동네지만 요란하게 눈에 띄는 종류의 부는 아니다. 라이언의 집에서 레이크뷰 아파트까진 15분쯤 걸리며, 내가 아는 한 레이크뷰 아파트에서는 이 도시가 이름을 딴 호수 끄트머리도 보이지 않는다.

나는 203호라고 적힌 빈자리에 차를 대고, 바로 옆에는 시동이 걸린 채 세워져 있는 굿윌스토어 트럭이 있다.

"일찍 오셨네요." 트럭 기사와 나 둘 다 차에서 내린 후 내가 말한다.

트럭 기사가 고개를 끄덕인다. "첫 일정이 생각보다 빨리 끝나서요. 몇 홉니까?"

기사가 나를 따라 계단을 오르는 동안 그의 조수가 대형 탑차 뒤쪽 짐칸 문을 연다. 나는 현관문 앞에서 걸음을 멈추고 가방에서 열쇠를 꺼낸다. "여기예요."

트럭 기사가 다시 고개를 끄덕이고 계단을 내려간다. 나는 두어 번의 시도 끝에 간신히 잠금장치를 연다. 오랫동안 사용하지 않아서 뻑뻑하다. 문손잡이를 돌리고 있는데 철제 짐수레가 계단 턱에 쿵쿵 부딪히며 올라오는 소리가 난다.

내가 문을 잡고 있는 사이에 트럭 기사와 조수가 끙끙거리며 좁은 문틀 안으로 짐수레를 밀어넣는다.

"어디다 둘까요?" 기사가 묻는다.

나는 휑뎅그렁한 아파트를 둘러보다 말한다. "그냥 저기 거실 한가운데 놔주세요."

나는 차곡차곡 쌓이는 상자들을 바라본다. 저 안에는 어제까지 나흘에 걸쳐 내가 골라온 물건들이 들어 있다. 내가 이리로 가져다달라고 할 때까지 탑차에 보관하고 있던 물건들. 토요일에 라이언의 집으로 옮길 물건들. 며칠이 아니라 몇 년 동안 내가 갖고 있었다고 얘기할 물건들.

상자를 모두 2층으로 옮기는 데 짐수레가 두 번 왕복해야 했다. 나는 바지 뒷주머니에서 20달러짜리 지폐 다섯 장을 꺼내 기사에게 건넨다. 이건 굿윌스토어에서 제공하는 통상적인 서비스가 아니지만 얼마간의 현금을 찔러주자 기사는 아주 기꺼이 도와

주었다.

그들이 막 문을 나섰을 때 내가 묻는다. "아, 남는 상자가 좀더 있을까요?"

트럭 기사는 어깨를 으쓱하며 조수를 돌아보고, 조수가 대답한다. "네, 트럭 짐칸에 몇 개 있어요. 갖다드릴까요?"

이상하다 생각했을지 모르겠지만 둘 다 내색은 않는다. "네. 그냥 제 차 앞에 내려놔주세요."

나는 그들을 따라 밖으로 나간다. 두 사람이 납작하게 접힌 상자 더미를 차에서 내릴 때 나는 내 차 뒤로 가서 트렁크를 열고 검정 소형 캐리어를 꺼낸다. 그들이 트럭에 올라타자 나는 거듭 감사를 표한다. 이제 몇 가지만 더 처리하면 된다.

아파트 구조는 단순하다. 현관문을 열면 아담한 거실이 나오고 그 안쪽에 주방이 있으며, 좁은 복도를 따라 화장실과 침실이 있다. 베이지색 카펫이 베이지색 리놀륨에서 베이지색 벽으로 이어진다.

주방 앞에서 검정 캐리어를 열고 근처 식당 네 곳의 메뉴판, CVS의 키오스크에서 인쇄한 라이언과 나의 사진 세 장, 그리고 그것들을 냉장고에 붙일 자석 일곱 개를 꺼낸다. 그다음 갖은 양념통과 조미료통을 꺼내 싱크대 배수구에 내용물을 절반씩 따라 버린 다음 냉장고 문 선반에 일렬로 넣는다. 검정 캐리어를 끌고 화장실로 건너가 샴푸와 컨디셔너를 꺼내 양념통과 똑같이 배수구에 내용물을 절반씩 흘려보내고 욕조 가장자리에 통을 올려둔다. 유니레버 세숫비누는 포장지를 벗겨 세면대에 넣고 물을 틀어 로고가 날아가고 모서리가 둥글어질 때까지 몇 분마다 한 번씩 돌려준 다음 샤워 부스 안 조그만 빌트인 비눗갑에 던져놓는다. 마지막은 치약이다. 끝에서부터 쭉 짜서 적당량을 버리고, 라이언의 집에서 그러듯 콩알만큼씩 한두 덩이를 세면대 가장자리에 흘린다. 라이언이 아주 질색을 하며 야단을 피운다는 걸 알면서도. 뚜껑은 열어놓은 채 치약 튜브를 수도꼭지 옆 선반에 놔둔다.

침실만 하면 끝이다. 캐리어에 마지막으로 남아 있던 철사 옷걸이와 플라스틱 옷걸이 뭉치를 꺼내 금속 봉에 띄엄띄엄 건다. 다시 아담한 거실로 나가 가지런히 쌓여 있던 짐 상자를 헤쳐 온 바닥에 흩트려놓는다. 상자 두 개를 골라 열어보니 하나는 책이 가득 들었고 또하나는 갖가지 구식 향수병이 들어 있다. 책은 비교적 쉬워서 1분여 만에 금방 다 꺼내 미처 다 싸지 못한 것처럼 상자 옆에 낮게 몇 무더기로 쌓는다.

향수의 경우엔 그보다 시간이 좀더 걸린다. 나는 상자를 자그마한 주방 카운터로 갖고 가 맨 위에 있는 향수병 네 개의 포장을 풀어 포마이카 상판 위에 잘 올려놓는다. 창문으로 들어온 빛이 마침맞게 향수병을 비추고, 다채로운 색상의 얇은 유리가 프리즘이 되어 어두침침한 공간에 파랑 보라 분홍 초록 빛을 띤다.

내가 이번주에 했던 쇼핑을 통틀어 이 향수병들이 제일 난도가 높았고, 뜻밖에도 가장 재미있었다. 검색을 좀 하긴 했지만 사실 운좋게 얻어걸린 건데, 우연히 라이언이 태그된 페이스북 게시물을 보고 이거야말로 내가 '수집'해야 하는 아이템임을 직감했다. 라이언은 작년 어머니 생일 선물로 향수를 사드렸다. 향수병은 아르데코풍이었고, 은으로 감싸인 구 형태의 에칭 유리병에 작은 사각 거울 조각들이 장식되어 있는 모양이 딱 제이 개츠비가 데이지에게 주었을 법한 선물이었다. 아름다운 향수였고, 어머니의 얼굴에 떠오른 미소로 보건대 분명 무척 마음에 들어했다.

만약 내가 뭔가를 모으는 취미가 있는 여자라면 반드시 이것이어야 했다.

마지막으로 집안을 점검한다. 전체적인 모양새가 딱 내가 원하던 대로다. 아직 정리하지 않고 남은 가재도구 몇 점과 잘 챙겨넣으려고 놔둔 잡다한 물품 외에는 이삿짐을 다 싼 상태.

"똑똑." 문가에서 누가 입으로 노크 소리를 내서 나는 빙그르 돌아선다. 이 아파트 관리사무소에서 일하는 여자다. 나는 월요일 오후에 저 여자한테서 이 집을 빌렸다.

여자가 집안까지 들어와 거실 바닥에 엉망으로 흩어져 있는 물건들을 둘러본다. "월요일 이후로 집에 사람이 안 보이길래 걱정했어요."

나는 두 손을 바지 주머니에 찔러넣고 주방 카운터 옆 벽에 기대어 한 발을 다른 발목 앞에서 꼬아 짚는다. 느릿느릿 그러나 철저히 계산된 움직임이다. 저 여자가 여기 있다는 게, 나를 살핀다는 게, 토요일에 이사를 도우러 라이언이 왔을 때도 저 여자가 똑같이 감시의 필요성을 느낄 거라는 게 내가 우려하는 점이다. 나는 주 단위로 빌릴 수 있어 임대료에 공과금이 포함되고 이웃끼리 서로 안면을 트지 않아도 되는 집을 골랐다. 딱 일주일만 있으면 되니까.

내가 가구가 딸리지 않은 집을 빌렸을 때 저 여자의 호기심이 동한 게 분명했다. 가구 없는 집은 매물이 많지 않았다. 또 가구를 옮기는 수고를 들이는 사람이라면 대체로 7일보다는 더 오래 눌러살겠지만, 나는 라이언에게 본인 소파도 없이 사는 임시 체류자로 보이고 싶지 않았으므로 가구 딸린 집을 선택에서 제외했다. 그리고 나흘째인 오늘, 내가 여기 살고 있음을 알려주는 것은 전략적으로 집안 여기저기에 널브러뜨린 상자 여덟 개밖에 없다.

가장 가까이 있는 상자의 윗면을 쓱 쓸면서 여자는 카운터 위의 향수병을 쳐다본다. 나는 저런 부류를 잘 안다. 진한 화장과 딱 달라붙는 옷, 옛날 옛적에는 예쁘다는 소리도 제법 들었겠으나 세월은 여자에게 상냥하지 않았다. 여자의 시선은 제 주변에서 일어나는 모든 일을 남김없이 빨아들인다. 이 건물은 비합법적 용도로 임대되는 일종의 아지트이고, 여자는 모든 것을 제 손바닥 위에 올려놓고 자신에게 유리하게 활용할 여지는 없는지 끊임없이 주의깊게 살펴본다. 그리하여 지금 여자는 내가 뭔가 꾸미고 있다는 건 아는데 그걸로 어떻게 내 약점을 잡을지 감이 안 잡혀 주차장을 건너 집안까지 곧장 밀고 들어온 것이다.

"그냥 잘 지내고 계신지 확인도 할 겸." 여자가 말한다.

"잘 지내고 있죠." 나는 대답하고 가슴이 깊이 파인 블라우스에 달린 이름표를 힐긋 본다. "쇼나, 관심이 좀 지나치신데요. 불쾌하기도 하고."

여자의 어깨가 경직된다. 느긋한 자세와 상반되는 나의 야멸찬 말씨. 여자는 자신이 이쪽 상황을 어느 정도 알아보았고 장악할 수 있다는 판단하에 집안까지 들어왔겠지만 나는 여자의 예상을 뒤엎어 패대기쳤다.

"일요일 오후 정각 5시에 203호를 비우고 열쇠를 반납할 거라고 알고 있으면 되겠죠?" 여자가 묻는다.

"마찬가지로 이 이상 예기치 않은 방문은 없을 거라고 알고 있겠습니다." 나는 턱짓으로 문을 가리키며 살짝 미소를 띄운다.

여자는 혀를 한 번 차더니 몸을 돌려 나간다. 나는 여자가 나가자마자 바로 현관문을 힘차게 걸어 잠그고 싶은 것을 참느라 젖먹던 힘까지 동원한다. 여기 일은 거의 끝났지만 이따 오후 5시 반에 라이언이 루이지애나주 경계를 넘어오기 전까지 처리해야할 일이 아직 남았다.

3장

　3년 전 라이언의 할아버지는 아내가 죽고 1년 만에 세상을 떠나며 자신이 살던 집과 가구 일체와 찬장 속 그릇과 벽에 걸린 액자까지 몽땅 라이언에게 물려주었다. 아, 거액의 현금도.

　라이언이 들려준 얘기에 의하면 어느 날 안부 인사를 하러 할아버지 집에 들렀다가 평온히 잠든 채 돌아가신 할아버지를 발견했고, 그로부터 일주일 후 그 집으로 들어갔다. 그가 가지고 들어간 물건이라곤 옷가지와 세면도구와 침대에 놓을 새 매트리스밖에 없었다. 라이언은 나의 흉물스러운 중고 소파를 놓을 공간을 확보하는 데 문제가 없었을 것이다…… 나한테 소파가 있다면.

　그 동네 길거리에는 커다란 떡갈나무가 줄지어 서 있고 무성한 나뭇가지가 인도에 그늘을 빈틈없이 드리운다. 이웃들은 모두 나이 지긋하고 명망 있는 분들이며 '고 귀여운 녀석'이 아기 때부터 자라는 모습을 쭉 지켜봤다고 내게 즐거이 말해준다. 그 집은 마침내 인생에서 성공했을 때 살 수 있는 종류의 집이다. 자식 한둘쯤 낳아 다 키우고 세금 및 공과금 납부에 대한 압박감과 두려움이 옅어져 그게 더이상 목을 죄어오지 않을 때 살 만한 집.

그러나 그 집은 라이언에게 너무 크다. 너른 정면 포치와 드넓은 안마당이 딸린 2층짜리 단독주택은 새하얀 벽에 창문마다 암녹색 덧문이 달렸고 화단은 정성스럽게 잘 가꿔졌으며 현관문까지 벽돌길이 이어져 있다. 방방마다 돌아다니며 다 둘러보려면 10여 분은 족히 걸릴 것이다—차고 쪽 문으로 들어오면 안방에선 들리지도 않을 정도로 넓다.

나는 짐을 옮기는 거리를 단축하기 위해 차를 돌려 후진으로 댄다. 해치백 트렁크를 열고 나니 왼쪽으로 이웃한 집의 벤과 매기 로저스 부부가 자기네 현관 앞 포치에서 나를 지켜보고 있는 모습이 눈에 들어온다. 시계네 시계야. 로저스 부부의 아침 산책 시간은 우리의 출근시간과 일치하고, 우리가 퇴근해서 귀가하면 한창 포치에서 저녁 칵테일을 마시는 중이다. 그런데 이 동네 주민은 거의 은퇴했거나 은퇴를 앞두고 있으므로 이게 일반적인 분위기다.

4러너의 트렁크에서 이제 막 첫번째 상자를 꺼내는 나를 매기 로저스가 눈으로 좇는다. 내가 단순한 하룻밤 손님 이상이 될 거라는 이 뚜렷한 증표는 내일 아침 저들이 산책하며 매기가 동네 한 바퀴 돌고 나면 이 길 끝 집까지 소식이 좍 퍼질 것이다. 로저스 부부의 이웃 감시망 레벨은 차원이 다르다.

내가 상자를 하나씩 하나씩 내리는 동안 로저스 부부는 조용한 방관자로 머문다. 마지막 상자를 들었을 때 라이언의 차가 막 들어와 선다. 라이언은 차에서 내리자마자 곧장 뛰어와서 짐을 들어준다.

"이리 줘, 내가 들게."

나는 까치발로 서서 그에게 키스한다. 상자 때문에 입술 끝만 겨우 닿는다.

집으로 발길을 옮기기 전에 라이언이 로저스 부부에게 인사한다. "안녕하세요!"

매기 로저스가 자리에서 일어나 포치 끄트머리로 걸어오더니 철쭉 화단으로 떨어지기 일보 직전까지 상체를 내민다. "거기 둘이 굉장히 바빠 보이네!" 매기가 마주 소리친다.

양팔 가득 짐을 들고 있는 관계로 라이언은 고갯짓으로만 나를 가리킨다. "에비가 이사오거든요." 라이언의 함박웃음에 내 가슴은 콩닥콩닥 뛰고 내 얼굴에도 똑같이 함박웃음이 퍼지고 만다.

매기 로저스는 자신의 의심이 확증으로 굳어지자 남편을 향해 그러길래 내가 뭐랬수 하는 표정을 지어 보인다. "어머나, 요즘 너희 같은 젊은이들은 중요한 몇 단계를 그냥 생략해버리는 것 같구나." 그리고 말속의 가시를 누그려 억지웃음을 덧붙인다.

라이언은 전혀 주눅들지 않는다. "순서가 좀 다르긴 해도 다 밟아나갈 거예요."

나도 모르게 헉 소리가 작게 새어나오지만 저들 사이에 오가는 농담에 너무 많은 의미를 부여하지 않기로 한다.

벤 로저스가 포치 끄트머리로 와서 가세한다. "그렇다면 정식으로 에비를 이웃으로 환영해야겠는걸! 조만간 오후에 칵테일

마시러 놀러와요." 벤이 이 전개의 최신 양상을 마뜩잖아하는지 어떤지는 알 수 없지만 어쨌든 속내는 훌륭히 숨기고 있다.

"좋지요. 다음주쯤?" 라이언이 우리를 대표해 대답한다.

"내가 이번에 위스키 스모커를 새로 하나 장만했는데 전부터 무척 써보고 싶던 거였어." 이 말을 할 때 벤 로저스의 미소는 진심이다.

라이언이 웃음을 터뜨린다. "아저씨의 올드 패션드를 마셔본 지도 한참 됐네요. 손꼽아 기대하겠습니다." 그리고 자신의 어깨로 내 어깨를 살짝 쳐서 그만 들어가자고 신호한다.

우리는 드디어 집안으로 들어오고, 라이언이 들고 있던 상자를 다른 상자들과 함께 널따란 뒤편 다용도실에 내려놓는다.

"옷이랑 신발만 우선 가져왔어. 당신 하루는 어땠어?"

라이언은 어깨를 으쓱한다. "길었지. 당신이랑 같이 짐 싸는 편이 더 나았을 텐데."

라이언은 목요일 업무에 대해선 늘 함구한다. 오늘 아침엔 병가를 내고 결근해버릴까 농담을 하긴 했지만 그가 절대 그러지 않을 것임은 피차 잘 안다.

라이언의 목요일 업무는 중요한 일이다.

라이언이 상자들을 살핀다. 오늘 오전에 굿윌스토어 사람들이 내 차 앞에 내려놓고 간 빈 상자들은 지금 나의 진짜 소유물이자 여기서 계속 갖고 있을 물건들로만 채워져 있다. 라이언이 나의 헝클어진 올림머리에서 삐져나온 머리칼을 제 손가락에 돌돌 만다. "아파트는 많이 정리했어?"

나는 환한 미소를 지어 보인다. "응! 토요일에 이삿짐 트럭에 신기만 하면 돼. 근데 솔직히 우리 차 두 대로도 충분히 옮길 수 있을 것 같아. 어차피 가구는 몽땅 기부해버렸거든. 남은 짐은 상자 여덟 개인가 아홉 개인가밖에 없어." 나는 가장 가까이 있는 상자를 발로 툭 건드린다.

라이언의 얼굴에 어리둥절함과 약간의 서운함이 스친다. "에비." 그가 내 이름을 부드럽게 부른다. "전부 다 버린 거야?"

나는 라이언의 미간에 생긴 주름을 엄지손가락으로 눌러 편다. "당신은 가구 하나하나에 다 의미가 담긴 집에 살고 있잖아. 추억이 어려 있지. 이 가구들에 둘러싸여 자랐으니 이건 당신의 일부나 마찬가지야. 나하곤 달라. 내 경우엔 그냥 생필품이었어. 바닥에 앉을 수 없으니 어딘가 앉을 데가 필요했을 뿐인걸. 속시원히 내다버렸지."

내가 말하고 있는 가구가 오늘 내다버려진 건 아니겠으나, 그럼에도 내 말 자체에는 진심이 담겨 있었다.

라이언이 앞주머니에서 휴대폰을 꺼내 전화를 건다. 나는 그가 뭘 하려나 궁금해서 가만히 바라본다.

"여보세요, 라이언 섬너입니다. 에비 포터가 그쪽 이삿짐센터를 토요일에 예약했는데 아무래도 취소해야겠습니다."

라이언이 나머지 손으로 나를 바싹 끌어당겨 제 옆구리에 꽉 붙인다. 전화기 건너편 사람들이 하는 말을 가만 듣고 있다가 이내 감사를 표하고 전화를 끊는다.

"남은 짐 가지러 가자. 지금 당장. 당신은 분명 지쳤을 테니까 나한테 다 맡겨. 옷 갈아입고 올게. 5분만."

나는 뭐라 따지려 입을 벌리지만 라이언이 제 입술로 내 입을 막아버려 미처 말이 새어나오지 못한다. 우리 둘 다 눈앞의 일정을 변경할까 고심할 만큼 오래오래 키스하다가, 이윽고 라이언이 몸을 떼고 쏜살같이 달려간다.

"5분만!" 라이언이 집안 저 안쪽으로 사라지며 외친다.

나는 벽에 기대어 선 채 손목시계를 확인한다. 6시 반이다. 레이크뷰 아파트 관리사무소 문은 단단히 잠겨 있을 테고 거기서 일하는 여자는 퇴근한 후다.

라이언이 자신의 타호를 몰고 아파트까지 내 뒤를 따라온다. 그가 우리의 행선지를 알아차렸을 때, 아니 최소한 내가 사는 곳에 대해 내가 민망해한 게 진짜였음을 깨달았을 때 같은 차에 타고 있지 않아서 다행이다.

라이언은 내 차 바로 옆에 주차하고 곧장 차에서 튀어나오더니 내가 문을 열기도 전에 내 차 옆에 선다. "여기 산다고 나한테 진작 얘기했어야지." 라이언은 이곳에 마땅히 존재하는 위험의 소재를 파악하려는 듯 주차장을 매의 눈초리로 살핀다.

나는 라이언의 허리띠를 한 손으로 감아쥐고 바짝 끌어당긴다. "이러니까 내가 말을 안 했지." 오른손을 내밀어 그의 왼손을 잡고 계단으로 이끌자 라이언이 내 손을 힘주어 꽉 잡는다. 계단을 오르면서 라이언은 고장난 전등을 일일이 눈에 담는다.

이번엔 열쇠가 좀더 원활히 돌아가고, 문이 열리자마자 라이언이 우리를 집안으로 밀어넣고 등뒤에서 문을 쾅 닫는다. 그는 양손을 허리에 얹고 아파트 안을 왔다갔다한다. 인정하긴 싫지만 그가 으르렁거리며 집안을 어슬렁거리는 모습이 제법 마음에 들고, 그의 온몸에서 발산되는 보호본능은 고마운 만큼 낯설기도

하다.

나는 책더미 옆에 철퍼덕 주저앉아 아까 근처에 놔둔 빈 상자에 책을 넣기 시작한다. "싸야 할 게 좀 남았는데 깜박했다."

라이언이 주방 카운터로 가서 제일 가까이 있는 향수병을 집어든다. 병을 들어 뚜껑 위부터 밑바닥까지 유심히 살핀 다음, 그 옆에 늘어선 병 세 개도 똑같이 조사한다. "이거 당신이 모으는 거야?"

나는 라이언을 보며 활짝 웃는다. "응!" 향수병을 보면 할머니가 생각나서 모으고 있다고 얘기하려는데 거짓말이 혀끝에서 부서진다. 대신 나는 이렇게 말한다. "사진을 하나 봤는데 새삼 얼마나 아름다운지 다시 보여서…… 또 저마다 얼마나 색다른지. 머릿속에서 떠나질 않더라고. 그후로 모으기 시작했어. 저 보라색이 내가 제일 좋아하는 거야." 거짓말을 할 때는 가급적 진실에 가깝게 유지하며 군더더기를 붙이지 않는 게 가장 효과적이라지만 이건 또 그것과 느낌이 다르다. 나는 라이언에게 불필요한 거짓말은 하고 싶지 않다.

자기 어머니도 향수병을 수집한다거나 어머니와 내가 취미가 같다는 등의 언급은 일절 없고, 라이언이 우리 사이에 기껏 생긴 공통점을 내게 알려주지 않는다는 사실에 내 기분이 어떤지는 분석하지 않으련다. 라이언은 향수병을 제자리에 돌려놓고 주방 서랍을 열어보기 시작하더니 곧 냉장고를 물끄러미 바라본다. 우리 둘이 같이 찍은 사진을 떼어내 꼼꼼히 들여다본다. 만난 지 얼마 안 되어 찍은 셀카다. 추운 바깥이었고 그의 집 안마당에서 둘 다 겹겹이 껴입은 채 작은 모닥불 앞에 앉아 있었다. 내가 스모어용

재료를 가져갔고, 마시멜로와 초콜릿이 얼굴 여기저기에 묻었다. 사진에서 나는 라이언의 무릎 위에 앉아 있고 우리는 볼을 맞대고 환히 웃고 있다.

"근사한 밤이었지." 라이언이 말한다.

"정말." 내가 답한다. 그게 내가 그의 집에서 밤을 보낸 첫날이었다. 내가 그의 침대에서 잔 첫날. 라이언은 여전히 사진을 들여다보고 있고, 그날 밤을 회상하며 속으로 무슨 생각을 하는지 난 그저 궁금할 뿐이다.

마침내 라이언은 사진과 메뉴판을 모두 떼어내 주방 카운터에 올려두고 냉장고 문을 연다. "여기 아직 뭐가 들었어." 그가 소리친다.

"어머! 다 비운 줄 알았는데. 그냥 휴지통에 버려줄래?"

라이언이 양념통을 그러모은 다음 싱크대 밑 수납장을 열고 숨어 있는 휴지통을 찾아낸다. 그리고 내가 길거리 쓰레기통에서 건져온 음식 포장용기와 몇몇 물건들 위에 양념통을 버린다. 라이언이 휴지통을 꺼내며 말한다. "이거 쓰레기 수거장에 비우기 전에 또 여기 들어가야 할 게 있을까?"

나는 머릿속을 더듬으며 이마를 찡그린다. "응, 욕실에도 좀 버릴 게 있을 거야."

라이언이 휴지통을 들고 나를 따라 복도를 지나 욕실로 간다. 나는 샤워 부스에서 적당히 닳은 비누를 집어 휴지통에 던져넣는다. 그리고 샴푸와 컨디셔너를 들고 얼마나 들었는지, 가져가는 게 나을지 무게를 가늠하는 척하다가 역시 휴지통으로 던진다.

라이언은 서랍장과 수납장을 일일이 뒤지며 확인한다. 내가 생각했던 것보다 더 철저하고 빈틈없다.

다시 거실로 나와서, 그는 내가 오늘 오전에 채워놓은 상자 안을 들춰본다. 아니 단순히 들춰보는 것 이상이다. 숫제 뭔가를 찾고 있는 것 같다.

상자를 세 개째 뒤적이는 라이언을 보고 있다가 내가 묻는다. "뭐 찾는 거 있어?"

라이언이 고개를 들고 나와 눈을 마주친다. 슬쩍 짓는 미소에 그의 보조개가 끌려나온다. "그냥 여기 있는 모든 걸 알아두려는 거야, 당신에 대해 알고 싶어서."

여자라면 누구나 듣고 싶어하는 말이겠지만 은근 말속에 뼈가 있다. 오묘하다. 라이언도 나처럼 신중하게 말을 고르고 있는 게 아닐까.

4장

지난주 이곳에 들르지 않은 데는 여러 이유—물건 사기, 짐 싸기, 이사—가 있긴 했지만 더이상 미룰 수는 없었다. 폐점시간까지 15분 남았고 영업 외 시간에도 이용할 수야 있지만 야간 출입 기록을 남기고 싶진 않다.

마주치는 여자들 셋 중 하나는 검정 레깅스와 티셔츠에 운동화 차림이고, 나도 그렇게 똑같이 입었다. 긴 검은색 머리는 돌돌 말아 낮게 묶어서 야구모자 스트랩 사이로 뺐다. 가게 안 모퉁이의 CCTV 카메라에 선명히 포착되지 않도록 고개를 왼쪽으로 비스듬히 숙였다. 계산대 직원 앞에 몇 사람이 줄을 서 있고, 한 여자가 작은 상자 여러 개를 이쪽 옆구리에서 저쪽 옆구리로 위태롭게 옮기다 기어이 떨어뜨리고 만다. 여자 앞에 있던 사람 둘이 자기 물건을 잔뜩 든 채로 엉거주춤 허리를 굽혀 여자가 떨어뜨린 물건을 주워준다. 나는 그 아수라장을 우회하여 사서함이 벽면에

죽 붙어 있는 가게 안쪽으로 이동한다.

좌하단 구석자리. 1428번.

이 사서함은 열쇠가 아니라 비밀번호로 여닫는 방식이고, 나는 검지를 구부려 손가락 두번째 관절로 여섯 자리 숫자를 누른다. 잠금장치는 풀렸는데 문이 활짝 열리지 않는다. 오른손 손등으로 밀어서 문을 연다.

레깅스 허리춤에서 조그만 봉투를 꺼내 잠깐 망설이다 빈 공간에 밀어넣는다.

문을 탁 닫고 여섯 자리를 두드려 잠근 다음 들어왔을 때처럼 잽싸게 가게를 빠져나간다.

5장

나는 여자들만 모이는 점심식사 자리에 늦었다. 세라와 내가 지난 며칠 동안 문자를 한참 주고받으며 간신히 모두가 참석할 수 있는 날짜를 찾았다. 나를 자기네 단톡방에 추가하면 시간이 훨씬 절약됐을 텐데 그 정도 초대를 받으려면 디너파티 한 번으론 어림없는 모양이다.

여자들은 수공예 액세서리부터 스모킹 자수 아동복, 최고급 스킨케어 제품까지 안 파는 게 없는 어느 편집숍 안쪽의 오붓한 티룸에서 모이고 싶어했다. 저들은 티룸까지 들어가는 길에 마주치는 쇼핑객은 물론이고 테이블에 앉은 손님들 한 명 한 명과도 다 아는 사이일 것이다.

라이언이 친구라 여기는 여자들에게 심문받는 일은 하려면 할 수야 있다. 그러나 그 외 다른 누구에게도 나를 드러낼 생각은 없다. 아직은. 상대가 나에 대해 아는 것보다 내가 상대에 대해 더 많이 안다는 확신이 들기 전까진.

그래서 거기 말고 나의 직장에서 멀지 않은 조그만 식당에서 만나기로 한다. 사귄 지 일주일인가밖에 안 됐을 때 라이언은 내게 새 직장을 알아보라고 부추겼다. 자기 친구들이 나의 직업을 물었을 때 대답을 망설이지 않아도 될 만한 직장을. 현재 나는 시내에 있는 작은 갤러리에서 행사 기획 보조로 일한다. 일은 편하고, 총책임자인 워커 씨가 라이언의 고객인 관계로 추천서 세 부 및 이력서를 제출해야 하는 과정이 생략됐다.

식당에는 베스, 앨리슨, 세라가 이미 자리에 앉아 있고 디너파티 때 못 본 여자도 한 명 같이 있는데, 사진으로 많이 봐서 저 끈끈한 그룹의 일원임을 알 수 있다.

식당이 가까워지자 나는 길에서 유리창을 통해 여자들을 관찰한다. 캐주얼한 식당이어서 저들 외에 다른 사람들은 대부분 출근용 복장이거나 관공서 직원들에게 강제되는 폴리에스테르 유니폼 차림이다. 여자들은 언짢아하고 있고, 그 비좁은 공간을 힐끔거리는 눈초리로 보아하니 튀김기에서 퍼지는 기름냄새가 머리카락과 옷과 살갗에 스며들어 하루종일 달라붙어 있게 될 이런 곳에 어쩌다 오게 됐나 이해하려 애쓰는 중이다. 식사를 마치면 한시도 머물지 않고 냉큼 나가버릴 곳에.

세라가 나를 보고 자리에서 일어나 어서 들어오라고 손짓한다. 네 여자 모두 내가 식당을 가로질러 걸어가는 틈을 한껏 활용해 나의 겉모습을 탐구한다. 길게 옆트임을 낸 쨍한 파란색 맥시스커트, 하늘색 브래지어를 가리는 데 별 도움이 안 되는 아주 얇은 흰색 티셔츠, 걸을 때마다 찰랑거리는 겹겹의 팔찌. 저들에게 어떤 인상을 줄 것인가 결정하는 데 시간이 좀 걸렸다—적당히 어우러지고 싶어하는 사람으로 할까 아니면 튀어도 아무렇지 않은 사람으로 할까.

오늘의 나는 눈에 띄지 않기가 쉽지 않다.

"에비, 또 만나서 너무 좋네요." 세라가 인사를 한 후 다시 자리에 앉고, 같은 테이블에 앉은 다른 여자들을 가리키며 덧붙인다. "베스와 앨리슨은 기억하지요?"

"그럼요." 나는 두 여자에게 고개를 까딱하며 인사한다.

"이쪽은 레이철 머리예요. 레이철, 여긴 에비 포터라고 해."

레이철이 테이블 맞은편에서 손을 살짝 흔든다. "안녕하세요, 만나서 반가워요, 에비. 말씀 정말 많이 들었어요."

그래, 많이 들었겠지. "저도 만나서 무척 반갑습니다."

레이철과 내가 이 자리에서 처음 만나는 이유가 라이언이 레이철을 디너파티에 초대하지 않았기 때문이라는 게 좀 떨떠름하지만, 그건 라이언이 결정한 일이었다. 명단에 넣을까 말까 고민하다 결국 빼기로 했는데 라이언의 표현에 따르면 레이철이 종종 그의 신경을 "마지막 한 올까지 박박 긁기" 때문이었다. 게다가 싱글이어서 식탁에서 짝이 안 맞았다.

의자 옆 바닥에 가방을 막 내려놓는데 문자의 진동이 느껴진다. 힐긋 보니 라이언이 보낸 문자다.

점심 맛있게 먹고 재밌게 놀아. 걔네들 헛소리는 그냥 생까. 끝나면 전화해.

나는 웃음을 참기 위해 입술을 깨문다.

"여기로 와줘서 고마워요. 회사 점심시간이 별로 길지 않아서." 그렇게 말하며 나는 설탕 단지와 케첩통 사이에 꽂혀 있는 코팅 메뉴판을 집어든다.

세라도 얼른 메뉴판 하나를 잡아채며 말한다. "뭘요. 우린 도무지 시내 한복판까지 나올 일이 없어서 이것도 나름 재미나네요."

모르긴 해도 나머지 셋은 미간을 찡그리지 않으려고 젖 먹던 힘까지 짜냈을 것이다. 이곳은 저들 취향이 아니다. 전혀 아니지.

"좋아, 그럼 토요일 더비 파티*에 가기 전에 우리집에서 한잔하는 거다." 베스가 말한다.

라이언의 냉장고에 붙어 있는 그 초대장을 나는 두 주째 노려보는 중이다. 곧 죽어도 우리가 사는 데가 켄터키 근처라곤 할 수 없건만, 근교 말 농장에서 열리는 민트 줄렙과 핫 브라운이 보장된 더비 관람 파티에 초대받은 것이다. 초대장에는 모자 착용을 장려한다고 명시되어 있다. 크면 클수록 좋습니다.

4인방은 자기네 수다에 나를 끼워 친밀도를 높여보려 하지만 나는 저들이 얘기하는 사람, 장소, 사건을 하나도 모르므로 대화에 참여하는 대신 가만히 관찰한다. 저 여자들이 상호작용하는 방식, 무의식적인 버릇, 선택하는 단어. 저들은 오늘 점심 자리에서 나에 대해 알 수 있을 거라고 생각하지만 식사를 마칠 때쯤이

---

* 켄터키주 루이빌에서 열리는 미국에서 가장 오래된 경마대회를 기념하여 주로 상류층에서 벌이는 파티. 전통적으로 버번위스키에 얼음, 설탕, 박하잎을 넣은 칵테일 민트 줄렙과 칠면조 고기에 치즈 소스를 얹은 오픈 샌드위치 핫 브라운을 먹으며 경마 관람과 내기를 즐긴다.

면 내가 훨씬 더 많은 것을 얻어갈 것이다.

주문을 끝낸 후—다들 물과 샐러드를 시켰다—여자 넷이 일제히 테이블에 바짝 다가앉으며 상체를 내밀고, 나는 다가올 것에 대비해 각오를 다진다.

놀라울 것 없이 레이철이 제일 먼저 포문을 연다. "자, 그럼 난 요전날 디너파티를 놓쳤으니 업데이트를 좀 해야겠어! 당신에 대해 몽땅 다 말해줘요."

나는 저들과 최대한 거리를 벌리고 싶어 의자 등받이에 한껏 등을 붙이고 입을 연다. "정말 별로 얘기할 만한 게 없어요."

네 여자는 내게 계속 말하라고 기대의 눈빛을 보내며 최소한 구체적인 정보 몇 가지는 건지길 바라는데, 그 정도론 어림없다. 좀더 노력들을 하셔야지.

세라가 물컵과 냅킨과 휴대폰을 만지작거리다 레이철을 쳐다보며 나 대신 대답한다. "에비는 앨라배마 사람이야." 세라는 그저 모두가 원만히 잘 지내기를 바라는 사람이다. 십중팔구 결혼식 때 연분홍색 장미를 들었을 거고, 신혼 그릇도 일부러 시어머니의 식기 세트와 똑같은 무늬로 골랐을 거다.

"앨라배마 어디?" 베스가 묻는다.

"터스컬루사 근처요." 내가 답한다.

"앨라배마대학에 다녔어요?" 앨리슨이 질문을 던지는 동시에 레이철이 좀더 직설적으로 다그친다. "나고 자란 동네 이름이 어떻게 돼요?"

나는 좀 덜 공격적인 질문에 답하기로 하고 앨리슨을 쳐다본다. "거기 잠깐 다니긴 했어요."

테이블을 둘러싼 지친 눈빛에서 저들이 얼마나 답답해하는지 알 수 있다.

이런 옛말이 있다. 첫번째 거짓말이 중요하다. 생각 없이 던지는 사소하고 무해한 거짓말을 말하는 게 아니다. 중차대한 거짓말을 가리키는 것이다. 판을 뒤엎고 세를 결정짓는 거짓말. 의도적인 거짓말. 이후에 벌어질 모든 일의 무대를 마련하는 거짓말. 그리고 일단 발화되고 나면, 대부분의 사람들이 진실이라고 믿는 거짓말. 첫번째 거짓말은 가장 강력한 것이어야 한다. 가장 중요한 것이어야 한다. 그리고 반드시 선수를 쳐야 한다.

"나고 자란 곳은 브룩우드라고 터스컬루사 바로 옆에 있는 동네예요. 앨라배마대학은 2년 다니다 중퇴했어요. 몇 년 전에 부모님과 함께 사고를 당해서. 나 혼자 살아남았죠. 병원에서 퇴원한 후 변화가 필요하다는 생각이 들어서 그때 이후로 쭉 여기저기 떠돌아다녔어요."

네 여자의 낯빛이 곧장 변한다. 이로써 질문 공세는 끝이다. 여기서 더 캐물었다간 교양 없는 여자로 보일 테니까.

"부모님 일은 정말 안타까워요." 세라의 말은 누가 봐도 진심이다.

나는 고개를 끄덕이고 아랫입술을 깨물며 테이블에 앉은 누구와도 눈을 마주치지 않고, 만약 그 얘기를 더 하라는 압력을 받으면 울컥 무너지고 말 거라는 메시지를 온몸으로 발산한다.

레이철은 나의 아픔을 이해한다는 듯 잔잔한 미소를 보내지만, 나머지 세 명은 자리에서 꼼지락거리는 폼을 보니 불편한 기색이 역력하다. 뭐라도 가십거리를 건진 후 필요하다면 나중에 좀더 깊이 파고들어 탈탈 털어서 나를 상대로 유용하게 써먹을 속셈이었겠지. 그러나 지금 저들은 성가신 상대를 만나 빼도 박도 못하게 됐음을 깨닫는다. 이런 가엾은 고아를 어떻게 몰아붙일 수 있겠는가?

잠시 테이블이 조용하더니 이내 레이철이 분위기가 어색해지든 말든 집요하게 캐묻는다.

"레이크포빙에는 어쩌다 오게 됐어요?"

나는 저 여자가 어떻게 마지막 한 올의 신경까지 박박 긁을 수 있는지 이해가 되기 시작한다. 이 질문에는 신중에 신중을 기해서 대답해야 한다. 이 동네는 크지 않고, 원래부터 이곳에 사는 친척이나 친구가 없는 이상 무작정 골라잡아 정주할 만한 곳이 아니다.

"구인 사이트에서 우연히 봤어요. 이력서를 넣고 취업이 돼서 이사를 왔는데 막판에 일이 무산된 거예요. 그래도 이왕 왔으니 어떻게든 살아보기로 한 거죠."

"직장이 뭐하는 곳이었는데요?" 레이철이 묻는다.

"병원." 내가 답한다.

"아, 어느 부서?" 레이철이 말한다.

그래, 확실히 마지막 한 올까지 긁는군. 다른 여자들은 이 막나가는 기관차의 탈선을 좀 막아보라고 서로에게 책임을 떠넘기며 옆에 있는 사람의 옆구리를 쿡쿡 찌르고 있다.

"회계 부서요." 내가 답한다.

우리의 기싸움에 질린 게 분명한 세라가 끼어든다. "많이 힘들었겠네요. 그래도 당신이 라이언을 발견하고 라이언이 당신을 찾아내서 정말 다행이에요."

음식이 나오고 모두가 먹기 시작하면서 나는 이 잠깐의 유예에 감사한다. 레이철은 여전히 탐색의 시선을 내 쪽으로 던진다. 잘해봐.

몇 분 후 레이철은 토마토를 꽂은 포크를 들어 나를 가리킨다. "라이언이 이렇게 금방 진지해지다니 난 정말 깜짝 놀랐어. 베스한테 들었는데 둘이 벌써 동거한다면서요. 둘이 알게 된 지 얼마나 됐지, 두 달?"

예의바른 연극은 이만하면 됐다.

"레이철—" 앨리슨이 소곤거린다.

나는 손을 들어 앨리슨에게 괜찮다고 알린다. "알겠어요, 무슨 말인지 똑똑히 알겠군요. 여러분은 라이언과 평생을 알고 지냈는데 난데없이 내가 나타난 거죠." 한줄기 미소가 내 얼굴에 번진다. "여러분 같은 친구가 있어서 라이언은 정말 운이 좋네요. 이렇게나 걱정과 관심을 쏟는 친구들이 있어서." 나는 레이철을 똑바로 바라보며 말을 잇는다. "그러니까 정말로 알고 싶은 걸 물어봐요. 내가 라이언의 돈을 노리고 있나? 그게 진짜 관심사, 맞죠? 내가 라이언을 이용해먹고 있나?"

세라가 말을 더듬는다. "아녜요, 무슨, 전혀 그런 게……"

그러나 레이철이 말한다. "난 걔가 머리가 아니라 아랫도리로 생각하는 건 아닌지 걱정돼서."

앨리슨은 당혹스러운 나머지 머리를 감싸쥐고 베스가 눈살을 찌푸리며 말한다. "레이철, 됐어. 그만해." 이쯤 되면 저들은 이 식당에 아는 사람이 없다는 사실을 다행으로 여기고 있을 것이다.

솔직히 말해서 레이철이 성가시게 굴긴 하지만 네 여자 중 제일 감탄스럽다.

나는 내 앞의 접시를 치워 공간을 만들고 상체를 내밀어 테이블 위에 양 팔꿈치를 올린다. 네 여자도 자동적으로 테이블 앞으로 바싹 다가와 윗몸을 기울인다.

"여러분이 나를 믿을 이유는 없죠. 내 의도가 선하다고 믿을 이유는 하나도 없어요. 하지만 여러분의 친구를 믿으세요. 여러분이 알고 싶어하는 모든 걸 나로선 말하기 어색하고 불편하지만 라이언에게는 전부 다 말했어요. 이게 내가 오늘 여러분께 드릴 수 있는 최선이네요."

이 상황에서 무슨 할말이 있으랴. 내가 제대로 봤다면 베스와 세라, 앨리슨은 집에 가서 각자 자기 배우자에게 내가 무슨 의도로 라이언에게 접근했는지에 대한 우려보다는 레이철 때문에 자기들 얼굴이 얼마나 화끈거렸는지에 대해 토로할 것이다. 또한 레이철은 디너파티 초대객 명단에 오르지 못했으니 라이언에 대한 레이철의 영향력에 대해선 크게 신경쓰이지 않는다. 가장 중요한 건, 앞으로 누구도 내 정체와 출신에 대해 묻지 않을 거라는 점이다.

이래서 첫번째 거짓말이 중요하다.

우리는 거의 대화도 없이 허겁지겁 식사를 마쳤고, 여자들은 누가 제일 먼저 자리를 벗어나는지 시합이라도 하는 것 같았다. 나는 길가에 서서 네 여자가 제각기 뚜렷한 목표를 갖고 자기 차를 향해 흩어지는 모습을 지켜봤다.

제일 품이 많이 드는 게 친구들이다. 나는 휴대폰을 꺼내 구글에서 '에비 포터'와 '브룩우드, 앨라배마'를 검색한다. 저들이 각자 차에 타고 혼자가 되자마자 바로 찾아볼 거라는 걸 아니까. 첫 페이지가 그 사고를 다루는 모호한 기사들로 도배된다. 진짜 브룩우드 주민이라면 기억에 없겠지만 기억 못한다는 사실을 절대 인정하지 못할 사고다—동네 사람 둘이 죽었는데 그걸 잊어버리다니 대체 어떻게 된 사람이길래? 그 기사들은 몇 년 전으로 거슬러올라가지만 사실 몇 달 전까지만 해도 존재하지 않았다. 내 말에 신뢰성을 부여하기 위해 생성된 기사들이자 내가 과거 이야기를 꺼리는 것에 대해 납득 가능한 이유가 되어주는 기사들.

나는 휴대폰을 닫고 가방에 넣은 다음 두 블록을 걸어 직장으로 돌아간다.

6장

갤러리 지하에 있는 작은 작업실의 열린 문가에 라이언이 기대어 있다. 점심식사가 끝난 지 두 시간이 채 지나지 않았는데 소식이 얼마나 빨리 그의 귀에 들어간 건지 감탄스럽기만 하다.

"점심때 엄청났다며." 운을 뗄 때는 라이언의 환한 미소는 분명 눈에 익은데 눈빛은 영 낯설다. 오늘 그는 캐주얼한 차림이다. 청바지는 아마 대학 때부터 입던 것일 테고, 셔츠 자락을 밖으로 빼 입은 저 버튼다운 셔츠는 내가 알기로 촉감이 무척 부드럽다. 아주 잘 어울리고, 실제보다 어리고 태평하다는 인상을 준다.

오늘 아침에 옷을 입을 때 왜 정장도 안 입고 넥타이도 안 매고 머리도 완벽히 세팅하지 않는지 나는 묻지 않았고, 그도 말하지 않았다.

"어마어마했지." 나도 못지않게 환히 웃으며 대꾸한다.

내 앞 테이블에는 이름표 일흔다섯 개가 마구 뒤섞여 있고, 내일 있을 오찬의 참석자들이 선택한 점심 메뉴에 맞춰 색상을 구분해줘야 한다. 내 옆 의자에 털썩 앉은 라이언이 바로 앞에 있는 이름표 두 개를 집어들 때 그의 발이 슬쩍 내 발에 부딪친다.

"이 두 사람은 가능한 한 멀리 떨어뜨려놔야 해."

나는 거기 적혀 있는 이름을 힐긋 본다. 그 둘이 같은 테이블에 앉으면 문제가 생길 거라는 말은 이미 들었지만 그냥 같이 앉히기로 한다. 그러니까, '미술품 수집 입문'이 주제인 오찬 자리에 약간의 여흥을 줄 수 있다면 말이다.

"명심하겠습니다." 내가 대답한다.

라이언이 이름표를 다시 테이블에 내던지며 말한다. "끝나고 전화가 안 와서 놀랐어."

나는 의자를 돌려 그의 눈을 똑바로 마주본다. "내가 감당하지 못할 일은 하나도 없었어."

"하지만 당신이 감당할 필요가 없는 일이었어." 그의 손이 내 손을 잡더니 홱 끌어당겨 제 무릎에 나를 앉힌다. 나는 이러고 있는 우리를 행여 누가 볼까봐 열린 문을 힐끔거린다. 취업한 지 고작 두 주가 지났을 뿐이고 다들 내가 라이언이 꽂은 낙하산에 불과하다는 사실을 알고 있다.

"이러는 건 나의 직업적 신뢰도에 도움이 안 되는데." 그렇게 말하면서도 나는 그의 품을 한층 파고든다.

라이언이 한 팔을 내게 둘러 단단히 붙잡는다. 그의 손가락이 내 얇은 티셔츠의 어깨선을 따라 더듬는다. "이렇게 애태우다 죽겠다."

나는 그 손에 몸을 내어 맡기고, 라이언은 주위에 아무도 없는지 확인하려고 빈 복도를 힐긋 내다본다. 하지만 직장에서 일을 벌이려는 그의 시도가 구체화되기 전에 내가 말한다. "내가 어떤지 보려고 여기까지 달려오기엔 당신 너무 바쁜 사람이잖아." 나는 그의 손에 손깍지를 걸어 탐색을 중지시킨다. "넷 중 누가 전화했어?"

세라가 전화했다는 데 5달러 건다.

"세라. 당신이 자기들을 미워할 거라며 걱정하더라고." 라이언이 소리 없이 웃음을 짓더니 안색이 변한다. 진지해진다. "그 얘기 좀더 하고 싶어?" 라이언이 묻는다.

나는 고개를 젓는다. "아니. 그 사람들이 뭐라 생각하든 난 상관 안 해." 그러고는 허리를 틀어 라이언을 마주본다. "하지만 당신이 어떻게 생각하는지는 신경쓰여."

라이언은 내 머리칼을 어루만지다 끝부분을 감아쥐고 내 얼굴을 제 얼굴 가까이로 끌어당긴다. "난 당신이 멋지다고 생각해."

"흠, 나도 당신이 꽤 멋지다고 생각하는데." 신속한 목표 달성만을 위해서가 아닌 발언은 이번이 처음이다. 처음으로, 나는 진심을 말한다.

이럴 때면 나는 상황이 달랐다면 얼마나 좋을까 생각한다. 이게 진짜 나의 삶이고, 나의 가장 큰 근심이 라이언의 어릴 적 친구들과 나 사이에 벌어진 사소한 소동이라면 얼마나 좋을까. 나는 그냥 차가 펑크난 여자이고 라이언은 우연히 거기 있다가 나를 도와준 남자라면. 우리 앞에 진짜 미래가 펼쳐져 있다면.

그가 모르는 일이 너무 많다. 내가 그에게 말할 수 없는 일이 너무 많다. 절대 말하지 않을 일이 너무 많다.

라이언이 테이블 위의 아수라장을 스윽 쳐다본다. "오늘 좀 일찍 퇴근하면 안 되겠지?"

"안 돼. 내일까지 이걸 다 끝내야 하고 퇴근하기 전에 모든 테이블에 테이블보가 씌워져 있는지 확인해야 해." 나는 몸을 비틀어 그의 무릎에서 빠져나와 의자에 다시 앉는다.

라이언이 우리 사이에 공간을 너무 많이 허용하진 않겠다는 듯 상체를 내민다. "우리 회사로 와서 일해라. 그럼 우리 맘대로 일찍 퇴근할 수 있잖아."

전에도 라이언이 이 제안을 한 적 있지만 진심처럼 들리는 건 이번이 처음이다.

나는 바지런히 이름표를 분류해 몇몇 그룹으로 나눠 쌓는다. "같이 있으면 도무지 일에 집중할 수가 없을걸. 우리 둘 다." 조용히 웃으며 일부러 눈앞의 작업에서 시선을 떼지 않는다.

그의 발이 내 발에 감긴다. "당신 말이 맞아. 일이 하나도 되지 않을 거야. 난 하루종일 만사 제치고 당신 뒤만 졸졸 쫓아다니겠지."

주머니 속에서 휴대폰이 울리자 라이언은 스마트워치를 보며 발신자를 확인한다. 그러고는 툴툴거리며 자리에서 일어나 뒷주머니의 휴대폰을 꺼낸다. "잠시만" 하고 복도로 나가 전화를 받는다.

워낙 조용해서 애쓰지 않아도 라이언이 전화기에 대고 하는 말이 다 들린다.

"컨펌?" 라이언이 되묻는다. 잠시 후 그가 말한다. "하루면 충분해. 견적을 보내고 도착은 이번주 목요일 오전 11시로 준비해."

목요일.

"다른 건 또 없어?" 그가 묻는다. 누구와 통화하는지 모르지만 얘기를 듣는 동안 라이언의 어깨가 경직된다. 라이언이 어깨 너머로 이쪽을 힐긋 볼 때를 대비하고 있었기 때문에 그에게 보인 건 눈앞의 자리 배치도에 완전히 몰입하고 있는 내 모습뿐이다. 그다음에 라이언이 내게서 한 발짝 더 멀어진다. 목소리 톤이 더 낮게 떨어진다. 말을 알아들 수는 없지만 확실히 라이언의 기분이 나빠졌고 그게 고스란히 전해진다. 그는 수화기에 대고 으르렁거리다시피 을러댄다. 전에는 보지 못한 일면이다.

"뭐가 없어졌는지 알아내." 전화를 끊기 전 큰 소리로 말한다.

이제 난 그가 뭘 잃었는지 궁금하다.

"괜찮아?" 휴대폰을 주머니에 넣고 내 쪽으로 돌아오는 라이언에게 묻는다. 그는 바로 기분을 정리하고 아무 일 없었다는 듯 심지어 보조개가 드러나는 그 함박웃음을 보여준다. "응, 그냥 회사에 사소한 문제가 좀." 라이언은 다시 내 옆자리 의자에 털썩 앉는다.

나는 의자를 돌려 그와 마주한다. "내가 당신 회사에서 일한다면 그런 문제들을 처리하는 데 도움이 될 것도 같은데." 그가 지금 처리하고 있는 회사 문제는 아까 제안했던 일자리를 내가 수락한다 한들 나한테까지 정보가 내려올 만한 일이 아니다.

라이언은 흠칫 긴장하지만 그래도 이내 상체를 가까이 기울이며 살며시 손을 잡는다. "하지만 당신이 거절했으니 나 혼자 알아서 해야겠지."

우린 둘 다 입 밖에 낼 수 없는 이야기 주위를 빙글빙글 돌며

춤을 추고 있다.

라이언에게 기우는 내 마음 때문에 나는 갈 수 없는 길로 걸음을 내딛게 되고, 그래서 그가 나에게 숨기는 것이 있으며 내가 그에게 숨기는 것이 있음을 일깨우는 이런 소소한 경계경보가 기껍다.

"언제 끝날 것 같아?" 라이언이 속삭이며 부드럽게 내 입술에 키스한다.

나는 대답을 하려고 살짝 몸을 뺀다. "아마 한 시간쯤 후에? 당신은 언제 퇴근해?"

"당신이랑 똑같이." 라이언이 내게 마지막으로 한번 더 입맞춤을 하고 일어난다. 그리고 문을 나설 때 이렇게 덧붙인다. "나한텐 뭐든 털어놔도 돼, 알지?"

나는 가시방석에 앉은 것처럼 조마조마한 마음으로 고개를 끄덕인다. "알지."

라이언이 몇 초간 나를 물끄러미 쳐다보고, 내 두뇌의 비이성적인 부분은 내가 만든 이 반질반질한 가면을 그가 꿰뚫어볼 수 있는 건 아닐까 사서 걱정한다. 그렇게 한참을 바라보더니 이윽고 말한다. "내 친구들이 재수없게 굴 때에도."

나는 빙그레 웃으며 말한다. "그런 때에도. 걱정하지 마. 나 그렇게 쉽게 쫄지 않아. 이따 집에서 봐."

라이언은 또 한번 시계를 힐긋 확인하더니 다시 내게로 시선을 옮긴다. "그 말 마음에 드네."

나는 라이언이 복도를 걸어가 모퉁이를 돌아 사라질 때까지 지켜본다.

이름표 작업은 다 됐다. 로버츠 부인과 설리번 부인은 1번 테이블에서 서로를 빤히 마주보게 될 것이고 나머지 사람들은 전부 그 두 사람을 빤히 바라보게 될 것이다. 다른 자잘한 업무도 모두 끝냈지만 퇴근하기 전에 한 군데 전화를 해야 한다.

여자는 두번째 신호음에 전화를 받는다.

"여보세요, 레이첼, 에비예요. 잠깐 통화 가능해요?"

정적. 곧이어, "그럼요, 무슨 일인데요?"

나는 의자 등받이에 등을 기대고 복도를 내다보며 주위에 아무도 없음을 확인한다. "우리 사이에 첫 단추가 좀 잘못 끼워졌잖아요. 그게 영 마음에 걸려서요." 나는 내 말이 충분히 소화되도록 잠시 기다렸다가 덧붙인다. "다시 시작할 수 있다면 너무 좋겠는데."

저쪽에서는 말이 없다. 그러다 나직한 웃음소리가 들린다. "솔직히, 오늘 우리의 점심과 관련해 내가 받은 전화들을 돌아보면 이번 건 완전 뜻밖인걸."

분명 라이언이 전화를 했겠지만 그건 레이첼에게 놀랍지 않은 일이었다. 듣고 보니 라이언이 뭐라고 했을지 궁금하군.

"일이 그렇게 된 건 내 탓도 있어요. 예전 일에 대해 얘기하는 게 정말 힘들어서." 내가 말한다.

"아뇨, 내가 그렇게 무리하게 다그치지 말았어야 했어요. 참 무신경했죠." 레이첼은 점심때 대화와 관련해 자신을 향해 제기된 비난의 화살이 주로 '무신경함'에 대한 것이었다는 듯 말한다.

"그럼 화해한 거죠?" 내가 묻는다.

"네, 화해." 레이철은 또박또박 간결히 대답한다.

나는 상대에게 분명히 들리도록 다행이라는 듯 한숨을 내쉰다. "잘됐어요! 어 그럼, 토요일에 더비 파티 때 보겠네요."

"기대되는군요." 레이철이 전화를 끊는다. 나는 휴대폰을 가방에 넣으며 슬몃 미소 짓는다.

지금쯤 레이철은 의자에 푹 기대앉아 아담한 개인 사무실 창밖을 바라보며 머릿속으로 우리의 대화를 재연해보고 있을 것이다. 그 여자가 이 도시에서 제일 이름난 법무법인의 내부를 둘러본 첫날 점찍었을 게 분명한 제일 목 좋은 방—수석 파트너 변호사용 집무실—에서 세 칸 떨어진 자신의 방에서. 로스쿨 시절 방학 때마다 주중에는 인턴으로 근무하고 주말에는 주니어 파트너 변호사와 섹스를 즐기던 그 법무법인에서. 라이언이 필요로 하는 일이라면 뭐든 처리해주는 바로 그 법무법인이다.

레이철은 내 이야기를 낱낱이 분해해 행간의 진실을 찾고 있다. 그리고 내 조사에 의하면 레이철은 유능한 법조인이다. 뭔가 마음에 걸리는 게 있으면 라이언과의 우정을 잃는 한이 있어도 내 뒤를 캘 만한 가치가 있다고 판단할 것이다.

레이철은 좀더 면밀히 지켜볼 필요가 있겠군.

7장

"이거 너무 꼴불견이지 않아?" 나는 조수석 앞 햇빛가리개에 부착된 손바닥만한 거울을 보며 풍성하고 부드럽게 일렁이는 핑크색 모자챙 장식띠를 마지막으로 매만진다. "내 꼴이 우스워 보여."

'비밀의 언덕 농원'이라는 금속 글자판이 꼭대기에 늘어선 호화로운 게이트가 열려 있고, 라이언의 SUV는 그 문을 지나 기나긴 자갈길에 들어선다. 라이언이 내 쪽을 힐긋 쳐다본다. "그건 거기서 제일 큰 모자 축에도 못 낄걸."

"진짜? 자기 친구들이 나를 골탕 먹이려는 게 아닐까." 세라와 베스가 더비 파티를 위해 쇼핑을 가자고 해서 같이 갔을 때 그들은 이 모자야말로 나한테 필요한 거라고 장담했다. "게다가 당신은 카키색 바지에 버튼다운 셔츠 차림인데 나는 온종일 이딴 걸 머리에 얹고 다녀야 하다니 불공평하다고."

"당신은 근사해. 늘 그렇듯." 라이언은 내 손을 모자에서 끌어내려 자신의 입술로 가져가 손가락 하나하나에 살며시 입을 맞춘다.

함께 살게 되면서 라이언의 연애 기술이 꽤 늘었다. 가벼운 어루만짐, 애정을 표현하는 말과 몸짓, 나를 기쁘게 해주기 위해 안 하던 짓을 한다. 라이언은 근무시간을 제외하면 늘 나와 함께 있는다. 라이언이 친구들과 하는 통화로 보건대 그의 친구들은 내가 라이언의 시간을 독점하는 것을 못마땅해하고 있다. 착한 여자친구라면 남자에게 친구들을 만나라고, 가장 친한 이들을 소홀히 하지 말라고 해야 마땅하겠지 ─ 하지만 나는 착한 여자친구가 아니다.

"사전 파티에 안 갔다고 당신 친구들이 화내려나?" 목적지가 가까워지자 내가 묻는다.

우리는 베스와 폴의 집에서 열린 칵테일파티에 불참했는데, 레이철과 어울려야 한다는 생각을 내가 아니라 라이언이 못 견뎌했기 때문이다. 라이언은 아직도 그 점심 자리에서 레이철이 보인 행동거지에 분을 삭이지 못했다. 이쯤 되니 실제보다 더 심각한 일로 부풀려진 감이 없지 않다. 레이철이 내 면상에 주먹을 휘두른 것도 아니고 정보를 캐내려고 압박한 것뿐이지만 이런 소도시의 작은 친구 집단에서는 전자나 후자나 큰 차이가 없다. 라이언이 원한을 품을 만도 한 것이다.

"얘기를 좀 듣기야 하겠지만 뭐 괜찮아."

이곳에 그의 친구들보다 훨씬 일찍 도착한 듯하니 라이언이 누구와 주로 어울릴지 꽤나 흥미롭다. 이런 공식 행사에서 가장 친한 친구들과 따로 움직인 적은 거의 없을 테니까. 차를 세우고 발레파킹을 맡길 때 보니 적어도 모자에 대한 건 그의 말이 맞아서 마음이 놓인다. 내 모자는 제일 크지도 제일 흉측하지도 않다. 그래 봤자 우리 모두 얼간이처럼 보인다는 얘기지만.

우리는 제일 먼저 바에 들른다.

"비밀의 언덕 농원에 오신 걸 환영합니다." 투박하게 나무로 짠 바 카운터 안에 있는 여자가 말한다. "칵테일을 드리기 전에 성함을 여쭤봐도 될까요?"

요청이 좀 유난하다 싶은데 라이언이 주저 없이 말한다. "라이언과 에비입니다."

바텐더가 고개를 끄덕이고 바 안쪽으로 몸을 굽힌다. 나는 우리 뒷줄에 선 여자를 슬쩍 보았는데, 여자의 모자에 붙어 있는 플라스틱 말이 분명 내가 어릴 때 크리스마스 선물로 받았던 말과 똑같은 거라고 확신한다―갈기에 달린 핑크색 리본과 핑크색 안장으로 완성된 바비의 말. 바텐더가 다시 허리를 펴고 우리에게 줄 민트 줄렙을 만들기 시작한다. 뭘 마실 거냐고 묻지 않았으므로 달리 선택의 여지는 없는 것 같지만 우드퍼드 같은 고급 버번을 넉넉히 따르는 걸 두 눈으로 봤으니 불평하지 않기로 한다. 칵테일을 다 만든 후 바텐더는 우리에게 각각 은잔을 내민다. 라이언의 잔에는 R이 음각으로 새겨져 있고 내 잔에는 E가 새겨져 있다.

라이언과 나란히 바에서 걸어나오면서도 나는 잔을 자세히 살펴보는 중이다. "이거 좀 과한데. 그니까, 만약 내 이름이 퀸이라고 말했으면 Q가 새겨진 잔을 꺼내줬으려나?"

"참석 여부에 대한 답신을 보낼 때 내가 우리 이름을 둘 다 알려줬거든. 나 이런 거 집에 풀 세트로 있어. 이게 여섯번째 잔이지."

"어이가 없네." 나의 중얼거림에 라이언이 웃음을 터뜨린다.

우리는 사람들을 헤치며 나아가고, 라이언은 지나가는 거의 모든 이에게 인사를 하며 나를 여자친구라고 소개하면서 한 팔로 내 허리를 감아 제 옆구리에 꽉 붙인다.

"어머, 저기, 거기 둘!"

라이언과 내가 뒤를 돌아보니 라이언의 이웃 매기 로저스가 우리 쪽으로 다가오고 있다. 매기는 내 팔뚝은 가볍게 두드린 반면 라이언에겐 정면에서 격하게 끌어안는 포옹을 선사한다. 그렇게 꽉 끌어안고도 머리 위에 얹힌 모자의 아슬아슬한 균형을 깨지 않다니 그 재주가 자못 놀랍다.

"여기 너무 재밌지 않니!"

"정말 재밌어요." 내가 대꾸한다.

얼마 지나지 않아 매기 로저스는 더 많은 사람들에게 포옹을 선사하기 위해 살랑살랑 가버리고, 라이언이 한 지방 판사와 다가올 선거에 대해 진지한 대화에 빠져드는 바람에 나는 잠시 짬이 나서 주위를 둘러본다. 이곳의 경치는 참 아름답다. 길게 굽이도는 진입로 덕분에 이곳에서는 메인 도로가 보이지 않고 차량 지나가는 소리도 들리지 않아 숨겨진 비밀 파티 같은 느낌이 든다─바로 이 농원의 이름이 뜻하는 바대로. 언덕 꼭대기의 붉은 목조 창고에서 사방으로 뻗어나간 목초지는 새하얀 울타리로 둘러싸인 초록 바다 같다. 창고 옆면에는 영화 상영관 크기의 초대형 스크린이 있고, 새하얀 테이블보를 덧씌운 테이블 사이사이에 그보다 작은 스크린이 여럿 설치되어 경마대회를 실시간 중계로 볼 수 있다. 서빙하는 사람들이 미니 핫 브라운과 개별 그릇에 담긴 치즈 그릿과 세심하게 만든 한 입 크기 샌드위치가 놓인 은쟁반을 들고 군중 사이를 누빈다.

지방 판사가 느긋한 걸음걸이로 발걸음을 옮긴 후 어떤 커플이 가까이 오자 라이언은 화들짝 놀란다.

"라이언!" 남자가 외치며 한 팔을 라이언의 목에 감고 힘주어 끌어당긴다. 두 남자가 엎치락뒤치락 포옹을 하며 회포를 푸는 동안 나는 남자와 같이 있는 여자를 관찰한다. 나와 맞먹을 정도로 키가 크고 긴 머리카락은 옅은 갈색이다. 호리호리하지만 근육질인 것까지 그 여자와 나의 신체적 유사성은 모를 수가 없다.

라이언이 포옹을 풀자 남자가 내 쪽으로 손을 내밀며 악수를 청한다.

"그러니까 당신이 라이언을 무릎 꿇게 만든 장본인이시군요." 남자가 헤벌쭉 웃으며 말한다.

라이언이 나를 보며 말한다. "에비, 이쪽은 나의 어릴 적 배꼽친구 제임스 버나드야. 이쪽은 내 여자친구 에비 포터."

나는 제임스의 손을 맞잡고 제임스는 악수한 손을 열정적으로 흔든다. 제임스는 키가 크고 말랐으며 약물중독과 사투를 벌이고 있는 사람의 얼굴이다. 뺨이 움푹 패고 눈 밑이 거뭇거뭇하다. 양손은 떨리고 옷은 지나치게 헐렁하다. 오늘 하루를 위해 옷장 저 안쪽에서 끄집어낸 듯한 고급 정장. 같이 온 여자는 모양새가 좀더 나은데 옷차림뿐 아니라 전반적인 건강 면에서도 그렇다. 허벅지 중간쯤 오는 크림색 민소매 시프트 드레스를 입었고 신발은 값비싼 이탈리아제이며 장신구는 심플하지만 세련되고 우아하다. 이 두 사람은 척 보기에도 어울리지 않는 한 쌍이다.

"무릎을 꿇렸는지는 아직 잘 모르겠지만 그러려고 노력중이에요." 나는 장난스럽게 말한다.

제임스가 라이언을 돌아본다. "정말 잘됐어. 축하한다, 친구야."

라이언과 나는 눈빛을 교환한다. 우린 약혼을 하거나 한 게 아니므로 이런 진심어린 축하는 너무 앞서나간 것 같다. "고마워." 라이언이 내 어깨를 감싸며 말한다. 우리 둘은 제임스 옆에 서 있는 여자를 쳐다보고, 라이언이 고갯짓으로 여자 쪽을 가리킨다. "그쪽 친구도 우리한테 소개해주지."

옆에 서 있는 여자를 잊고 있었는지 당황한 표정으로 제임스가 얼른 몸을 돌린다. "라이언, 에비, 이쪽은 루카 마리노."

여자의 이름이 전기충격처럼 나를 관통한다.

"루카." 나는 여자의 이름을 혀 위에서 굴리며 나직이 말한다. "드문 이름이네요." 요전날 디너파티 때 베스가 한 말을 내가 똑같이 중얼거렸음을 깨닫는다.

루카가 빙그레 웃고는 눈을 굴린다. "그쵸. 이탈리아의 조부모님 고향 마을 이름을 따서 지었대요. c가 두 개라니까요. 내 이름 철자를 똑바로 쓰는 사람을 본 적이 없어요."

내 눈길이 여자의 손에 있는 은잔으로 향한다. 여자의 손가락 사이로 필기체 L이 보인다.

제임스와 라이언은 곧 있을 경마대회에서 어느 말에 돈을 걸지

이야기꽃을 피우기 시작하지만 나는 계속 루카라는 여자에게 정신이 팔려 있다.

"여기 출신이세요?" 내가 묻는다. 갑자기 입안이 바싹 마른다. 나는 얼른 칵테일을 한 모금, 혀를 적실 정도로만 마신다.

"아뇨. 노스캐롤라이나의 작은 동네에서 나고 자랐어요, 그린즈버러 바로 위에 있는. 정말 조그만 곳이라서 들어본 적도 없을걸요."

"이든." 나는 엉겁결에 입 밖에 낸다.

루카가 약간 움찔한다. "앗, 네…… 이든이에요. 어떻게—"

"대충 찍었는데 맞았네요. 대학 동기 중에 그 근방 출신 친구가 있어서." 정신 똑바로 차려야 한다. 나는 숨을 깊이 들이쉬고 그대로 잠깐 참았다가 후 몰아쉰다. 두 번을 더 반복하고 나서야 심박수가 내려가는 느낌이다.

"가족분들은 지금도 거기 사시나요?" 마음이 좀 진정되고 나서 내가 묻는다.

"아뇨." 여자가 미간을 찡그리며 말한다. "엄마와 둘이 살았는데 엄마는 내가 고등학교 때 돌아가셨어요. 유방암으로."

우리 둘의 외모가 매우 흡사하다는 건 진작에 알아차렸지만, 이제 내 시선은 여자를 집어삼킬 듯 탐독한다. 나는 여자의 머리 끝부터 발끝까지 면밀히 검토하여 나의 머리끝부터 발끝까지와 비교한다. 우리는 둘 다 머리가 등허리 중간께까지 오고 살짝 웨이브가 있는데 루카 쪽이 약간 더 밝다. 내가 여기로 이사오면서 염색하지 않았더라면 똑같았을 원래의 내 머리색. 눈 색깔: 동일. 피부색: 동일.

루카도 내가 정보를 수집하고 있음을 눈치채고 제 나름의 조사를 시작한다. 나의 발끝부터 시작해서 쭉 위로 훑으며 커다랗고 우스꽝스러운 모자까지 눈여겨보는 게 느껴진다. 너무 닮아서 놀랐을까? "이든에 오신 적이 있나요?" 루카가 묻는다.

"네. 아까 말한 친구가 무슨 축제에 우리 동기들을 데려갔거든요. 뭐라더라…… 봄 축제였나?"

이것은 시험이다. 저 여자가 떨어졌으면 하는 시험.

여자의 얼굴에 퍼지는 미소, 치켜올라가는 눈썹. "가을 강변축제에 왔었군요! 내 생일 즈음인 9월에 늘 열리는 축제예요. 정말 멋진 축제죠!"

아냐. 아냐, 안 돼, 안 돼.

나는 루카에게 고개를 꾸벅하고 라이언에게 돌아선다. 라이언은 제임스와 한창 얘기중이지만 어찌됐든 말허리를 자른다.

"저기, 화장실이 어디 있는지 모르겠네. 금방 다녀올게."

라이언이 뭔가 말을 하거나 화장실까지 가는 길을 같이 찾아봐주겠다거나 할 틈을 주지 않고 나는 얼른 자리를 뜬다. 타이트한 검정 원피스에 10센티 힐을 신고 빠른 걸음으로 걷는다. 응축된 물방울이 맺혀 미끈거리는 E자 잔을 하마터면 떨어뜨릴 뻔한다. 이번 행사를 위해 마련해놓은 터무니없이 화려한 이동식 화장실에 거의 다 와서 나는 어떤 여자와 부딪혀 넘어질 뻔한다.

"어머, 괜찮아요?" 여자가 내 팔을 붙잡아주며 묻는다. 나는 말이 나오지 않아 고개만 끄덕인다. 내가 부드럽게 여자의 손을 떼어내고 화장실로 향하자 여자는 제 남편과 근심어린 눈빛을 교환하더니 둘이 나란히 나를 지켜본다.

화장실 칸에 들어가 혼자가 될 때까지 나는 안간힘을 짜내 정신줄을 붙들어매야 했다. 왜냐하면 된통 망했으니까.

칸 안에 들어가 걸쇠를 걸자마자 문에 기대어 풀썩 주저앉는다. 소리 없는 비명을 지르며 눈을 질끈 감는다.

이거 감이 안 좋은걸. 감이 안 좋아. 감이 안 좋아.

저 여자는 노스캐롤라이나 이든 출신이 아니다—내가 이든 출신이다.

저 여자의 어머니는 유방암으로 죽지 않았다—내 엄마가 유방암으로 죽었다.

저 여자의 이름은 루카 마리노가 아니다—내 이름이 루카 마리노다.

루카 마리노—10년 전

가만히 창문을 조금씩 연다. 아까 낮에 시험해봤을 때는 중간쯤 가서 삐거덕 소리가 났으므로 그 직전에 멈춘다. 몸이 통과할 만한 공간이 간신히 나오고, 나는 그 틈으로 몰래 들어간다.

아드레날린이 분비될 때의 쾌감은 결코 질리는 법 없이 언제나 짜릿하다.

손님용 침실 바닥에 백팩을 던지듯 내려놓은 다음 재빨리 검정 레깅스를 벗고 가발용 망사캡이 흐트러지지 않도록 조심스럽게 후디를 벗는다. 메이크업은 하나도 번지지 않았다. 나는 백팩을 열고 반짝이는 스팽글로 장식된 검은색 칵테일 드레스를 꺼내 입는다. 장갑처럼 몸에 딱 맞고 허리를 숙이면 다 드러날 것처럼 짧아서 오늘 저녁 이곳에서 열리는 파티에 안성맞춤이다.

다음으로는 긴 적갈색 머리 가발이다. 가발을 뒤집어쓰고 머리를 매만지는 데 몇 분이 소요된다. 모양이 제대로 잡혔는지 알 수 있도록 캄캄한 데서 미리 충분히 연습해두었다. 하늘 높은 줄 모르는 하이힐과 조그만 검정 클러치백으로 스타일을 완성한다.

나는 짐을 침대 밑에 쑤셔넣고 슬며시 손님방을 빠져나온다.

파티는 무르익어 절정에 이르렀다. 손님방에서 저택 중앙의 파티장까지는 걸어서 금방이다. 밖에서 밴드가 공연을 준비하고 있고, 아까 내가 낮에 왔을 때 주방에서 요리중이던 오이스터 록펠러와 미니 랍스터롤이 쟁반에 담겨 돌아다니고, 그 외 수많은 요리가 다이닝룸에 뷔페식으로 펼쳐져 있다. 뱃속이 꾸르륵거리지만 쟁반이 내 옆을 지나갈 때 집어먹지는 않는다. 먹는 건 나중에 해도 된다.

웬 여자가 비틀거리다 내게 부딪히는 바람에 같이 뒤엉켜 넘어질까봐 나는 여자를 꽉 붙든다.

"어머, 자기야, 너무 미안해라!" 여자는 뭉개진 발음으로 사과하며 내 팔을 잡고 몸을 지탱한다. 휘팅턴 부인이다. 두번째 휘팅턴 부인이며 휘팅턴 씨의 현 아내이고, 틈만 나면 이 두번째를 못 잡아먹어 안달인 첫번째 휘팅턴 부인과 헷갈리면 안 된다.

"괜찮아요." 내가 대답한다.

휘팅턴 부인이 나를 위아래로 훑어본다. "드레스 멋지네! 어디서 샀어요?"

"아, 버지니아 해변에서 휴가를 보낼 때 우연히 발견한 작은 부티크에서요." 나는 악센트가 완벽히 소거된 말투로 말한다. 캄캄한 데서 가발을 쓰는 것보다 더 오래 연습했다.

휘팅턴 부인이 나를 알아봤다는 표정을 짓지는 않는지 두근두근하지만, 이런 옷차림과 이런 머리와 컨투어링 메이크업과 스모

키 눈화장을 한 나를 어느 한 군데건 알아볼 리 만무하다. 2년도 못 돼 이혼할 게 뻔한 커플의 약혼―솔직히 결혼식을 올리기만 해도 운이 좋은 거다―을 축하하는 초호화 대규모 파티에 동네 꽃집 뒷방에서 일하는 가난한 여자애가 나타나 상류층과 어깨를 맞댈 거라고는 아무도 예상치 못한다고 해서 마음 아플 건 없지.

휘팅턴 부인이 중심을 잡고 서자, 아니 현재 상태에서 최선을 다해 제 발로 서자 나는 그 자리를 뜬다. 신랑 신부의 부모가 방문객들과 일일이 인사를 하고 있는 정문을 통해 들어오려 했다면 애를 먹었겠지만 이미 파티장 안에 들어와 있는 지금 내게 의문을 품을 사람은 없다.

나는 드넓게 탁 트인 개방형 거실을 지나 맞은편 복도로 간다. 보통은 이렇게 모습을 다 드러낼 필요가 없는데 이 집 구조상 다른 방법이 없었다. 밴드가 말 그대로 안방 창문 바로 밑에서 공연 준비를 하고 있기 때문에 집 내부의 문을 이용하는 수밖에 없다.

나는 올브리턴 부부가 쓰는 안방으로 통하는 복도의 길목에서 잠시 서성인다. 손에는 휴대폰을 들고 있어서, 누가 보면 전화 통화를 하기 위해 조용한 구석을 찾고 있는 모습이다. 나는 다른 손님들이 내게 가지는 관심의 깊이를 측정하면서 손에 든 휴대폰을 제외한 온 사방을 주의깊게 관찰한다. 클러치백 속에 넣은 다른 손은 가방 안에 숨겨 들여온 장치를 그러쥐고 있다. 나는 숨을 깊게 들이마시고 조그만 버튼을 누른다.

요란한 굉음에 사람들이 일제히 주방 쪽을 돌아보고, 나는 누구의 눈에도 띄지 않고 복도로 스며들어 안방으로 들어간다. 누군가 굉음의 원인을 찾아 나서겠지만 이상한 점은 발견하지 못할 것이다.

방안은 어둡지만 안쪽 드레스룸으로 가는 데는 아무 지장 없다. 클러치백에서 검정 장갑을 꺼내 양손에 낀 다음 빌트인 화장대의 서랍을 열고 그 안쪽 깊숙이 있다는 것을 알고 있는 하트 모양 상자를 찾는다. 여기 있군. 상자 속 반짝이는 것들 중 사파이어 반지, 에메랄드 귀걸이, 알이 제법 굵은 자수정을 둘러싸고 다이아몬드가 채널 세팅된 목걸이를 꺼낸다. 지난주 올브리턴 부인이 가게에 왔을 때 하고 있던 다이아몬드 귀걸이와 펜던트도 상자 안에 있었으면 했지만 분명 지금 착용하고 있을 것이다.

나는 보석을 클러치백에 집어넣고 이어서 장갑도 쑤셔넣은 다음 왔던 길을 되밟아 나간다. 이때가 잡힐지도 모른다는 공포감이 가장 목을 죄어오는 순간이지만, 나는 두려움을 헤치고 모퉁이를 돌아 꼭 있어야 할 곳에 내내 있던 사람처럼 파티장에 섞여든다.

다행스럽게도 아무도 내게 신경쓰지 않는다. 나는 유유히 손님방으로 다시 향하고 도중에 랍스터롤을 하나 집어먹는 여유도 부린다. 바라던 대로 맛이 끝내준다.

나는 침대 밑으로 손을 뻗어 숨겨둔 백팩을 끄집어내면서 드레스와 하이힐을 벗어던진다. 순식간에 레깅스와 후디 차림이 되어 몰래 창문을 넘어 빠져나온다.

———◆———

"엄마, 나 왔어요!" 나는 엄마와 같이 사는 트레일러로 들어가며 외친다. 문지방을 넘자마자 나의 남부 억양이 튀어나온다.

"어서 와, 우리 딸! 시합은 어땠어?" 엄마 방에서 목소리가 들린다. 나는 망사캡 없는 연갈색 머리에 메이크업을 깨끗하게 지운 맨얼굴이다. 검정 후디 대신 내 고등학교 이름과 마스코트가 그려진 후디로 갈아입었다.

나는 갈색 종이봉투를 들고 주방 겸 거실에서 엄마 방까지 몇 발짝을 금방 넘어간다. 봉투를 엄마 침대 옆 TV 선반에 놓고 엄마 옆으로 기어들어간다.

"졌어, 막판에 아깝게." 내가 말한다.

봉투 속을 뒤적이던 엄마의 만면에 미소가 번진다. "아이고, 안 사와도 되는데."

계피향이 방안에 퍼지고, 늦은 밤 야식처럼 별것 아닌 거에 행복해하는 엄마를 보니 심장이 터질 것만 같다. "엄마는 더 많이 먹어야 해. 빼빼 말라갖고선."

엄마가 빵 봉투를 펼치고, 푹신하고 큼지막한 시나몬롤은 냄새만큼이나 달콤하고 맛있어 보인다. "내가 제일 좋아하는 거네." 엄마가 속삭인다.

"알지요." 나도 속삭인다.

엄마가 시나몬롤을 야금야금 먹는 동안 나는 침대 옆 테이블 위의 색종이 무더기에서 한 장을 집어 엄마가 가르쳐준 대로 접기 시작한다. 엄마는 빵을 먹으면서 나를 지켜보고, 내가 잘못 접어도 잔소리하지 않고 나 스스로 실수를 알아차릴 때까지 기다려준다.

몇 분 후 작고 하얀 종이학이 내 손안에서 모습을 드러낸다.

"어머나, 예쁜 종이학이네." 엄마는 내 손바닥에서 종이학을 집어 침대 머리판의 짜임 선반 위 컬렉션에 추가한다. 선반에는 갖가지 색깔과 크기의 다양한 종이 동물들이 엄마를 지키는 위병처럼 서 있다. 엄마는 늘 손재주가 좋았다. 하지만 엄마가 몇 번이나 시범을 보여줘도 내가 접는 법을 익힌 건 학뿐이다.

엄마는 반쯤 먹은 시나몬롤을 도로 잘 싸서 침대 옆 테이블에 둔다. "나머진 내일 먹어야지." 다 먹지 못할 거라는 걸 피차 아는데도 엄마는 그렇게 말한다. 이만큼 먹은 것만 해도 놀랍다.

"주말엔 뭘 할 거니?" 엄마가 다시 침대에 편안히 몸을 기대며 묻는다.

"꽃집에서 일할 거예요. 내일 저녁에 부잣집 결혼식이 있거든."

엄마가 고개를 돌려 나를 보면서 가녀린 손을 뻗어 내 얼굴을 만진다.

"일이 너무 많네. 졸업반인데 친구들하고 놀러도 가고 재밌게 보내야지."

나는 고개를 흔들고 목이 꽉 메어오는 것을 꿀꺽 삼킨다. "둘 다 잘할 수 있어." 나는 거짓말을 한다. 그리고 엄마도 나도 그 얘기는 더이상 하지 않는다.

"입학원서 넣은 대학들에서 뭐 소식 온 건 없고?" 엄마가 묻는다.

나는 고개를 흔든다. "아직 없어, 하지만 금방 오겠지." 원서살 돈이 없어서 한 군데도 원서를 내지 않았다는 얘기는 절대 할 수 없고, 도저히 인정할 수 없지만 가을이 와도 여전히 내가 이

촌동네에 처박혀 있을 거라는 사실을 엄마는 십중팔구 알지 못하게 될 것이다.

"너를 마다할 대학이 어디 있겠니. 네 마음대로 골라 가면 돼."

나는 고개만 주억거릴 뿐 아무 말도 하지 않는다. 그런데 엄마가 내 쪽으로 상체를 붙이고 내 손을 꼬옥 잡는다.

"좀만 있으면 넌 다 큰 어른이 되겠지." 엄마는 웃음을 터뜨리고 이렇게 덧붙인다. "뭐라니, 넌 이미 어른인데. 나까지 포함해 모든 걸 네가 다 챙기고 있는데. 엄만 네가 다 가졌으면 좋겠어, 루카. 집도, 네 가정도, 언젠가는. 우리가 늘 꿈꾸던 그런 집이 너한테 생기면 좋겠다. 어쩌면 저 호숫가 근처에 새로 생긴 고급 주택지에 집을 지을 수도 있겠지."

"그 집에 엄마 방도 마련할게." 나는 엄마의 공상에 추임새를 넣는다. "엄마가 제일 좋아하는 초록색으로 벽을 칠하고, 캐노피가 달린 공주님 침대도 놓는 거야. 뒤뜰에 텃밭도 가꾸고."

엄마가 손을 들어 내 얼굴에서 잔머리를 쓸어 귀 뒤로 넘긴다. "토마토랑 오이를 기르자."

"당근도."

엄마의 눈꺼풀이 점점 무거워진다. 금세 엄마는 곯아떨어질 거다, 아마도 오늘 하루종일 잤을 테지만. "당연히 당근도 심어야지. 네가 제일 좋아하는 거잖아. 엄마가 당근 케이크 만들어줄게."

엄마가 잠들자 나는 허리를 굽혀 엄마의 볼에 입맞춤하고, 그 살갗의 차디찬 감촉에 더럭 겁이 나지만 애써 불안함과 두려움을 누른다. 엄마가 이미 덮고 있는 이불 산에 담요를 하나 더 올려주고 살금살금 침대맡에서 나온다.

나는 곧장 트레일러 맨 앞에 있는 작은 방으로 향한다. 넉넉한 벽장보다 클까 말까 한 공간이지만 문지방을 넘는 순간 또다른 세상으로 건너온 느낌이다. 암이 엄마의 몸을 침훼하기 전에 엄마는 맨날 이 방의 재봉틀과 작업대 앞에서 살았다. 노스캐롤라이나 곳곳에서 어머니들이 딸들에게 입힐 공연용 드레스와 프롬드레스와 심지어 웨딩드레스까지 우리 엄마에게 의뢰했다. 어릴때 나는 엄마 발치에 앉아 우리집에 온 평범한 여자애들이 엄마의 손이 닿는 순간 어떤 식으로든 변신하는 모습을 구경했다. 그때 나는 적절한 헤어스타일과 적절한 드레스와 적절한 액세서리만 있으면 딴사람이 될 수 있다는 것을 배웠다.

한쪽 벽면에는 롤 원단과 리본이 쌓여 있고 재봉틀 뒤쪽 파티클 보드 선반에는 깃털과 라인스톤과 그 외 무궁무진한 장식 재료들이 가득 든 유리 단지가 놓여 있다.

처음 암이 발병했을 때는 내가 엄마의 주문을 넘겨받았다. 기억이 닿는 시절부터 나는 이 방에서 엄마의 작업을 도왔으므로 대수로운 일은 아니었다. 다만 공연용 드레스와 패션소품 주문제작으로 벌어들이는 수입에는 한계가 있었고 엄마에게 필요한 치료비와 약값을 모두 대기엔 턱없이 모자랐다. 나는 창의성을 발휘해야 했다.

근처 그린즈버러의 꽃집에 난 일자리는 절묘한 답이었다. 여자들은 가장 좋은 보석으로 치장하고 꽃집에 오는 것을 좋아한다. 자기 집에서 열게 될 파티와 감탄할 만한 초대손님 목록에 대해 얘기하는 것을 좋아한다. 그리고 당연히 우리가 직접 꽃을 들고 가서 장식하고 아무 문제가 없는지 확인해주기를 바란다.

파티를 준비하느라 정신없고 소란스러운 틈을 타서 방치된 방에 슬쩍 들어가 창문 걸쇠를 열어놓는 건 일도 아니다. 중요한 건 꽃을 배달하러 갈 때는 절대 물건에 손대지 않는 것이다. 미리 손을 대면 그날 일찍 거기 있던 소수의 사람들에게 의심이 몰린다. 안주인들이 파티를 위해 옷을 갈아입을 때까지 기다리는 게 좋다. 보석을 뒤적이며 어느 것이 가장 잘 어울릴지 고르게 놔둔다. 파티가 시작되기 전에 그 작은 보석함에 무엇이 있었는지 분명히 기억할 수 있게 한다.

이후 집안이 손님들과 발레파킹 직원들과 서빙 직원들과 바텐더들로 북적일 때 희미한 인상의 꽃집 직원은 다시 몰래 들어가 그날 저녁에 선택받지 못한 장신구를 손에 넣을 기회를 잡는다. 경찰은 올브리턴 부인에게 이 세 점의 보석을 마지막으로 본 게 언제인지 반드시 질문할 것이고 부인은 파티 직전이라고 말할 것이므로 꽃배달 직원은 용의선상에서 제외된다.

또한 나는 꽃집 직원 버전의 나와 실제 버전의 나를 분리해두는 것이 최선임을 터득했다. 루카 마리노는 생계를 꾸리는 어머니를 도와 드레스를 짓고 패션소품을 만드는 열일곱 살짜리 고등학교 졸업반 여자애다. 꽃집에서 일하는 여자는 머리색이 다르고 화장이 다르고 이름도 다르다.

나는 작업대 앞에 앉아 시간을 들여 찬찬히 보석을 세팅에서 빼낸다. 그다음에 금을 조그만 도가니에 넣어 녹인다. 다음주엔 반대 방향으로 차를 몰고 주 경계를 넘어 버지니아로 가서 보석과 금을 처분할 것이다. 세팅이 제거된 보석은 주인도 알아보지 못한다.

100~200달러 벌자고 너무 큰 위험을 감수하는 짓이긴 한데 지금 우린 한푼이 아쉬운 처지다. 나는 정확한 과녁을 노려야 한다는 것을 깨우쳤다. 파티 장식을 위해 전문 플로리스트를 고용하고 드레스룸 서랍에 고급 보석류 몇 개를 대충 넣어놔도 아무렇지 않을 만큼 부유하지만, 부숴야 할 금고나 해제해야 할 경보 장치가 있을 만큼 부유하지는 않은 여자.

나는 조심스럽게 작업한다. LED 조명이 달린 확대경으로 하나씩 들여다보면서 보석에 흠집이 나지 않도록 금속 받침을 일일이 비틀어 떼어내는 작업은 시간이 꽤 걸린다. 엄마라면 몇 분 만에 뚝딱 해치웠을 텐데. 아니, 그럴 일은 없다. 자신의 작업도구로 내가 뭘 하는지 알면 엄마는 내 볼기를 흠씬 두들겨팰 거다. 엄마가 모르는 일은 엄마의 마음을 다치게 할 수 없다고 나는 이미 오래전에 다짐할 수밖에 없었다.

작업은 자정 직전에 끝난다. 아직 해야 할 숙제도 있고 엄마 약도 한번 더 챙겨드리고 나서야 침대로 기어들어갈 수 있다. 사용한 연장을 치우고 전등을 끄면서 내 머리는 이미 내일 저녁에 있을 결혼식 생각으로 꽉 차 있다.

8장

현재

마음을 다잡고 정신을 추스르는 데 10분이 소요된다. 미련하게도 패닉에 빠졌고, 결과적으로 후회할 일이 되지 않기를 바랄 뿐이다.

그 여자를 피하지 말았어야 했는데.

그 여자가 아는 게 이든과 전반적인 내 인생에 대한 것뿐인지, 아니면 한줌도 안 되는 사람들만이 말해줄 수 있는 더 깊고 내밀한 것들까지 아는지 밝혀냈어야 했는데.

그 여자를 더 압박해서 이야기의 빈틈을 발견한 다음 찢어발겼어야 했는데.

이런 일이 생길 줄 알았어야 했는데.

예상치 못한 상황에 부딪혀본 지 너무 오래됐군.

화장실에서 나오니 라이언이 나를 찾아 인파를 눈으로 훑고 있다. 아까 내가 자리를 떴던 그 자리에 그대로 서 있다. 이동하지 않고 같은 곳에 있으면 내가 그를 찾기 더 쉬울 거라고 생각한 모양이다.

제임스와 그 여자는 어디론가 가버렸다.

내가 다가가자마자 라이언은 내 허리에 팔을 두르며 나를 바싹 끌어당긴다. "괜찮아? 안색이 안 좋은데."

그 여자가 여기 나타났다는 게 문제인데, 당장은 정확히 어떻게 된 일인지 모르겠다. 지난번 작업과 관련이 있을 거라고 단정하면 간단하겠지만 모든 가능성을 고려하지 않으면 자칫 일을 그르칠 수도 있다. 내가 지난 10년간 적을 많이 만들긴 했지만 믿는 도끼에 발등 찍힐 수도 있으니까.

명심해야 한다 — 오로지 팩트에 기반할 것.

나는 고개를 끄덕이며 목청을 가다듬는다. "응, 이젠 괜찮아. 갑자기 술기운이 확 올랐나봐."

나의 곤경을 해결할 간편한 치료법이 있다는 사실에 안도한 듯 라이언은 나를 끌고 뷔페 테이블로 가서 음식을 접시에 수북이 쌓는다. 새하얀 리넨을 덮은 테이블에서 빈자리 두 곳을 찾아내고 접시를 두 자리 사이에 내려놓는다. "이거 좀 먹고 그래도 나아지지 않으면 집에 가자."

하지만 그 여자와 다시 담판을 짓기 전까진 이곳을 떠날 수 없다. 나는 접시 위 진수성찬 중 조각 샌드위치 하나를 골라 우물거린다. 라이언이 지나가는 웨이터를 불러 물을 달라고 손짓한다.

심호흡을 하고. 다시 게임에 임해야지.

"그 제임스라는 친구는 오랜만에 만난 것 같네." 내가 말을 꺼낸다.

"응, 어이구야, 2년 만인가. 어릴 땐 친했는데. 제임스는 대학에 들어간 뒤로 쭉 타지에서 생활했거든." 라이언이 미간을 찌푸린다. "사는 게 호락호락하지 않았던 모양이야. 지금은 잠시 본가에 와 있다네, 아버지가 넘어져 다리가 부러지셨다는군. 어머니랑 같이 아버지 시중도 들 겸 한동안 있다 갈 건가봐."

"그럼 여기 있는 동안 저녁식사에 초대해도 좋겠네. 둘이서 밀린 얘기도 나누고."

라이언이 어깨를 으쓱한다. "뭐, 그래도 되고."

그 여자에 대해 묻고 싶다. 라이언이 그 여자에 대해 뭘 아는지. 혹시 뭐라도 아는 게 있는지. 내가 화장실로 퇴각한 후에 알게 된 게 있는지. 하지만 그건 너무 나답지 않다. 내가 창조한 지금의 나는 캐묻지 않는다. 불필요한 질문을 하지 않는다. 그의 친구나 동행에 대해 정보를 요구하지 않는다. 나는 제임스와 그의 여자친구를 만난 순간을 당일의 흐릿함 속에 묻어야 한다. 별도의 시간대로 구분되어 독립된 기억으로 남지 않도록 해야 한다.

왜냐하면 그 사소한 행위만으로 충분하니까. 어떤 순간이 머릿속에 또렷이 새겨져 뇌리에 남게 하는 데에는 평소 루틴에 작은 변화를 주는 것으로 충분하다고들 한다. 가령 휴가를 가려고 집을 나섰는데 현관문을 잠갔는지 안 잠갔는지 기억이 애매해 종종 난처해지는 사람이라면, 그 순간을 다른 모든 기계적으로 수행되는 현관문 잠그기와 분리시켜야 한다. 열쇠를 꽂기 전에 제자리에서 빙그르 돈다든가 하는 단순한 동작으로도 충분하다. 단순한 동작 한 번으로 그 기억은 영구히 머릿속에 각인된다. 여러 번 거듭 재생될 수 있을 정도로 또렷해진다. 문을 나와서 열쇠를 돌리고 문고리를 잡고 흔들어 잠긴 것을 확인하는 장면이 보이고, 그 일련의 행동을 했는지 안 했는지 머릿속을 뒤질 필요가 없다. 했다는 걸 아니까.

나중에 라이언이 이 순간을 분석하면서 자신의 어릴 적 친구와 노스캐롤라이나 출신 여자한테 내가 왜 유난스레 관심을 보였는지 궁금하게 만들어서는 안 된다. 내가 왜 유독 그들을 적극적으로 찾아내서 그들과 더 많은 시간을 보내려고 했는지. 그런 의문들이 현관문을 잠그기 전 빙그르 도는 동작이 되지 않도록 해야 한다.

파티장에 사람이 많긴 해도 파티가 끝날 때까지 그들과 다시 마주치지 못할 정도로 많은 건 아니다. 지금으로선 적당한 때를 기다리며 이 상황이 그럴듯하게 설명될 수 있는 가능한 모든 시나리오를 검토해봐야겠다.

"모자 끝내주게 잘 어울려요!" 세라가 테이블로 다가오며 환성을 지른다.

나는 머리를 좌로 우로 살짝씩 기울이고, 모자가 내 움직임에 따라 까불까불 흔들린다. "세라 모자도 끝내줘요!" 나도 질세라 열렬히 맞장구친다.

세라를 필두로 라이언의 친구 무리가 속속 도착하고, 흐릿한 눈과 발개진 뺨으로 보건대 사전 파티는 성공적이었던 듯하다.

라이언이 자리에서 일어나 친구들과 악수를 하거나 어깨를 힘주어 잡으며 인사를 나눈다. 우리가 갑자기 사전 파티에 불참한 것에 대해 자기들끼리 이러쿵저러쿵했는지 모르겠으나 내색은 하지 않는다. 남자들이 몇 발짝 떨어진 곳에 뭉쳐 있는 동안 세라가 라이언이 비운 자리에 털썩 앉는다. 베스와 앨리슨이 옆 테이블에서 의자를 끌어오는 동안 레이철은 몇 발짝 거리에 그대로 서 있는다.

앨리슨이 의자 한쪽으로 옮겨 앉더니 레이철을 손짓해 부른다. "여기 같이 앉자, 한쪽 궁둥이라도 걸쳐."

남는 의자가 없어서 망설였을 수도 있지만 내 보기엔 여자 친구들보다는 남자 친구들과 어울리고 싶은 마음이 없지 않았던 것 같다.

일단 다들 자리를 잡자 베스가 상체를 숙이더니 말한다. "내가 여기서 똑같은 모자를 쓰고 온 여자를 세 명 봤는데, 나 같으면 엄청 열받았을 거야." 공작 깃털이 모자 꼭대기에서 튀어나와 거의 땅에 닿을 정도로 커튼처럼 뒤로 늘어진 모자를 쓴 사람을 말하는 게 분명하다. 나도 그 세 명을 다 봤다.

세라가 은잔을 기울여 한 모금 홀짝인다. "그러니까 마사 모자점에서 샀어야지. 마사는 누구에게 어떤 모자를 팔았는지 다 꿰고 있거든. 그리고 절대 같은 걸 팔지 않아. 다음해에도 똑같은 모자는 절대 권하지 않지. 혹시 누가 장롱에 있던 걸 다시 꺼내 쓸지도 모르니까." 그리고 나서 고개짓으로 앨리슨을 가리킨다. "아니면 플로리스트한테 의뢰하든가."

앨리슨의 모자는 뭐랄까 붉은 장미로 만든 담요 같은데 더비 우승마의 등에 덮어주는 장미 카펫처럼 생겼다. 근데 저거 전부 다 생화야?

나는 입술 사이로 비져나오는 실소를 참지 못한다. 다들 모자에 진심인 거다. 눈을 굴리고 고개를 절레절레 젓는 모습으로 보건대 이 파티가 꼴불견이라는 의견에 동의하는 사람은 레이철이 유일한 듯하다.

여자들은 줄기차게 파티장의 모든 사람들을 낱낱이 분석하고, 문득 나는 이걸 이용할 수도 있겠다는 생각이 든다. 제임스 버나드가 라이언의 어릴 적 친구라면 이 여자들의 어릴 적 친구이기도 하다.

적당한 말머리만 있으면 된다.

"어머나!" 앨리슨이 새된 소리를 지른다. "지나 킬번이 무슨 배짱으로 낯짝을 내밀었다니?"

"어디 있는데?" 베스가 묻는다.

앨리슨이 멀지 않은 곳에 있는 키 작고 통통한 금발 머리 여자를 가리킨다. 장신구를 좀 과하게 걸쳤다 싶은 지나 킬번은 이미 만취 상태다. 나도 아까 그 여자가 뷔페 줄에서 나와 걸어가는 모습을 봤다. 하이힐을 신고 술에 취해 비틀비틀 걸어가다 넘어질 뻔했다.

"정말이지 난 도무지 남자들을 이해를 못하겠어. 바람을 피우더라도 굳이 왜 지나처럼 재수 옴 붙은 애랑?" 세라가 말한다.

여자들이 지나의 다음 제물은 누가 될지에 대한 고찰을 끝내자 나는 말문을 연다. "라이언이 몇 년 만에 어릴 적 친구를 우연히 만났어요…… 제임스 버나드라고. 무척 반가워하는 것 같았는데."

네 여자가 일제히 내 쪽으로 고개를 홱 돌린다.

"제임스가 여기 왔어요?" 내가 가져온 소식에 크게 놀란 듯 베스의 입이 다물어지지 않는다.

고개를 끄덕인 뒤 나머지 사람들의 표정도 쭉 살피니 다들 다양한 강도의 충격과 혼란을 드러내고 있다. 레이철만 빼고. 레이철에겐 새로운 소식이 아닌 것이다.

"어떤 여자랑 같이 왔더라고요." 나는 여자의 이름을 입에 담지 않는다. 그 여자의 이름을 입 밖에 낼 수가 없다. 내 이름을.

앨리슨과 베스와 세라는 몸을 돌려 인파를 훑으면서 어디 있나 찾지만, 레이철의 시선은 나를 향한다.

베스가 다시 똑바로 앉으며 말한다. "제임스가 이런 데 나타나다니 맙소사. 분명 돈이 필요해진 거야."

나는 세상 모든 시간을 다 가진 것처럼 느릿느릿 술을 한 모금 마시고 잔을 내려놓은 다음 묻는다. "어째서 그렇게 말하죠?" 평소 단단히 맞물린 나의 차분하고 절제된 껍데기가 금방이라도 산산조각날 것처럼 부르르 떨린다.

"제임스는 골칫덩이거든요." 앨리슨이 덧붙인다. "도박으로 부모를 거의 파산시킬 뻔했죠. 걔네 부모가 해야 할 도리 이상으로 너무 여러 번 아들을 구제해줬어. 지난 몇 년간 제임스가 어디서 뭘 하고 살았는지는 아무도 몰라요."

"어때 보였어요? 인상이 별로였죠?" 베스가 묻는다. "보나마나 별로였을 거야. 솔직히 제임스한테 여자친구가 있다는 게 충격이네. 그 여자도 완전 엉망진창이겠지."

나는 제임스의 여자친구가 엉망진창과 거리가 멀어도 아주 멀다는 언급은 굳이 하지 않는다.

"제임스가 감히 라이언한테 말을 걸다니, 정말 놀랍네." 세라가 말한다.

나는 최대한 대수롭지 않다는 투로 묻는다. "왜요?"

앨리슨이 대신 답한다. "라이언이 몇 년 전에 제임스를 자립시키려고 엄청 애썼거든요. 일자리도 주고, 살 집도 마련해주고, 하나부터 열까지 다 챙겨줬어요. 그랬는데 제임스가 완전 뒤통수를 친 거지. 돈을 훔쳐갔나, 하여간 그래서 라이언이 무지하게 열받았어요."

"그래, 근데 우리 다 알다시피 제임스를 용서할 사람이 있다면 그건 바로 라이언이잖아. 그나저나 그 여자는 또 누굴까?" 세라가 빈 잔에 든 얼음을 흔들며 말한다. 저기서 몇 잔 더 마시면 남편이 와서 들쳐업고 가겠군.

나의 근심은 더욱 깊어진다. 제임스의 귀환은 반갑지 않은 일이며 제임스가 그 여자와 함께 이곳에 등장한 것이 마음에 걸린다. 내 이름과 내 배경을 가진 여자가 내게 접근하기 위해 제임스를 이용했을 가능성을 따져봐야 한다.

레이철은 조용하다. 너무 조용해서, 레이철은 모두의 궁금증에 답을 줄 수 있는 게 분명하다는 확신이 든다.

———◆———

한 시간쯤 전에 '원 포 더 허니'가 모두의 예상을 깨고 우승을 차지했고, 경마에서 거액을 딴 라이언은 구름 위를 걷듯 기분이 아주 좋다.

우리는 인파 속을 여러 번 돌았지만 제임스나 그 여자와는 두 번 다시 마주치지 않았다. 그리고 여자들 얘기를 들어보니 그들도 제임스를 보지 못했다. 제임스와 동행자에 대한 내 언급이 여자들의 식욕을 자극했는지 그들은 게걸스럽게 그 두 사람을 찾아다녔다.

라이언이 내 쪽으로 상체를 숙이고는 귓가에 대고 속삭인다. "있잖아, 경마에서 딴 돈을 소비하는 제일 좋은 방법은 이대로 공항으로 직행해서 멕시코 어딘가의 해변에 닿을 때까지 쉬지 않고 가는 거 아닐까."

나는 고개를 돌려 라이언을 마주보며 오른손으로 넥타이를 감아쥐고 그의 얼굴을 바싹 끌어당긴다. "그거 맘에 드네." 고양이가 가르랑거리듯 말이 흘러나온다. 나는 한 발짝 더 다가가고 우리는 머리끝부터 발끝까지 밀착된다. 에비 포터가 참 많은 걸 갖고 있긴 한데 그중에 여권은 없다. 라이언은 머리글자가 각인된 은잔을 이미 여러 번 리필했으며, 그 계획이 실현될 위험성은 전무하다고 본다―라이언이 업무를 먼저 처리해놓지 않고 무작정 떠나는 일은 절대 일어나지 않는다. 그래도 장단 맞춰주는 건 재미있다. 무엇보다 중요한 건 나 같은 애인이 해변으로의 탈출을 주저할 리 없다는 점이다.

"당신이 지난주에 꺼낸 그 핑크색 비키니를 입은 모습을 줄곧 상상하고 있었어." 라이언의 고개가 툭 떨어지더니 그의 입술이 내 목선을 지그시 누른다. 우리는 구경거리가 되기 일보직전이다. 이런 종류의 파티에서는 공공장소에서 벌어지는 애정 행각을 못 본 척 넘어가는 경우가 없다.

라이언이 이렇게까지 많이 마신 모습은 처음 본다. 취하니 귀엽다. 자꾸 치댄다. 나를 향한 감정이 펼쳐놓은 책처럼 그 잘생긴 얼굴에 빤히 드러나고, 파티장의 모든 사람들이 흘끔거린다. "그 핑크색 비키니를 보여주려고 해변까지 갈 필요는 없지." 주위를 힐끗 보니 우리가 이미 여러 군데서 숨죽인 대화의 주제가 되었음을 알 수 있다. 우리는 그런 식으로 몇 분 더 파티장에 머문다. 오늘의 목표는 라이언의 여자친구로서 내 위치를 공고히 하는 것이다. 그가 얼마나 나한테 푹 빠졌는지 이 자리의 모두가 입방아를 찧게 될 것이다.

제임스와 그 여자는 가버린 것 같으니 이제 나도 떠날 준비가 됐다. 여기서 일찍 빠져나갈수록 어떻게 된 일인지 더 빨리 파악할 수 있다.

"발레파킹 직원한테 차 빼달라고 해. 내가 집까지 운전할게." 그렇게 말하면서 나는 그의 넥타이를 감아쥔 손을 느슨하게 풀고 그에게서 한 발짝 떨어진다.

라이언이 키스하려고 고개를 숙일 때 나는 말리지 않는다. 여유롭게 즐기는 달콤한 키스이자 더욱더 안달하게 만드는 키스다.

그리고 안달하게 되는 것은 위험하다.

나는 이대로가 현실인 세상에서 살 수 있는 시간을 나 자신에게 30초 준다. 나의 연인이 모두가 보는 앞에서 나에 대한 애정을 보란듯 선언하고 그 무엇도 우리의 연애가 영구히 지속되는 것을 막을 수 없는 세상. 나의 정체에든 나의 동기에든 일절 의심의 여지가 없는 세상.

그러나 속절없이 시간은 끝나버린다. "다들 우릴 쳐다보고 있어." 나는 입술을 맞댄 채 소곤거린다.

라이언의 시선은 내게 고정되어 있다. "잘됐네." 그리고 발레파킹 데스크로 가면서 한 손은 내 손을 잡고 다른 손은 주머니를 뒤져 팁으로 줄 돈과 주차권을 찾는다. 그의 친구들은 파티장 여기저기에 흩어져 있고 우리 둘 다 굳이 찾아가서 작별인사를 할 생각은 없다.

나는 운전대 앞에 앉자마자 구두와 모자를 뒷좌석에 벗어던지고 운전석을 앞으로 당겨 내 몸에 맞게 조정한다. 라이언은 거의 눕기 직전까지 의자를 뒤로 젖힌다. 눈을 감은 채 라디오에서 나오는 노래를 허밍으로 흥얼흥얼 따라 부른다.

이런 라이언을 보는 게 좋다. 평소의 그는 매사에 딱 부러진 편이기도 하고 회사에 문제가 생기면 기분이 언짢아지기도 하는데 지금은 편안하고 느긋하다. 방만하다. 나도 이런 내가 너무 싫지만, 다음 순간 나의 생각은 라이언의 경계가 이렇게 내려가 있는 동안 그에게서 뭘 알아낼 수 있는지로 흘러간다. 저 느슨해진 입술에서 얼마나 많은 비밀을 캐낼 수 있을까?

라이언의 손이 운전석과 조수석을 가르는 공간으로 뻗어오고 그의 손가락이 내 손가락과 깍지를 낀다.

"루카." 그가 말하고, 그 한마디가 내 허파에 구멍을 내는 바람에 숨을 들이마시기가 어렵다. 운전대를 잡은 손에 단단히 힘을 준다. 그게 이 차가 도로를 벗어나 날아가 도랑에 처박히는 것을 막는 유일한 버팀목이다.

내 두뇌가 뭐라도 대꾸할 말을 떠올리기 전에 라이언이 말을 잇는다. "제임스랑 같이 있던 그 여자 말이야." 라이언은 여전히 눈을 감고 있어서 나의 조용한 히스테리를 목격하진 못한다. "당신이 화장실에 간 다음에 그 여자가 이상한 말을 했어."

젠장.

젠장, 젠장, 젠장.

코로 깊이 숨을 들이마신다. 입으로 천천히 고르게 숨을 내뱉는다. 두 번 더 반복한다.

"뭐랬는데?" 나는 따분해하는 말투로 들리길 바라며 묻는다.

"자리를 뜨기 전에 그 여자가 말하길 제임스가 나하고 다시 연락하고 싶어한다고, 근데 그걸 제임스한테 들리지 않게 작게 얘기하더라고. 당신하고도 친해지고 싶다던걸."

망할 년.

"흠, 그게 뭐가 이상해?" 내가 말한다.

"제임스와 내가 마지막으로 만났을 때 일이 좀…… 있었거든. 제임스에 대해선 신중해야 한다는 걸 배웠지." 라이언이 툴툴거리며 말한다. "그래도 그 여자는 꽤 괜찮아 보이던데. 제임스한테 아까워."

화가 치민다. 그 여자가 나타난 이유에 대해 아직 모든 가능성을 열어놓긴 했지만 이게 기이한 우연일 가능성은 눈곱만큼도 없다.

라이언이 몸을 돌려 좌석 등받이에 뺨을 대고 나를 바라본다. "다시는 그 녀석을 재정적으로 지원하지 않을 거야. 절대 안 해. 난 할 만큼 했어. 이제 그 녀석 문제는 그 여자 몫이야."

나는 라이언과 손깍지를 낀 손을 내 무릎 위로 당겨 살며시 힘주어 잡는다. 라이언이 혼곤한 미소를 흘리고 나는 이 모든 대화가 내일쯤 되면 흐릿해지길 바란다. "흠…… 당신 그 비키니가 그렇게 좋아?" 나는 손깍지를 풀지만 그의 손은 여전히 내 허벅

86

지 위에 있다.

생기를 되찾은 라이언의 시선이 내 얼굴부터 몸까지 아래로 쭉 훑는다. 내가 원피스 밑단 아래로 라이언의 손을 슬쩍 밀어넣자 밴드 스타킹 끝부분의 레이스에 그의 손가락이 걸린다. 라이언의 눈이 휘둥그레진다. 그는 치마 속에 내가 무엇을 감추고 있는지 알아채고선 화들짝 놀라면서도 지체 없이 스타킹을 물고 있는 스트랩을 틀어쥔다.

요즘은 스타킹을 신는 여자도 별로 없고 스타킹이 악마의 발명품이라는 데 나도 동의한다. 하지만 아직까지 가터벨트에 넘어가지 않는 남자를 보지 못했고 성공이 보장된 낚싯대가 언제 필요하게 될지는 아무도 모르는 일이다.

그리고 지금 내게 무엇보다 필요한 건, 나중에 라이언이 집으로 돌아오는 이 길을 되새길 때 선명하게 떠오를 기억에 루카 마리노는 포함되지 않을 거라는 보장이다.

9장

현재

영업시간이 아닐 때 여기 오는 건 정말 사양하고 싶지만 어제 그 사태 이후로 기다릴 수가 없었다. UPS 택배사무소는 일요일 오전에 일반인에게 문을 열지 않으므로 나는 출입구 키패드에 암호를 입력한 다음 최대한 빨리 안쪽으로 이동한다.

나는 모든 사람의 행동을 최대한 예측하려 하지만, 전혀 예측 불가능한 단 하나가 사서함에 무엇이 들어 있는가다.

작업은 매번 달라지며, 나의 보스가 내 작업—그리고 나—을 통제할 수 있는 유일한 방법은 가급적 오래 나를 무지 속에 가두는 것이다. 딱 진도를 나갈 수 있을 만큼의 정보만 제공하고, 내가 앞서나가거나 판을 바꿀 만큼은 알려주지 않는다.

그리고 당연히 의뢰인이 누구인지는 절대 말해주지 않는다. 왜냐하면 뭐 알다시피…… 통제권의 문제니까.

내가 처음 받게 되는 정보는 장소다. 나는 파견될 도시에 관해 알아야 할 모든 것을 습득한다.

그다음은 표적의 이름이다.

나는 한 번 읽은 것은 영원히 두뇌 어딘가 저 안쪽 귀퉁이에 차곡차곡 저장되는 운좋은 사람 중 하나다. 따라서 처음 내게 라이언이라는 존재를 소개해준 인쇄 문서를 기억해내는 건 간단하다.

표적: 라이언 섬너

라이언은 루이지애나 레이크포빙 버치 드라이브 378에 거주하는 30세 백인 독신 남성이다. 22세에 루이지애나주립대학에서 경영학 학사를 취득했고 재무학을 부전공했으며 졸업 후 6개월 만에 시리즈 7 시험에 통과해 증권 중개인 자격을 취득한 뒤 현재 재무 설계사로 일하고 있다.

가정 환경 및 성장 배경: 3년 터울로 내털리라는 누나가 있다. 아버지 스콧 섬너는 라이언이 10세 때 교통사고로 사망했다. 어머니 메러디스 섬너(현 메러디스 도널드슨)는 그해에 재혼했다. 라이언은 계부와의 불화로 인해 12세 때 친조부모 잉그리드 섬너와 윌리엄 섬너의 집으로 옮겼다. 잉그리드는 6년 전 짧은 암투병 후 사망했다. 윌리엄은 그로부터 1년 후 자택에서 자다가 뇌출혈로 사망했다. 사망한 윌리엄을 발견한 사람이 라이언이다. 조부모는 집과 가구를 라이언에게 남겼고, 유동자산은 라이언과 내털리에게 분배했다.

라이언은 현재 조부모의 집에 거주하고 있다. 그 집은 라이언에게 성역이자 안식처이므로 신중하게 행동할 것. 만약 라이언이 안심하고 당신을 집으로 데려간다면 1단계 성공.

라이언의 연애사는 그가 이성애자임을 시사한다. 최장기 교제 상대는 대학 2학년과 3학년에 걸쳐 만난 코트니 배닝이라는 이름의 여성이다. 해당 교제는 코트니가 4학년 때 이탈리아로 유학을 떠나면서 종료됐다. 졸업 후 레이크포빙으로 돌아온 라이언은 고등학교 때 여자친구 어밀리아 로드리게스와 다시 사귀었으나 5개월 만에 헤어졌다. 이후 라이언은 주로 사교 행사나 직장 행사에 동반이 필요할 때 가벼운 데이트 상대를 구했다. 술집이나 나이트클럽에서 우연히 만난 여성들도 있으나 지속되지 않는 일회성 만남이다. **그러한 환경에서 접근하는 것은 추천하지 않음.** 매우 친밀한 친구 그룹이 있으며 라이언은 그들을 돕기 위해서라면 발 벗고 나선다. 그들은 라이언을 대단히 믿을 만하고 의지할 수 있는 친구로 여긴다. '위기에 처한 여인'이 최선의 접근법으로 보인다.

나는 라이언과 만나기 전 몇 주 동안 라이언의 모든 것을 먹고 자고 호흡했다. 고등학생 시절 풋볼 시합 하이라이트 장면을 시청하고, 가족들의 소셜 미디어 계정을 스토킹하고, 매일의 일상과 오가는 모습을 몇 시간에 걸쳐 직접 두 눈으로 또는 영상 감시 장치를 통해 지켜봤다. '위기에 처한 여인'은 의문의 여지 없이 가장 올바른 접근법이었다.

장소와 표적 다음으로 작업에 사용할 신원이 주어졌다. 이름. 배경. 그리고 그 신원의 신뢰도를 높여줄 각종 관련 서류가 세심하게 준비됐다. 나는 문서에 동봉된 코트니와 어밀리아의 사진을 유심히 들여다보았다. 둘 다 긴 갈색 머리이므로 이번 작업을 위해 에비 포터에게 동일한 스타일과 색조를 입힐 것이다―그러나 유사성은 거기까지다. 라이언이 특정 타입에 끌릴지는 몰라도 두 번의 연애 모두 헤어짐으로 끝났으니까. 에비는 뇌리에 박히기 위해 튀는 옷차림을 할 것이다. 약간 보헤미안과 히피가 섞인 스타일. 화장은 최소한으로, 그러나 목걸이와 팔찌는 잔뜩. 성공한 명문대 출신 청년이 신선한 변화를 추구할 때 딱 알맞은 정도로.

마지막으로 내려오는 퍼즐 조각이 작업이다.

어떤 때는 며칠에서 일주일가량 걸리는 단기 작업이다. 신속히 치고 빠지는 거다. 또 어떤 때는 그보다 훨씬 길다. 두어 달 혹은 더 오래.

나는 당분간 이 신원으로 지내라는 지시를 받았다. 이번 작업에서는 라이언이 텍사스 동부에서 하는 일이 결정적인 열쇠여서 필요한 정보를 얻기가 수월하지 않을 것이다.

지난번 작업의 결과가 보스의 마음에 들지 않았기 때문에 나는 지금 살얼음판 위를 걷는 처지다. 6개월 전 보스는 우리의 오랜 고객이 협박당하고 있다며 그 협박에 이용된 극히 민감한 정보를 빼내오라고 나를 파견했다. 그리고 그 고객이 북동부에서 가장 큰 마피아 조직 중 하나인 코널리 집안의 대부 빅터 코널리라면 실패는 선택지가 아니다. 그런데 나는 그 정보를 빼내는 데 실패했다.

이번 건에서는 완벽함이 생명이다. 이 업계에서 두번째 기회는 극히 드물다. 보스가 이번 작업으로 나를 시험할 거라는 건 익히 알고 있었다. 보스는 내가 여전히 자신의 최고 자산 중 하나인지 아니면 최대 부채가 되어버렸는지 가름해야 했을 것이다. 그래서 이번 작업이 까다로울 거라고 예상은 했지만 그 여자는 전혀 예상 밖이었다.

루카.

그 여자의 등장으로 상황이 송두리째 바뀌었고, 그래서 내가 일요일에 사서함을 확인하고 있는 것이다.

다행히 비가 내려서 나는 검정 레인코트를 단단히 여미고 후드를 눌러썼다. 걸음을 옮길 때마다 빗방울이 흘러내려 바닥으로 흩어진다. 1428번 사서함 앞에 설 때까지.

심호흡을 한 번 하고 나서 암호를 누른다. 문을 활짝 연다.

빗물이 내 발밑의 카펫을 적시는 동안 나는 텅 빈 공간을 노려본다.

문을 닫고 암호를 넣어 다시 잠근다. 일단 차로 돌아와 앞으로 어떻게 할 것인지 머리를 굴린다.

작업을 할 때 모든 가능성을 일일이 고려하지 않는 건 명을 재촉하는 짓이라 배웠지만, 내 직감은 그 여자를 보낸 사람이 나를 파견한 인물과 동일인이라고 알려준다. 엄마 말마따나 아는 귀신이 더 낫다.

이러한 최신 전개 상황에서 연락할 수 있는 전화번호가 있긴 하지만 반드시 최후의 수단으로 사용하라는 경고를 거듭 들었다. 작업에서 긴급 철수하기 직전 혹은 위장 신분이 탄로났을 때. 그것은 실패를 자인하는 것이며 더 나쁘게는―잡혔다는 뜻이다.

하지만 나의 진짜 신원을 사칭하는 자와 맞닥뜨렸을 때의 대처 프로토콜에 대해서는 한 번도 들은 적이 없다.

나는 미지의 영역에 있는 셈이다.

루카 마리노—8년 전

멕시코 여행의 경매가는 1만 2천 달러까지 올라간다. 다들 '좋은 일에 쓰는 거잖아!'라고 말은 하지만 끽해야 2천 달러면 너끈히 쓰고도 남을 여행에 1만 달러 넘게 내려면 일단 좀 취해야 된다.

이 자리의 모두가 아주 넉넉한 신용카드 한도를 가진 사람들이어서 그저 고마울 뿐이다.

나는 빈 쟁반을 어깨 위로 치켜들고 행사장을 요리조리 누빈다. 노스캐롤라이나주 롤리의 여느 토요일 밤이며, 수백 가지 아이템이 경매로 낙찰되는 중인 여느 자선기금 행사장이다. 오늘밤 이곳 컨트리클럽에는 턱시도와 이브닝드레스를 차려입은 사람들이 지역 오페라 공연을 후원하기 위해 모였다.

오십대 남자가 내 앞으로 슥 오더니 명찰을 읽는 시늉을 하면서 필요 이상으로 내 가슴을 한참 주시한다.

"수전, 혹시 맥캘란 온더록스 한 잔 마실 수 있을까?" 남자가 묻는다.

"그럼요, 풀러 씨. 회원 번호가 어떻게 되시죠?"

내가 자기 이름을 안다는 사실에 남자는 놀라지 않고 곧장 다섯 자리 숫자를 읊는다. 나는 이미 그의 번호를 알고 있지만.

바에 가는 길에 주문 두 개를 더 받고, 그다음 10분 동안은 회원들을 추적해 각자 주문한 음료를 전달하느라 바쁘다. 정기적으로 컨트리클럽에 드나드는 단골 회원들도 눈에 띈다. 그들은 이런저런 역할을 맡고 있어서 주말마다 나온다. 그러나 처음 보는 얼굴도 적지 않다.

이 일을 몇 달 동안 하고 있는데 생각했던 것보다 수익이 짭짤하다. 아까 낮에 오늘밤 행사 준비가 모두 완료된 후 신용카드 단말기 중 하나에 복제 장치를 심어놓았다. 손님들이 낙찰받은 아이템의 바가지 금액을 카드로 치르면 신용카드 각각의 성명, 번호, 유효기간이 복사된다.

복제 장치는 고가이고, 오늘밤 이후로 하나 더 장만할 여유가 생길 거라 기대하고 있다.

요령은 신용카드 데이터를 당분간 쥐고만 있는 것이다. 오늘밤 카드 정보를 도난당한 회원들이 주최측에 곧장 알려 이곳에 있던 사람들을 면밀히 살펴보게 되면 내게 이로울 게 하나도 없다. 엄마가 곧잘 하던 말이 있다. 새끼 돼지는 살찌우지만 살찐 돼지는 도살된다. 그럼 안 되지. 나는 몇 주가 지난 다음 이 신용카드들을 여기저기서 조금씩 사용할 것이다. 거래에 당장 의문을 제기하거나 시선을 끌지 않을 정도로만. 마음대로 쓸 수 있는 카드가 워낙 많아서 소액으로 조금씩 쌓여도 금방 불어난다.

"카보산루카스 4인 올인클루시브 여행권은 1만 3500달러에 롤린스 부인에게 낙찰되었습니다!" 사회자가 마이크에 대고 선언한 다음 망치를 두드린다. 군중 사이에서 우레와 같은 환호성이 일어난다.

그래, 이 건에 후회는 없을 거다.

마지막 경매 아이템이 낙찰되자마자 밴드가 소리 높여 연주를 시작한다. 계산 줄이 행사장 뒤쪽 벽을 따라 길게 늘어서고, 꼼짝없이 줄에 서서 대기하는 회원들에게 혹여나 부족한 게 있을세라 서빙 직원들이 즉각 행동에 나선다. 나는 사람들이 화장실에 가려고 잠깐 줄에서 이탈할 때 대신 자리를 맡아주기까지 한다.

행사가 마무리되고 사람들이 슬슬 돌아갈 채비를 할 때쯤 나는 복제 장치를 회수하기 위해 운영팀 테이블 근처에서 얼쩡거린다.

"제가 뭐라도 도와드릴까요?" 운영팀이 구역을 나누어 정리를 시작할 때 나는 팀장을 맡은 여자에게 다가가 묻는다.

"네! 지금은 고양이 손이라도 빌려 써야죠!" 팀장이 좀 지나치다 싶게 반가워한다. 그리고 마침 여기 있구나 다행이다라는 투로 내 팔을 힘주어 꽉 잡는데, 뭔가 좋지 않은 예감에 뒷목이 빳빳해진 나는 매의 눈으로 현상황을 살핀다. 뭔가 싸하다. 나는 남은 행사 일정표를 그러모아 상자에 담은 다음 주차장으로 짐을 한꺼번에 옮길 때 쓰는 카트에 쌓으면서 사람들을 주의깊게 관찰한다. 여느 주말과 다를 바 없어 보여 괜한 우려를 삼킨다. 딴사람들이 한눈팔 때까지 기다렸다가 신용카드 단말기를 재빨리 집어들고 단 한 번의 신속한 동작으로 복제 장치를 빼낸다.

"거기 손에 든 게 뭡니까?" 뒤에서 누가 묻는다.

등줄기가 서늘해진다. 나는 빙그르 돌아 양손을 펼쳐 한 손에는 단말기를 다른 손에는 조그만 복제기를 들어 보인다. "정말 죄송합니다. 제 알바비에서 제하셔도 돼요. 그냥 집어들었는데 이렇게 금방 부서지는 물건인 줄 몰랐어요."

나는 장치 두 개를 전부 매니저에게 내밀고 그의 눈을 똑바로 쳐다본다. 매니저는 순간 당황했지만 이내 정신을 다잡은 것 같다.

"순진한 척 눈 똥그랗게 떠도 소용없어. 그동안 당신이 무슨 짓을 했는지 다 아니까. 우리 회원들과 손님들 카드 정보를 몰래 훔쳤지." 설리번 씨가 내 손에서 장치를 홱 낚아채 그의 양옆에 나타난 제복 경찰관 한 쌍에게 던지듯 들이민다. 그러나 두 경찰관 모두 받지 않는다. 둘 중 가까이 있던 경찰이 커다란 비닐봉지를 내밀며 설리번 씨에게 봉지 속에 증거물을 떨구라고 한다.

내 이마가 어리둥절히 구겨진다. 아래턱이 적당히 떨어지며 입이 벌어진다.

아직 행사장에 남아 서성이던 회원들이 경찰과 나의 실랑이에 관심을 보이며 이쪽으로 다가온다. 온갖 생각이 머리를 스친다. 여기서 몇 발짝 떨어진 디저트 테이블 아래 숨겨둔 노트북과 모뎀이 걱정이다. 청소하는 직원이 테이블보를 걷으면 장비가 다 노출될 텐데 시간이 얼마 없다.

나는 양손을 들어 설리번 씨에게 손바닥을 펼쳐 보인다. "잠시만요. 제가 뭘 훔쳤다고 생각하시는 건가요? 저 까만 플라스틱으로?" 내 목소리는 가느다랗고 몇몇 단어에서는 목이 메어 미처 말이 나오지 않는 듯 갈라진다. 나는 경찰관 쪽으로 몸을 돌리고 재빨리 명찰을 읽는다. "포드 경관님, 저는 그냥 정리하는 걸 도와드리려 했을 뿐이에요!"눈물이 고였다가 크게 방울져 흘러넘친다. 내 장비를 손에 넣고 여기서 벗어날 타이밍이 필요하다. 이대로 경찰서로 끌려갈 수는 없다. 나는 가짜 이름과 가짜 사회보장번호를 이용해 취업했고 조금만 조사해보면 금방 들통날 것이다. 나는 여기서 사라져야 한다.

포드 경관이 내 말을 믿고 싶어하는 눈치를 보이자 설리번 씨는 윌리엄스 경관을 향해 말한다. "저 사람을 여기서 끌어내요. 지금 당장."

윌리엄스 경관이 고개를 끄덕이더니 뒷주머니에서 작은 수첩을 꺼낸다. "물론이죠, 하지만 그전에 몇 가지 질문을 좀 하겠습니다." 경관이 테이블 옆 의자를 가리키며 내게 앉으라고 지시한다. 나는 달아날까 3초쯤 고민하지만 어차피 노트북 없이 멀리 갈 수는 없다.

윌리엄스 경관이 운영팀 사람들과 얘기하고 포드 경관이 그 옆에 서 있는 동안 나는 의자에 앉아 행사장을 쭉 훑어보며 아직 남아 있는 사람들의 얼굴을 하나하나 머릿속에 넣는다.

"신용카드 단말기에 문제가 있다는 사실을 어떻게 아셨습니까?" 좀전에 내 팔을 꽉 잡았던 운영팀장에게 윌리엄스 경관이 묻는다.

"그게 말이죠," 팀장이 얼굴을 빛내며 말한다. "아까 초저녁에 단말기에 카드를 읽힌 다음 꺼냈는데 그 시커먼 게 카드와 함께 딸려나온 거예요. 다른 단말기들을 살펴보니까 그건 이 기계에만 붙어 있더라고요. 그래서 뭔가 싶었죠. 설리번 씨한테 봐달라고 가져갔고, 그게 말로만 듣던 복제 장치라는 걸 알았어요. 그 단말기는 다시는 사용하지 않았고요."

윌리엄스는 그 내용을 다 받아적는다. "그 문제의 카드 단말기는 어느 분이 담당하고 계셨지요?"

근처에 있던 짧은 금발 머리 여자가 손을 든다. "저요." 내가 잡히는 데 한몫을 해서 죄책감이 드는지 여자는 내게 미안하다는 표정을 지으며 말한다.

윌리엄스가 여자의 이름을 받아적고 연이어 질문한다.

설리번 씨가 기어이 윌리엄스 경관의 심문 중간에 끼어든다. "이미 다 아는 얘기잖아요. 범인이 그 장치를 회수하려고 나타나는지 잠복해서 감시하라고 경찰서에서 두 분을 여기로 보낸 거니까." 내가 현행범으로 잡힌 지 30분쯤 지났고 남아 있는 사람들은 더욱 가까이 몰려들고 있었다. 설리번 씨는 사람들이 참견하기 전에 나를 여기서 치워버리고 싶은 기색이 역력하다. "정식으로 고소할 테니 저 여자를 즉각 이 건물에서 데리고 나가셨으면 합니다."

"저기 실례합니다만 누가 테이블 밑에 짐을 놓고 가셨는데요." 그리 멀지 않은 곳에 서 있는 청소 직원이 한 손으로 테이블보를 말아올려 잡고 있고 다른 손으로는 그 아래쪽 바닥을 가리킨다.

장비가 발각됐다. 노트북은 암호가 걸려 있으니 들여다보진 못하겠지만 저걸 가져가버리면 내 전 재산이 사라진다.

운영팀장이 가까이 다가가 살펴보더니 경찰을 돌아보며 말한다. "저희 건 아니네요."

포드 경관이 테이블 쪽으로 걸어가 손에 직접 닿지 않도록 냅

킨을 이용해 노트북과 모뎀을 집어든다. 그리고 나를 보며 묻는다. "본인 거 맞죠?"

나는 못 들은 척한다. 포드 경관은 운영팀에서 제공한 상자에 노트북과 모뎀을 전부 넣는다. 직원 휴게실에서 꺼내온 나의 백팩도 압수한다.

"어서 데리고 나가요." 설리번 씨가 불쾌하기 짝이 없다는 투로 말한다.

윌리엄스 경관이 나를 의자에서 일으키더니 행사장을 마주하도록 돌려세운다. "양손을 뒤로 주십시오."

윌리엄스 경관이 내게 수갑을 채우며 나의 권리를 읊어준다. 그가 나를 데리고 나갈 때 내 고개는 푹 꺾이고, 우리 뒤에서 포드 경관이 내 장비 일체를 들고 뒤따른다. 나는 나 자신에게 너무 화가 난다. 잡혔다는 게 화가 난다. 나의 직감이 뭔가 싸하다고 알려주었음에도 무시해버린 게 화가 난다.

주차장으로 나와 경찰차 앞에서 포드가 상자를 땅바닥에 내려놓고 차 열쇠를 찾아 주머니를 뒤적인다. 차문이 열리자마자 윌리엄스가 뒷문을 열고 내게 먼저 타라고 몸짓한다.

"저 지금 연행되는 거죠." 딱히 질문이랄 것도 없이 내가 말한다.

내 말에 대꾸하는 경관의 표정은 심드렁하다. "그야 연행해야죠. 하지만 초범이라면 관대히 봐줄 가능성이 높습니다."

포드 경관이 내 짐이 든 상자를 트렁크에 넣으려고 걸음을 옮길 때 싸구려 갈색 재킷에 슬랙스를 입은 나이 지긋한 남자가 우리 쪽으로 다가온다.

"윌리엄스." 남자가 이름을 부르자 경관은 나를 차 안으로 막 밀어넣으려다 말고 남자 쪽으로 몸을 돌린다.

"샌더스 형사님." 윌리엄스가 깜짝 놀란다. "이 건 때문에 호출되신 겁니까?"

형사는 나를 슥 살피더니 이내 윌리엄스에게 주의를 돌린다. "응, 거기 있던 어느 높으신 양반이 자기 신용카드 정보가 샜다나 어쨌다나 걱정된다면서 서장한테 전화를 했더라고. 나한테 얼른 가서 나중에 꼬투리 잡히지 않게 잘 처리하라더군."

샌더스 형사가 두 팔을 벌려 뻗는 모양이 포드에게 내 노트북과 모뎀과 백팩이 든 상자를 넘겨달라는 게 분명하고, 포드는 냉큼 갖다 바친다.

윌리엄스 경관이 고갯짓으로 나를 가리킨다. "제가 서로 데려 갈까요, 아니면 직접 데려가시겠습니까?"

"내가 하지." 샌더스 형사가 말한다. "수갑 풀어줘. 내 걸로 채워서 데려갈 테니."

나는 곧장 풀려난다. 새로운 사람에게 인계되는 것뿐이지만.

샌더스 형사가 나를 굽어본다. "말썽 피우지 않고 얌전히 내 차까지 걸어갈래 아니면 지금 바로 손 뒤로 모아서 수갑 채워야 할까?"

"협조할게요." 내가 말한다.

두 경관은 순찰차를 타고 가버리고 우리는 샌더스의 아무 표식 없는 차로 간다. 샌더스가 상자를 뒷좌석에 실은 후 나를 향해 돌아서는데 한 손에는 작은 휴대폰이, 다른 손에는 내 백팩이 들려 있다. "이 휴대폰에 있는 번호로 전화를 걸고 저쪽에서 하라는 대로 해. 그럼 네 물건을 돌려주지."

내가 둘 중 어느 것에도 손대지 않자 샌더스가 휴대폰을 내 코앞에서 흔들어댄다. "나라면 이 제안을 거절하지 않을 거다. 두 번 기회는 없어."

나는 둘 다 낚아채고 샌더스 형사를 노려본다. "풀어주는 건가요?"

샌더스는 말없이 운전석으로 향한다. 자동차 미등이 어둠 속으로 사라질 때까지 나는 그 자리에 붙박인 채 서 있다.

컨트리클럽 정문에서 들려오는 소리에 나는 즉각 움직이기 시작한다. 흥미진진한 눈요깃감이 사라졌으니 사람들이 흩어지는 중이다. 나는 내 차로 달려가 백팩에서 차 열쇠를 꺼낸다. 휴대폰은 조수석에 던져두고 내가 살고 있는 원룸 아파트 차고에 차를 세울 때까지 건드리지 않는다.

집으로 뛰어들어가 백팩을 조그만 식탁 위에 던지다시피 내려놓은 다음 휴대폰을 들고 침대로 간다. 연락처 목록에는 단 하나의 이름밖에 없다. 스미스 씨.

나는 이름을 선택하고 통화 버튼를 누른다. "이 번호로 전화하라던데요." 전화가 연결되자마자 내가 말한다.

"우린 자네를 지켜보고 있었지." 예상치 못한 기계 변조음에 깜짝 놀라 휴대폰을 놓칠 뻔한다. 남자는 음성 변조기를 쓰고 있다. "처음엔 그린즈버러에서, 지금은 롤리에서. 어머니가 돌아가셨다는 소식은 들었네, 유감일세."

핏기가 싹 가신다. 이 원룸에 사는 여자와 이튼의 트레일러 공원에 살던 여자애를 연결시킬 수 있는 사람이 있을 리 없다. 그

점은 확실히 해왔는데.

아니, 확실히 해왔다고 생각했는데.

"왜요?"

"자네는 손대지 말아야 할 것을 손에 넣는 재능이 있던걸. 자네를 찾아내는 데 자원과 시간이 꽤 들었어. 나는 좀처럼 감탄하지 않는 사람인데 자네가 기어코 그걸 해내더군."

망할.

속으로 야단났다 큰일이다 난리가 났지만 숨을 몇 번 들이마시고 마음을 가라앉힌다. 간단한 장신구를 졸업하고 그림, 은제품, 골동품…… 나 혼자 옮길 수 있는 크기라면 뭐든 가리지 않고 손대기까지는 그리 오래 걸리지 않았다. 그리고 인터넷을 충분히 깊이 파고들어가면 기꺼이 사겠다는 구매자는 얼마든지 찾을 수 있다.

"돌려드려요?" 내가 묻는다.

"물건은 이미 회수했네."

이건 왠지 더 좋지 않은걸.

"근데 좀 곤란한 처지에 빠졌더군. 장비 때문에 그런 식으로 발각되다니 운이 나빴어. 그대로 경찰서로 연행됐다면 내가 자네를 구하지 못할 수도 있었지."

나는 침대에 드러누워 천장을 노려본다. 너무 초현실적이어서 어떻게 받아들여야 할지 모르겠다. 엄마가 아프고 나서는 아무도 나를 보호해주지 않았다. 하지만 나의 키다리 아저씨가 기계 변조음으로 나타날 리는 없잖아. "그럼 감사드려야겠네요. 어떻게 한 거예요?"

"받을 빚이 있는 사람한테 전화 한 통 넣었지. 자네 노트북이 지금 나한테 있는데 이걸 무척 돌려받고 싶어할 것 같군. 자네에게 줄 일거리가 하나 있네. 내 얘기를 끝까지 들으면 자네 물건을 돌려주지."

"내가 그 일을 거절해도요?" 내가 묻는다.

"거절할 리가. 어디 동전 하나 떨어진 거 없나 소파 쿠션 사이까지 뒤지고 살았으면서. 살아생전 본 적 없는 거금과 오늘밤 같은 일이 생겼을 때 잡히지 않을 뒷배를 제공하겠다는 건데."

나는 대답하지 않는다. 피차 내가 거절하지 않을 거라는 걸 아니까.

"문자로 주소를 보내겠네. 월요일 오전 9시까지 나오도록."

그리고 전화가 뚝 끊긴다.

◆

그 일이 뭔지 궁금하지도 않았고 그게 뭐가 됐든 거절할 궁리만 하고 있었다고 말하고 싶지만, 그렇다면 거짓말이 될 것이다.

월요일이 되자 나는 날이 밝기도 전에 알려준 주소 근처에 가서 눈에 띄지 않는 곳에서 대기한다. 주소를 찾아가니 보석금 보증보험회사가 나왔고, 오전 8시가 되니 드나드는 사람들 흐름이 꾸준한데 이쪽 계통 업체는 주말 지나면 이 정도가 일반적인 듯하다.

나는 잘 모르는 불확실한 세계에 들어가는 것을 좋아하지 않는다. 저 건물에 들어가기 전에 낯익은 사람이 눈에 들어오면 좋겠는데. 전화 속 목소리는 내게 아무런 실마리를 주지 않았다. 음성 변조기를 거쳐도 말투와 억양이 드러나는지 모르겠지만 그 남자 한테 억양이 있었다 한들 나처럼 했을 거라는 감이 온다―수년을 들여 본인의 신원과 출신지의 흔적을 모조리 지웠을 것이다. 꽃집에서 그 첫 일자리를 얻고 얼마 되지 않아 나는 꽃집에 오는 여자들과 나 사이의 거리가 은행 잔고의 차이보다 나의 남부 억양에서 더 크게 비롯된다는 것을 깨달았다. 그 어느 것보다 걸음걸이, 말투, 몸짓이 나에 대한 정보를 소리 높여 방출한다.

내가 스미스 씨의 물건을 훔쳤다면 분명 과거 어느 시점엔가 우리의 길이 교차했을 것이다. 얼굴, 이름, 장소, 사건, 숫자는 그것들을 보고 들은 순간 내 머릿속에 박제된다. 그러나 시곗바늘이 점점 9시에 가까워지는데도 길에는 순 모르는 얼굴뿐이고 나는 일단 단념하고 무작정 들어가본다.

낮고 뚱뚱한 적갈색 벽돌 건물이 블록 정중앙에 자리잡고 엇비슷하게 음울한 두 건물 사이에 서 있다. 파란색 간판에는 'AAA 사설탐정서비스 및 보석보증보험'이라고 쓰여 있고 그 밑에 조그만 글씨로 이렇게 적혀 있다. '수표현금화 및 단기소액대출.' 나는 간판 아래 문을 당긴다.

안으로 들어서는 순간 열기와 땀냄새가 뒤섞여 훅 끼쳐온다. 접수처 직원이 내 이름을 적고 대기실 쪽을 손가락으로 가리키더니 수화기를 들고 누군지 모를 상대방에게 나의 도착을 전한다. 대기실 벽은 대머리 독수리가 리더십에서 가장 중요한 요소를 알기라도 하는 듯 야생동물 사진과 영감을 북돋는 격언이 조합된 포스터로 뒤덮였고 짝이 맞지 않는 의자들이 벽면을 따라 놓였다. 나는 다 죽어가는 화분 두 개 사이의 빈 의자에 털썩 앉는다. 대기실에는 한구석에서 소리 죽여 싸우고 있는 커플과 내 오른편 의자에 웅크려 앉아 요란하게 코를 고는 아저씨뿐이다.

몇 분 후 접수처 직원이 내 이름을 부르더니 접수 데스크 안쪽 복도를 손가락으로 가리키며 "오른쪽 맨 끝방"이라고만 하고 끝이다.

나는 좁은 복도를 따라 굳게 닫힌 문 세 개를 지나 직원이 알려준 문 앞에서 걸음을 멈춘다. 잠깐 마음을 다잡는 시간을 가진 후 문을 두드린다.

"들어오세요!" 안에서 누가 외친다.

문을 열고 들어간 나는 책상 앞에 앉아 있는 남자를 보고 놀란다. 나는 속으로 전형적인 양아치 사기꾼을 그리고 있었다. 키 작은 대머리 남자가 음흉한 미소를 흘리고 있고, 근처 재떨이에는 피우다 만 담배가 타고 있겠지. 그런데 이 남자의 생김새는 그와 정반대다. 금발 머리다. 게다가 잘생겼다. 내가 들어가자 남자는 자리에서 일어나 책상 너머로 손을 뻗어 내 손을 잡고는 열정적으로 흔들며 악수한다. 하늘색 버튼다운 셔츠는 그의 눈 색깔과 완벽한 조화를 이루고 그 효과가 너무 눈부셔서 이 남자의 옷장에는 똑같은 색상의 셔츠가 한가득일 거라는 생각이 든다.

"루카! 만나서 반가워요. 나는 맷 로언이라고 합니다."

어젯밤에 통화한 사람과 이 사람이 동일인인지 알 길은 없지만 아닐 거라고 확신한다.

나는 가볍게 고개를 끄덕인다. "로언 씨."

남자가 내게 환한 미소를 날리며 말한다. "맷이라고 불러요.

자, 앉으시죠."

나는 의자 끄트머리에 걸터앉아 책상 한구석에 놓인 내 노트북을 흘끔거린다.

맷이 나의 시선을 알아차린다. "가져가요. 여기까지 온 것만으로 당신 겁니다."

나는 책상에서 노트북을 들어 꽉 껴안고 싶은 충동을 누르며 무릎에 올려놓는다.

맷은 손에 든 펜을 빙글빙글 돌리면서 나를 유심히 뜯어본다. "솔직히 우린 당신이 들어갔다 빠져나온 장소들 면면에 깊은 인상을 받았습니다."

"우리가 누군데요? 당신네 조직에는 기분 나쁜 남자들이 몇 명쯤 돼요?" 내가 묻는다.

맷은 요 깜찍한 것 봐라 싶은지 능글능글 웃는다. 휴대폰의 알림음이 울리자 유유히 책상에서 폰을 집어든다. 맷의 엄지손가락이 놀라운 속도로 화면 위를 날아다니고 그는 오로지 휴대폰에만 집중한다.

"스미스 씨인가요?"

완벽히 무시하며 거들떠보지도 않는다.

괜찮다. 그쯤은 기다릴 수 있다.

마침내 맷이 휴대폰에서 고개를 들고 말한다. "당신에게 줄 일거리가 있습니다. 꽤 거금을 만질 수 있는 기회죠."

"뭘 해서요?" 내가 묻는다.

맷이 의자 팔걸이에 양 팔꿈치를 괴고 책상 위에 발을 올려놓는다. 휴대폰은 잠시 잊힌다. "당신이 잘하는 걸 하게 될 겁니다.

우리가 특정 상황에 당신을 투입하면 당신은 우리에게 필요한 걸 갖고 오는 거죠. 아무도 모르게. 우리가 뒷배를 봐주면 얼마나 달라지는지 당신은 믿지 못할 겁니다. 당신이 하겠다고만 하면 바로 상세한 사항을 알려드리죠."

　이거 갈등되네. 머릿속에 두 가지 다른 길이 보인다. 명백히 갈림길에 선 순간이다. 저 남자가 제안하는 일거리를 받으면 이쪽 세계에 더욱 깊숙이 발을 담그게 될 테지만 저들의 지원이 있으면 수갑이 내 손목을 파고들던 그때 느낌은 아스라한 기억이 될 것이다. 다른 길은 정직하게 살아가는 거다. 진짜 곤경에 처하기 전에 빠져나가는 길이다. 그제 밤에 입증됐듯 일이 잘못되는 건 시간문제일 뿐이니까.

　엄마는 인생에서 성공하려면 세 가지가 필요하다고 입버릇처럼 말했다. 뭐든지 배울 것, 끝까지 최선을 다할 것, 내 분야에서 최고가 될 것.

　지난 토요일 밤에 나는 배울 게 많다는 것을 배웠다.

　엄마를 떠올리기만 해도 가슴이 아프다. 하지만 나는 아픔을 눌러 삼킨다. 엄마는 세상을 떠났고 그 시절 내 삶에는 아무런 기회도 가능성도 없었다. 언젠가는 엄마와 얘기했던 대로 멋진 정원이 딸린 멋진 집에 사는 노스캐롤라이나 이든 출신 시골 소녀 루카 마리노로 되돌아갈 생각이지만, 오늘은 그날이 아니다. 오늘은, 그 꿈을 현실로 이루기 위해 필요한 돈을 버는 법을 배운다.

　"좋아요. 하죠. 그 일이 뭔데요?"

10장

현재

더비 파티 이후로 사흘이 지났는데 사서함에는 여전히 아무것
도 없다. 그 여자의 본명과 출신지를 알아내는 데 조금의 진척도
보지 못했다. 그리고 본명을 알아내기 전까지 내겐 그저 그 여자
일 뿐이다.

하지만 내가 시내에서 그 여자를 보지 못했다고 해서 그 여자
가 숨어 지낸다는 뜻은 아니다. 어딜 가든 사람들이 '루카 마리
노'라는 이름을 입에 담으며 그 여자와 만났던 일에 대해 떠들어
댄다.

더비 파티 후 나는 네 여자의 단톡방에 초대됐고, 우리의 첫 점
심식사 장소로 물망에 올랐던 그 티룸에서 세라가 그 여자와 우
연히 마주쳤다든가, 베스가 네일숍에서 손질을 받다가 그 여자와
우연히 만났다든가 하는 얘기를 실시간으로 볼 수 있었다. 그리
고 더비 파티에서 제임스에 대해 그렇게 악담을 했음에도 앨리슨

과 콜 부부는 어제 그 커플과 저녁식사를 같이했다. 오늘 아침 앨리슨이 상세 요약본을 올렸다.

심지어 소규모 지역 일간지의 '인물과 생활' 섹션에는 더비 파티 때 제임스와 그 여자의 사진이 실렸다. 인쇄 지면에서 본 그 여자의 모자는 실물보다 훨씬 세련되고 우아했다.

시간을 들여 환심을 사며 서서히 스며든 나와는 달리 그 여자는 이 동네를 허리케인처럼 강타했다.

그 여자의 선 넘은 뻔뻔함과 대담함은 제임스의 모친이 그 여자가 직접 만들어 제임스의 부친에게 대접한 수프를 신나게 자랑한 페이스북 포스팅이 얻어걸릴 때까지는 명확히 드러나지 않았다. 버나드 집안에 그 여자가 들어오다니 얼마나 운이 좋은지에 대해 128개(그리고 늘어나는 중이다)의 댓글이 달렸다. 제임스의 모친이 포스팅에 그 여자를 태그해놓은 덕에 나는 단 한 번의 클릭으로 그 여자의 페이스북에 닿았다.

그 여자의 계정은 생긴 지 얼마 되지 않았다. 프로필 사진과 함께 올린 이 캡션이 첫 게시물이다. 어이쿠 원래 계정 해킹당함 여기서 놀기로! 그게 내가 레이크포빙에 도착한 지 일주일쯤 지났을 때다.

그 여자가 내 이름과 인생사에 해당하는 상세한 설정을 들고 이 도시에 나타난 것이 무해한 우연이 아님을 확인해준 것은 두 번째 게시물이다.

6학년 때 우리 반은 지역 농장으로 체험 학습을 가서 소젖을 짜고 닭모이를 주는 등 자질구레한 농장일을 하며 농부 체험을 했다. 그날 막판에 우리가 찍은 단체사진을 그 여자가 어디선가 찾아내 '과거의 오늘' 식으로 캡션을 달아 올린 것이다. 예전 상자들을 뒤지다가 내가 뭘 발견했게! 정말 즐거운 날이었지! 내가 빠뜨린 사람들은 알아서 자진 태그해!

사진 속 나는 맨 앞줄 왼쪽에서 두번째에 책상다리를 하고 앉아 있고, 엄마가 군청색 깅엄 띠로 목깃과 소맷부리와 밑단을 장식해준 제일 좋아하는 빨간 스웨트 셔츠와 청바지를 입고 있다.

나와 같이 학교를 다녔던 사람들—몇 년 동안 생각해본 적도 없는 같은 반 아이들—몇몇이 그 사진에 자기들을 태그했다. 댓글은 가히 사이버 동창회를 방불케 했고, 대부분이 그 여자가 나라고 완전히 믿고 다시 만나서 반갑다는 얘기를 전하기 위해 작성된 것들이었다.

나는 다시 프로필 사진으로 돌아가 눈의 초점이 흐릿해져 잘 안 보일 때까지 열심히 들여다본다. 사진 속 여자는 고개를 비스듬히 돌려 긴 머리로 얼굴을 거의 다 가렸고 깔깔 웃고 있다. 굉장히 자연스럽게 잘 찍혔다. 옛날 친구들이 마지막으로 본 나는 아직 볼에서 젖살이 빠지지 않은 십대였다. 그 여자가 나라고 밝힌 걸 친구들이 곧이곧대로 믿어버릴 만도 했다.

여느 다른 일이었다면 나는 그 여자를 소개받자마자 몇 안 되는 소지품을 챙겨 부리나케 이 동네를 떴을 것이다. 하지만 이 작업을 포기함으로써 예상되는 파장이 내 본능을 짓누른다. 나는 달아날 수 없다. 아직은. 지난번 작업을 생각한다면 더더욱.

나는 더비 파티 전에는 자연스럽게 배어나오던 유쾌하고 낙천적인 여자친구 역할을 유지하느라 안간힘을 쓰고, 라이언에게 의심을 사지 않도록 심혈을 기울여 연기한다.

흘낏 주방 시계를 보니 움직여야 할 시간이다. 개수대에서 커피잔을 헹구고 나서 가방을 챙겨들고 차고로 향한다.

고심 끝에 미뤄왔던 전화를 걸어야 할 시점이라는 결론에 다다른다. 통화는 차 안에서 은밀히 해야 할 것이다. 보스가 아닌 다른 사람이 그 사칭범을 보냈을 가능성도 없진 않지만 매우 희박하다. 보스가 그 여자에 대해 내가 아닌 다른 정보원을 통해 알아낸다면 심각한 결과가 초래될 거라는 건 자명하다. 현상황에 대한 전화 보고가 지금 내게 기대되는 행동 패턴이며, 현재 나는 100퍼센트 예측 가능하게 행동할 필요가 있다.

남들에게 보이지 않게 라이언의 차고 안쪽에 주차된 차 안에서 나는 글로브박스를 열고 상자째 보관된 선불폰을 꺼내 포장을 뜯는다. 이 폰은 한 번 쓰고 나면 폐기처분될 것이다.

휴대폰에 전원이 들어오자 나는 이 작업을 처음 시작할 때 외워둔 번호로 전화를 건다. 전화가 연결되고 단조로운 기계 음성이 묻는다. "문제가 생겼나?" 음성 인식 소프트웨어가 판을 치는 세상에서 스미스 씨의 진짜 목소리는 그의 본명과 마찬가지로 주도면밀하게 보호되는 기밀이다.

"중대한 상황 변화로 통화가 긴요함. 나의 신원을 사칭한 여자와 접촉함. 내 본명을 사용하고 내 고향 출신이라고 주장하며 세세한 나의 과거 행적을 자신의 것처럼 활용함. 조언 바람."

침묵이 거북할 정도로 길다.

"그런데도 상황을 보고하기까지 사흘이 걸렸단 말이지."

젠장.

"우연이 아니라는 걸 100프로 확신한 후에 —"

스미스 씨가 내 말허리를 자른다. "자네가 대체 가능하다는 사실을 환기해줄 필요가 있는 것 같았거든. 그 여자의 등장은, 처참한 실패였던 지난번 작업과 정반대로 이번 일을 성공적으로 완료하기 위한 동기 부여로 생각하게나. 이번 작업을 흡족하게 마치기만 하면 자네는 나의 직원들 중 유일한 루카로 되돌아갈 거야, 노스캐롤라이나 이든 출신의 루카 마리노." 스미스 씨는 잠깐 뜸을 들였다가 덧붙인다. "그게 자네한테 얼마나 중요한지 내 잘 알지."

지난번 작업에서 내가 스미스 씨에게 넘겨주기로 한 정보가 극도로 민감한 내용이 아니었다면 그는 이런 식으로 나를 위협할 필요성을 느끼지 않았을 것이다. 내 이름과 배경을 가지고 이 동네에 나타난 여자가 내게 얼마나 큰 피해를 입힐지 알 수 없긴 하지만, 그렇다고 그 여자가 내게 피해를 줄 수 없다는 뜻은 아니다. 스미스 씨는 수지가 맞지 않는 일은 하지 않는다.

이쪽 업계에서 대체된다는 말은 추천서 없이 쫓겨난다는 얘기가 아니다. 내가 스미스 씨의 본명은 모를지라도 그냥 문 열고 나가듯 쉽게 여기서 벗어날 수 없다는 것쯤은 안다.

나머지 손으로 운전대를 움켜쥐고 나는 소리를 지르고픈 충동을 억지로 삼킨다. 내 어조를 통제할 수 있다는 확신이 들자 말문을 연다. "지속적인 위협이 주변을 맴도는 상황은 딱히 마음에 들지 않네요, 안 그래도 지금까지 모든 작업을 성공적으로 완수해왔는데."

"그 이전의 모든 성공이 마지막 실패를 더욱 용인하기 어렵게 만들었지. 또 그 덕분에 자네에게 두번째 기회가 주어진 거고. 뒤

뜰 데크에 앉아 포장해온 중국요리를 먹으면서 그 사실을 기억하는 게 좋을 걸세."

포장해온 중국요리.

어제 저녁식사로 내가 고른 메뉴다.

"난 그저 보스 마음에 들도록 이 작업을 완료하고 싶을 뿐이에요. 다음 지시가 오는 건 언제로 알고 있으면 되죠?"

"정해진 날짜는 없지만 두 주 이내에 갈 걸세. 그리고 명확히 해두지. 그건 위협이 아니라 환기였어. 내가 위협을 가한다면 혼동할 일은 없을걸."

전화가 뚝 끊긴다.

이 통화에서 원하는 걸 전부 알아내지는 못했지만 나름 적지 않은 수확을 얻었다. 그 여자를 스미스 씨가 보냈음을 확인했고, 최소한 다음 지시가 언제 오는지 전반적인 일정표는 확보했다.

그리고 가장 큰 수확은, 나에 대한 보스의 신뢰가 약해지긴 했지만 아직 완전히 사라진 건 아니라는 사실이다.

무방비 상태의 사냥감이 된 기분이지만 어쨌든 일단 시작한 건 끝을 봐야지.

이제 즉흥 시나리오로 넘어가야 할 시점이다.

나는 차의 시동을 걸고 집 앞 진입로를 벗어나 회사로 향한다. 일단 번화가에 접어들자 핸들을 홱 꺾어 방향을 급격히 튼다. 왼쪽 앞 타이어가 콘크리트 도로경계석과 충돌한다. 지면 긁히는 소리가 요란하게 나더니 곧이어 타이어 터지는 소리가 들린다. 차는 느릿느릿 그 길 끝에 있는 카센터에 들어간다. 정비공이 차를 빈 베이 중 한 곳에 대라고 수신호를 보내고 이어서 타이어를 점검하러 온다.

"우리 가게가 가까웠기에 망정이지 이 상태로는 멀리 못 갔을 겁니다." 내가 차에서 내리자 정비공이 말한다.

"정말 다행이네요." 나는 정비공의 생색을 받아주고 나서 차에서 가방을 꺼내들고 가게 안으로 향한다.

계산대 앞의 남자가 제 쪽으로 걸어오는 나를 보고 인사한다. "무슨 일로 오셨습니까?"

나는 눈을 굴리고 말한다. "저쪽 길에서 도로경계석을 들이받아 타이어가 펑크났어요." 나는 정비 구역이 내다보이는 유리창밖의 내 차를 가리킨다.

남자가 정비 주문서를 작성하면서 내 이름과 연락처를 묻는다. "다 되려면 두어 시간 걸릴 겁니다. 먼저 온 분들이 계셔서."

"알겠습니다." 나는 대기실로 이동한다.

가방을 뒤져 휴대폰을 찾아 라이언에게 전화를 건다. 그는 신호 두 번 만에 받는다.

"응, 무슨 일이야?" 라이언이 묻는다.

"저기," 나는 말 마디마디마다 낙담과 좌절을 아로새겨 대답한다. "나 지금 잭슨에 있는 카센터야. 깜박 한눈팔다 도로경계석을 들이받아서 타이어가 펑크났어. 다행히 카센터가 근처에 있어서 완전히 맛이 가기 전에 도착했네."

"당신하고 타이어는 참 사이가 안 좋군." 라이언이 폭소를 터뜨리며 말한다.

"그러게. 친해지기 쉽지 않네." 나는 맞장구친다.

라이언이 킥킥 웃더니 묻는다. "기사가 필요해? 내가 콜한테 전화해서 집이나 회사로 태워달라고 할게." 보통 라이언이 도시 밖으로 나가는 건 목요일이 유일하지만 오늘은 시 외곽 남쪽에서 예비 고객들과 미팅이 있어서 온종일 꼼짝하지 못한다.

"아냐, 여기서 기다리지 뭐. 오래 걸리지 않을 거래. 회사에는 전화해야지. 좀 늦어도 뭐라 하진 않을 거야. 지난주에 그 행사 때문에 야근을 많이 해서."

"알았어. 차 다 고치고 나면 얘기해줘."

"응. 그럼 이따 저녁에 봐." 전화를 끊은 다음 회사에는 문자로 사정을 얘기하고 좀 늦겠다고 알린다. 나는 다시 계산대로 가서 좀전에 주문서를 작성해준 남자에게 말한다. "다 되면 문자 주세요. 차 가지러 올게요."

남자가 고개를 끄덕인다. "네, 그러지요."

나는 카센터를 나와 상점 세 곳을 지나 렌터카 대리점에 들어간다. 접수처의 여자는 새파랗게 젊고 이렇게 이른 아침에도 기운이 넘친다.

"어서 오세요!" 여자는 지나치게 큰 소리로 씩씩하게 외친다.

"렌터카를 예약했는데요. 애니 마이클스라고."

여자가 컴퓨터 자판을 두드리더니 나를 보고 환히 미소 짓는다. "네! 준비 다 해놨습니다!"

서류에 서명하고 차 열쇠를 받아 대리점 앞 공터에 주차된 검정색 4도어 세단으로 간다. 10분 후 나는 도로를 달리고 있다.

라이언이 내가 일할 때 잠깐씩 들여다보는 데 재미를 들이는 바람에 이렇게 그에게 갑자기 시 외곽에서 예정에 없던 미팅이 잡혔을 때를 최대한 활용해야 한다. 동시에 회사에도 자리를 비우는 이유를 설명해야 한다. 게다가 이 도시는 모두가 서로 알고 지내는 사이이므로 내가 마련한 구실은 앞뒤가 맞아야 한다.

주간 고속도로를 타고 서쪽으로 달리면서 나는 딴생각을 모두 차단하고 눈앞의 일에만 집중한다. 처음 여기 왔을 때 나는 몇 주 동안 라이언의 텍사스 동부 사업을 관찰했다. 첫 지시사항을 받았을 때부터 이번 작업에 그 사업체가 핵심임을 직감했다. 그후 라이언의 텍사스 사무실을 뒤져 몇 가지 정보를 건지긴 했지만 여기 일을 끝내는 데 필요한 내용은 아니었다. 나는 그 여자의 등장으로 마음이 조급해졌고, 다시 텍사스로 가서 뭔가 놓친 건 없는지 확인해야겠다는 생각이 들었다. 그리고 라이언이 오늘 시내에 없을 거라고 얘기했을 때 텍사스 동부로 건너가는 계획을 실행에 옮기로 했다.

스미스 씨와 통화한 후 이번 작업은 이전에 경험해보지 못한 긴박성을 띠게 되었다. 스미스 씨는 내가 대체 가능하다는 사실을 보여주고 싶어했다. 동시에 그는 지난번 작업과 이번 작업 사이에 엄청난 수고를 들여 누군가를 나로 길러냈다는 사실을 내게 알려주었다. 내가 놓친 아주 중요한 무언가가 있는 게 확실하며, 따라서 반드시 처음부터 다시 시작해 모든 것을 새로운 눈으로 봐야 한다.

게임의 규칙이 바뀌었다.

11장

현재

레이크포빙에서 라이언은 유명 투자자문회사의 지점을 맡고 있다. 회사는 전원주택풍으로 똑같이 생긴 건물들이 쭉 늘어선 신생 사무 단지에 위치해 있다. 고객 대부분은 소유 토지에서 채굴되는 석유와 천연가스의 로열티 수입을 어디에 투자해야 할지 도움을 청하는 귀여운 할머니들이다. 라이언은 이 지역에서 성공한 아들이자 손자로 할머니들의 전폭적인 신뢰를 받고 있다. 모르긴 해도 라이언의 고객 목록은 그의 할아버지 장례식 방명록에 적힌 이름과 일대일로 매치될 거다.

텍사스 글렌뷰에서 라이언은 운송 물류 기업을 맡고 있고, 회사는 도시 외곽 산업 지구의 커다란 창고에 위치해 있다. 회사 전체 부지에 표지판이라곤 네모난 흰색 금속판에 검정 글씨로 '글렌뷰 특송'이라고 박힌 게 전부다. 전화를 걸면 곧장 음성사서함으로 넘어가고 회사 관련 웹사이트도 소셜 미디어 계정도 없다.

라이언은 글렌뷰 특송에 대해 한 번도 입에 담은 적이 없으며, 이 회사의 존재를 아는 사람이 있다 하더라도 극소수일 것이다.

레이크포빙과 글렌뷰의 중간 지점인 텍사스주 경계를 넘자마자 나는 이곳에 위치한 그의 사업체에 관해 내가 받은 인쇄 문서를 머릿속으로 불러낸다.

글렌뷰 특송은 라이언의 조부 윌리엄 섬너가 1985년에 설립한 회사다. 윌리엄의 아들 스콧은 1989년 대학을 졸업하고 고향으로 돌아와 회사에 합류했다. 창업 초기에 회사는 텍사스 동부와 노스캐롤라이나 지역에서 화물을 운송하는 합법적인 기업이었다.

지금도 원래 기능 그대로 운영되고 있지만 1990년대 후반에 사업 모델을 확장하여 장물 중개업을 겸하게 되었다. 현재 운행되는 트럭 세 대 중 두 대는 암거래 시장으로 물품을 나르고 있는 것으로 보인다. 사업의 비합법적 부문이 훨씬 막대한 수익을 내지만 글렌뷰 특송은 반드시 유지해야 하는 귀중한 간판이다.

라이언은 조모 잉그리드 섬너가 암 진단을 받고 조부가 간병을 도맡게 되었을 때 회사의 운영권을 넘겨받았으나 현장 출근은 일주일에 단 하루—목요일—로 제한했다. 그에 앞서 조부와 부친이 해왔던 것처럼 라이언도 루이지애나 레이크포빙에서의 삶과 텍사스의 회사를 놀랍도록 철저히 분리하여 유지했다.

별첨 의견(조사에 기반하나 명확한 근거는 없음): 라이언은 조부가 설립한 회사를 유지하기 위해 각별히 노력하고 있는 것으로 보이며, 그의 아버지는 2004년 사망 직전까지 글렌뷰에서 일했음. 이 회사는 라이언에게 극히 중요하고 어떠한 대가를 치르더라도 회사를 지킬 것으로 사료됨.

나의 지난번 작업은 빅터 코널리를 협박하는 데 사용된 민감한 정보를 회수하라는 지시사항을 즉각 알려줬다는 점에서 특이했다. 보통은 표적을 알려주는 시점과 첫번째 지시사항을 전달하는 시점 사이에 시간차가 있다. 나는 그 뜨는 시간을 이용해 표적의 삶을 전방위에서 파헤치고, 따라서 작업에 들어가야 할 때가 되면 이미 모든 준비가 갖춰진 상태다. 작업 지시를 기다리면서 나는 누군지는 알 수 없지만 우리를 고용한 고객이 원하는 게 무엇일지 예측해본다.

그게 내가 라이언 섬너라는 이름을 받았을 때 한 일이었다.

언뜻 보면 투자자문회사 쪽이나 석유와 천연가스 로열티 수입을 가진 할머니들의 긴 고객 목록이 뻔한 정답 같다. 그러나 라이언의 삶 중 그쪽 부분에 대해 알면 알수록 그럴 가능성이 낮아졌다. 고객 목록 중에는 내가 여기 파견된 이유로서 내 시선을 끌 만한 사람이 없었다.

표적이 단순히 주변 친구들 중 한 명에게 접근하기 위한 도구에 불과할 가능성도 있지만 그 역시 배제하기까지 오래 걸리지 않았다. 라이언의 친구들은 골프 시합에서 속임수를 쓰거나 바람을 피우거나 탈세를 하는 종류의 사람들일지언정 불량 행위의 선은 거기까지였다.

그러다 글렌뷰의 운송 사업을 들여다봤을 때 내가 이곳에 파견된 이유가 바로 이것임을 깨달았다. 지난 6년간 라이언이 발휘한 수완에는 감탄을 금할 수 없었다. 구멍가게나 마찬가지였던 회사는 최고급 맞춤형 프리미엄 서비스라는 명성에 걸맞게 높은 수익을 내는 기업으로 탈바꿈했고, 전국에 걸쳐 고객을 확보했다. 지금도 훔친 엑스박스와 플레이스테이션 게임기를 가득 실은 트럭이 이따금 글렌뷰의 창고를 경유하긴 하지만 라이언은 좀더 고가의 제품군으로 폭을 넓히고 고객 요청에 의한 특별 품목 조달로 사업 영역의 변화를 꾀했다. 암시장의 컨시어지가 된 것이다.

기본적으로 라이언은 나와 마찬가지로 도둑이다.

라이언의 운송 사업이 적대적 인수합병의 타깃이 될 만큼 수익성이 좋아졌음을 알아냈을 때 내가 받은 첫번째 지시사항은 나의 심증을 확인해주었다—내가 이런 종류의 업무를 처음 받은 게 아니거든.

스미스 씨는 우리의 고객이 라이언의 사업을 인수합병하는 것을 원활히 돕기 위해 나를 파견했겠지만, 그가 사칭범을 이곳에 끌어들인 후 나의 목표는 수정됐다. 정체 모를 고객의 요구 따윈 이제 내 알 바 아니다. 나는 원점에서부터 하나하나 재검토하여 스미스 씨가 나를 시험하기 위해 어째서 라이언 섬너와 이런 작업을 선택했는지 알아낼 생각이다.

목적지에 도착하기 직전 낡고 오래된 주유소로 들어가 주차장 제일 안쪽에 차를 세우고 옷을 갈아입는다. 이런 산업 지구에서 렌터카는 좀 생뚱맞을지 몰라도 내 변장은 딱 들어맞는다. 펜슬 스커트와 실크 블라우스를 벗고 해진 리바이스 배기 바지와 카키색 버튼다운 셔츠와 안전 조끼로 갈아입는다. 머리카락은 커트 머리 가발 속으로 쑤셔넣고 야구모자를 쓰고, 맞춤 제작 실리콘 안면 보형물로 이목구비를 좀더 남성적으로 바꾼다. 어느 모로 보나 나는 일하러 가는 노동자다.

글렌뷰 특송 바로 옆 건물 부지에 주차한 다음 이곳과 라이언의 회사 부지를 나누는 철조망을 향해 걷는다. 여기 온 건 겨우 두번째지만 여기서 일하고 있는 라이언의 영상은 수도 없이 봤다. 표적에 접근하기 전에 내가 입수하는 사전 정보는 늘 완벽하고 철저하다. 나는 라이언이 집에서 나갈 때 입은 코트와 슬랙스와 구두가 금세 낡은 청바지와 티셔츠와 닳은 부츠로 바뀌는 모습을 영상으로 지켜봤다.

영상에서 라이언은 창고 건물 앞에 트럭이 설 때마다 창고 한 구석에 있는 사무실 문을 열고 나와 매번 일일이 운전석 쪽으로 다가간다. 운전사가 창문을 내리면 서로 간단한 안부를 주고받은 다음 라이언이 주머니에서 리모컨을 꺼내 창고 문을 연다.

이 골강판 건물의 정면에는 18륜 트럭이 드나들 수 있는 초대형 롤업도어가 세 개 있고, 트럭들은 건물 내부로 완전히 들어와 은밀히 화물을 내린 후 뒤쪽 문으로 나간다. 나는 처음 이곳에 왔을 때와 동일한 방법으로 이 널찍한 건물에 들어갈 계획이다.

오늘은 물동량이 많지 않다. 조사서에 의하면 불법 화물은 목요일에만 들어오며 그때는 라이언이 이곳에 와서 직접 물건을 검사한다. 지난 한두 해 동안 수요가 증가해서 물량을 맞추려면 조만간 출근일을 하루 더 늘려야 할 것이다. 라이언은 이 사업의 양면을 칼같이 분리해왔고 그건 피고용인들에 대해서도 마찬가지다. 합법적인 화물 운송량은 훨씬 적다. 오늘은 최소 인력만 배치됐고 이들 중 아무도 목요일에는 나오지 않는다. 라이언과 함께 나오는 직원들보다는 오늘 나온 사람들이 경계가 다분히 느슨할 테니 눈에 띄지 않게 잠입할 수 있을 것이다.

나는 글렌뷰 특송의 직원 주차장 근처 철조망 반대편에서 대기하다 트럭이 창고 앞에 설 때 재빨리 허리에 찬 니퍼로 적당히 구멍을 낸다. 한 직원이 트럭을 맞이하러 작은 사무실에서 나오자 나는 몰래 구멍을 통과해 건물 뒤편까지 짧은 거리를 여느 직원들처럼 걸어간다. 얼른 잠긴 문을 따고 조용히 철문을 연다.

안에는 한 사람밖에 없고, 그나마도 오른쪽 뒤편 구석에서 상자를 쌓는 중이다. 자기 일에 열중하는 것 같아서 나는 조심스럽게 창고 안을 가로질러 건물 좌측 맨 앞에 위치한 사무실로 간다. 문에 달린 조그만 유리창으로 슬쩍 들여다보고 안이 비어 있음을 확인한 후 화물차 진입을 위해 롤업도어가 열리기 시작할 때에 맞춰 잽싸게 들어간다.

사무실은 엉망진창이다. 서류 뭉치와 빈 커피잔과 피자 상자 두어 개가 책상 세 개를 모조리 뒤덮고 있다. 시간상 쓰레깃더미를 들쑤시는 것보다 캐비닛을 뒤지는 편이 더 효율적일 듯하다.

지금까지 나는 글렌뷰 특송에 관한 정보를 스미스 씨에게 두 번 전달했다. 첫번째는 일상 업무와 주요 인물군에 대한 전반적인 묘사였고, 그것은 이곳 사무실에 있는 라이언의 서류에서 입수 가능한 정보였다. 유용한 정보이긴 했지만 내가 이번 작업을 완료하기 위해 필요한 내용은 아니었다. 라이언이 출근하지 않는 날, 즉 글렌뷰 특송이 합법적으로 운영되는 동안 이 공간을 사용하는 직원들이 있음을 고려하면 놀랄 일은 아니다. 라이언은 민감한 정보를 아무데나 둘 만큼 부주의한 사람이 아니니까.

두번째 정보에는 적대적 인수합병을 가능하게 할 만한 주요 데이터가 들어 있었다―자금 소재와 고객 명부를 포함한 각종 재무 정보. 장물과 제품의 공급처 목록뿐 아니라 불법을 눈감아주는 지역 경찰과 국경 수비대 연락망. 그 귀중한 보물단지는 라이언의 노트북에서 빼냈다. 그가 항상 가지고 다니는 그 노트북. 몇 주 동안 끈기 있게 노트북에 접근할 적절한 순간을 노리며 인내한 결과였다.

라이언이 몇 년에 걸쳐 이룩한 사업을 가로채기 위해 스미스 씨에게 필요한 모든 정보를 찾아낸 순간, 라이언이 입을 손실이 얼마나 막대할지에 생각이 미치면서 나는 뼈저린 후회가 들었고 그 바람에 적잖이 당황했다. 이 일을 하면서 죄책감을 느낀 건 처음이었다.

표적에게 자기 것을 지키기 위해 분투할 기회를 주고 싶어진 건 처음이었다.

동시에 나는 내가 왜 그런 감정을 느끼는지 분석하지 않으려 애썼다. 특히나 이번 작업이 나 자신의 생존에 얼마나 중요한지 잘 알고 있었으므로.

그러므로 이미 한차례 수색했던 서류를 다시 살피러 오면서도 뭐 대단히 유용한 걸 찾을 거라는 기대는 사실 없었다. 다만 나의 주요 관심사가 바뀌었으므로 뭔가 새로운 게 튀어나오지 않을까 해서 한번 더 봐두고 싶었다.

창고 내부에 들어와 서 있는 트럭의 엔진음이 너무 시끄러워 나는 반대편 문으로 다가오는 말소리를 듣지 못하고 있다가 문이 열리기 몇 초 전에야 알아차린다. 작은 욕실 겸 화장실이 몸을 숨길 수 있는 유일한 장소다. 샤워실로 뛰어들어 불투명한 흰색 커튼을 치는 순간 사무실 문이 열리며 두 남자가 들어온다.

나는 샤워실 칸막이에 기대어 웅크려 앉은 채 배짱이 허락하는 최대한 커튼 가까이 머리를 댄다.

샤워 커튼과 칸막이 사이의 조그만 틈새로, 열린 문 너머 사무실 내부가 손톱만큼 보인다. 나와 가장 가까운 의자에 누가 앉았는데 내게는 의자 옆면과 남자의 어깨 일부만 보일 뿐이다.

"가서 그놈을 불러와."

그 목소리가 내 명치를 정통으로 때린다. 라이언이다. 라이언이 여기 있다. 루이지애나에서 고객과 미팅하고 있는 게 아니라 내게서 2미터 떨어진 곳에 앉아 있다.

문이 열렸다 닫히고 우리 단둘이 남는다. 나는 라이언이 화장실을 쓰려고 이쪽으로 올 때를 대비해 커튼에서 떨어진다.

내가 부주의했다. 스미스 씨가 나의 지난번 수행 능력에 어떤 느낌을 받았든 간에 나로선 이런 실수가 처음이다. 스미스 씨가 지금의 나를 보고 이번 작업의 성공적 완료 여부에 의구심을 표한다 해도 할말 없다.

시야를 확보하지 못한 관계로 종잇장 넘기는 소리만이 라이언이 여전히 책상 앞에 앉아 있음을 알려준다.

잠시 후 문이 열리는 소리가 나고 상이한 두 쌍의 부츠 소리가 콘크리트 바닥을 가로지른다.

"여어, 오늘은 웬일로 나오셨나?" 남자가 말한다. 깜짝 놀란 듯 목소리가 높은데 초조한 떨림이 배어나 속이 훤히 드러난다. 겁먹었군.

아무런 답이 없자 남자는 방안을 채우는 정적보다 제가 하는 얘기가 덜 위험하다는 듯 계속 떠벌린다. "내가 목요일에만 일하

기로 되어 있다는 건 나도 잘 알지. 근데 이번주엔 추가 근무시간
이 필요해서 말이야. 이혼한 마누라가 또 돈 때문에 들들 볶는데
살 수가 있어야지. 애들을 아칸소에서 하는 무슨 염병할 여름 캠
프에 보내고 싶다나. 진짜 죽겠어, 술래잡기를 하는지 뭔 헛짓을
하는지 모르겠지만 하여간 그걸 꼭 오자크산맥까지 기어올라가
서 해야 돼?"

침묵.

"미안해, 라이언. 오늘은 나오면 안 된다는 거 나도 잘 아는
데." 라이언의 이름을 부르는 남자의 목소리가 갈라지고, 그게
다른 무엇보다 내 호기심을 자극한다. 여태 라이언은 단 한마디
도 하지 않았는데 이 남자는 겁에 질렸다. 지금까지 내가 보아
온 라이언은 다정한 라이언뿐이다. 로맨틱한 라이언. 재밌는 라
이언.

무서운 라이언이라니 흥미롭군.

"이봐요, 프레디. 이면 거래가 정말 가능할 거라고 생각했어
요? 내가 없을 때 트럭을 빼돌려서?"

지금 라이언의 말소리는 그윽하다.

"아니. 바보였지. 멍청했지. 진짜 존나 멍청했어." 프레디가
답한다. 사무실 안의 세번째 남자는 아직 말이 없다.

라이언이 의자 깊숙이 등을 기대는 듯 삐거덕 소리가 나는데
스프링에 기름 좀 쳐야겠다. 라이언의 모습이 눈에 선하게 그려
진다. 양손을 깍지 껴서 뒤통수를 받쳤겠지. 발을 책상 위에 얹어
놨을지도. 평온하고 거의 태평스럽게 보이겠지만 그의 입에서 나
오는 말은 그 반대임을 알려준다.

"세스, 베니 책상에서 그 니퍼 가져와." 라이언이 기만적인 차분한 어조로 말한다.

버스럭거리는 소리가 나더니 세번째 남자 세스가 말한다. "가져왔습니다."

다음 순간, 라이언에게서 한 번도 들어본 적 없는 날 선 음성이 흘러나온다. "또 연루된 사람이 누가 있는지 말하는 거야, 안 그럼 세스가 즐겁게 저 니퍼를 당신 손가락에 써먹을 거거든." 의자가 다시 삐걱이고 라이언이 덧붙인다. "어때, 세스, 손가락 한 개당 1분이면 되나?"

"적절할 것 같습니다. 근데 이게 날이 좀 무뎌서 하나 자르는 데 그보다 약간 더 걸릴지도 모르겠습니다."

세스가 말을 끝내기 무섭게 프레디가 털어놓기 시작한다. 이름과 계획과 날짜를 속사포처럼 주워섬겨서 세스가 절단기가 아니라 펜과 종이를 집어들었으면 좋았을 걸 싶다.

"전부 다 말한 게 아니잖아." 라이언이 말한다. "당신과 그 머저리들만으론 일이 제대로 될 리가 없지. 또 누가 있는지 말해."

프레디의 목소리가 갈라진다. "맹세코 그게 다야!"

의자 돌아가는 소리가 짧게 난다. 내 머릿속에서는 라이언이 상체를 내민 채 책상에 양 팔꿈치를 얹고 양손을 맞잡고 있는 모습이 그려진다. 서류 뭉치가 바닥에 떨어지는 소리가 들린다.

"누군가 내 뒤를 캐고 다니는 걸 내가 모를 줄 알아!"

앗, 저런. 가엾은 프레디가 내가 한 짓을 뒤집어쓰게 생겼구나.

"세스, 휴대폰 압수하고 창고 안쪽의 쾌적하고 안락한 곳으로 모셔다드려. 다른 놈들도 거기로 보내. 로버트한테 준비 다 됐다고 알리지."

"잠깐! 잠깐만! 로버트한테 전화할 것까진 없잖아!" 프레디가
외친다. 더한층 겁에 질린 목소리다.

내가 알아낸 정보에 의하면 라이언이 언급한 '로버트'는 로버
트 데이비드슨을 말하는 것으로 라이언의 주요 고객 중 한 명이
다. 그리고 나의 조사에 의하면 프레디와 공범들은 로버트의 개
입을 가히 두려워할 만하다.

라이언은 거북할 만큼 길게 침묵을 지키다 마침내 입을 연다.
"오늘 당신들 일당이 빼돌리려고 했던 화물이 하늘에서 떨어진
건 줄 알아? 로버트가 자기 물품이 목적지에 닿지 않았는데 그냥
넘어갈 것 같아?" 한 문장 한 문장 말할 때마다 목소리가 커지고
한 단어 한 단어마다 살벌함이 더해진다. "당신과 당신의 그 빌
어먹을 머저리 친구들이 고작 몇천 달러 벌자고 내 사업 전체를
말아먹을 뻔했어. 당신이 저 트럭에 실린 상품의 값어치를 알기
나 해? 사전에 미리 구매자를 확보하다니 딴엔 머리 잘 굴렸다고
생각했겠지만, 천만에, 나의 기존 고객과 거래를 트다니 존나 멍
청한 거지. 당신이 고객과 접촉하고 30초 만에 나한테 연락이 왔
거든."

"젠장, 라이언, 미안하다니까. 난 안 하려고 했는데. 딴 놈들이
자꾸 같이하재서."

"진짜 화내기 전에 그만하시지." 너무 큰 소리에 나는 움찔한
다. "어차피 이건 내 선에서 끝날 문제가 아니야. 트럭을 골라도
한참 잘못 골랐다고, 이 친구야. 로버트가 당신과 당신 친구들한
테 하고 싶은 말이 있다는군. 세스, 이놈을 사무실에서 끌어내."

마지막 몇 분 이후의 정적이 내 신경을 긁는다. 라이언이 누구한테 저렇게 섬뜩하고 잔인하게 말하는 건 처음 들어본다. 지금껏 내가 알던 남자와 옆방에 있는 남자가 동일인이라고 받아들이기 어렵다.

한동안 라이언은 책상 앞에서 업무를 보고, 나는 꼼짝 않고 샤워실에 웅크리고 있다. 얼마 후 세스가 돌아와 의자에 앉는 소리가 난다. 두 사람의 대화가 토막토막 들리지만 오랫동안 알고 지낸 두 남자의 평범한 잡담일 뿐이다. 텍사스 레인저스가 플레이오프에 나갈 가능성이라든가, 어떤 여자와 만나기 시작한 세스에 대한 라이언의 놀림이라든가. 크래프트 비어에 대한 그들의 기나긴 토론은 내가 숨어 있는 곳을 들키지만 않는다면 벽에 머리를 찧고 싶을 정도다.

빠져나갈 기회를 엿보는 동안 내 머릿속에서는 이 새로운 라이언이 구체성을 띠고 명확해진다. 사업을 하려면 냉혹해야 하고, 법의 테두리를 벗어나는 일을 할 때는 더욱 그렇다. 손에 피 좀 묻히지 않고서는 이 정도 성공이 불가능했을 거라는 건 나도 안다. 그러나 내 귀로 직접 듣지 않았다면 그가 손가락을 하나씩 자르겠다는 위협도 불사하는 사람임을 절대 믿지 못했을 것이다. 그의 방식이 좀 거칠긴 해도 프레디가 삽시간에 제 친구들을 다 불었으니 효율적이긴 했다. 라이언의 이런 면모를 알게 되어 다행이다. 무엇을 상대하게 될지 나는 제대로 파악할 필요가 있으며 그게 라이언일 때도 마찬가지다.

마침내 라이언과 세스가 사무실을 나서고, 나는 몇 분 더 기다린 후 천천히 커튼을 연다. 유리창 너머로 두 사람이 트럭을 세워둔 운전사와 한창 얘기하는 모습을 확인한 후 들어왔던 경로 그대로 몰래 건물을 빠져나와 근처 주차장에 세워둔 렌터카로 돌아온다.

휴대폰을 보니 카센터에서 수리가 완료됐음을 알리는 문자가 와 있다. 또하나는 15분 전에 라이언이 미팅이 거의 끝나서 곧 출발한다고 남긴 메시지다. 나는 라이언을 지켜보며 퇴근길에 저녁거리를 사가겠다고 답장을 보낸다. 잠시 후 라이언이 뒷주머니에서 휴대폰을 꺼낸다. 같이 얘기하던 사람들에게서 몇 발짝 걸어나와 뒤로 도는데, 그 말은 곧 내 쪽을 향해 얼굴을 돌렸다는 뜻이다. 아까는 못 봐서 몰랐는데 부쩍 피곤해 보이는 라이언의 얼굴에 나는 깜짝 놀란다. 좀 수척해졌다. 라이언의 엄지가 휴대폰 화면 위에서 움직이고, 몇 초 후 내 손안의 휴대폰이 진동한다.

라이언: 오늘은 정말 힘들었어. 보고 싶다

나는 이 두 문장에서 느낀 감정을 애써 모른 척하며, 오늘 저녁 라이언은 아침에 나갈 때 입은 정장 차림 그대로 귀가하여 그의 하루가 어떻게 힘들었는지 거짓말을 늘어놓을 거라고 스스로에게 상기시킨다. 그러면 나는 라이언에게 카센터 영수증을 보여주면서 바가지를 썼다고 투덜거리겠지.

나는 라이언의 말이 거짓이라는 걸 알지만, 라이언은 알려나?

12장

현재

나는 찻잔을 들고 안마당으로 이어지는 계단에 풀썩 앉는다. 하늘이 너무 넓고 너무 푸르러서 바깥에 나오지 않고는 못 배기는 그런 날이다. 라이언은 제 나이보다 연식이 오래되어 보이는 잔디깎이를 수술이라도 하려는 듯 뒤집어놓는다.

"예후가 좀 어떤가요, 선생님?" 잔디깎이를 살펴보는 라이언에게 내가 묻는다.

고개를 든 라이언의 옆얼굴에 길게 윤활유가 묻었다. "때가 됐군요." 라이언이 손목시계를 확인한다. "사망시각. 오전 10시 45분."

내가 킥킥 웃고 라이언은 시신을 덮듯 기계 위에 걸레를 펼쳐놓는다. "홈디포에 가야겠네."

"같이 가줄까?" 내가 묻는다.

그리고 떠오르는 라이언의 미소. "언제나 환영이지. 잠깐만 씻고 올게."

라이언이 집안으로 들어가자 나는 허리를 펴고 하늘을 쳐다본다. 화물 창고에 가서 라이언을 염탐한 후 며칠이 흘렀고 사서함은 여전히 비어 있다. 엊저녁에 제임스와 그 여자가 또다시 목격됐다. 소셜 미디어에 따르면 그들은 지역 크래프트 비어 브루어리에 가서 지역 유명 밴드의 공연을 관람했다. 이 도시의 핫한 장소란 장소는 다 돌아다니는군.

테라스 옆 나뭇가지에 매달린 물통이 나의 관심을 끌고, 벌새들이 물을 마시기 위해 들어갔다 나왔다 하며 그 작은 날개를 파닥이는 모습을 관찰한다. 매일 아침 라이언은 아마도 그의 할머니가 그랬듯이 벌새를 위한 물통에 물을 가득 채운다.

엄마가 여기 있었다면 아주 좋아했을 텐데.

엄마와 나는 밤이면 종종 언젠가 우리가 지을 꿈의 집을 상상했다. 난 엄마가 트레일러를 싫어한다고 생각했었다. 아니면 민망해한다고. 나이를 먹은 후에야 엄마가 단순히 좀더 큰 평수의 집을 원한 게 아니었음을 깨달았다. 엄마는 다른 방식의 삶을 원했다. 식재료 살 돈이 모자라지 않을까 걱정하지 않아도 되는 삶. 자신이 세상을 떠난 후 내가 어떻게 될지 걱정하지 않아도 되는 삶.

"준비됐어?" 라이언이 테라스 문가에서 묻는다.

"응." 나는 새들을 한번 더 쳐다본 다음 팔짝 일어나 라이언을 따라 집안으로 들어가서 차고로 이어지는 주방문으로 향한다.

홈디포의 통로를 천천히 걸어다니며 라이언은 잔디깎이를 하나하나 살펴본 다음 휴대폰으로 후기를 일일이 확인해가며 선택지를 좁힌다.

"난 가서 화분 좀 볼게." 라이언이 똑같은 잔디깎이 세 대를 20분째 들여다보자 내가 말한다.

"카트 갖고 가. 앞쪽 포치에 둘 화분이 필요해." 라이언이 눈앞의 기계들에서 겨우 시선을 들어 나를 바라본다. "양치식물이라든가?"

"공중에 매달아놓는 거?" 내가 묻는다.

라이언이 어깨를 으쓱한 다음 고개를 끄덕이는데 나보고 알아서 결정하라는 뜻이다. 그가 생각하기에 그 집은 나의 집이기도 하니까. 우리는 이상적인 가정의 전형 같다. 빠진 건 스타벅스 커피 두 잔과 손잡고 다니기뿐.

정원 코너는 공구와 목재와 전자제품의 바다 속 오아시스다. 나는 느긋하게 제라늄과 페튜니아와 팬지 모종판을 지나며 앞마당 꽃밭이 진짜 내 맘대로 꾸밀 수 있는 내 땅이라면 무엇을 심을지 고민한다. 이 꽃들이 꽃망울을 터뜨리는 것을 볼 때까지 여기 있기라도 할 것처럼. 태어나서 본 수국 중 가장 예쁜 분홍색 수국에 정신이 팔리는 바람에 내 카트가 반대편에서 오는 카트의 옆면을 긁는다.

"앗, 죄송합니다!" 그러고 나서 나는 제임스와 나를 사칭한 여자를 보고 그대로 얼어붙을 뻔한다.

"어머, 안녕하세요!" 여자가 말한다. "우리 그때 더비 파티에서 만났죠!"

내 얼굴에 번지는 미소가 저 여자의 말에 대한 나의 내적 눈 흘김을 숨겨주길 바란다. 나는 두 사람 모두에게 고개를 살짝 기울여 인사하고 말한다. "네, 맞아요."

저 여자가 나의 정체를 모를 수도 있나? 나를 대체하겠다는 위협용으로 이곳에 파견됐다는 걸 모르는 걸까? 너무 자연스럽게 잘하니까 나도 헷갈린다. 진짜 훌륭하다. 나를 알아본 낌새가 전혀 없고 명백한 경쟁자로서 나를 평가하는 진득한 시선도 없다. 아직 작업상 '정보를 기다리는' 단계에 있을 가능성도 없지 않지만, 아니 그래도 모르려야 모를 수 없는 우리의 유사한 생김새를 나만큼 충격적으로 받아들이진 않은 건가? 내 머리가 더 어두운 색이긴 해도 으스스할 정도로 닮았는데.

"보통은 아버지가 어머니를 위해 화단을 꾸미는데 지금은 거동이 불편하시니 우리가 대신 하기로 했어요. 오늘은 정말 날씨가 끝내주잖아요." 제임스가 자기네 카트에 든 화초를 고갯짓으로 가리키며 말한다.

"와, 효성 지극한 아드님이시네요." 나는 어금니를 악물고 말한다.

"제임스, 잘 있었어?" 내 뒤에서 라이언의 말소리가 들린다. 뛰어온 라이언이 제임스와 악수하고 곧이어 그 여자에게 가볍게 묵례한다. "안녕하세요, 루카." 라이언은 그 여자를 보더니 나를 힐긋 본 다음 다시 그 여자를 쳐다본다.

유사성을 알아본 것이다.

라이언이 목청을 가다듬고 나를 돌아보며 말한다. "잔디깎이는 다 골랐고, 직원들이 여기 계산대로 갖다준대. 이제 화분 고르는 걸 도와줄까 해서."

제임스가 웃음을 터뜨린다. "젠장, 우리가 언제 이렇게 나이들었지? 화창한 봄날이 곧 정원일 하는 날이라니. 호숫가에서 차게 식힌 맥주나 마시고 있어야 하는데."

"그러게, 나 원." 라이언이 말한다. 그러나 선택권이 있다 해
도 우리는 홈디포를 나서면 정원일을 하며 하루를 보낼 것이고,
호수와 맥주는 일이 끝난 다음을 위해 남겨둘 것이다.

"예전엔 말이야," 제임스가 말을 꺼낸다. 잡담이 몇 분 더 이
어지는 동안 그 여자와 나는 멀뚱히 서로를 바라본다. 제임스와
그 여자가 걸음을 옮기려는 찰나 나는 제임스의 팔을 가볍게 잡
아 세운다. "그냥 생각난 김에—혹시 두 분 오늘 저녁에 시간 되
세요?" 나는 라이언을 얼른 보고 다시 두 사람에게로 시선을 돌
린다. 저 여자가 내 손이 닿지 않는 곳에서 너무 오래 춤을 추고
돌아다니게 놔뒀다. "저녁 드시러 오시면 정말 좋겠는데."

여자가 내 초대에 활짝 웃는다.

"완전 좋죠." 제임스가 대표로 대답한다. "우린 뭘 가져갈까
요?"

"아무것도 필요 없어요! 준비는 다 되어 있거든요." 나는 여자
를 쳐다본다. "너무 기대돼요!"

작업명: 이지 윌리엄스—8년 전

이것은 나의 가명과 이력을 뒷받침해주는 지원 병력이 있는 상태에서 들어간 첫번째 작업이다. 나의 새 이름 이저벨 윌리엄스, 줄여서 이지를 구글에서 검색했더니 몇 년 전 주 대회 본선까지 진출한 지역 고등학교 크로스컨트리팀의 선수 목록이 나왔다. 그 신문기사에는 왠지 해상도가 낮은 단체사진이 함께 실렸는데 오른쪽에서 세번째 여자애가 단언컨대 나였고, 지금 내가 쓰고 있는 가발과 똑같은 짧은 금발 머리였다.

그걸 보고 나는 스미스 씨 밑에서 몇 명이나 일하는지 궁금해졌다. 나처럼 작업에 파견되는 인원뿐 아니라 무대 뒤에서 일하며 인터넷 검색에 나오는 이미지를 변환하고 존재하지도 않는 가짜 신원을 만들어내는 인원까지.

스미스 씨 외에 나와 얘기하는 유일한 사람은 맷이지만, 이 조직이 뭔지는 몰라도 스미스 씨와 맷 단둘이서 운영할 리는 없고 그보단 훨씬 규모가 클 거라는 느낌이 든다.

작업 전에 준비해야 할 일이 많았다. 내가 받은 지시사항 중에는 원래의 머리칼을 당겨 모아 가발 속에 확실히 집어넣어서 무슨 일이 있어도 터럭 하나 노출되는 일이 없도록 하라는 내용도 있었다. 또한 액체 반창고를 손끝마다 여러 겹 두껍게 발라서 이곳에 있는 동안 뭘 만져도 지문이 남지 않도록 하라는 지시도 받았다. 그걸 두 시간에 한 번씩 덧발라야 한다. 나는 손가락을 마주 비비며 감각 없는 손끝에 익숙해지려 노력하는 중이다. 그에 덧붙여 나는 시키지도 않은 컨투어링 메이크업을 하고 컬러 렌즈를 낀다. 파우더를 몇 번 두드려 얼굴의 전체적 윤곽과 생김새를 바꾸는 비결은 엄마한테 배웠다—물론 엄마는 얼굴을 못 알아보게 만들라는 게 아니라 예쁘게 꾸미라고 그런 요령을 내게 알려줬겠지만.

오늘은 스미스 씨가 내게 준 첫번째 작업에 들어가는 첫날이고, 약간 긴장하지 않았다면 거짓말이 될 것이다. 그레그와 제니 킹스턴 부부에게 나는 아들 마일스를 돌봐주는 새 입주 베이비시터다. 그러나 실상은 그 집에 스미스 씨가 원하는 물건이 있고 나는 그 물건을 입수하기 위해 온 것이다.

물건을 처리하는 방법에 대한 지시사항도 많았다. 작업 목표물을 빼내는 즉시 최대한 빨리 사전에 지정된 장소에 그것을 떨궈야 한다. 의심을 사더라도 훔친 물건을 소지하고 있지 않으면 빠져나오기 더 쉽다.

현관 앞 포치로 걸어가 셔츠와 반바지의 매무새를 가다듬고 초인종을 누른다.

내가 오기를 기다리고 있던 것처럼 그레그가 곧장 현관문을 연다. 회색 정장에 더 짙은 회색 넥타이를 맸고, 저 머리 모양은 어릴 때부터 한 번도 바뀌지 않았을 것 같다. 한쪽으로 빗어 넘긴 짧은 머리는 단 한 올도 삐져나오지 않았다.

"이저벨 윌리엄스?" 그레그가 물으며 나를 위아래로 훑어본다. 나는 정확히 지시받은 대로 입었다. 무릎 위 5센티까지 오는 카키색 반바지와 분홍색 폴로셔츠. 이대로 골프 라운딩을 가도 될 듯한 옷차림이다.

나는 손을 내밀어 그레그와 악수한다. "네, 맞습니다. 킹스틴 씨. 이지라고 부르셔도 돼요."

그레그가 고개를 끄덕이며 안으로 들어오라고 몸짓한다. 문을 열어준 후 두번째로 손목시계를 보며 시간을 확인하고는 현관 입구 쪽 벽에서부터 휘어져 올라가는 곡선형 계단을 향해 외친다. "제니, 시터 왔어!"

제니가 나타나길 기다리며 그레그와 나는 위층 계단참을 빤히 주시한다.

안 나타나네.

그레그가 쩌렁쩌렁하게 아내의 이름을 다시 외치고 우리는 다시 기다린다.

그레그는 짜증이 나는 기색이다. 그리고 조금 무안해한다. "잠시만 실례." 그렇게 중얼거리고는 한 번에 두 계단씩 밟고 올라가 곧 시야에서 사라진다.

"새로 온 베이비시터예요?"

뒤로 돌아서니 마일스가 내 뒤에 있다. 아이는 다이닝룸으로 이어지는 문가에 서 있다. 여기 오기 전에 검토한 평면도에 의하면 다이닝룸을 지나면 주방이 나온다.

나는 아이에게 천천히 다가가 몇 발짝 떨어진 곳에서 걸음을 멈추고 쭈그려앉아 아이와 눈높이를 맞춘다. "맞아. 내 이름은 이지야. 넌 이름이 뭐야?" 나는 아이의 이름은 물론 아이와 관련된 모든 정보를 이미 알고 있지만 그래도 물어본다. 스미스 씨 밑에서 일하기로 결정하자 맷은 내게 킹스턴 가족에 대한 세세한 정보가 총망라된 꾸러미를 주었다. 마일스는 다섯 살이고 외동아들이며 올해만 벌써 베이비시터가 세 번 바뀌어 내가 네번째다.

아이는 이름을 말하자마자 엄지를 다시 입안에 넣는다. 그런 짓을 하기엔 좀 나이가 많지 않나 싶은데.

나는 아이의 셔츠를 가리킨다. "난 아이언맨이 제일 좋아."

아이는 자신이 뭘 입고 있는지 다시 봐야 알겠다는 듯 제 몸에서 셔츠를 앞으로 당겨 내려다본다. 각자 고유의 파이팅 포즈를 취하고 있는 마블 캐릭터가 다 모여 있는 셔츠다.

"난 헐크가 좋아요. 막 때려 부수니까." 마일스는 으르렁거리는 소리를 내며 두 주먹을 꽉 쥔다.

내가 막 다음 질문을 하려는 찰나 계단 위에서 인기척이 나고 마일스와 나는 그쪽을 올려다본다.

그레그가 제니를 찾아서 잡아끌다시피 계단을 내려오는 중이다. 마지막 계단까지 다 내려왔을 때 제니는 발을 헛디뎌 구를 뻔했는데, 앞에 더이상 계단이 없다는 사실을 인지하지 못한 것 같았다.

"이지, 이쪽은 내 아내 제니 킹스턴." 아내의 팔을 움켜쥔 그레그의 손이 제니를 서 있게 하는 유일한 버팀목으로 보인다.

제니가 나를 보고 미소를 짓지만 눈은 웃지 않는다.

내가 아는 또 한 가지―제니는 아침에는 진정제를 즐기고 낮에는 샤르도네를 즐기며 저녁에는 보드카를 한 잔, 아니 세 잔쯤 즐긴다.

내가 손을 내밀자 제니는 두 손으로 덥석 잡는다. "이지, 만나서 정말 반가워요!"

제니가 좀 거북하다 싶게 내 손을 오래 잡고 있는데 다행히 마일스가 가까이 오는 바람에 제니의 관심이 아들에게로 향한다.

"거기 있었구나, 우리 아들! 아침 먹었어?"

마일스는 고개만 끄덕일 뿐 말은 하지 않는다.

"좋아, 됐지, 난 이제 그만 출근해야겠군." 그레그가 말하며 나를 돌아본다. "마일스는 이제 이지가 챙겨요. 아이 일정표는 다 적어서 냉장고에 붙여놨습니다. 맨 밑에 내 전화번호도 있고요. 마일스가 집안을 한 바퀴 돌면서 뭐가 어디 있는지 다 설명해 줄 거예요. 나는 6시에 집으로 돌아올 겁니다."

그레그는 마일스의 머리를 쓰다듬고 뒤로 휙 돌아 현관문으로 향한다. 제니에게는 다녀오겠다는 말 한마디 없고 아내를 쳐다보지도 않는다.

우리 셋은 현관 입구에 어색하게 서 있고, 잠시 후 제니가 허리를 굽혀 마일스의 뺨에 키스하고 내게 함박웃음을 지어 보인 다음 다시 비척비척 계단을 올라간다.

"집 볼래요?" 마일스가 묻는다.

"그래, 집안 구석구석 다 소개해줘." 나는 아이 뒤를 따라 아까 아이가 나왔던 문으로 들어간다.

◆

엄마는 입버릇처럼 내가 꿈꾸던 삶과 마주치면 바로 알아볼 수 있을 거라고 했다. 나는 킹스턴 부부의 집을 돌아보면서 만약 이 신원이 진짜이고 내가 정말 대학생 이지 윌리엄스이며 마일스 킹스턴의 베이비시터라면 어떨까 생각해본다.

한 가지는 확실하다. 이런 삶은 나한테 맞지 않는다.

닷새가 지났고 아직 나는 찾고 있는 것을 발견하지 못했다.

정작 내가 발견한 것은 마일스가 이 집의 실질적 관리자라는 사실이다. 마일스는 가사도우미가 언제 오는지 알고, 도우미가 일주일 치 장을 볼 때 사용할 소액의 현금을 어디에 놓아두는지 알고, 제니가 언제 복용에서 음주로 넘어가는지 안다. 와인이 흐를 때 눈물도 흐르고, 그러면 우리는 눈에 띄지 않게 자리를 피한다.

제니는 마일스에 대해서는 감성적인 반면 나에 대해서는 적대적이고 심술궂다. 그레그가 근처에 있을 때는 생글생글하다가 그가 나가는 순간 발톱을 드러낸다. 제니는 자기 집에 내가 있는 게 싫다. 내가 자기 아들과 같이 있는 게 싫다. 그러나 그 두 가지를 막기엔 너무 술에 취해 있고 약에 절어 있다.

마일스와 나는 레고를 만들며 논다. 우리는 요새를 짓는다. 노래를 부른다. 그리고 나는 찾고 찾고 또 찾는다.

거짓말은 하지 않겠다. 이 작업은 날이 갈수록 어려워진다. 내가 이곳에 파견된 이유인 목표물을 입수하면 그 즉시 나는 사라진다. 그럼 마일스는 누가 돌보지?

하지만 그런 식으로 생각하는 것은 위험하다. 그래서 나는 마음속 담벼락에 날마다 벽돌을 한 장씩 쌓으며 이 금발 머리 파란 눈의 조숙한 꼬마가 들어오지 못하게 막는다. 막아주길 바란다.

———— ◆ ————

여드레째 되는 날, 제니의 방에 들어갈 수 있게 된다.

드디어.

제니는 거의 온종일 자기 방에서 시간을 보내므로 집의 그쪽 구역은 자주 접근하지 못했다. 그리고 가끔 제니가 제 방에서 나오는 모험을 감행할 때면 나에겐 마일스가 딱풀처럼 붙어 있었다. 지금 이 시간, 마일스는 낮잠을 자고 있고 제니는 욕조에 몸을 푹 담그고 있으며, 제니와 나 사이엔 얇은 문 하나뿐이다.

제니가 욕실에 몇 시간씩 있을까? 아니면 금방 씻고 나올까? 누가 알랴. 그러나 예측이 되지 않는다고 이 기회를 흘려보낼 여유가 없다.

모든 사물을 꼼꼼히 뜯어보며 방안을 돌아다닌다. 나는 플래시드라이브를 찾고 있고, 그것과 똑같이 생긴 플래시드라이브가 지금 내 주머니 속에 바꿔치기용으로 들어 있다. 이렇게 작은 물건을 숨길 만한 장소는 널리고 널렸다. 그레그의 서재에 있는 서랍과 구석과 틈새를 모조리 들여다봤지만 소득은 없었다. 그레그가 귀중품을 양말 서랍에 숨기는 사람이라면 양말 속까지 뒤져봤을 것이다.

평면도에는 빌트인 금고가 보이지 않지만 킹스턴 부부가 이 집을 구입한 후 하나 설치했을지도 모른다는 생각이 들어 지금 나는 열심히 금고 위치를 추적중이다. 첫 작업부터 실패할 수는 없잖아.

우아한 앤티크 책상에 제니의 보석류 몇 점이 아무렇게나 흩어져 있다. 세련되고 아름다운 최고급품이어서 나는 값이 각각 얼마나 나갈지 머릿속으로 계산하며 원석을 세팅에서 빼내는 상상을 한다.

하지만 그러려고 여기 온 게 아니므로 억지로 보석에서 눈길을 돌린다. 서랍이란 서랍은 다 열어보고 방안 구석구석 빠진 곳 없이 샅샅이 뒤진다. 아주 큰 방이어서 욕실로 이어지는 문 근처 한쪽 구석에는 소파와 테이블이 놓인 공간도 있다. 그 장소로 조금씩 다가가 욕조 속 제니의 음정이 맞지 않는 노래에 귀를 기울이며 쥐죽은듯 꼼짝 않는다.

벽에 걸린 킹스턴가의 가족사진은 완벽한 3인 가족을 묘사하지만 실제 이 집안 사람들의 삶이 어떠한지는 반영되어 있지 않다. 분명 제니는 이 사진을 소셜 미디어에 공유해서 이 사진이 보여주는 장밋빛 삶을 모두가 믿게 만들었을 것이다. 나는 이 집에 걸려 있는 모든 사진과 그림에 해봤듯 이 액자의 모서리를 잡아당긴다. 액자가 휙 돌아 열리며 벽 속에 설치된 작은 금고가 드러나자 속으로 쾌재를 부른다. 손잡이를 당겨보지만 단단히 잠겨 있다.

번호 입력 키패드를 노려보는데 진땀이 나기 시작한다. 나는 꽤 많은 일을 할 줄 알지만 금고털이는 거기에 포함되지 않는다. 맷이 비상시에만 쓰라고 준 휴대폰을 꺼낸다.

지금이 비상시지.

다행히 맷은 첫 신호에 받는다.

"문제가 생겼어요?"

"아뇨." 나는 속삭인다. "금고를 발견했어요. 키패드가 달렸는데 시간이 많지 않아. 어떡하죠?"

"사진 찍어서 나한테 보내봐요."

나는 시키는 대로 하고 맷이 사진을 받아볼 때까지 대기한다.

"간단한 거네. 경비 시스템에 연결된 것 같지도 않고. 네 자리 숫자를 넣어보고 어떻게 되는지 봐요."

나는 2580을 누른다. 네 자리 세로 일렬 숫자 조합은 이것밖에 없기 때문에 가장 흔히 쓰이는 비밀번호라는 얘기를 어디서 읽었다.

"삐 소리가 한 번 나고 조그만 불이 빨갛게 한 번 깜박였어요."

맷이 잠시 침묵하다가 말한다. "아이 생일."

나는 작업을 시작하기 전에 받은 정보 꾸러미에서 모든 주요 날짜를 읽었고, 기억에서 정확히 그 숫자를 꺼내오는 건 일도 아니다. 1017을 누른다. 10월 17일.

"삐 소리 한 번과 빨간 불 두 번."

"젠장." 맷이 내뱉듯 말한다. "세 번 연속 틀리면 아예 잠겨버리는 시스템이야. 시간이 어느 정도 경과하면 리셋되겠지만. 아마 24시간 정도. 그대로 지내면서 내일 다시 시도해봐요."

그리고 전화는 뚝 끊긴다.

기운이 빠진다. 나는 이 집에서 하루라도 빨리 나가야 한다. 욕실에서 첨벙 소리가 나는 바람에 나는 그 자리에서 얼어붙고, 이내 제니가 이틀째 흥얼거리는 그 짜증나는 노랫소리가 들린다. 다시 수도꼭지를 튼다. 욕조에 너무 오래 있어서 물이 식었나 보다.

나는 키패드를 응시하며 킹스턴 파일에 있는 주요 날짜와 숫자를 머릿속으로 빠르게 훑는다. 그때 그레그가 떠오른다. 그레그는 육아에 직접 참여하는 부류의 아빠가 아니긴 해도 분명 마일스를 사랑한다. 낮에 종종 문자를 보내 아들이 어떻게 지내는지 묻고 저녁에 집에 돌아오면 대체로 관심을 갖고 마일스와 얘기를 나누는 것 같다. 그런데도 비밀번호는 아들의 생일이 아니다.

제니가 요란하게 웃음을 터뜨린다. 혼자 목욕을 하며 안에서 뭘 하는지 그저 짐작만 할 따름이다.

어째서 그레그는 여태 이 집에서 제니를 쫓아내지 않은 걸까? 필요하다면 뭐든 일손을 고용해 해결할 수 있을 만큼 부자인 건 확실하다. 그레그는 제니와 꼭 필요한 말만 한다. 이따금 서글픈 표정으로 아내를 바라보기도 하더라만. 변해버린 모습에 진절머리를 내긴 하지만 여전히 사랑하고 있음을 보여주는 표정. 비밀번호는 제니의 생일일까? 두 사람의 기념일? 아닌 척하지만 그레그는 매일 밤 손님방에서 자고, 그 방 침대 머리맡에 있는 사진은 하나뿐이다. 그레그와 제니의 사진. 두 사람은 젊고 활짝 웃고 있고 볼을 부비며 서로 얼굴이 부서져라 꼭 붙이고 있다. 그들 뒤편 하늘에는 불꽃놀이가 한창이다. 첫 데이트 때 찍은 사진일 가능성이 높다. 어느 컨트리클럽의 7월 4일 독립기념일 야외 파티에서.

나는 키패드를 노려보며 숨을 참고 0704를 누른다. 몇 초간 아무 일도 없다가 불빛이 초록으로 반짝하더니 잠금장치가 스르륵 열리는 소리가 난다.

나는 숨을 휴우 내쉬고 환호성을 외칠 뻔하다 참는다. 해냈다!

금고 문을 당겨 여니 안에는 파란 뚜껑이 달린 붉은 플래시드라이브 하나밖에 없다. 내 주머니 속 바이러스에 오염된 플래시드라이브와 똑같이 생겼다. 나는 이것과 원본을 바꿔 놔둘 것이다. 그레그가 플래시드라이브를 컴퓨터에 꽂으면 죄다 먹통이 되어버리겠지. 당황해하며 무슨 문제인지 머리를 싸매더라도 설마 바꿔치기된 줄은 모를 것이다.

플래시드라이브를 바꿔치기하는데 제니의 웃음소리가 다시 들리고, 아니 이번엔 아까보다 가까이서 들린다. 제니가 욕실 앞에서 나를 빤히 보고 있다.

"지난주부터 집안을 살금살금 돌아다니며 기웃거리는 거 다 보고 있었어." 혀 꼬부라진 소리에 눈은 반쯤 감긴 채다. 벌어진 목욕 가운 틈으로 보이는 알몸에서 물이 뚝뚝 떨어져 단단한 마룻바닥에 웅덩이가 생긴다.

이거 안 좋은데. 몹시 안 좋다. 현장에서 들키다니.

"생각하시는 그런 거 아니에요." 내가 말한다.

제니가 비틀거리며 새된 웃음을 흘린다. "아니긴 뭐가 아냐. 딱 내가 생각한 대론데." 제니가 나를 잡으려는지 치려는지 양손을 뻗으며 달려든다. 그러나 목욕 가운에서 늘어진 허리띠에 발이 걸려 내가 붙잡기도 전에 엎어진다. 제니의 머리가 바닥에 부딪히며 요란하게 깨지는 소리가 나고 금발 머리 밑에서 가느다란 핏줄기가 흘러나온다. 제니는 정신을 잃었다.

"망할." 나는 중얼거리며 제니 옆에 꿇어앉는다. 손가락으로 목을 짚어 맥박을 확인한다.

나는 다시 맷에게 전화한다.

"입수했어요." 맷이 전화를 받자마자 나는 말한다. "근데 킹스턴 부인한테 들켰어요. 부인은 술에 취해 발을 헛디뎌 쓰러졌고요. 머리에서 피가 나요."

"죽었어요?" 맷이 조용한 어조로 묻는다.

"아뇨. 하지만 병원에 가야 해요. 911을 부를까?"

"당신이 그 집 물건을 훔치는 걸 봤다고 경찰한테 다 찌르라고?" 맷이 사납게 대꾸한다. "그냥 드라이브 갖고 거기서 나와요."

"마일스는 어떡하고?" 제니와 나 사이에 잃을 사랑은 없다지만 저 꼬마는 이보다 나은 대우를 받아야 한다.

"당장 거기서 나와요! 꾸물거리다간 잡힌다고! 일단 튀면 꼬투리 잡힐 증거가 없어." 맷이 하도 크게 소리를 질러 온 방안에 다 울린다. "지금 당장 그 집에서 튀어나와요."

그리고 전화가 뚝 끊긴다.

나는 다시 제니에게 손을 댈 엄두가 나지 않는다. 이대로 놔둬도 될까? 이대로 마일스를 떠나도 될까? 하지만 여기 있다가는 감옥에 갈 수도 있다. 제니는 내가 도둑질을 했다고 말할 것이다. 제니가 쓰러진 걸 내 탓으로 돌릴지도 모른다. 제니는 내가 자기

146

를 밀었다고 할 것이다.

나는 주머니에서 다른 휴대폰을 꺼낸다. 그레그가 마일스의 안부를 확인할 때 이 번호로 전화한다. 내가 킹스턴 집안에 발을 들여놓을 때 개통한 휴대폰이다.

"여보세요." 그레그가 전화를 받는다.

"큰일났어요. 제가 집에 급한 일이 생겨 지금 당장 가봐야 해서 킹스턴 부인께 말씀드리려고 위층에 올라왔는데요, 부인이 바닥에 쓰러져 계세요. 의식도 없고요. 넘어지셨나봐요. 마일스는 놀이방 소파에서 자고 있어요. 집에 오셔야 할 것 같아요. 저도 집에 일이 생겨 지금 바로 가봐야 해요."

"잠깐만—"

하지만 나는 이미 전화를 끊었다. 가짜 플래시드라이브를 금고에 넣고 문을 닫은 다음 가족사진을 원위치로 돌린다. 내가 이렇게 위험을 무릅쓰는 이유는 오로지 마일스 때문이다.

그레그가 911에 전화하면 된다. 그가 집에 와서 해결하면 된다. 나는 이 가명과 본래 정체를 숨기기 위해 취한 조치를 믿는 수밖에 없다. 계단을 뛰어내려와 마지막으로 마일스를 한번 들여다본다. 아이의 귀여운 얼굴은 곤히 잠에 빠져 있고, 엄마가 내게 가르쳐준 대로 내가 마일스에게 접는 법을 가르쳐준 종이학을 조막만한 손에 꼭 쥐고 있다. 마일스는 괜찮을 거다. 아이 아빠가 곧 도착할 거다. 아이는 내 문제가 아니다.

나는 부리나케 뒷문으로 빠져나와 집 옆을 기어 길가로 나온 다음 맷이 이번 작업 때 쓰라고 준 차로 뛰어든다. 주택 단지 정문을 지날 때 구급차와 그 뒤를 따르는 경찰차가 내 옆을 쌩 지나

친다.

나는 고개를 낮추고 제한속도에 맞춰 차를 몬다. 경찰이 경비실 입구의 CCTV 영상을 확인할까? 이 차에 탄 내 사진이 찍혔을까? 경찰이 얼마나 빨리 나를 찾기 시작할까?

AAA 보석보증보험에 도착하기까지 10분이 걸린다. 이곳에 절대 다시 오지 말라는 지시를 받았지만 지금은 확실히 일반적인 상황이 아니니까.

맷이 나를 기다리며 길가에서 왔다갔다하고 있다.

내 차가 완전히 서기도 전에 운전석 문이 뜯기듯 열린다. "젠장 뭐하느라 이렇게 오래 걸렸어?" 맷이 나를 차에서 끌어내 건물 안으로 데려간다. 우리는 발을 멈추지 않고 곧장 맷의 사무실로 간다.

"최대한 빨리 온 건데." 나는 플래시드라이브를 맷에게 건네고 그레그와 연락할 때 사용한 휴대폰을 책상에 올려놓는다. 그레그에게 전화했다는 말은 하지 않는다―맷이 확인할까봐 통화기록을 삭제하고 전원을 껐다.

마일스가 제 아빠가 도착하기 전에 엄마를 발견했을까.

아니. 마일스 생각은 하면 안 된다.

맷이 플래시드라이브를 손에 쥔 채 휴대폰에 계속 뭐라 뭐라 쓴다. 그리고 화면에 뜬 문장을 읽다가 전화벨이 울리자 움찔 놀란다.

"네." 맷이 나를 뚫어져라 노려보다 휴대폰을 내게 넘긴다.

나는 잠시 주저하다 휴대폰을 받아든다.

"여보세요." 나는 조용히 말한다.

"오늘 낮에 있었던 일을 말하게. 단 하나도 빠뜨리지 말고."

스미스 씨의 변조된 목소리는 그의 실제 목소리에 담겼을 분노를 전달하지 않는다.

나는 금고의 비밀번호를 어떻게 알아냈는지를 포함해 전부 다 얘기한다. 그레그에게 전화한 일만 빼고.

"바닥에 쓰러져 피 흘리는 제니 킹스턴을 그대로 놔두고 와서 죄책감을 느끼는군."

질문은 아니지만 나는 대답한다. "네."

"언젠가는 일어날 일이었지, 꼭 오늘이 아니었어도 내일이든 모레든. 제니 킹스턴은 오랫동안 그 방향으로 나아가는 중이었네."

나는 침묵한다. 그게 사실이라 해도 내가 금고를 뒤지느라 그 방에 있지 않았다면 그 일은 오늘 일어나지 않았을 거라는 생각을 안 할 수 없다. 제니는 욕실에서 나와 곧장 이불 속으로 들어갔을 거다, 내가 그 집에 있는 동안 하루 걸러 한 번씩 그랬듯. 따라서 만약 오늘 제니가 성공한 거라면, 그건 나 때문이다.

"네, 알아요." 나는 스미스 씨에게 대답한다.

"작업을 완수하긴 했지만 무모했어. 금고를 열기 위해 모험을 하고. 그 주정뱅이가 몰래 다가올 때까지 눈치도 못 채고. 자넨 그보다 더 잘할 수 있잖나."

그의 말이 맞다. 나는 그보다 더 잘할 수 있다. 제니의 노래가 멈췄을 때 알아차렸어야 했다. 욕실 바닥을 가로지르는 둔탁한 발소리를 들었어야 했다. 욕실 손잡이가 돌아가는 소리를 들었어야 했다.

"제니가 제풀에 넘어지지 않았다면 자네는 어떻게 했을까?" 스미스 씨가 묻는다.

"모르죠." 나는 바로 대꾸한다. 그리고 그게 사실이다. 무사히 빠져나오기 위해 내가 어디까지 할 수 있을까? 그에 대한 답은 영원히 알 수 없을 것이다.

"내가 대신 대답해주지. 자네 자신과 작업을 지키기 위해서라면 뭐든 해야 해. 이건 일이라는 걸 명심하게. 자네는 그 가족의 일원이 아니야. 그건 자네의 삶이 아니야. 자네의 세계가 아니지. 자네는 아주 잠깐 그 세계를 스쳐지나가는 유령에 불과해. 그 사람들은 자네한테 일절 신경쓰지 않아. 그러니 자네도 그들에게 신경쓰지 말게."

스미스 씨가 일장연설을 쏟아내는 동안 나는 침묵한다. 말이 심장에 비수처럼 꽂힌다.

"나는 자네를 오랫동안 지켜봤네. 자네는 혼자 힘으로 여기까지 왔어. 임기응변도 빠르고 판단력도 좋아. 게다가 본능적인 감이 있어. 그건 배운다고 되는 게 아니야. 타고난 재능이지. 그 재능을 오늘 자네는 낭비하다시피 했어. 자네가 금고를 발견했을 때 맷에게 전화를 걸어 도움을 청해야겠다고 생각한 건 이해할 수 있네. 하지만 지원 요청은 최후의 수단이야. 도움을 구하는 건 버릇이 되지. 나는 외부 지원 없이 문제를 해결할 수 있는 사람을 원해. 왜냐하면 늘 지원이 가능한 건 아니거든. 그 여자가 몰래 들이닥친 것도 따지고 보면 자네가 작업을 서둘러 마치는 데 급급해서 맷의 도움에 기댔기 때문일세. 자네는 한 발 물러섰어야 했어. 먼저 금고를 조사했어야지. 비밀번호 없이 여는 법을 알아냈어야지. 그 망할 여편네가 바로 옆방에서 욕조에 몸을 담그고 있는 동안 전화한다고 지랄하느라 자네 정체를 까발리지 말았어야지."

기계음으로 욕설을 하니 더 상스러운 것 같다. 기대했던 격려의 말은 아니지만 의외로 내게 필요한 방식의 격려였다. 그리고 스미스 씨의 말이 절대적으로 옳다. 내가 일처리를 성급하게 했다. 마일스에게 더 깊이 정이 붙을까봐 하루라도 일찍 끝내고 싶었다.

앞으로 더 나아져야 한다. 더 나아질 것이다. 이번에 비싼 수업료를 냈다.

진실은 마일스에게 너무 가혹하다. 나는 평생 마일스와 이번 작업을 머릿속에 담아두겠지만 마일스는 분명 나를 까맣게 잊을 것이다. 하지만 스미스 씨는 틀렸다. 나는 그저 킹스턴 일가의 삶을 잠깐 스쳐지나가는 유령이 아니다.

나는 나 자신의 삶을 잠깐 스쳐지나가는 유령이다.

나에게 신경쓰는 유일한 사람은 나다. 나의 생존을 보장하려는 유일한 사람은 나다.

나는 혼자다.

이윽고 스미스 씨가 말한다. "이번 작업비는 자네 계좌로 입금될 걸세. 일주일 내로 다음 작업에 대한 지시사항이 갈 거야. 다음 작업은 지역을 옮겨야 하니 며칠 내로 짐을 싸도록. 자네가 킹스턴 일가와 마주치는 위험은 감수할 수 없어."

"네, 알겠습니다."

"우리가 얘기하는 동안 앰뷸런스가 이미 킹스턴 부인을 실어갔고 경찰이 킹스턴 씨를 조사하는 중이야. 다음번에 내가 자네에게 모든 세부사항을 보고하라고 할 때는 빌어먹을 단 한 가지도 빼먹지 말게."

나는 깊이 숨을 들이마시고는 폐가 약간 타고 머리가 살짝 어질할 때까지 참는다. 그리고 조용히 후 하고 숨을 내쉬며 나직이 말한다. "더 나아질 거예요. 실수는 없어요." 나는 속으로 덧붙인다. 절대 다시 일하다 정 붙이지 않을 거야.

"없어야지." 스미스 씨가 말한다.

13장

현재

오늘의 디너파티는 몇 주 전에 열었던 파티와는 성격이 완전히 다르다. 날도 좋고 아직 모기가 극성을 부리지 않아서 나는 다이닝룸이 아닌 안마당 테라스 공간에 식탁을 차린다. 라이언은 앞면에 섬너라고 새겨진 화려한 아연도금 통에 아까 우리가 사온 맥주와 와인을 넣고 얼음물을 채워 차갑게 식힌다. 라이언이 지난 생일에 세라에게 받은 선물이다. 몇 년에 걸쳐 내가 배운 게 하나 있다면 남부 사람들은 개인 맞춤형 선물을 최고로 친다는 거다.

제임스와 그 여자는 라이언이 그릴에 불을 피우고 있을 때 도착한다.

테라스로 이어지는 낮은 계단 앞에서 우리는 함께 두 사람을 맞이한다. 라이언이 제임스가 낑낑거리며 들고 온 12팩짜리 맥주를 받아드는 동안 여자가 내게 은박지로 덮인 접시를 내민다.

"아무것도 가져오지 말라고 한 건 알지만 오늘 낮에 제임스의 어머니와 내가 브라우니를 너무 많이 만들어버렸지 뭐예요."

나는 은박지 한쪽을 들추고 안을 살짝 들여다본다. "와 맛있겠다. 냄새가 끝내주네요." 버나드 부인이 이미 페이스북에 올렸을 게시물이 벌써부터 눈에 선하다.

"아버지 다리는 좀 어떠셔?" 라이언이 제임스와 악수하며 묻는다.

"나아지는 중이지." 제임스가 대답한다. "적어도 불평불만 가득하던 건 나아지는 중이야."

여자가 제임스의 옆구리를 팔꿈치로 찌르며 웃음을 터뜨린다. "그만해. 그래도 아들보다는 훨씬 나은 환자이실걸." 여자가 나를 향해 말한다. "집에만 계시니 포커판이 끊일 새가 없어요. 기꺼이 돈을 잃어주겠다는 친구들이 다 바닥나게 생겼다니까요." 여자의 손이 가볍게 라이언의 팔 위에 얹힌다. "한번 들러주시면 정말 좋아하실 거예요. 한두 게임 져드려서 기분을 좀 북돋아드리면 어때요?"

여자는 도착한 지 몇 분도 안 되어 자신의 말에서 귀를 뗄 수 없게 두 남자를 휘어잡는다.

"카드 게임에서 지는 건 라이언에게 어렵지 않은 일이지!" 제임스가 말한다.

나는 진심으로 들릴 만큼 깔깔 웃고는 라이언이 제임스가 가져온 맥주를 얼음통에 넣는 동안 다들 식탁에 앉으라고 손짓한다.

"금방 올게요." 나는 안으로 들어가 아까 만들어둔 에피타이저를 갖고 나온다. 식탁으로 돌아와 앉은 후 숨을 깊이 들이마시고 이 자리의 모든 것을 온몸으로 음미한다. 오늘 저녁처럼 기막힌 날씨는 루이지애나에선 아주 드물다―습기 없이 뽀송뽀송하고 바람이 살랑살랑 부는 포근한 날. 이런 완벽한 저녁을 작업에 허비해야 하다니 안타깝군.

대화는 편안하고 두 남자가 거의 대부분 도맡는다. 그 여자는 이런 종류의 상황에 나와 똑같은 방식으로 접근하는 듯하다. 경청하며 정보 얻기.

"우리 얘기만 하고 있네." 잠시 후 라이언이 웃음을 터뜨리더니 제임스 옆에 앉은 여자를 보고 말한다. "레이크포빙에 가장 최근에 새로 오신 분에 대해 좀더 알고 싶군요."

"그러게, 더비 파티 때 별로 얘기할 기회가 없었지요…… 루카." 여자의 이름을 소리 내어 말하기란 쉽지 않다. 생각한 대로 입맛이 쓰다.

여자가 어깨를 으쓱하고는 제임스에게 따스한 미소를 보낸다. "딱히 얘기할 만한 게 없어서. 제임스하곤 몇 달 전에 만났어요. 둘 다 배턴루지에서 일할 때였지요. 저는 보험사 손해 사정인으로 일하는데 지난 가을에 배턴루지를 휩쓸고 간 토네이도 때문에 청구가 여럿 들어와서 후속 조치를 하고 있었어요."

"네, 그거 피해가 심각했죠." 라이언이 말한다. "저도 그쪽에 고객이 두어 분 계셔서. 주택이 많이들 망가졌지요."

"처참했어요." 여자가 팔을 뻗어 제임스의 손안에 자신의 손을 밀어넣는다. "지금 가진 모든 것에 정말 감사하게 되더라고요."

나는 부드러운 미소와 골똘히 귀를 기울이는 표정을 내내 장착하고 있느라 기가 다 빨린다.

"그렇다면 계속 참사 현장만 찾아서 출장 다니는 건가요?" 내가 묻는다.

여자가 거북한 듯 움찔한다. "그런 셈이죠. 가끔은 힘들어요. 하지만 중간중간 쉬어가는 때도 있죠, 지금처럼. 당장 가야 하는 현장이 없으면 서류 작업은 어디서든 할 수 있거든요." 또 한번 제임스에게 사랑스러운 눈빛을 보내고 또 한번 그의 손을 꾹 힘주어 잡지만 정작 제임스는 다른 손에 든 맥주를 비우느라 여념이 없다.

잘하는걸. 여자의 배경 설명은 탄탄하다. 전달력도 흠잡을 데 없다. 얼굴 표정도 감정과 잘 어울린다. 감탄이 절로 나온다.

반면 제임스는 코치가 좀 필요해 보인다. 쓰고 버리는 말에 불과하겠지만. 여자는 세련되고 능숙한 데 반해 제임스는 위태위태하다. 어떤 상황이어야 저 둘이 진짜로 연애를 하게 될지 나는 상상이 안 간다.

나도 그 여자와 같은 처지에 있었던 적이 있다. 작업을 위해 억지로 해야 하는 상황. 세상에서 가장 특별하고 소중한 사람을 보듯 꿀이 뚝뚝 떨어지는 눈빛으로 제임스를 애지중지 바라본다는 사실만으로 존경심이 절로 든다.

여자가 나를 돌아보며 묻는다. "제임스가 그러는데 여기서 산지 얼마 되지 않았다고요, 에비. 레이크포빙에는 무슨 일로 오게 됐어요?"

"아, 한동안 좀 이리저리 떠돌았어요. 몇 년 전에 교통사고로 부모님이 돌아가시고 나서 환경을 바꿔보고 싶었거든요." 나는 아랫입술을 깨물고 라이언 쪽으로 시선을 던진다―상처받기 쉬운 나약한 모습을 언뜻 내보였다가 도로 눌러넣는다. 라이언이 내 쪽으로 좀더 당겨 앉으며 한 손을 내 허벅지에 내려놓는다. "결국 여기까지 흘러와서 이 동네와 사랑에 빠지고 말았죠. 내가 워낙 작고 귀여운 마을에 약해서." 나는 과장된 웃음을 터뜨린다. "자동차 잔고장도 척척 고치는 귀여운 남자한테 약하기도 하고."

라이언이 뒤따라 킥킥거린다. "타이어 교체로 해결이 안 됐다면 지원을 불러야 했을걸."

여자가 만면에 웃음을 띠며 상체를 내민다. "작고 귀여운 마을 얘기가 나와서 말인데, 에비, 이든 출신의 그 대학 동기가 누구예요? 분명 누군지 알 것 같아서요. 그 사람이든 그 사람 가족이든. 그런 조그만 동네에서는 모르기가 어렵잖아요."

망할 년.

나는 못잖게 해맑은 미소를 띄운다. "리자이나 웨스트예요. 마틸다라는 여동생과 네이선이라는 오빠가 있는데, 당신도 알겠네요. 이든에 있는 동안 리자이나네 집에 묵었는데 길이나 동네 이름은 잘 모르겠어요."

네가 얼마나 잘하는지 보자. 네가 받은 나에 관한 꾸러미가 얼마나 사전조사가 잘되어 있는지도 보자고. 리자이나 웨스트는 어릴 때 제일 친한 친구였고 같은 학교에 다니다 중학교 1학년 때 이사를 갔다. 잘됐네. 이번 기회에 스미스 씨가 나의 과거에 대해 얼마나 알고 있는지 파악해야겠군. 네이선은 의대를 마치고 5년 전쯤 이든으로 돌아와 의원을 열었다. 그쪽 동네에는 가정의학과

가 많지 않으므로 네이선은 지역사회에서 존경받는 아주 유명한
의사다.

여자는 내 질문에 어떻게 대답해야 할지 머리를 쥐어짜내는 듯
미간을 찡그린다. "어디서 많이 들어본 이름인데……" 여자는
말꼬리를 흐린다.

그건 아니지. 감점. 여자는 직접 조사한 내용은 하나도 없이 오
로지 스미스 씨가 준 정보에만 의존했다. 그리고 리자이나와 나
는 리자이나가 이사가기 전까지 떼려야 뗄 수 없는 사이였으므로
어릴 적 우리의 우정을 알아냈다면 네이선에 관해서도 요약본을
받았을 것이다. 스미스 씨는 고등학교 이전의 나에 대해서는 알
아보지 않은 것 같다.

"지금도 이든에 사십니까?" 라이언이 묻는다. "회사에서 이렇
게 멀리까지 직원을 파견하진 않을 것 같은데요."

"지금은 롤리에 살아요. 이든은 멋진 곳이지만 정말 좁거든요,
아시죠?" 여자는 어깨를 으쓱하고는 맞장구라도 쳐줄 줄 아는지
나를 쳐다본다. "회사에 인력이 부족해서 다들 너무너무 바쁘게
일해요. 어디든 부르면 가야죠."

"여성분 둘 다 영 정착을 못하고 돌아다니시네." 제임스가 요
란하게 웃으며 말한다. "에비, 라이언과 살림을 합쳤다면 한동안
은 여기 머물 계획인 것 같은데. 이젠 더이상 옮겨다니지 않는 건
가요? 아님 일시 멈춤인가?"

"제임스, 에비를 너무 몰아붙이고 있잖아." 라이언의 말투에 며
칠 전 글렌뷰 사무실에서 들었던 서늘한 냉기가 살짝 묻어난다.

여자가 제임스의 손을 세게 꽉 누르는 바람에 제임스가 "아

야!"소리를 지른다. 곧이어 제임스가 여자에게 숨죽여 소곤거린다. "에비가 여기 눌러앉을 건지 당신이 알고 싶어하는 줄 알았지."

그럼 그렇지, 제임스까지 스미스 씨 밑에서 일할 리가 없다. 빈말로라도 이런 일에 능숙하다곤 할 수 없군. 저 여자, 말을 제대로 부리려면 솜씨를 좀더 발휘해야겠는걸.

"좋은 질문이네요." 나는 제임스의 마지막 중얼거림을 못 들은 척 말한다. "옮길 계획이 있었다면 라이언이 이 집에 들어오라고 했을 때 거절했을 거예요." 내 대답을 듣고 기쁜지 라이언이 엄지로 내 다리를 살며시 쓸어내린다.

"내가 지금 텃밭과 온실을 어떻게 만들 계획인지 알면 에비는 아무데도 못 갈 거야. 이건 두 사람이 같이 해야 하는 작업이라 에비는 나를 버리고 갈 수 없거든."

내 신경은 즉각 라이언에게로 쏠린다. "당신 집에 텃밭을 가꿀 거야?"

라이언이 느릿느릿 고개를 가로젓더니 빙그레 미소 짓는다. "아니." 잠깐 뜸을 들이더니 말한다. "우리집에 텃밭을 가꿀 거야. 텃밭이 있으면 좋겠다고 당신 맨날 노래 불렀잖아."

내 얼굴에 발갛게 피어난 홍조는 진짜다. 이 순간을 식탁 맞은편의 두 사람과 공유하지 않았다면 좋을 텐데.

그 여자가 상체를 내밀고 라이언과 나 사이의 마법의 순간을 깨며 묻는다. "에비, 제일 가까운 파우더룸이 어딘지 알려줄래요?"

그러나 라이언이 이미 일어나는 중이다. "제가 알려드리죠. 스테이크를 가지러 들어가려고요. 지금 그릴에 올려놔야지 안 그럼 내일 아침으로 먹게 될 것 같네요."

라이언을 따라 안으로 들어간 여자는 분명 이 틈을 타 내 물건을 뒤질 것이다. 내가 딱 그랬을 테니까. 아니 그보다 중요한 건 내가 그 여자가 그러길 바란다는 거다. 나는 그럴듯한 자료를 만들어 여자에게 들키도록 적당히 숨겨놨고, 여자는 그걸 발견하면 스미스 씨에게 보고할 것이다. 위험한 플레이지만 스미스 씨가 자신의 패를 몽땅 테이블 위에 펼치게 해야 한다. 깜짝 선물은 지긋지긋하다.

이 상황의 흥미로운 점은, 나 또한 작업 때문에 이곳에 왔다는 걸 그 여자가 아는지 모르는지 그걸 정말 모르겠다는 거다. 그냥 속여먹기 쉬운 표적을 다룰 때 흔히 그러듯 나를 쥐락펴락하는 건가? 여자의 지시사항에 노스캐롤라이나 이든을 언급하면 내가 긴장할 거라고 쓰여 있나?

"제임스, 스테이크 굽기는 어느 정도가 좋아?" 라이언이 마리네이드한 스테이크 접시를 들고 다시 테라스로 나오며 소리친다. 입고 있는 앞치마에는 '나한테 키스는 안 해도 되는데 맥주 좀 갖다줄래?'라고 쓰여 있다.

"미디엄 레어." 제임스가 대답하며 그릴 쪽으로 간다.

나는 와인을 홀짝거리며 그 여자가 내 물건을 뒤지고 돌아다닐 시간을 몇 분 더 준 다음 식탁에서 일어선다. "야채를 깜박한 것 같네. 내가 가서 가져올게."

라이언이 내게 고개를 끄덕인 다음 제임스 쪽으로 돌아선다.

주방에 들어가면 여자가 보일 줄 알았는데 아무도 없다. 손목시계를 흘깃 본다. 너무 오래 걸리는데.

나는 소리 없이 계단으로 향한다. 계단을 다 올라가니 위층 공용 욕실에서 나오는 여자가 딱 보인다.

"혹시 헤매나 해서요." 내가 말한다.

여자가 짧게 비명을 지르며 가슴을 부여잡고 화들짝 한 걸음 물러난다. "어머나, 거기 계신 걸 못 봤네요!" 곧이어 여자의 표정이 그 매력적인 함박웃음으로 바뀐다. "올라오다 계단 옆 벽에 걸린 귀여운 가족사진들이 너무 예뻐서 한참을 봤지 뭐예요! 라이언은 정말 사랑스러운 꼬마였네요!"

그 사진들을 돌아본 나는 여자의 말에 동의할 수밖에 없다. 라이언은 귀여운 소년이었다. 상황 모면력에 가산점. 훌륭한 핑계다.

여자가 계단으로 와서 내가 내려가면 뒤따라 내려오려는 듯 기다리지만 나는 옆으로 물러선다. "먼저 내려가 있어요. 방에서 뭘 좀 가져올 게 있어서."

여자는 순간 망설이다 미소를 짓고 내 옆을 지나 내려간다. 여자가 시야에서 사라지자 나는 복도 안쪽 끝에 있는 안방으로 간다. 여기서 여자가 건질 만한 건 딱 하나밖에 없고 부디 건졌기를 바란다.

나는 화장대로 가서 서랍을 연다. 종이 뭉치 위에 볼펜 두 개와 연필 하나를 특정 방식으로 배치해놔서, 종이에 쓰인 것을 읽으려면 그 필기도구들을 옆으로 밀어야 했을 것이다. 여자는 정확히 그렇게 했다. 나는 서랍을 닫고 아래층으로 내려간다.

야채가 든 쟁반을 들고 밖으로 나가 라이언에게 건넨다. 그리고 해가 완전히 졌으므로 테라스 주위에 빙 둘러 놓아둔 초에 불을 붙인다.

"이제 금방 다 될 거야." 라이언이 말한다.

내가 고개를 끄덕이며 말한다. "완벽하네. 주방에서 나머지 내올게."

얼마 안 있어 라이언은 각자의 접시에 그릴에 구운 야채를 곁들여 스테이크를 담아주고 나는 마늘빵과 푸짐한 샐러드를 식탁 한가운데 내려놓는다.

"다 맛있어 보여요." 여자가 말한다. "완전 훌륭한데요."

나는 스테이크 한 점을 잘게 썰어 입으로 가져가 천천히 씹는다. "우린 손님 접대를 아주 좋아하거든요." 그렇게 말하면서 라이언을 힐끔 본다. 라이언은 얄미운 미소를 지어 보이는데, 그도 그럴 것이 지난번 디너파티를 열기 위해 그는 2주 동안 열심히 나를 설득했던 것이다.

"두 사람은 레이크포빙에 얼마나 더 있을 건가요?" 라이언이 묻는다.

여자가 모르겠다는 듯 제임스를 쳐다본다.

"한두 주쯤 더 있지 않을까 싶어." 제임스가 말한다. "아버지가 혼자서 좀더 잘 돌아다닐 수 있게 되면 나도 홀가분하게 떠날 수 있겠지."

"이렇게 장기간 휴가를 낼 수 있다니 다행이네." 라이언이 말하고 맥주를 크게 한 모금 들이켠다. 오늘 낮에 라이언이 했던 얘기다. 제임스가 고향에 돌아온 진짜 이유가 수상하다고. 만약 제임스가 제 말마따나 정신을 차려서 취직을 했다면 다음과 같은 질문이 당연히 이어질 수밖에 없다. 어떻게 이렇게 오래 휴가를 낼 수 있을까?

"노트북으로 일하는 직업의 장점은," 제임스가 껄껄 웃으며 말한다. "어디서든 일할 수 있다는 거지."

"어떤 일을 하시는데요?" 내가 묻는다.

제임스는 답을 아는 유일한 사람이 그 여자라는 듯 여자를 쳐다본다. 그런 제임스를 마주 쳐다보는 여자의 간절한 표정은 제임스가 좀 그럴듯한 대답을 하기를 바란다는 뜻으로 해석될 수밖에 없다.

마침내 제임스가 시선을 다시 우리에게 돌린다. "실은 루카가 나를 자기 회사에 취직시켜줬어. 난 루카랑 같이 일하고 있어."

그렇게 시무룩한 말투만 아니었어도 말발이 좀더 먹혔을 텐데. 둘이 동등하게 일한다는 생각이 안 들고 제임스가 은혜를 입은 것처럼 들린다.

내가 두 사람을 저녁식사에 초대하자고 했을 때 라이언이 뛸듯이 기뻐한 건 아니었다. 그는 한 시간은 족히 창고에서 이것저것 통탕거리더니 오후 내내 나의 보석류와 약품함에 넣어둔 처방약을 포함해 집안의 명백한—그리고 쉽게 들고 갈 수 있는—귀중품을 숨겼다. 세라를 비롯한 여자들은 제임스가 지난번 이 도시에 왔을 때 라이언 집에서 뭘 훔쳐갔다고 했지만 라이언은 한 번도 인정한 적이 없다. 그리고 지금 두 사람이 서로를 대하는 모습만 봤을 땐 두 사람 사이에 불화가 있었는지 전혀 알 수 없다.

오늘 저녁을 준비하면서 우리는 둘 다 쾌활함을 억지로 꾸며내느라 전에 없이 긴장된 시간을 보냈다.

그러나 라이언의 두려움이 무엇이든 제임스의 동기가 무엇이든 내 알 바 아니다. 내 관심사는 오로지 그 여자다.

이후 저녁 내내 가벼운 대화만 오간다. 라이언과 제임스는 주거니 받거니 맥주잔을 비워 둘 다 얼큰히 취한 상태다. 어둑어둑한 뒷마당에서 두 남자가 낡은 럭비공을 던지며 노는 동안 여자와 나는 식탁을 치운다. 남자들은 둘 다 공을 잡는 횟수보다 놓치는 횟수가 더 많다.

여자가 나를 따라 주방으로 들어와 둘이 같이 설거지를 하고 남은 음식을 정리한다. 스미스 씨가 여자가 여기 온 이유를 말해주긴 했지만 단순히 경고용으로 허비하기엔 너무 훌륭한 자산이다. 그리고 내 물건을 들쑤셔놓은 걸 보니 여자는 적극적인 역할을 맡고 있다. 단순 관찰자는 아닌 것이다. 나는 공세를 취하기로 한다.

"다음 지시사항을 받았나요, 아니면 아직도 매일 사서함을 확인하고 있어요?" 나의 어조는 일상적인 대화 톤이고, 여자의 손가락에서 접시가 미끄러져 개수대에 잠기는 모양을 보니 제대로 허를 찔렀다.

그러나 여자는 곧장 회복한다. 어리둥절한 표정이 여자의 얼굴에 떠오른다. "지시사항이라뇨?"

"대답을 바란 건 아니에요. 하지만 나는 현재 작업 때문에 이곳에 왔고 다른 사람이 끼어드는 걸 달가워하지 않는다고 꼭 전해주기 바랍니다." 여자의 보디랭귀지는 여자가 내 말에 진심으로 놀랐음을 말해준다. 우리의 보스가 같은 사람이라는 걸 몰랐군. 나는 좀더 가까이 고개를 기울인다. "우리 사이엔 당신이 아는 것보다 공통점이 많거든."

여자의 얼굴에서 의심이 가시지 않았지만 이젠 좀더 차분히 통제된다. "죄송합니다만 무슨 말씀이신지 통 모르겠어요."

"이든의 노스밴뷰런에 시츠 주유소가 있지―그 옆길 이름이 뭐지?"

여자의 입이 약간 벌어지지만 아무 말도 나오지 않는다.

"이스트 스타디움 드라이브야. 같은 길로 쭉 가면 고등학교가 나와. 이든 사람이라면 머리를 거치지 않고도 대답이 나오는 길이지. 위층에서 발견한 물건 사진은 이미 보낸 거야, 아니면 제임스의 본가에 돌아가서 보낼 거야?"

여자가 내 말투에 움츠러든다. "무슨 말씀이신지―"

나는 더 바싹 다가간다. "내 질문에 대답만 하면 안 될까?"

잠시 긴장된 순간이 지나고 이윽고 여자가 말한다. "이미 보냈습니다."

여자는 자신이 찾아낸 것이 쓰레기라는 걸 알 턱이 없다. 다만 그게 화장대 서랍 속에 있을 만한 물건이 아닌데 거기 있으니 수상쩍어 보였겠지. 그것만으로도 사진을 찍어 스미스 씨에게 전송하기에 충분했을 거다.

나로서는 이 여자의 등장에 내가 어떤 기분인지 스미스 씨에게 알릴 기회를 모른 척 넘어갈 수 없었다. 스미스 씨는 내가 민감한 정보를 절대 이 집안에 두지 않는다는 것을 안다. 그래서 나는 오페라 공연 후원 기금 모금이라는 제목의 스프레드시트 문서를 만들고, 8년 전 그날 밤 내가 발각되지 않았다면 기금 모금 경매에서 손에 넣었을 이름과 신용카드 번호를 상징하는 가짜 목록을

작성했다. 그 문서는 여자의 주의를 끌기에 충분했고, 스미스 씨
는 내가 함정을 팠음을 알아차릴 것이다. 내 영역에 다른 사람을
보낸 것을 내가 달가워하지 않는다는 것을.

여자가 자리를 뜨려다 멈칫한다. "어떻게 알았어요?"

"당신이 내 물건을 뒤질 줄 예상하고 일부러 찾으라고 놔둔 거
니까. 나도 미리 예상하지 않았다면 전혀 몰랐을 거예요." 왜 이
여자에게 칭찬을 꼭 해줘야겠다는 생각이 들었을까. 같은 편도
아닌데.

"제임스가 괜찮은지 가봐야겠어요." 여자가 말한다.

테라스 문까지 거의 다 와서 내가 말한다. "마지막으로 경고
하나만 하죠. 작업을 하다가 되레 작업 표적이 되는 건 순식간이
에요." 하고 싶은 얘기는 더 있지만 이미 말을 너무 많이 했고,
내가 이 여자에게 숨김없이 털어놓은 걸 알면 스미스 씨가 좋아
하지 않을 거다.

여자가 문을 밀어 열고 그 설탕 같은 달콤한 목소리로 말한다.
"제임스, 자기야, 갈 준비 다 됐어?"

"응, 자기만 준비되면." 제임스가 마주 소리친다. 라이언과 같
이 그들을 배웅하러 나가면서 나는 우리 둘뿐 아니라 라이언과
제임스 사이에도 뭔가 심상치 않은 일이 있었음을 직감한다.

식사하는 동안 함께 나눈 즐거운 분위기에 비해 작별인사는 간
결하다. 제임스는 제 두 발로 차까지 걸어가는 것조차 벅찬 지경
이라 여자가 운전대를 잡고, 여자는 차를 출발시키며 나랑 눈빛
을 교환한다.

라이언과 나는 그들이 진입로를 빠져나갈 때까지 지켜본다.

"제임스하고 무슨 일 있었어?" 내가 묻는다.

옆에서 라이언이 뻣뻣해진다. "예나 지금이나 한심한 녀석이지."

전조등 불빛이 모퉁이를 돌아 사라지자마자 우리는 손을 맞잡고 집으로 들어간다.

14장

현재

일요일 아침치곤 평소보다 일찍 일어났다. 엊저녁 일이 수면의 질을 확실히 저하시키며 끝없는 질문의 행렬을 토해냈다. 나는 라이언이 깨지 않도록 조용히 침대를 빠져나와 살금살금 아래층 주방으로 내려간다. 스미스 씨의 다음 행보를 기다리면서 이제 무엇을 해야 할지 두어 시간 정도 숙고할 생각이다.

나는 커피 머신을 작동시키고 조그만 주방 TV를 켠다. 웅웅거리는 옛날 흑백영화를 배경 삼아 방울방울 꾸준히 떨어지는 짙은 빛깔의 액체를 물끄러미 바라본다.

우당탕 계단 내려오는 발소리에 고개를 휙 돌려 소리나는 쪽을 쳐다본다. 라이언이 휴대폰을 귀에 딱 붙인 채 고꾸라질 듯 주방으로 달려온다. 손가락을 튕기며 TV를 가리킨다. 그는 송수화기를 손으로 가리고 말한다. "3번 틀어봐."

패닉에 빠진 얼굴이다.

"내가 나중에 전화할게" 하고 라이언은 전화를 끊는다.

채널을 돌리자 지역 방송 기자가 화면을 채운다. 기자는 도로 변에 나와 있고, 뒤편에서 떠오르는 해의 온화한 빛살이 호수를 가로지르는 다리를 비춘다.

"사고는 어젯밤 11시 직후에 일어났습니다. 당국의 발표에 의하면 차량은 도로 이탈 당시 고속으로 주행중이었고 다리 입구의 가드레일을 들이받은 후 그대로 호수로 추락했습니다. 운전자가 정상적으로 운전이 가능한 상태였는가 하는 질문에 경찰은 부검 결과가 나올 때까지 알 수 없다고 말했습니다."

방송 카메라가 좌우로 이동하며 풍경을 비추자 욕지기가 올라온다. 어젯밤 우리집 진입로를 빠져나간 그 차를 지금 거대한 견인 트럭이 호수 밖으로 끌어내고 있다. 이어서 더비 파티 때의 제임스와 그 여자의 사진이 화면을 채운다.

"제임스 버나드와 그의 일행 루카 마리노는 배턴루지에서 이곳을 찾아왔습니다. 둘 다 현장에서 사망이 확인됐고 그 직후 버나드 씨 가족에게 사망 소식이 통보됐습니다." 기자가 말한다.

젠장.

화면이 앵커 데스크로 돌아온다. "크리시 기자, 버나드 씨 가족에겐 분명 끔찍한 일이겠군요."

이어서 크리시 기자가 분할된 화면에 나온다. "네, 몇 주 전 낙상을 입은 버나드 씨의 아버지는 자택에서 회복중이었으며, 아들 제임스는 어머니를 도와 아버지를 간병하기 위해 본가에 와 있었다고 합니다. 가족들은 무척 힘든 이 시기에 사생활을 지켜줄 것을 당부했습니다. 저희는 루카 마리노의 고향인 노스캐롤라이나

이든에 있는 제휴 방송사에 연락을 취했고, 마리노 씨에 대해 저희가 입수한 사항은 오늘 저녁 방송에서 알려드리도록 하겠습니다."

라이언은 손으로 입을 막은 채 조그만 TV 화면을 뚫어져라 바라본다. 눈과 귀가 보고 들은 것을 뇌가 미처 다 처리하지 못한 것처럼 표정이 멍하다.

뉴스가 다음 꼭지로 넘어가자 나는 TV를 끈다. 라이언이 바로 옆에 있는 의자에 주저앉아 두 손으로 머리를 감싼다. 나는 라이언에게 다가가 그의 긴 머리칼을 쓰다듬는다.

"믿기지가 않아. 어젯밤에 정말 제임스와 안 좋게 헤어졌는데 이런 일이 생길 줄은. 그 자식은 평생 엉망진창이었어. 문제를 일으키고, 내 물건을 훔치고…… 하지만 나아진 줄 알았거든. 그랬는데 어젯밤에 럭비공을 갖고 놀다가 녀석이 돈을 달라더라고. 난 술김에 그만 폭발했어. 너 같은 놈이랑은 두 번 다시 안 본다고, 영원히 끝이라고."

나는 말없이 라이언의 머리를 계속 쓰다듬으며 저 사고는 어떻게 된 일일까 또 무슨 의미일까 곰곰 생각한다.

"제임스의 부모님을 뵈러 가야 해." 라이언이 나를 올려다보며 말한다. "루카가 술에 취해 있었을까? 운전을 못하게 말렸어야 했나?"

나는 고개를 흔들고, 생각을 말로 표현하기까지 잠시 시간이 걸린다. "아니, 저녁 내내 루카는 두 잔밖에 안 마셨어. 운전할 수 있을 만큼 말짱했어." 이 일로 라이언이 자신을 탓하게 놔둘 수 없다.

내 말에 라이언은 약간 마음이 놓인 듯하지만 오래가진 않는다. 스프링 위에 앉아 있던 사람처럼 의자에서 벌떡 일어난다. "가서 부모님을 뵈어야 해. 걔네 어머니는 가슴이 찢어지실 거야. 걔네 아버지도. 망할, 경찰에서 우리를 조사하고 싶어하겠지." 라이언이 눈을 질끈 감는다. "우린 그 두 사람이 살아 있는 모습을 본 마지막 목격자야. 경찰에서 우리한테 질문할 게 있을 거야."

라이언은 안절부절못하며 왔다갔다하기 시작하고, 나는 그의 정신을 붙잡아 진정시켜야 한다. 경찰에 전화하겠다는 걸 간신히 뜯어말린다. 지금 내게 무엇보다 필요 없는 일은 경찰이 나에 대해 뭐 하나라도 알게 되는 것이다.

"한 번에 하나씩 하자. 옷 먼저 갈아입고, 제임스의 부모님을 뵈러 가자. 뭔가 필요하신 일이나 도와드릴 일이 없는지 가서 살펴보자. 나머지는 나중에 걱정하고."

라이언이 주방 한가운데서 좁은 원을 그리며 걸으면서 고개를 끄덕인다.

"응, 그렇게 하자." 그러더니 걸음을 뚝 멈춘다. "루카는 어떡하지? 루카의 부모님께 우리가 전화를 드려야 할까? 당신 혹시 아직 가족이 거기 산다는 대학교 때 친구하고 연락이 닿아? 그친구가 루카 부모님을 알 수도 있잖아."

숨을 깊게 들이마시고. 그대로 참았다가. 천천히 내뱉는 거야.

"제임스의 부모님부터 먼저 뵙고. 그분들이 루카의 가족한테 이미 연락했을지도 몰라."

라이언이 다시 고개를 끄덕이고 바로 후다닥 계단으로 달려간다. "10분 내로 준비할게."

나는 라이언이 비운 의자에 털썩 주저앉는다.

도망쳐.

머릿속에서 나는 뒤도 돌아보지 않고 이 동네에서 줄행랑을 놓고 있다.

숨쉬어.

시간을 들여 충분히 따져봐야 한다. 스미스 씨에 빙의해서 생각해야 한다. 시간과 에너지를 들여 그 여자를 이 작업에 맞게 훈련시키고 인맥을 동원하여 이곳에 투입한 후 일을 시작한 지 얼마 되지도 않아 죽여 없앤다? 스미스 씨가 기꺼이 그랬을까?

이 시나리오가 설득력을 얻는 유일한 경우는 그 여자가 수행해야 할 임무를 완료하여 쓰임새가 다했을 때뿐이다. 하지만 그게 어떻게 가능하지.

나는 이번 작업이 시험이라는 것을 알고 착수했으므로—스미스 씨 밑에서 8년을 일했고 이런 시험이 처음은 아니다—애초에 얘기 들은 것 외에 뭔가 더 있으리란 건 익히 예상했다. 확실한 건 그 여자의 등장이 나의 지난번 작업 수행에 대한 보스의 불만족과 연관이 있다는 것뿐인데, 이제 그 여자는 죽었다.

일단은 라이언과 함께 제임스의 부모님 집에 가서 제임스가 생의 마지막 시간을 즐겁게 보냈다고 위로의 말을 전할 것이다. 그리고 이곳으로 파견되어 나를 사칭한 여자에 관해 알아낼 수 있는 모든 걸 알아낼 것이다. 친구를 잃고 비통해하는 라이언의 손을 꼭 붙잡아줄 것이다. 어젯밤에 내뱉은 모진 말과 상관없이 라이언은 제임스가 그런 사고로 죽기를 바라지 않았을 것이다. 죽음은 그런 모진 감정들을 쓸어가버린다.

어쨌든 뭣보다 일단 시작한 건 끝내고 봐야겠다.

———◆———

차를 세우고 보니 제임스의 부모님 집 앞에 경찰차 두 대가 서 있다. 내 이럴 줄 알았어, 우리가 오기 전에 왔다 갔기를 빌었건만.

라이언은 두 집 아래 길가에 주차했고, 그나마 그게 찾을 수 있는 가장 가까운 자리였다.

버나드 부부는 라이언의 집에서 호수를 가로질러 맞은편에 있는 더 오래된 동네에 산다. 이 동네 집들은 1980년대 중반에 지어져 진입로가 좁고 지붕이 낮게 드리워졌으며 다양한 색조의 갈색 벽돌로 외벽을 둘렀다.

그 집 대문 쪽으로 걸어가는 사람들 흐름이 꾸준히 이어지고, 우리도 그중 하나다.

"왜 이렇게 지금 오는 사람들이 많지? 장례식 조문객 수준의 인파인데." 라이언이 나를 데리고 사람들을 요리조리 헤치며 주택의 측면으로 갈 때 내가 소곤거린다. 라이언은 제임스와 함께 자랐고 어릴 때 이 집에 자주 놀러왔을 테니 정문을 우회해 옆문으로 가는 건 놀랍지 않다.

"대부분 동네 이웃들과 교회 사람들일 거야. 장례식장에 오는 손님은 이 두 배는 될걸. 저 아주머니들은 이런 경우에 대비해 항상 캐서롤*을 냉동실에 구비해둬." 라이언이 어깨 너머로 나를 돌아보고 눈을 굴리며 덧붙인다. "거기에 더해서, 뭔가 가십거리

없나 해서 오는 거지."

옆문을 통해 집안으로 들어온 우리는 좁은 복도를 지나 거실로 간다. 이쪽 벽에서 저쪽 벽까지 사람들이 빽빽이 들어차 있는데 천장이 낮아서 폐소공포감이 더욱 강해진다. 공식 관계자처럼 보이는 이름표를 달고 작업복 앞치마를 두른 일군의 작달막한 할머니들이—내 생각이 맞다면 버나드 집안이 다니는 교회의 집사님들일 것이다—분주히 돌아다니며 방문객들에게 물이나 커피를 권하는가 하면 집안이 흐트러지지 않도록 끊임없이 정리하고 청소한다.

"여긴 안 계시네." 라이언이 중얼거리더니 나를 데리고 다시 복도로 나와 열려 있는 다른 문으로 들어서자 작은 서재가 나온다.

로즈 버나드의 가녀린 몸집이 거대한 의자 한 귀퉁이에 파묻혀 있고 웨인 버나드는 아내 옆 윙백 의자에 구겨 앉아 다친 다리를 작은 오토만 위에 올려놓았다. 부부 앞에는 제복 차림의 경관이 스툴에 앉아 있고 다른 두 경관이 그 뒤에 서 있다.

우리가 문으로 들어선 순간 경관들이 우리 쪽으로 휙 시선을 돌린다.

라이언과 나는 둘 다 한 발짝 물러선다. "죄송합니다, 방해하려던 건 아니……"

버나드 부인이 라이언을 보고 애통하게 울부짖는다. "이리 오렴, 라이언." 부인이 소리친다. "어떻게 된 거니? 엊저녁 너희 집

---

* 미국 남부와 중서부에서 위로를 나눌 때 선물하는 대표적인 음식.

에서 우리 애는 괜찮았니? 무슨 일이라도 있었어?"

라이언이 방안으로 들어가 부인 옆에 웅크려 앉아 두 손으로 부인의 손을 감싼다. "아무 일도 없었어요. 제임스는 기분좋게 잘 놀다 갔는걸요! 제임스와 루카 둘 다. 두 사람에게 무슨 일이 있었다면 제가 절대 그렇게 보내지 않았을 거예요."

고인이 사고 직전까지 우리집에 있었다는 사실을 알아차린 경관들이 서로 눈빛을 교환한다. 우리는 평범한 조문객에서 사고 전 고인의 정신 상태를 증언할 수 있는 목격자가 된다.

버나드 부인이 라이언과 포옹하기 위해 상체를 아주 살짝 앞으로 내밀고 라이언이 양팔로 부인을 얼싸안는다. 버나드 씨가 팔을 뻗어 위로의 의미로 부인의 손을 꼭 잡고 힘겹게 목울음을 삼킨다.

오지 말걸. 라이언 혼자 알아서 하라고 그냥 맡길걸. 나처럼 모르는 사람이 올 자리가 아니라고, 친밀한 이웃들끼리의 사적인 문제라고 설득했어야 했는데. 그 여자에 관한 자투리 정보 하나라도 건지려는 다급함에 이곳에서 내가 마주칠 수도 있는 위험을 무시하고 말았다.

지금 나는 엄청난 실수를 저질렀음을 깨닫는다. 스툴에 앉아 있던 경관이 이젠 시선을 우리에게 고정했다. 그리고 버나드 부인이 완전히 무너지는 것을 막고 있는 유일한 지지대가 부인을 감싸안은 라이언의 두 팔이므로 경관은 먼저 내게 접근한다.

"안녕하십니까." 경관이 수첩을 넘기며 말한다. "저는 불럭 수사관입니다. 일단 지금은 최대한 정보를 모으고 있는 단계라서요. 몇 가지 질문을 드려도 괜찮겠습니까?"

외통수에 걸렸다. 엊저녁 두 사람은 명백히 우리와 같이 있었으니 나로선 아무것도 모른다고 말할 수가 없다. 가급적 내게 유리한 상황에서 답을 하고 싶은데 지금 당장 해야 하게 생겼군.

"물론이죠." 나는 라이언을 향해 고갯짓을 한다. "우린 소식을 듣자마자 바로 달려왔어요. 제임스와 루카는 어제저녁에 우리집에 있었습니다."

수첩의 빈 페이지에 펜을 고정한 채 수사관이 묻는다. "성함이……?"

나는 순간 망설이다 대답한다. "에비 포터입니다." 난 이제 공무중 경찰에게 거짓말한 사람이 됐다.

"에비가 풀네임인가요 아니면 줄임말인가요?"

"에벌린."

"좋습니다, 포터 씨. 버나드 씨와 마리노 씨와는 어떻게 알게 되셨지요?"

라이언이 버나드 부인에게 금방 돌아오겠다고 약속하고 몸을 빼내 내 옆에 와서 선다. 오른손으로 살며시 내 허리를 감싸는데, 우리의 연합전선을 과시하려는 건지 아니면 내게 기대어 위로를 얻고 싶은 건지 모르겠다.

"안녕하세요, 저는 라이언 섬너라고 합니다. 제임스의 어릴 적 친구죠. 에비와 제가 어제 제임스와 루카를 초대해서 함께 저녁을 먹었습니다."

불럭 수사관이 뭔가를 끄적이며 고개도 들지 않고 다음 질문을 한다. "마리노 씨가 엊저녁에 술을 마셨습니까?"

라이언이 대답하기 전에 나를 쳐다보고, 그 주춤거림에 수사관이 펜을 멈추고 시선을 수첩에서 우리에게로 들어올린다.

"6시쯤 처음 도착했을 때 와인 한 잔을 마신 다음 저녁을 먹으며 한 잔 더 마셨어요. 제임스는 상당히 많은 양을 마셨고, 그래서 루카가 운전을 했던 거고요." 내가 대답한다.

불럭 수사관은 잠시 뜸을 들였다 다시 수첩으로 돌아간다. "집을 나설 때 마리노 씨가 제정신으로 말짱해 보였다는 거죠?"

"네." 라이언이 대답한다.

"마리노 씨가 두 분이 본 것보다 더 많은 양을 마셨을 가능성은 없습니까? 두 분 몰래 슬그머니 한두 잔 더 마셨다거나?"

"그럴 수도 있겠지만 아닐 것 같은데요. 화장실 갈 때 빼고는 저녁 내내 우리 옆에 있었거든요."

이런 사고의 경우 가장 단순 명쾌한 원인은 음주운전이다. 루카의 알코올 소비량에 대한 의문은 부검 결과가 나오면 바로 해소되겠지만, 나는 그 여자가 두 잔 이상 마셨을 리 없음을 안다.

"버나드 씨가 집까지 충분히 운전해서 갈 수 있다고 소란을 피우지는 않았습니까?" 수사관이 묻는다.

그 질문에 버나드 부인이 가슴을 움켜쥔다. 라이언은 부인이 얼마나 속상해하는지 알아차리고 우리에게 복도로 나가자는 신호를 보낸다.

"아뇨. 전혀요. 기꺼이 즐겁게 조수석에 탔습니다." 다들 방에서 나오자 마침내 라이언이 말한다.

수사관이 고개를 끄덕인다. 우리가 한 말보다 더 길게 메모하고 있는데 수첩 각도 때문에 뭐라고 썼는지 보이지 않는다.

"엊저녁에 버나드 씨와 마리노 씨의 사이는 어땠습니까? 논쟁이나 다툼 같은 건?"

"전혀, 그런 건 하나도 없었어요." 내가 대답한다.

"뭔가 마리노 씨의 주의가 흐트러질 만한 일은 없었습니까? 서운해질 만한 일이나?" 수사관이 라이언을 보며 어깨를 으쓱하곤 덧붙인다. "전 여자친구에 대한 얘기라든가? 옛친구들이 만나면 과거 얘기 많이 하잖아요. 마리노 씨가 한때 버나드 씨가 잘나갔더란 얘기를 꼼짝없이 듣다가 기분이 나빠졌을 수도?"

"아뇨, 그런 일은 없었습니다." 라이언의 어조가 약간 격앙된다. "제임스도 저도 루카나 에비가 불편해하는 걸 바랄 리가 없잖습니까."

수사관이 한 손을 들어 보인다. "네, 알았습니다, 그래도 여쭤봐야 하는 사항이라. 어젯밤 운전대를 잡고 있는 동안 마리노 씨 머릿속에서 무슨 일이 있었는지 파악하려면."

나는 그 여자의 머릿속에서 무슨 일이 있었는지 안다. 나는 그 여자의 위장을 벗겼을 뿐 아니라 스미스 씨가 내게 등돌린 것처럼 언제라도 너에게 등을 돌릴 수 있다고 협박까지 했다. 그리고 라이언이 아까 말하길, 돈을 달라는 얘기를 듣고 제임스에게 절교 선언을 했다지 않은가. 제임스나 그 여자나 기분이 좋았을리 없다.

"그 두 사람이 몇시에 댁에서 나왔습니까?" 수사관이 묻는다.

"11시 좀전에요." 내가 말한다.

우리는 각각의 질문에 답하며 어제 아침 홈디포에서 제안한 저녁 초대부터 시작해서 우리의 낮 일과를 하나하나 거쳐 적막한 집 앞 도로에서 그들의 후미등이 사라지는 모습을 볼 때까지 그날 저녁에 있었던 일을 낱낱이 펼쳐놓았다. 불럭 수사관은 라이언이 답을 머뭇거릴 때만 수첩에서 고개를 들었는데, 라이언이 세세한 일을 잘 기억하지 못하는 건 그가 마신 술의 양이 제임스와 맞먹었기 때문이며, 그날 저녁 일은 확실히 그에게 좀 흐릿할 것이다.

"버나드 씨가 이 도시로 돌아오기 전에 마지막으로 연락한 건 언제입니까?"

라이언이 생각에 잠긴 듯 시선을 멀리 보낸다. 그리고 마침내 대답한다. "1년 전인 것 같습니다. 돈이 필요하다길래 보내줬어요." 라이언은 가급적 말을 아끼며 제임스가 가장 최근에 경제적 도움을 요청한 일은 언급하지 않는다.

수사관이 나를 본다. "그럼 버나드 씨의 귀향 전에 포터 씨가 마지막으로 소통한 건?"

나는 고개를 흔든다. "저는 일주일 전에 제임스와 처음 만났어요."

라이언이 내가 말릴 새도 없이 덧붙인다. "에비는 몇 달 전에 앨라배마 브룩우드에서 여기로 이사왔어요. 제임스하곤 모르는 사이였죠."

이런 젠장. 나는 수사관이 라이언이 방금 던진 저 작지만 유용한 정보를 받아적는 모습을 지켜보며 에벌린 포터에게 마련해둔 뒷배경이 그저 튼튼하기만을 속으로 빈다.

드디어 수사관이 수첩과 펜을 주머니에 넣는다. "혹시라도 의문사항이 더 생기면 연락드리겠습니다."

나는 고개를 끄덕이는데 라이언이 걸음을 옮기려는 수사관을 멈춰 세운다. "루카의 가족에겐 알리셨습니까?" 여전히 내 허리를 감싸안고 있는 그의 팔이 나를 더 가까이 끌어당긴다. "그분들이 우리와 얘기하고 싶어하실지도 몰라요, 우린 루카를 마지막으로 본 사람들이니까."

"그쪽 관할 지방 경찰국에 연락했고 답신이 오기를 기다리는 중입니다. 현재 그쪽에서 마리노 씨의 일가친척을 수소문하는 중이죠."

노스캐롤라이나 이든에 루카 마리노의 일가친척은 아무도 없다. 경찰도 조만간 알게 되겠지만.

"그럼, 그분들이 질문이 있으시거나 그냥 얘기라도 하고 싶으시다면 제 전화번호를 전달해주시겠습니까?" 라이언이 묻는다.

불럭 수사관이 고개를 끄덕인다. "물론이죠."

경찰이 떠난 후 우리는 버나드 부부를 부축해 거실로 나간다. 애도와 조의를 표하고 싶어하는 사람들이 줄을 섰지만 버나드 부인은 또다시 라이언을 꼭 붙든다. 버나드 부인이 다가오는 사람들 한 명 한 명과 얘기하는 동안 라이언은 바로 옆 소파에 앉아 있는다. 꼼짝없이 한동안은 붙들려 있게 생겼다. 나는 할머니 집사님들이 대거 포진해 있는 주방 쪽을 거들기로 한다. 캐서롤을 상시 구비하는 독실한 할머니들보다 더 가십에 능한 사람들은 없으므로 나는 커피포트 근처에 자리잡고 내 쪽으로 오는 모든 머그잔에 리필을 제안하며 뭔가 흥미로운 얘기가 어깨 너머로 들리기를 소망하면서 제임스와 그 여자가 묵던 방을 기웃거릴 기회를 노린다.

주방에는 나 말고 여자 셋이 있다. 프랜시가 이들 중 요리사 역을 맡고 있는 듯한데 사람들이 가져오는 각양각색의 잡다한 음식을 받아서 반은 버나드 부부가 나중에 먹을 수 있도록 소분해 냉장고에 넣고 나머지 반은 식탁에 뷔페 스타일로 차려놓아 방문객들이 집어먹을 수 있게 한다. 토니는 우리 엄마가 '허당'이라고 부르는 유의 사람이다. 실제로 하는 일은 없지만 무척 바빠 보이는 용한 재주가 있다. 제인은 목록의 달인이다. 연락해야 할 사람 목록, 사야 할 물품 목록, 사람들이 갖다준 음식 목록, 방문객 목록. 그리고 음식을 갖다주거나 조문을 와준 데 대한 답례로 감사 편지를 써야 할 사람 목록.

죽음은 상당한 조직력과 체계를 요구한다.

프랜시가 주방 옆에 딸린 작은 세탁실로 사라지더니 잠시 후 개킨 옷이 든 커다란 바구니를 들고 나타난다. "난 이것들 좀 제임스 방에 갖다둘게."

바구니 무게가 확실히 프랜시에게 버거워 보이므로 나는 이 기회를 놓치지 않는다.

"주세요, 제가 할게요. 방이 어딘지만 알려주시면 알아서 할 수 있어요." 내 손은 이미 바구니를 붙잡는다.

프랜시는 안도한 기색이다. "아이고 맘씨도 고와라. 이건 제임스와 루카 건데. 로즈가 이것들을 만지작거리지 않았으면 해서, 아직은. 제임스 방은 오른쪽에서 두번째야." 프랜시가 주방 옆 복도 쪽을 가리킨다.

나는 얼른 주방을 빠져나와 복도를 지나 방으로 들어간다. 엊저녁 그들이 돌아올 생각으로 나간 상태 그대로의 방을 보게 되니 만감이 교차한다. 흐트러진 침대에 바구니를 내려놓은 후 아담한 책상 위의 서류들을 훑어보지만 의미 있는 것은 없다.

침대 옆 바닥에 슈트 케이스 두 개가 나란히 열려 있고 안에서 옷이 흘러넘친다. 욕실 세면대 위에는 세면도구와 화장품이 어지러이 널려 있다. 나는 여자의 가방부터 뒤지지만 옷과 신발뿐이다. 두 사람이 이 집에 머문 기간을 감안하면 옷장도 서랍도 안 쓰고 짐도 풀지 않았다는 게 뜻밖이다. 여자의 슈트 케이스 안쪽 모서리를 손가락으로 쓸다가 울퉁불퉁하게 올라온 부분에 손이 걸려 멈춘다. 안감을 조사하니 벨크로로 여닫는 공간이 있고 입구를 뜯자마자 낯익은 갈색 4×6 사이즈 마닐라 봉투가 보인다.

내게 지시사항이 전달되는 마닐라 봉투와 똑같은 종류다.

두근거리는 심장을 누르며 봉투를 열어보니 안에는 종이 한 장이 들어 있다.

표적: 에비 포터

첫 대면 이후 다시 표적과의 교류에 대비할 것. 포터의 주거지에 들어갈 기회가 자연스럽게 생기면 잘 이용해 포터의 물건을 수색할 것. 포터의 개인 공간과 소지품에 집중할 것. 포터가 숨길 만큼 중요하게 여기는 것은 무조건 보고할 것. 아리송하다면 사진을 찍어 전송할 것. 포터의 물건을 다룰 때는 극히 신중하게 진행하고 절대 흔적을 남기지 말 것.

봉투 겉면을 살피자 택배사무소 주소와 사서함 번호 2870이 보인다. 내 물건을 뒤져보라고 그 여자를 파견한 거라면 어지간히 급했군. 스미스 씨는 내가 라이언의 집에 중요한 물건은 절대 두지 않는다는 것을 잘 알 텐데.

나는 지시사항을 도로 봉투에 집어넣고 반으로 접어 청바지 뒷 주머니에 쑤셔넣는다.

"안에 별일 없지?" 열린 문가에서 프랜시가 묻는 소리에 나는 소스라친다.

나는 가방에서 꺼내놨던 옷 뭉치를 그러모으며 어깨 너머로 프 랜시를 돌아본다. "버나드 부인께 루카의 짐을 싸는 수고로움을 끼치지 않으려고요. 루카 물건은 나중에 그쪽 가족들한테 보내줘 야 할 텐데. 이런 일까지 굳이 하지 않으셨으면 좋겠어요."

내 변명은 환한 미소를 얻어낸다. "아이고 훌륭해라. 그럼 나 랑 같이 마저 끝내자. 난 제인을 피해 숨어 있는 거야. 설거지 시 킬까봐."

이후 30분 동안 프랜시와 나는 두 사람의 소지품을 전부 모아 슈트 케이스 두 개에 챙겨넣는다. 나는 루카가 받았을 이전 지시 사항과 표적인 나에 관한 상세 정보를 찾아보지만 허탕이다.

라이언을 찾아 거실로 향한다. 어서 이곳을 벗어나 다음 단계 행동을 결정하는 데 도움을 줄 수 있는 유일한 사람과 상의해야 한다.

작업명: 미아 비앙키—6년 전

앤드루 마셜을 보좌하여 가장 명석한 최고의 일꾼이 되고자 하는 사람은 널렸다. 아부 떨기와 똥꼬 빨기는 모든 캠프 직원과 자원봉사자가 보유한 양대 자질이다. 나는 정반대 루트를 타기로 한다. 확실히 위험 부담은 있지만, 정치인으로서 에고가 얼마나 부풀었든 간에 맹목적 숭배보다 솔직한 성실함이 더 값지다는 것을 정치판에서 여기까지 올 정도로 똑똑한 앤드루가 모를 리 없다.

나는 현재 테네시 주지사에 도전하는 앤드루 마셜의 선거 캠프에 들어와 있다. 이번 작업의 첫번째 지시사항을 받았을 때 거기 기재된 나의 새로운 신원은 미아 비앙키였고 새 아파트 주소는 테네시주 녹스빌이었으며 문서 맨 밑에 손글씨로 이렇게 적혀 있었다. *이제 빅 리그에 진입했으니 절대 조지면 안 된다. 똑바로 잘해라.*

스미스 씨 밑에서 일한 지 2년이 좀 넘었지만 킹스턴 작업 이

184

후로 그와 개인적으로 만나거나 통화한 적은 한 번도 없으므로 하단에 덧붙인 메모는 맷이 썼을 거라 추측한다. 모든 게 맷을 통해 이루어진다.

두번째 지시사항은 내가 녹스빌에 정착하고 일주일이 지나서 왔다. 앤드루 마셜을 표적으로 명시했고 미아 비앙키는 다음주부터 앤드루 마셜의 선거 캠프에서 일을 시작한다고 통보했다. 나의 머리, 메이크업, 의상은 흠 한 점 없어야 했다. 나는 그 풀에서 가장 명석한 사람이 되어야 했다. 나 자신을 필수 불가결한 인력으로 만들어야 했다. 앤드루 마셜의 삶은 물론 그의 경쟁자를 포함해 관련된 모든 사람의 삶에 깊숙이 뛰어드는 데 주어진 시간은 일주일이었으므로 나는 작업 첫날부터 준비가 되어 있어야 했다. 그리고 빅 리그 진입은 나의 숙원 사업이었으니 준비가 안 되어 있을 턱이 없었다.

나는 첫 작업 때에 비하면 장족의 발전을 이뤘다. 당시의 나는 스미스 씨 말마따나 무모했다. 엉망진창이었지. 하지만 운이 따랐다. 제니는 일주일 동안 약물로 유도된 혼수상태에 있었다. 그동안 들이부은 술과 진정제가 머리를 부딪힌 충격과 어우러져 최악의 결과를 낳았다. 정신이 들었을 때 제니는 넘어지기 전 24시간의 기억이 통째로 날아갔다. 나는 안전했다. 아니, 이지 윌리엄스는 안전했다.

지난 2년간 나는 두어 차례 마일스의 안부를 확인했다. 킹스턴 부부는 이혼했고 마일스는 아버지와 새엄마와 같이 사는 것으로 보인다. 내가 새 킹스턴 부인의 페이스북을 마지막으로 몰래 들여다봤을 때 부인은 집안에서 제니의 흔적을 싹 다 지워준 인테리어 디자인 회사의 게시물을 공유했다. 리모델링 후 인테리어 사진이 몇 장 첨부되어 있었는데 그중엔 마일스의 방도 있었다. 책장을 확대하니 선반에 앉아 있는 종이학이 보였다. 그날 내가 마일스에게 접어준 그 학인지 아니면 마일스가 저 혼자 접는 법을 익혀 만든 것인지 알 길은 없지만, 소중한 의미가 있는 듯 책장에 전시된 종이학은 비록 아주 짧은 시간일지라도 내가 거기 존재했다는 증거였다.

어쩌면 나는 내가 생각했던 것만큼 유령은 아닐지도 모른다.

앤드루 마셜 작업에서 나는 처음으로 둥지를 틀어야 했다. 처음 시작할 때부터 두어 달 후에나 자세한 지시사항을 줄 거라고 했기 때문이다. 또한 집세와 공과금 외 미아 비앙키가 되기 위해 필요한 부수 비용에 쓰라고 두툼한 경비 봉투가 함께 내려온 첫 작업이기도 했다. 사다리 위칸은 제법 쾌적했다.

석 달 걸리긴 했지만 이제 앤드루 마셜은 넥타이 색깔부터 행사 참석 여부까지 무슨 일이든 내게 의지하며 내 의견을 구한다. 상하로든 좌우로든 내 고갯짓 한 번이면 다른 사람들이 앤드루를 위해 심혈을 기울여 고안해낸 기획이 한 방에 날아간다.

이 상황에 만족하는 사람은 앤드루 마셜 본인뿐이다.

머리 뒤에 눈이 달려 있어야만 내 뒤통수에 그려진 과녁판을 볼 수 있는 건 아니다. 캠프 사람들은 나를 왕좌에서 끌어내릴 건수가 뭐 없나 눈에 불을 켜고 내 뒷조사를 했지만 빈손으로 돌아왔다.

나는 미아 비앙키다. 사실 난 스물두 살이지만 신규 채용 서류에는 스물일곱으로 나와 있다. 비결은 그에 맞는 옷차림과 화장이다. 나는 클렘슨대학을 졸업했고―타이거즈 만세!―공공정책 수업에서 탁월한 성적을 거뒀으며 팀별 토론에서 두각을 나타냈다. 몇 년 전 노스캐롤라이나대학과 맞붙은 토론대회 사진은 어떤 능력자가 내 얼굴을 넣었는지 혀를 내두를 뿐이다. 어떻게 한 건지 감도 안 잡히지만 분명 거기에 내가 있었다. 나를 찾으려 들면 찾을 수 있을 정도의 해상도이지만 실제로 대회에 참가한 학생들이 의문을 제기할 정도로 선명하지는 않다.

맷과 함께 2년을 일하고 보니 그 남자는 이렇게까지 정교하게 가공된 삶에 나를 딱 맞게 끼워넣을 능력이 없다는 것을 알겠고, 그래서 스미스 씨 뒤에 있는 팀이 갈수록 궁금해진다. 스미스 씨는 이런 일을 하는 사람들을 몇 명이나 데리고 있는 걸까.

그러나 상념은 다른 날로 미룬다.

앤드루 마셜을 둘러싼 오늘 논쟁 주제는 사우스캐롤라이나 힐턴헤드의 어느 고급 호텔에서 열리는 미국 변호사협회 행사다. 앤드루처럼 더이상 일선은 아니지만 면허는 계속 갱신하고 있는 변호사들이 오전 골프 라운딩과 오후 해피 아워 사이에 자격 유지용 교육을 이수하는 주말 컨퍼런스다. 영세 사업장을 위한 최신 기술 교육처럼 30분짜리 속성 강좌를 듣고 사람들과 교류하며 인맥을 쌓는다. 내가 이 컨퍼런스 참석을 강하게 밀어붙이는 이유는 드디어 도착한 세번째 지시사항에서 반드시 그 행사에 앤드루를 참석시켜야 한다고 못박았기 때문이다.

문제는 앤드루에게 또다른 선택지가 있다는 건데, 같은 날 같은 시간에 멤피스에서 우리 선거 캠페인에 더 유리한 행사가 열린다. 앤드루가 사우스캐롤라이나가 아니라 테네시 주지사에 도

전한다는 점을 감안하면 이건 험난한 싸움이다.

앤드루의 아내 마리는 나를 지긋지긋해한다. 내가 자기 남편을 원한다고 생각할 만한 여지는 요만큼도 준 적이 없는데 여자들이란 참 웃긴다. 여지를 주든 말든 마리는 계속 내가 자기 남편을 노리고 있다고 생각한다.

앤드루 마셜의 놀라운 점은 그가 좋은 사람이라는 거다. 나는 입수 가능한 모든 파일과 개인 기록을 샅샅이 뒤져봤다. 앤드루는 나를 추호도 의심하지 않으므로 나는 그 모든 서류에 접근할 수 있었다. 횡령이나 탈세의 흔적도 없고, 뒷거래도 안 하고, 공개적으로 인정하지 못할 약속도 없고, 지금도 아내를 처음 만난 그날처럼 사랑하고, 직원들에게 친절하다. 심지어 그의 반려견조차 유기견 출신이다.

내가 이전에 했던 작업은 거의 스미스 씨가 원하는 것이나 필요로 하는 것을 입수하는 일이었다—그게 컴퓨터 파일이든 서류든 물품이나 자산의 일부든. 그러나 이번 작업은 처음부터 결이 달랐다.

나는 이제야 내가 이곳에 파견된 이유를 알았다. 앤드루 마셜은 차기 테네시 주지사가 될 것이고, 스미스 씨는 취임 첫날부터 앤드루를 손아귀에 넣고 싶은 것이다.

협박할 약점이 없으니 지금부터 그걸 내가 만들어야 한다.

방금 기획팀장이 힐턴헤드보다 멤피스를 선택해야 하는 갖가지 타당한 이유를 주욱 펼쳐 보이며 브리핑을 마쳤다. 변호사협회 컨퍼런스를 선택해야 하는 나의 갖가지 타당한 이유는 아까 이미 펼쳐 보였다. 힐턴헤드는 사우스캐롤라이나만이 아닌 인근 지역 전체를 위한 행사이며, 기조 연설자가 엊그제 대통령 출마를 선언했으므로 제법 영향력 있는 주요 인사들이 참석할 테고, 언론 보도 역시 전국구 수준일 것이다. 정치후원금 기부자를 새로 끌어들일 가능성과 네트워킹 잠재력도 더 크다. 또한 소셜 미디어가 정치 지형을 새롭게 바꿔놓은 지금, 테네시 주지사가 되기 위해서는 테네시에 국한되지 않고 더 폭넓게 봐야 할 필요가 있다.

참석자 전원이 앤드루가 멤피스 행사의 초대를 수락할지 거부할지 기다리는 동안 회의실은 조용하다.

앤드루는 이미 나의 선택을 알고 있다. 그가 나를 쳐다보고, 나는 이 완벽하게 좋은 남자를 파멸시키는 데 동참할 것인가 잠시 고민한다.

나의 짧은 고갯짓 한 번으로 그의 운명이 결정된다.

———◆———

힐턴헤드에 머무는 시간을 최대한 알차게 활용하기 위해 내가 하루 먼저 출발하고 그동안 나머지 팀은 만반의 준비를 한다고, 앤드루는 그렇게 믿고 있다. 그러나 내가 하루 일찍 동쪽으로 출발한 이유는 그게 아니며, 내 목적지는 사우스캐롤라이나가 아니라 조지아다. 금요일 아침 나는 힐턴헤드에서 남쪽으로 한 시간 거리인 서배너에서 구시가지 자유관광 트롤리 버스가 운행되기를 기다리고 있다.

승차시간이 되어 오늘의 첫 트롤리 버스에 탄 나는 곧장 뒤로 가서 운전석 쪽 맨 마지막 줄 복도 좌석에 앉고, 창가 좌석에 앉 겠다고 내 옆자리로 비집고 들어오는 사람이 없기를 빈다.

효율을 중시하는 여행사는 우리를 싣고 몇 분 만에 출발한다. 마이크를 잡은 열정적인 할아버지의 목소리가 하도 우렁차서 버 스 승객뿐 아니라 우리가 지나는 길의 모두가 서배너에 대한 총 체적 가르침을 얻는다.

첫 한 바퀴를 돌고 나자 같이 차에 탔던 사람들 중 남은 승객은 나밖에 없다. 다른 사람들은 노선 중간의 여러 정류장에서 다 내 렸다.

세번째로 투어를 돌고 있을 때 두번째 정류장에서 키 크고 마 른 흑인 남자가 버스에 오르더니 가운데 통로를 태평스럽게 걸어 와 내 앞에 선다.

애틀랜타 브레이브스 티셔츠와 모자 차림이고 짙은 색 선글라 스로 눈을 가렸다. "거기 자리 있어요?" 남자는 내가 사수하고 있던 창가 좌석을 가리키며 묻는다.

나는 두 다리를 바싹 끌어당겨 맘대로 앉으시라는 신호를 보 낸다.

남자가 나를 지나 훌쩍 자리에 앉더니 백팩을 무릎에 내려놓 는다.

"데번, 맞겠지." 내가 말한다. "꽤 인상적인 첩보 작전이긴 한 데 난 할일이 많은 사람이고 두 시간을 뱅뱅 돌면서 시간낭비하 는 건 내 계획에 없어."

데번이 버스 천장의 스피커 세트를 턱짓으로 가리키자 그제야 나는 메시 덮개 안쪽에 숨겨진 아주 작은 빨간 불빛을 알아차린

190

다. "아주 오래 기다리게 했을 때 하는 행동을 보면 그 사람에 대해 많은 것을 알 수 있죠."

나는 시선을 다시 데번에게 돌린다. "난 합격인 것 같네."

히죽거리는 미소가 순간 나타났다 사라진다. "아주 탁월한 성적으로요, 스미스 부인."

바보 같은 짓이지만 나의 보스와 똑같은 가명을 사용해보고 싶다는 충동에 지고 말았다. 1년 전 나 혼자 힘으로는 무리여서 작업에 필요한 기술력을 구하다가 인터넷에서 데번을 발견했다. 직접 보는 건 오늘이 처음이고, 그래서 데번이 얼굴을 드러내기 전에 까다로운 절차를 거쳐 나를 시험한 것이다.

그래도 그 강박적 편집증이 추구하는 보안 수준은 높이 살 만하다.

"이번 요청은 뭡니까, 스미스 부인?"

그게 바로 곤란한 부분이다. "지금은 정확히 뭐라고 말하기 어려워. 힐턴헤드에서 작업할 게 있는데 거기 도착하기 전까진 전체 지시사항이 나오지 않아서 뭐가 필요할지 모르는 상태야. 일단 파악되면 급히 서둘러야 해서 데번이 근처에 대기하고 있다가 필요한 지원을 해줬으면 하는데."

데번은 묵묵히 창밖을 내다볼 뿐이다. 부담스러운 요청이고, 그래서 우리의 평소 온라인 커뮤니케이션 채널에서가 아니라 직접 얼굴을 보고 얘기하고 싶었다.

경매 행사장에서 체포될 뻔한 그날 밤 이후 나는 일이 잘못될 경우 확실히 보호받을 수 있도록 적소에 사람을 배치해두는 것의 중요성을 깨달았다. 스미스 씨가 보내주는 조력은 그 자신에게 해가 되지 않는 선까지만 나를 보호할 것이다. 나는 나를 위해 망을 봐줄 사람이 필요하다. 오직 나만을 위해. 나만의 팀을 꾸릴 때가 됐다.

마침내 데번이 다시 눈길을 내게 돌린다. "당신이 촉박하게 요청한 것을 내가 시간 내에 처리할 수 없다면?"

"그럼 그 문제를 나랑 같이 고민하고 다른 해결책을 제안해주길 바라겠지."

트롤리 버스가 정류장에 서서 승객을 내리고 태우는 동안 데번은 다시 창밖을 바라본다.

"문제가 생길 거라고 예상하는 것처럼 들리는데."

나는 고개를 끄덕인다. 데번은 나를 보고 있지 않지만. "맞아. 그냥 감이라고 해두지. 이 작업을 세팅하는 사람은 나만큼 관련 선수들을 잘 알지 못해. 그래서 지시사항을 딱 받았는데 그 계획이 통하지 않겠다는 판단이 섰을 때를 대비해 선제적으로 대응하려는 거야."

"난 보통 그런 식으로 일하지 않아요." 데번이 말한다.

"알아. 애쓴 만큼 확실히 보상할게. 또 혹시 내 도움이 필요한 일이 생기면 바로 달려갈게."

데번은 나의 요구사항을 이해했다─파트너십. 작년에 우리는 탄탄한 업무 제휴 관계를 구축했다. 데번은 내가 후하게 쳐준다는 것을 알고 나는 데번이 깔끔하게 이행한다는 것을 안다.

"우리는 시험 단계에 있는 겁니다, 스미스 부인. 말썽의 소지가 조금이라도 보이면 바로 안녕이에요."

나는 고개를 끄덕이며 가방에서 이번 주말과 관련된 모든 정보가 적힌 메모를 꺼내 데번에게 건넨다. "그 정도는 당연히 예상했지."

트롤리 버스가 정차하자 나는 내리기 전에 마지막으로 질문을 던진다. "내가 어떻게 탁월한 성적으로 합격한 거야?"

"세상 모든 시간을 다 가진 사람처럼 천하태평으로 앉아 계시던데요. 상황이 그렇지 않다는 걸 내가 아는데. 그거면 더 알아볼 필요도 없죠."

◆

앤드루 마셜과 나머지 팀 사람들이 힐턴헤드에 도착했다. 먼저 앤드루를 스위트룸으로 모신 다음 나는 네 층 아래에 있는 훨씬 작은 내 방에 짐을 푼다. 신발을 벗어던지고 막 가방 지퍼를 열었는데 누가 짧게 문을 두드린다.

문을 열자 호텔 유니폼을 입은 직원이 나를 보고 빙그레 웃는다. 나는 직원 앞 서빙 카트에 놓인 돔형 커버를 씌운 접시를 내려다본다.

"방을 잘못 찾아왔네요. 난 룸서비스 주문 안 했어요." 그렇게 말하고 방문을 닫으려 한다.

직원이 카트를 밀어 문이 닫히는 것을 막는다. "맷이 찬사와 함께 보낸 겁니다." 중저음의 낮은 목소리다.

그 말에 나는 멈칫한다. 맷 밑에서 일하는 다른 사람과 만난 건 처음이다. 힐긋 살피니 삼십대 중반으로 보이는 남자다. 머리는 짧고 관자놀이께가 희끗희끗하며 키는 나보다 몇 센티밖에 크지 않다. 유니폼에 붙은 명찰에는 조지라고 적혀 있다. 쉽게 잊히는 평범한 얼굴과 몸집. 그러나 집요하게 내게 고정된 시선은 결코 쉽게 잊힐 리 없다.

나는 문을 좀더 열고 안으로 들어오라고 신호한다. 조지는 방 한가운데 카트를 세워두고 다른 말 없이 나간다. 뚜껑을 열어보니 당근 케이크 한 조각과 사서함에서 보던 것과 비슷하게 생긴 봉투가 있다.

내가 당근 케이크를 제일 좋아한다는 걸 알고 있다니 기분 나쁘고 불안하다.

나는 케이크와 봉투를 작은 테이블로 가져와 주말에 해야 할 일이 뭔지 확인하면서 케이크를 먹기 시작한다.

하지만 맷의 지시사항을 읽은 후 드는 생각은 이 계획이 통할 가능성이 희박하다는 확신이다. 허점 많은 계획이다. 허점투성이다.

내 이럴 줄 알았어.

맷은 이번 작업을 진두지휘하게 됐다고 자랑했는데 내 보기엔 스미스 씨가 맷의 능력치를 알고 싶었던 것 같다. 이번에 승진한 사람은 나 혼자가 아니었던 거지. 그러나 지난 2년 동안 맷과 일해본 경험에 의하면 그는 이런 식의 자유재량권을 행사할 준비가 아직 덜 된 사람이라는 게 내 판단이고, 그래서 데번에게 연락을 취했던 것이다.

두번째로 문 두드리는 소리가 났을 때 나는 누가 올지 알고 있다. 조지와 달리 유니폼을 입지 않은 벨보이가 짐 카트를 방안으로 밀고 들어와 커다란 상자 세 개를 내려놓는다. 나는 팁을 주고 벨보이를 내보낸다. 모니터를 설치하고 노트북을 연결하고 좀전에 받은 종이에 적힌 사이트에 접속한다. 분할된 화면이 모니터를 꽉 채우고 앤드루의 방과 발코니를 사각 없이 보여준다.

맷은 무슨 수를 썼는지 내슈빌에서 열리는 엄청 인기 많은 행사 초대권을 앤드루의 아내 마리에게 보내서, 오늘밤 칵테일 리셉션 때 여자가 앤드루에게 접근해 그를 유혹해 그의 방에 들어갈 때 마리가 근처에 있지 않도록 조처했다. 그리고 여기서 내 임무는 앤드루와 여자의 모습이 카메라에 확실히 잡히도록 하는 것이다.

멍청하기 그지없는 계획이라 불쾌감이 들 지경이다.

맷이 이해하지 못하는 건, 앤드루는 떠먹여준대도 바람을 피우지 않는 남자라는 사실이다. 아름답고 헐벗은 여인 수십 명이 앤드루를 향해 육탄공격을 감행한들 아무 소용 없다. 앤드루 혼자 방을 쓴다 한들 아무 소용 없다. 그에게 술을 몇 잔을 먹이든 아무 소용 없다. 그는 바람을 피우지 않는다.

맷은 이번 작업에 숙제를 하지 않았고 그게 이렇게 드러난다.

그러나 이번 주말을 이런 식으로 날릴 수는 없다. 지금 나는 크고 중요한 시합에서 뛰고 있고 여기엔 많은 게 걸려 있다. 좀도둑 단계는 이미 넘어섰다.

데번을 합류시켜놨다는 안도감 덕분에 가까스로 패닉에 빠지지 않는다. 나는 전화를 걸고 반시간 내에 우리는 새로운 계획을 마련한다. 더 나은 계획을.

데번이 필요 물품을 긴급 조달하는 동안 나는 휴대폰을 들고 앤드루에게 전화한다. 그는 두번째 신호에 받는다.

"네. 모두 준비됐습니까?"

앤드루의 방은 이 호텔에서 가장 넓은 스위트룸 중 하나다. 침실뿐 아니라 광활한 응접실과 다이닝룸도 있다. 그곳을 구석구석 보여주는 카메라가 있어 휴대폰을 귀에 대고 방안을 거니는 앤드루의 모습을 지켜볼 수 있다.

"네. 모두 준비됐습니다. 별일 없으시죠?"

앤드루는 창가의 커다란 의자에 털썩 앉는다. "네. 아무 문제 없어요. 내일 아침까지는 사실상 컨퍼런스에 참석할 필요가 없으니 좀 쉬어갔으면 하는데요. 오늘 저녁 칵테일 뭐시기는 생략하고 다들 내일 아침식사 때 봅시다. 네트워킹할 시간은 내일 컨퍼런스와 저녁식사로도 충분하니까 나는 간단히 룸서비스로 때우고 밤에 푹 자고 싶군요."

이게 앤드루 마셜이다. 사람이 너무 깨끗해서 심심하고 지루하다.

"아시겠지만 제 임무는 의원님이 여기 계시는 동안 일분일초까지 선거에 도움이 될 일들로 꽉꽉 채우는 건데요." 나는 전화기에 대고 웃음을 터뜨린다. "특히 멤피스가 아닌 이곳으로 와서 다들 열받게 만든 판이라."

앤드루가 고개를 떨구는 모습이 보인다. "미아, 난 하룻밤 휴식이 간절해요."

죄책감이 수면 위로 보글보글 솟아오르는데 킹스턴 작업이 떠오른다. 이건 내 세계가 아니다. 나는 아주 잠깐 스쳐지나가는 유령에 불과하다. 이 문장으로 족하다. 나는 죄책감을 도로 눌러 깊숙이 가라앉히고 추진력을 얻는다. "이건 어떨까요—제가 오늘 참석자

명단을 살펴봤는데 영향력 있는 주요 인사들이 좀 오셨더라고요. 제가 몇 분만 추려서 의원님 방으로 그분들을 모실 테니 비공개 칵테일 타임을 갖는 건 어떠세요? 아주 조용하게. 한 시간 정도 어울리고 나면 제가 방을 깨끗이 비우고 내일 아침까지 오롯이 혼자 지내시도록 하겠습니다."

이제 앤드루는 고개를 젖혀 의자 등받이에 기대고 한 손으로 마른세수를 한다. "한 시간입니다."

"알겠습니다! 그럼 룸서비스를 올려보내 술과 음식을 준비하겠습니다." 나는 전화를 끊고 나머지 계획을 실행에 옮긴다.

내가 앤드루의 비공개 칵테일파티에 초대한 사람들은 하나같이 기꺼이 응했다. 이 컨퍼런스는 사우스캐롤라이나뿐 아니라 주변 지역 전체를 아우르는 행사이므로 나는 무척 까다롭게 골라 남부 전역에서 온 인사들로 초대 목록을 채웠다. 그리고 남부 곳곳에서 지난 2년간 수행했던 작업들 덕분에 나는 좋은 쪽으로든 나쁜 쪽으로든 유명세를 탄 모든 인물을 포함해 각 주의 최신 정치 동향에 빠삭하다.

지금 이곳엔 지역 행정부부터 연방 상원까지 각종 선출직에 몸담은 상태에서 컨퍼런스에 참석한 앤드루 같은 변호사들이 몇 명 있다. 나는 그중에서 손이 근질근질한 나쁜 놈들만 골라 불러들였다. 다음 선거 유세 때 성경을 인용하며 위대한 가족애와 신앙과 하느님을 팔아먹을 놈들로.

이왕 하는 김에 정치적으로 최대한 활용할 수 있는 건수로 키워보는 거다.

앤드루는 이 모임이 언제 끝나나 분 단위로 세며 한쪽 눈을 손목시계에 고정한 채 사람들과 두루두루 대화한다. 서빙을 위해 내가 들여보낸 여자들 덕분에 독주가 신나게 날아다닌다. 나는 앤드루에게 맥주 한 잔을 건네고 그는 고개를 끄덕이며 감사를 표한다. 앤드루는 거의 술을 마시지 않으며, 마신다면 항상 밀러 라이트다. 딱 한 잔.

앤드루가 맥주를 홀짝이더니 숨죽여 말한다. "넬슨 상원의원이나 버크 하원의원을 꼭 초대해야 했을까요. 난 잘 모르겠네."

그 말 나올 줄 알았다. 둘 다 제 이익만 챙기는 말종인데, 따지고 보면 오늘 저녁 내가 초대한 사람들 전부 다 그런 놈들이다. "저도 알죠, 하지만 이것도 게임의 일부예요. 좋든 싫든 저 사람들은 권한과 영향력이 막강한 인사들이라고요."

나는 여자들 중 한 명에게 고갯짓으로 신호하고, 음악의 볼륨이 좀더 높아진다. 넥타이가 느슨해진다. 손버릇이 나빠진다.

앤드루가 달라진 파티 분위기를 감지하고 어리둥절한 눈으로 나를 쳐다본다. 그도 약간 식은땀을 흘리고 있다. 눈빛이 흐릿하다.

앤드루가 내게 고개를 기울여 말한다. "이제 그만 끝내는 게 어떨까요. 몸이 안 좋네요."

나는 공감한다는 표정을 짓는다. "안색이 안 좋으세요. 바람 좀 쐬시죠." 나는 앤드루를 발코니로 데려가 라운지체어에 앉힌다. 고개가 머리 받침에 닿을 때쯤 그는 의식을 잃는다. 그의 손에서 맥주잔이 바닥으로 떨어지고 약을 탄 액체가 타일 위로 흘러 퍼진다.

"미안해요, 앤드루." 그렇게 속삭이고 나는 다시 파티장으로 향한다. 여자들이 행동을 개시할 차례다.

15장

현재

그 여자의 짐을 전부 슈트 케이스에 챙겨넣고 나서 버나드 부부에게 내일 다시 와서 제임스의 추모식 준비를 도와드리겠다고 약속한 다음에야 우리는 드디어 그 집을 나올 수 있게 된다. 내일은 기쁘게 라이언 혼자 보내야겠다. 난 거기서 그 여자에 관해 긁어모을 수 있는 건 다 모았으니까.

라이언이 운전하는 동안 나는 인스타그램을 스크롤하다 〈남부 생활〉의 최신 게시물에서 멈춘다. 새하얀 나무 그네와 공중에 매단 양치식물 화분으로 완벽하게 꾸민 아름다운 포치를 소개하는 멋진 사진이다. 나는 댓글 버튼을 누르고 타이핑한다. 와인 한잔 하면서 모임하기 딱 좋은 곳이네요! 오후 5시 언저리에! 댓글이 올라간 후 계속 스크롤을 내려 그간 못 봤던 내용을 다 따라잡은 다음 휴대폰을 가방에 쑤셔넣는다.

집으로 돌아오자마자 라이언은 서재 소파에 풀썩 몸을 던져 엎드려 눕는다. 내가 옆자리에 앉자 라이언은 살짝 고개를 들어 내가 좀더 바싹 다가앉을 수 있게 하더니 머리를 내 무릎 위에 얹는다. 내가 그의 머리칼을 부드럽게 쓰다듬는 동안 그는 눈을 꼭 감고 있다. 둘 다 말할 필요를 느끼지 않는다.

그들의 죽음으로 인한 최초의 충격이 어느 정도 가신 지금, 라이언을 내려다보면서 나는 이 최신 전개에 대해 생각해본다.

고려해볼 가능성은 두 가지뿐이다.

첫째, 그 추락은 두 사람의 목숨을 앗아간 끔찍한 사고였다.

둘째, 그 둘의 살해는 내 보스가 의도한 계획적 조치였다.

나의 직감은 후자를 가리키고 나의 두뇌는 보스가 그런 조치를 실행한 이유를 열심히 찾아 더듬는다. 그 여자가 이번 작업을 완료한 것 같지는 않았다. 그 신원─나의 신원─을 소화하기 위해 그 여자가 받은 훈련은 꽤나 광범위하고 철저했으며 지금 단계에서 여자를 제거하는 건 시기상조로 보인다. 게다가 그냥 작업에서 철수시키는 게 아니라 죽이다니? 나는 그 타이밍이 마음에 걸린다.

두 사람을 죽임으로써 무엇을 얻는가? 노스캐롤라이나 이든 출신의 루카 마리노가 사망했다.

내가 나의 진짜 신원을 악착같이 보호한다는 건 비밀이 아니었다. 첫해에 맷과 전화로 다음 작업에 대해 논의할 때 우리는 늘 사적인 잡담으로 대화를 시작했고, 나는 미련하게도 우리가 친구라고 믿었다. 루카 마리노로서 본래 신원을 되찾아 살 거라는 나의 장래 희망은 우리의 변함없는 화제 중 하나였다. 나는 심지어 짓고 싶은 집과 가꾸고 싶은 정원에 대해서까지 미주알고주알 떠들어댔다.

그러나 그 여자가 죽었다고 해서 내가 루카 마리노의 신원을 되찾지 못하는 건 아니다. 좀 귀찮아지긴 했지만 불가능한 건 아니다. 그 여자를 죽여 없앤 것은 극단적 조치였고 데번과 나의 예상 범위를 벗어난 일이었다. 스미스는 그 여자를 환기차 보냈다고 했지만 이번 게임이 얼마나 위험한지를 굳이 내게 이런 식으로 환기해줄 필요는 없었다.

그리하여 나는 그게 진짜로 사고일 가능성 — 희망 — 으로 돌아온다.

그리고 라이언이 있다.

만일 사고가 아니라면 그들의 죽음은 이 작업에 어떤 의미를 갖는가?

나를 잡은 라이언의 손이 느슨해지고 그가 가볍게 코를 곤다. 오늘은 그에게 무척 힘든 하루였다.

나는 가만히 내 허리를 감싼 라이언의 손을 풀고 그의 머리 밑에서 다리를 빼낸 다음 베개를 받쳐준다. 아침 숙취에 시달리며 오늘의 스트레스를 고스란히 견뎌냈으니 완전히 곯아떨어질 만하다.

오븐 위 벽시계를 흘긋 보니 이제 움직여야 할 시간이다. 지난 24시간 동안 일어난 일을 머리를 맞대고 검토해볼 수 있도록 데번이 나를 기다리고 있다면 좋겠다.

6년 동안 함께 일하면서 데번과 나는 많이 발전했고 친해졌다. 그는 내가 누구이며 어디 출신인지 다 알고, 나는 그가 자신의 진짜 정체와 세세한 과거사에 대해 믿고 얘기할 수 있는 극히 짧은 친구 목록에 속한다. 사실 그 목록에는 셋밖에 없다.

휴대폰을 꺼내 인스타그램을 연다. 내 계정에는 게시물이 없고 한줌의 팔로어도 대부분 봇이지만 나는 데번의 유령 계정을 포함해 마흔여덟 명을 팔로잉하며 그중 90퍼센트는 매일 게시물을 올리는 비즈니스 계정 또는 유명 인플루언서다. 나의 유령 계정이 팔로잉하는 마흔여덟 명 중 서른두 명을 데번도 팔로잉하고 있다. 나는 〈남부생활〉의 최신 게시물에 댓글을 남겨 데번에게 오늘 저녁 5시에 만나자고 알렸지만, 데번은 내게 대답할 때 완전히 다른 계정에 댓글을 남긴다. 아무도 우리의 댓글을 우리 둘 사이의 커뮤니케이션으로 연결 짓지 못할 것이다.

데번의 편집증은 한계를 모른다.

그래도 불평할 수 없는 이유는 과거에 데번의 프로토콜이 우리도 모르는 새 우리를 몇 번이나 구했는지 알 수 없기 때문이다.

나의 피드를 스크롤하다가 뉴올리언스 세인츠 계정에서 skate_Life831043이 남긴 댓글을 발견하고 멈춘다. 데번과 내가 서로를 팔로잉하고 있고 또 우리 둘 다 세인츠 계정을 팔로잉하고 있으므로 내 피드에서는 데번이 남긴 댓글만 보이고, 따라서 나는 수백 개의 댓글을 스크롤하며 그의 글을 찾아야 할 수고를 던다.

데번의 댓글은 이러하다. Who Dat!* 내가 세번째로 좋아하는 선수가 바로 저긋군!! #정시에딱

내가 새로운 작업에 대한 세부 지시사항을 받으면 데번은 제일

---

* 뉴올리언스 세인츠의 대표적 응원 구호.

먼저 본인에게 편한 접선 장소 다섯 곳을 물색한다. 우리가 레이크포빙에 왔을 때 그가 내게 준 목록의 세번째 장소는 시내 중심가에 위치한 커피숍이다. 해시태그는 만나는 시간을 확정하거나 다른 선택지를 준다. 데번은 #정시에딱 맞춰 나올 것이므로 나는 30분 내에 그곳에 도착해야 한다.

냉장고 옆 메모장에서 종이 한 장을 찢어 라이언에게 음식 좀 사러 나간다고 쪽지를 남기고 집을 빠져나온다.

나는 5분 전에 도착하지만 데번이 나보다 먼저 와 있다.

데번이 자신에 대한 사적인 얘기를 꺼내기까지 2년이 걸렸다. 몇 시간 내로 침투해야 할 업무용 빌딩의 설계도면을 검토하고 있을 때 데번이 내가 들어가려는 층에 사무실을 둔 사람들 목록에서 이름 하나를 알아보았다. "테크 쪽 사람이야. 내가 MIT에 있을 때 강연하러 왔었어." 데번이 말했다. 딱히 캐내려는 건 아니었지만 데번에 대해 가능한 한 많이 알고 싶었으므로 좀더 이야기를 끌어내려는 마음에 농담을 던졌다. "복도에 세워진 화이트보드에다 그 사람이 낸 복잡한 방정식을 풀고 있었어?" 데번이 나를 빤히 쳐다봐서 내 접근법이 틀렸나 싶었는데 다음 순간 그가 폭소를 터뜨렸다. 진심으로 웃었다. 그게 우리 사이의 얼음을 깼다. 사적인 얘기는 여전히 조금씩 조각조각 들려주지만 이제 나는 그가 실제로 누군지 전모를 파악하고 있다.

데번은 커피숍 안쪽 벽 전체를 따라 설치된 카운터석에 앉아 있다. 나란히 앉아야 해서 셋 이상이면 대화하기 불편한 자리이므로 주로 혼자 온 사람이나 커플이 앉는 자리다. 데번은 귀를 다 덮는 거대한 헤드폰을 쓰고 애정하는 가쿠로 퍼즐북을 열심히 풀면서 머리와 어깨를 비트에 맞춰 까딱인다. 비록 그의 헤드폰에서는 아무 음악도 흘러나오지 않는다는 것을 나는 알지만.

데번의 아이큐는 기준치를 훌쩍 상회한다. 잠을 자지 않을 때의 그는 지금처럼 앞에 있는 수학 퍼즐북 같은 걸로 두뇌를 바쁘게 돌려야만 한다. 열일곱 살 때 MIT에 입학했지만 오래 못 갈 것임을 알았다고 한다. 공부량을 감당하지 못해서가 아니라 지루해 죽을 것 같아서, 라는 게 데번의 표현이다. 데번이 MIT를 그만두기로 마음먹은 계기는, 가상의 온라인광고회사 네트워크 시스템을 구축하라는 과제를 받았는데 알고 보니 그게 실재하는 기업이었고 교수가 부업으로 하던 일을 학생들에게 몽땅 전가한 것이었다.

뭐 자유시장경제니까, 데번은 곧장 클라이언트한테 가서 살짝 다운된 가격에 자기와 직접 거래하자고 계약한 다음 그 팁을 수업을 듣는 다른 학생들에게 퍼뜨렸고, 다들 그의 전례를 따랐다.

이후 데번은 사업에 뛰어들었다. 그리고 오래지 않아 가장 수익성 높은 일이 항상 합법적인 일은 아니라는 것을 알아차렸다. 그가 벌인 가장 성공적인 사업은 사람들이 미처 필요성을 인지하지 못한 정보를 입수한 다음 그것을 매력적인 가격에 제공하는 일이었다. 데번은 그런 어둡고 위험한 데서 어슬렁거리는 걸 즐긴다. 들어오지 못하도록 고안된 시스템을 우회하여 뚫는 일을 즐긴다. 그리고 당신이 그에게 충실함을 증명하면 그도 언제까지나 당신에게 충실할 것이다.

나는 카푸치노 한 잔을 주문한 다음 데번을 향해 걸어간다. 그의 자리에서 하나 건너 스툴에 앉는다. 데번은 내 쪽을 보지도 않고 말한다. "검시관 사무실을 뚫어놨어. 그 여자의 치과 기록이 업로드되는 대로 복사본이 들어올 거야. 일치하는 사람이 나올 것 같진 않지만 또 모르지."

나는 작게 고개를 끄덕이지만 나 역시 그쪽을 보지 않는다. 안 나올 거다. 스미스가 일을 그렇게 허술하게 할 리가 없다. 그 여자가 실제로 누군지 영원히 알 수 없을 거라는 사실이 분하다.

"그게 정말 그 여자인 건 확실해? 그 사고로 그 여자가 진짜 죽은 게 맞아?" 이미 데번이 확인해본 사항이겠지만 그래도 나는 물어야 한다.

데번이 고개를 끄덕이고, 영안실의 시신이 그 여자임을 그가 확신한다면 그걸로 충분하다.

"스미스가 그 여자에게 준 마지막 지시사항을 발견했어." 내가 말한다.

데번이 퍼즐북 페이지를 넘기며 묻는다. "뭐라고 쓰여 있어?"

나는 뒷주머니에서 마닐라 봉투를 꺼내 과월호 잡지에 끼워넣은 다음 우리 사이 빈자리에 툭 던진다. 데번은 내가 커피숍을 나갈 때까지 잡지에 손대지 않을 것이다. "직접 보면 알겠지만 기본적인 지시는 안면을 트고 가능하면 내 방을 뒤지라는 거야. 되게 막연하지. 그리고 그 여자는 정확히 지시받은 대로 수행했고. 내가 그 여자 눈에 띄라고 그럴듯한 미끼를 준비해 놨거든."

"마음에 안 들어. 전부 다." 데번이 조용히 말한다.

"사고가 아닐 거라고 생각해?"

데번은 간신히 알아볼 만큼 작게 고개를 끄덕인다.

"왜? 그 여자가 작업을 마쳤는데 우리가 그걸 몰랐다고?"

"아니면 작업을 망쳐서 제거됐든가."

"거기서 제임스의 역할은?"

"쓰고 버리는 말." 데번은 생각해보지도 않고 말한다. "각종 약물과 도박 문제. 자금이 절실히 필요한 상태. 어이없을 정도로 조종하기 쉬워. 제임스를 데려오기 위해 그 아버지의 다리를 분질렀다고 해도 놀랄 건 없지."

젠장. 그건 생각 못했다.

"라이언이 단순히 물정 모르는 표적 이상으로 연루되어 있다고 볼 수 있을까?" 내가 이곳으로 파견되기 전 표적이 누군지 아직 알지 못할 때 우리는 비슷한 대화를 나눴다. 또한 이번 작업 전체가 속임수일 가능성에 대해서도 논의했다. 일단 내게 라이언이 배정됐음을 알게 된 후 데번은 그에 대해 속속들이 파헤쳤다. 스미스가 작업과 관련해 보내주는 메모는 데번이 내게 주는 정보에 비하면 새 발의 피다. 우리는 라이언의 사업에 대해 알아냈고 그게 얼마나 번창했는지도 알게 됐다. 누군가가 탐낼 만했다. 스미스는 몇 년 전부터 내가 참여한 몇 번의 작업에서 입수한 물건을 이송할 때 라이언의 특송 서비스를 이용했고, 따라서 라이언이 어쩌다 스미스의 레이더망에 걸려들었는지는 쉽게 짐작 가능하다.

그 주제에 대한 직감을 문장으로 치환하기 위해 고민하는 듯 데번의 어깨가 앞뒤로 두어 번 두둠칫 흔들린다. "일단 우리는 모든 가능성을 열어놓는다, 맞지?"

"맞아."

"모든 가능성을 열어놓은 상태에서도, 내 보기에 그럴 확률은 낮아. 라이언이 벌여온 수상쩍은 사업과는 별개로 그는 이 동네에 너무 깊이 뿌리박혀 있어. 그건 스미스가 자기 밑에서 일할 사람을 뽑을 때 원하는 요건에 정면으로 반하지.”

나는 가족도 연고도 없는, 그냥 아무개였다. 내가 사라진다 해도 의문을 제기할 사람이 있을 리 없다. 상황이 나빠졌을 때 나를 위해 정의를 구현해줄 사람은 아무도 없다. 라이언의 경우는 그렇지 않다. 문자 그대로 그가 젖먹이일 때부터 자라는 것을 지켜본 이웃들이 있는 동네에 산다.

“우리는 팩트만 다루고, 그쪽 방향을 가리키는 증거는 현재로선 갖고 있는 게 없어.” 데번이 말한다.

우리는 잠시 묵묵히 앉아 각자 이 최신 전개를 고찰한다. 마침내 내가 입을 연다. “내가 주방에서 그 여자를 몰아붙였어. 당신이 누구 밑에서 일하는지 안다고 말했어. 당신도 언제든 내 처지가 될 수 있다고.”

내가 자리에 앉은 후 처음으로 데번의 연필이 움직임을 멈춘다. “L, 왜?”

‘L’은 데번이 입 밖에 내는 루카와 가장 근접한 이름이다. 루카가 워낙 흔치 않은 이름이기도 하고, L이라고 하면 혹시 듣는 사람이 있어도 ‘Elle’이라고 짐작할 테니까. 그러나 그렇게 신중을 기하고서도 데번은 나를 직접적으로 부르는 일이 거의 없으므로 그 말에 숨은 무게가 확 느껴진다.

“그 여자가 나를 임의의 표적으로 생각하는지 아니면 나도 스미스 밑에서 일하고 있다는 걸 아는지 확인해야 했어. 하여간 그 여자는 몰랐어. 놀라는 표정이 진심이었거든. 내가 무슨 엄청난

비밀을 알아낸 건 아냐. 스미스는 자기가 그 여자를 보냈다는 걸
이미 인정했으니까."

연필이 다시 문제를 풀기 시작하고 데번은 가상의 비트에 맞춰
고개를 까딱거린다. "스미스의 가장 놀라운 성취는 조직 내 구성
원들이 서로를 전혀 모르고 자기 일 외에 다른 정보를 알지 못하
게 통제해서 자기 밑에서 일하는 모든 사람을 장악한다는 거지."
스미스는 데번이 몇 년 동안 풀고 있는 퍼즐이다.

"그리고 경찰이 앨라배마 브룩우드 출신의 에비 포터에 대해
인지했어." 나는 죄를 고하듯 속삭임에 가깝게 덧붙인다.

나의 고해성사를 들은 데번이 고개를 돌려 나를 본다. "자세히
말해봐."

나는 버나드 부부의 집에 갔다가 경찰과 했던 얘기를 자세히 들
려주고, 데번은 부지런히 앞에 펼쳐놓은 페이지의 퍼즐을 푼다.

내 얘기가 끝나자 데번이 말한다. "맘에 안 들어. 이 상황이 어
디로 가고 있는지 보이지 않는다는 게 맘에 안 들어. 그만 손떼
자."

그 말에 나는 멈칫한다. 그동안 우리는 긍정적 결과를 기대하
기 어려운 상황에 여러 번 놓였지만 데번이 손떼자는 말을 입에
담은 건 이번이 처음이다.

"손떼면 그다음엔? 코널리에 대한 협박 정보를 스미스에게 갖
다 바치지 못했을 때 우린 그가 화낼 거라고 예상했어. 내가 정보
를 입수하는 데 성공하고선 몰래 빼돌린 건 아닌지 그가 의심할
거라는 예상도 했고. 스미스가 나를 제거하고 싶어한다며 손떼봤
자야. 그가 나를 가만둘 리 없고 괜히 내 행동 반경만 극도로 좁

아져, 특히 루카 마리노가 더이상 이 세상에 존재하지 않는 상황에서는."

"그래도 맘에 안 들어. 다음 지시사항을 기다리며 무방비 상태로 있겠다는 거잖아. 지시사항이 안 오면 어쩔 건데?"

"이대로 계속 진행하는 것밖에 선택지가 없어." 우리는 제각기 생각에 잠겨 잠시 아무 말이 없다. 이윽고 내가 묻는다. "헤더는 잘 있어?"

데번이 고개를 푹 숙이길래 내 말을 못 들은 척하려나보다 했는데 그가 대답한다. "응. 잘 지내."

"원래 계획대로 한다, 데번. 그게 유일한 답이야."

데번이 순간 머뭇거리다 말한다. "이번주 목요일 글렌뷰 특송을 거치는 주요 화물에 대한 상세 내역을 알아냈어. 당신 앞에 있는 〈피플〉 잡지 속에."

"잘됐다. 그 여자가 시망한 후에도 내가 여진히 작입중이라는 걸 알면 스미스가 혼란에 빠질 거야." 나는 라이언의 사업에 관한 정보를 스미스에게 처음 전달하고 나서 얼마 후 내가 맡고 있는 역할에 회의가 들었다. 어쩌면 라이언의 집이 진짜 내 집이 되고 이 신원이 진짜 내가 될 수도 있다는 소망을 꿈꿨을지도. 그리하여 유난히 마음이 약해진 어느 순간, 두번째 정보를 넘기기 전에 재무 자료 중 몇몇 핵심 데이터와 고객 명단을 조작했다. 스미스가 알아차릴 정도는 아니지만 라이언이 자기 사업을 지키기 위해 분투할 기회는 있을 정도로.

나는 이 최신 자료도 그와 비슷하게 수정해서 넘길 계획이다.

데번은 내가 자료를 조작했다는 걸 모른다. 그에게 숨겨서 미안하다. 데번은 내가 불필요한 위험을 무릅쓰고 있다고 생각할 것이다. "집으로 돌아가는 길에 사서함에 떨궈야겠다."

데번의 고개가 내 쪽으로 아주 살짝 기운다. "거긴 네 집이 아니야, L."

그 말에 나는 움찔하고, 앞에 있는 잡지를 집어 가방에 쑤셔넣은 다음 커피잔을 들고 자리에서 일어난다. "연락할게."

내가 막 걸음을 떼려는 찰나 데번이 나직이 말한다. "부디 몸조심해."

16장

현재

데번과 헤어져 집으로 돌아온 후, 나는 라이언과 함께 포장 음식을 배 터지게 먹고 저녁 내내 넷플릭스를 몰아 보며 그날 하루가 얼마나 끔찍했는지 잊으려 애쓴다. 하루종일 친구들에게서 쏟아지는 전화와 문자 메시지가 도무지 그칠 기미를 보이지 않자 결국 라이언은 휴대폰 전원을 꺼버렸고, 이건 그가 좀처럼 하지 않는 일이다. 우리 둘 다 잠을 별로 못 자서 오늘 같은 월요일 아침에는 일어나 몸을 움직이는 게 특히 힘들게 느껴진다.

라이언은 며칠 휴가를 내긴 했지만 제임스의 장례식 준비를 돕겠다고 나서서 하루 일정이 꽉 차 있다. 나도 하루 휴가를 낼 수 있긴 하지만, 시간 있다고 다시 버나드 씨 댁에 끌려가긴 싫고 점심 언저리에 데번과 만나야 하는데 몸을 뺄 방법을 궁리하는 것도 귀찮다.

주방에서 텀블러 두 개에 커피를 담고 있는데 라이언이 계단을 내려온다.

"난 우선 친구들 몇 명하고 같이 버나드 아저씨네 가려고. 아주머니가 제임스의 회사에 연락해서 사정을 설명하는 일을 도와달라고 하셔서. 그다음에 장례식장으로 갈 거야."

"알았어. 당신의 하루가 부럽진 않네." 나는 라이언에게 텀블러 하나를 건네고 가방을 챙기기 시작한다. "에고, 휴대폰을 위층 충전기에 꽂아놓고 그냥 왔다."

휴대폰을 찾아들고 아래층으로 내려오니 라이언이 가방을 어깨에 메고 한 손에는 텀블러를 들고 다른 손엔 열쇠를 든 채 문가에서 기다리고 있다. "저녁때 많이 늦지는 않을게."

나는 의자에서 내 짐을 집어든다. "나도. 출발할 때 전화해. 그럼 일찍 빠져나올게." 그러고는 라이언을 뒤따라 차고로 간다.

4러너의 차문을 열려는데 라이언이 나를 끌어당겨 부드럽게 키스한다. "오늘 하루가 겁나." 그가 조용히 말한다. "내가 가기 싫다고 하면 천하의 나쁜 놈일까?"

나는 라이언의 뺨을 어루만지고 그의 목을 얼싸안아 바싹 끌어안는다. 라이언이 내 목덜미에 얼굴을 묻는다.

"그럴 리가. 힘든 게 당연하지." 나는 그의 귓가에 속삭인다. 가방 속 휴대폰의 진동이 느껴지지만 라이언이 안정될 때까지 포옹을 풀지 않는다.

거기서 얼마나 그렇게 서 있었는지 모르겠다. 결국 라이언은 몸을 떼고 마지막으로 한번 더 키스한 다음 나를 놓아주고 자기 차로 간다.

그가 차에 탈 때 나도 내 차에 탄다. 차고 문이 열리자 그가 내게 후진으로 먼저 나가라고 고갯짓한다. 공간이 좁아서 나는 조수석 사이드미러를 보며 라이언의 차문을 긁지 않도록 조심조심 차를 후진한다.

차를 차고 밖으로 빼내자마자 얼른 휴대폰을 꺼내 확인한다. 어떤 종류든 문자 알림을 받는 경우는 매우 드물기 때문이다. 알 수 없는 번호로 온 문자에 심장이 뛰기 시작한다. 내가 왜 가다 말고 진입로 중간에 멈춰 서 있는지 라이언이 궁금해할 텐데.

나는 문자 메시지를 열어본다.

알 수 없는 발신자: 911

젠장. 데번과 정해놓은 당장 튀라는 신호다. 고개를 드니 라이언이 차에서 내리고 있고, 그의 시선은 내 뒤편 도로를 향해 있다.

나는 무엇을 보게 될지 겁먹은 채 백미러를 확인한다.

경찰차 세 대가 내 뒤에 차를 세우고 우리 둘 다 안에 가뒀다.

저 차들을 제치고 빠져나갈 방법이 없음을 깨닫는 데 몇 초 걸리지 않는다. 동시에, 차고에서 라이언과 미적거리지 않았다면 데번의 문자를 바로 확인했을 거라는 생각이 스친다. 그 몇 분 차이로 나는 깔끔한 도주로를 날렸다.

라이언이 차에서 내려 내 차로 다가와 문을 열려고 하지만 아직 기어가 후진 모드라 문이 잠겨 있다. 나는 혹시 이 차 안에 문제가 될 만한 물건이 있나 재빨리 머릿속으로 뒤져본다. 내가 알기론 아무것도 없다.

라이언이 창문을 두드린다. "에비, 열어줘." 라이언이 다가오는 경찰관들을 눈으로 좇는다.

나는 천천히 신중하게 기어를 주차 모드에 놓고 시동을 끈다. 라이언은 잠금이 풀리는 소리를 듣자마자 차문을 열고 나를 내리게 한다.

그의 얼굴에서 표정이 싹 가셨다. 글렌뷰에서 그 불량 직원과 얘기하는 라이언을 보진 못했지만 그때 얼굴이 이렇지 않았을까 싶다.

경찰이 텍사스 동부에서 그의 불법행위를 밝혀내 그를 잡으러 왔다고 생각하는 걸까? 라이언이 경찰과 나 사이를 막아설 때 그 취지는 정말 고맙지만 데번이 보낸 문자로 보건대 경찰은 나를 노리고 온 게 분명하고, 따라서 앞으로 발생할 상황에서 라이언이 나를 구할 방도는 없다.

"걱정하지 마." 라이언이 속삭인다. "내가 알아서 처리할게."

라이언은 경찰이 자기 때문에 왔다고 진심으로 생각한다.

버나드 씨 집에서 본 불럭 수사관이 앞장서서 진입로를 따라 걸어오는데, 모르긴 해도 저 거울처럼 비치는 선글라스 뒤에서 눈이 반짝 빛나고 있을 거다.

"포터 씨." 불럭은 느슨하게 허리에 두른 권총띠에 두 손을 얹고 말한다. "저와 서까지 동행해서 몇 가지 질문에 대답해주셔야겠습니다."

라이언이 허리에 손을 얹고 버티며 내 앞의 경찰을 완전히 막아선다. "이게 무슨 짓입니까?"

불럭 수사관이 라이언 너머로 나를 바라본다. "애틀랜타 경찰국이 당신에 대한 중요 증인 영장을 발부받았습니다. 에이미 홀더 사망사건과 관련해서."

경찰 두 명이 가까이 다가오고, 나는 필요 이상으로 이 상황을 모양 빠지게 가져가고 싶지 않다. 산책에서 돌아온 옆집 로저스 부부가 지금 이 사태를 빤히 지켜보는 중이고, 길 건너에서도 몇 명이 구경하고 있다. 지나가던 차도 몇 대쯤 길가에 섰다. 이 조용한 가로수길에 이런 흥미진진한 상황은 처음인 것이다.

내가 라이언의 어깨에 손을 얹자 라이언이 나를 향해 돌아선다. 나는 말없이 고개를 끄덕여 경찰이 나를 데려가도 괜찮다고 알린다. 라이언은 1, 2초가량 나를 응시하며 지금 상황을 이해하기 위해 내 표정을 읽으려 한다. 경찰은 점잖게 가장 가까운 순찰차로 나를 안내한다. 천만다행으로 아무도 내 차 쪽으로 가지 않는다. 나중에 내가 빠져나왔을 때 차가 여기 그대로 있기를 빈다.

에이미 홀더는 스미스의 기대에 부응하지 못했던 나의 지난번 작업 때 표적이었다. 그러나 이번 작업을 위한 나의 작업명 에벌린 포터는 깨끗한 신원이어야 했고, 어느 면에서든 에이미 홀더나 그 사망사건과 관련이 없어야 했다. 경찰이 홀더의 사망에 대해 조사하기 위해 나를 데려간다는 사실은 내가 노출되었음을 뜻하고, 뭔진 몰라도 스미스가 나를 위해 준비해둔 다음 단계와 연관이 있다는 얘기다.

◆

꼼짝 않고 가만히 앉아 있는 것은 의외로 상당한 집중력을 요한다. 다리도 떨지 않고, 앉은 자리에서 꼼지락거리지도 않고, 바로 앞에 있는 연회색 벽 이외엔 시선을 두지 않는다. 호흡은 편안하게 유지하며 코로 숨을 들이마시고 살짝 벌린 입으로 내쉰다. 눈은 너무 빠르지도 느리지도 않게 느긋한 리듬으로 깜박인다.

내 왼쪽의 거울 벽 반대편에서 경찰이 나를 관찰하고 있음을 알고, 나는 그들에게 새끼손가락 한 번 씰룩이는 것조차 보여줄 생각이 없다. 데번과 현실에서 처음 대면했을 때 그가 내게 했던 말을 나는 잊지 않는다. 아주 오래 기다리게 했을 때 하는 행동을 보면 그 사람에 대해 많은 것을 알 수 있죠.

나를 취조실로 데려와 이 테이블 앞에 앉히고 나서 대소동이 있었다. 제복 입은 경관들과 평복 차림 형사들이 줄지어 들락거리며 저마다 역할을 맡고 싶어했다. 마실 것을 갖다주겠다는 사람도 있었고, 화장실에 가고 싶냐고 물어보는 사람도 있었다. 나는 끊임없이 질문을 받았고, 그 모든 질문에 극도로 절제된 최소한의 답변으로 일관했다. 마지막 문의는 내가 했다. 나는 변호사를 요구했다.

나는 레이철 머리를 불러달라고 했다. 라이언이 진작에 레이철에게 전화했겠지만.

잠시 후 레이철이 도착해 테이블 맞은편에 앉는다. 레이철이 거리낌없이 나를 뜯어보는 동안 나는 말없이 앉아 있는다. 레이철에게 내가 뭘 기대했는지 모르겠으나—내가 구금된 데 대한 즐거움? 살인사건에 연루되어 있을지도 모르는 사람과 마주앉아 있다는 두려움? 내가 왜 자기를 불렀는지에 대한 혼란과 의구심?—레이철은 이중 어느 것도 내보이지 않는다. 나와 마찬가지

216

로 무표정하고, 나는 나의 인선에 만족한다.

레이철은 내가 먼저 입을 열 때까지 기다릴 생각인 듯하고, 나는 그 태도를 높이 산다.

"내 변호를 맡아줄래요?" 내가 묻는다. 변호인의 비밀유지의무에 의해 보호되지 않는 한 나는 레이철에게 입도 벙긋하지 않을 것이다.

"네." 레이철이 대답하고 발치에 내려둔 가방에서 서류 한 장을 꺼낸다. "이거 없이는 나한테 말하지 않을 거라고 예상했지."

레이철이 나의 공식 변호인이며 우리가 업무상 계약 관계에 있음을 명시하는 표준 계약서다. 나는 하단에 서명한 다음 레이철이 내 이름 밑에 자기 이름을 휘갈기는 모습을 지켜본다.

"내가 보낼 청구서에 지불할 능력은 있겠죠?"

나는 고개를 끄덕인다. "물론."

레이철은 서류를 도로 가방에 집어넣고 문 쪽으로 가서 문을 약간 열고 말한다. "저는 포터 씨의 공식 변호인입니다. 그러니까 이 방의 마이크와 비디오를 꺼주세요."

문을 닫고 나서 레이철은 거울 앞으로 가 블라인드를 내린다.

이제는 이 시스템을 믿는 수밖에 없고 앞으로 내가 레이철에게 하는 얘기를 아무도 듣지 않기를 바랄 뿐이다. 이 알량한 프라이버시에 기대어 나는 의자에 앉은 채 조금씩 움직거리며 여기저기 저린 곳에 혈류를 회복하려 노력한다.

레이철은 왼눈을 가늘게 뜨고 나를 지켜본다. "경찰이 당신을 뒷좌석에 태우고 진입로를 나서자마자 라이언이 나한테 전화했어요. 당신이 나를 불러달라고 했을 때 난 이미 여기 와 있었고.

놀랐다는 말로는 부족하지."

마침내 내가 묻는다. "경찰이 나에 대해 어떤 정보를 갖고 있는지 알아요? 왜 나를 중요 증인이라고 생각하는지?"

"불럭 수사관이 버나드 씨 집에서 조사를 마치고 나서 당신 이름과 앨라배마 브룩우드를 조회했더니 영장이 튀어나왔어요. 그래서 오늘 아침 첫 순서로 애틀랜타에 전화를 걸어 에이미 홀더 사건의 담당 경찰과 얘기를 나눈 거죠. 애틀랜타 쪽은 홀더 사망 당시 당신이 현장에 있었으며 홀더가 죽기 전 상황을 당신이 알고 있거나 조력했거나 사망 요인 중 하나라고 믿을 만한 증거를 확보했어요. 그리고 그쪽에서 연행 요청을 해서 여기 경찰이 당신을 잡으러 라이언의 집에 간 거고."

에비 포터와 앨라배마 브룩우드는 에이미 홀더와 어느 면에서든 어떠한 관련도 없어야 했다.

"내가 거기 있었다는 증거는?"

"현장에서 찍힌 당신 사진이 있다는군요. 애틀랜타 경찰이 사진을 공유하지 않아서 보여줄 수는 없대고. 그 말이 사실인지 아닌지는 모르겠지만 하여간 증거 사본을 요청했고 곧 도착할 거라고 들었어요."

나는 고개를 끄덕이며 그 내용을 찬찬히 모조리 흡수한다. "사진 속 인물이 에비 포터라고 어떻게 특정한 걸까?"

레이철이 고개를 갸웃한다. "질문의 저의를 잘 모르겠는데." 그리고 왜 내가 나 자신을 삼인칭으로 지칭하는지 의아해하고 있겠지.

"에비 포터에 관한 전체 기록이 있나요? 에이미 홀더 사망 당시 현장에 있었다는 것 말고?" 나는 짜증 섞인 어조로 묻는다. 아직 레이철에게 모든 걸 털어놓을 수는 없지만 레이철이 아는 사항은 나도 전부 알아야 한다. 지금은 시기상 루카 마리노라는 신원을 되찾을 수 있는 단계가 아니고, 정확히 무슨 일이 벌어지고 있는지 알아내기 전까진 그 신원을 보호할 필요가 있다. 현재로선 루카 마리노는 죽어 없어졌고 나는 꼼짝없이 에비 포터에 갇혔다.

레이철이 상체를 내밀고 테이블에 팔꿈치를 내려놓는다. "지금 이게 무슨 상황인지 말씀해주시죠. 나를 계속 백지상태로 놔두면 난 당신을 도와줄 수 없어."

"나는 에이미 홀더와 알고 지냈어요." 레이철은 나의 시인에 놀라움을 표하지 않는다. "다만 그때 내 이름은 에비 포터가 아니었죠."

레이철이 고개를 외로 꼰다. "그럼 뭐였는데요?"

"리자이나 헤일."

"리자이나 헤일." 레이철이 내 말을 반복한다.

내가 고개를 끄덕이자 레이철은 나를 똑바로 응시하며 묻는다. "당신은 리자이나 헤일인가?"

나는 고개를 흔들어 부정한다.

"리자이나 헤일이라는 실재하는 사람을 당신이 사칭한 건가?" 레이철이 기어이 묻는다.

"아뇨."

"일부러 모호하게 구는 건가? 내게 사실을 털어놓는 것보다 당신의 비밀을 지키는 게 더 중요하다면 난 이만 빠지겠어."

어휴, 만만찮은 년 같으니. 그러나 만만찮은 년이야말로 지금 내게 필요한 사람이다.

"리자이나 헤일은 내가 애틀랜타 변두리에 살던 시절에 사용한 이름이에요. 내가 이해하기로 에이미의 사망은 사고사로 판명났어요."

레이철이 의자 등받이에 등을 기대고 팔짱을 낀 채 나를 대놓고 뜯어본다.

"당신의 본명은 에비 포터입니까?" 레이철이 묻는다.

길다 싶은 나의 머뭇거림이 이미 답을 말해주고 있지만 레이철은 여전히 내 대답을 기다린다.

"아뇨."

"당신의 본명은?"

"에비 포터는 아니죠." 아직 모든 걸 밝힐 준비가 되어 있지 않다. 아직은.

우리는 서로를 노려보며 어느 쪽이 먼저 침묵을 깰지 재본다. 끝내 레이철이 시선을 내리고 가방에서 문서를 몇 장 꺼낸다. "이건 내가 개인적으로 조사한 거예요. 만약 경찰이 이 외에 더 갖고 있는 게 있다면 내가 알아낼 겁니다."

레이철이 나에 관해 조사했을 거라 짐작은 했지만 내 앞에 내려놓은 첫번째 물건은 전혀 예상하지 못했다. 에벌린 포터의 이름과 내 사진이 들어 있는 7년 전 앨라배마대학 학생증의 복사본.

"이게 뭐죠?" 사진은 알아보겠다. 나의 첫 작업 때 얼굴이다. 이지 윌리엄스라는 이름으로 수행했던 킹스턴 작업 때의 얼굴인데 그게 여기 에벌린 포터의 학생증에 떡하니 나와 있다.

레이철은 아무 말 없이 내게 다른 문서를 내민다. 6년 전 운전 면허증의 사본이다. 이번에도 내 사진인데 면허증에 나와 있는 이름은 에벌린 포터다. 사진은 내가 미아 비앙키라는 이름으로 앤드루 마셜 작업을 할 때의 모습이다.

테이블 위에 또다른 문서가 놓인다. 4년 전 에벌린 포터의 여권. 플로리다에서 웬디 월리스라는 이름으로 작업하던 당시에 썼던 내 사진이다.

문서가 석 장 더 나온다. 전기요금 고지서, 속도위반 과태료 통지서, 병원 소견서. 내가 에벌린 포터라는 석 점의 증거가 보태진다.

나는 8년 동안 진짜 신원을 숨기고 살았고, 스미스는 8년 동안 계속 내게 새로운 작업명과 신원을 만들어주었다.

데번과 나는 매번 새로운 도시와 새로운 표적은 철저히 조사했지만 내게 할당된 이름에 대해서는 깊이 파고들지 않았는데 그게 맹점이었다.

레이철은 내게서 모종의 반응이 나오기를 기다린다. 내가 반응을 보이지 않을 것임을 깨닫자 의자에 등을 기대고 요란하게 한숨을 내쉰다. "이래도 당신이 에벌린 포터가 아니라고 말하고 싶어요?"

나는 다시 정지 상태로 돌아간다. 차분히. 침착하게. 머릿속에선 수백만 가지 방향으로 미친듯이 생각이 내달리지만 절대 내색하지 않는다.

"당신은 에벌린 포터가 아니고, 당신이 진짜로 누군지 나한테 말해주지 않는다면, 내가 무슨 수로 당신을 돕지?" 레이철이 묻는다.

"여기서 나가야겠어요. 이 사태를 바로잡을 시간이 며칠 필요해요."

레이철은 이미 고개를 절레절레 흔들고 있다. "시도는 해보겠지만 기대는 마요. 애틀랜타에서 한동안 당신을 수배중이었기 때문에 모습을 감출 기회를 주고 싶지 않을 겁니다. 저쪽이 가진 건 에이미 홀더 사망사건의 용의자로서가 아니라 예비 중요 증인으로서 심문하기 위한 정식 요구서뿐이라 해볼 만하긴 한데, 그래도 경찰은 오늘 당신이 경찰서 정문으로 나가도록 놔두지 않을 거예요. 내가 하루이틀 내로 당신을 빼낼 수야 있겠지만 곧장 심문을 받으러 애틀랜타로 간다는 조건이 붙겠죠."

지금 당장 무엇보다 절실한 건 시간이다. 나는 잠시 몇 가지 선택지를 검토한 후 레이철의 수첩과 펜을 내 쪽으로 끌고 온다. 이름을 하나 휘갈겨적은 다음 도로 내민다. 지금도 듣고 있는 귀가 있을지 모르므로 소리 내어 말하고 싶지 않다. "이 사람한테 전화해서 당신의 의뢰인이 2017년 6월에 힐턴헤드에 있었다고 말해요. 그리고 나를 여기서 꺼내달라고 전해요. 오늘 바로."

상체를 내밀고 메모를 본 레이철의 낯빛이 살짝 파리해진다. "이 사람한테 전화해서 2017년 6월 힐턴헤드를 언급한 다음에…… 연줄을 써서 당신을 풀어달라고 부탁하라고?"

그 말은 질문이 아니므로 나는 구태여 대답하지 않는다.

레이철은 짧게 고개를 끄덕이고 방에서 나간다. 그 암호 같은 메시지가 뭐냐고 성가시게 굴 줄 알았는데 의외다. 내가 레이철에게 점수를 너무 짜게 주고 있었나보다.

　나는 이런 데 앉아 있고 싶지도 않았고 이런 상황에 부딪히고 싶지도 않았지만 그럼에도 불구하고 준비는 해두고 있었다. 채권을 회수할 시간이다.

　문이 천천히 열린다. 레이철이 돌아오기엔 너무 이른데. 나는 의자에 편히 앉아 형사들과의 게임에 임할 준비를 한다. 그런데 그때 방을 맞게 찾은 건지 자신이 없는 듯 라이언의 고개가 열린 문틈으로 빼꼼 안을 엿본다.

　경찰이 자기를 찾아온 거라고 생각했을 때도 라이언은 나를 보호할 생각만 했다. 지금 그가 걱정스러운 눈으로 나를 바라본다.

　"레이철이 경찰을 설득해서 잠깐 당신을 만날 수 있게 들여보내줬어. 다들 레이철한테 안 된다고 말하기가 겁나나봐. 그래도 카메라와 마이크는 다시 가동중일 거라는군."

　라이언과 얘기하다 내가 뭔가 꼬투리 잡힐 건수를 흘릴까 싶어 들여보내준 거겠지.

　라이언은 잠시 주저하다 이내 내 옆으로 다가와 나를 품안으로 끌어당긴다. 나는 주체할 수 없이 흘러넘치는 감정에 스스로도 놀란다. 라이언을 보니 안심이 된다. 라이언은 나를 꽉 끌어안으며 나직이 중얼거린다. "맙소사, 에비."

　나는 몸을 빼야 한다. 연결을 끊어야 한다.

　그러나 나는 라이언을 놓을 수가 없다.

　놓고 싶지 않다. 긴 하루 동안 방어벽이 너무 낮아졌다…… 기나긴 지난 일주일 동안.

　"괜찮아?" 라이언이 묻는다.

"응." 나는 대답한다. "당신이 있으니까 낫네."

라이언이 내 얼굴을 보려고 허리를 편다. "레이철이 당신을 꺼내려고 노력하는 중이래."

"잘됐다. 다행이야." 라이언은 피곤해 보인다. 지난 24시간은 그에게 친절하지 않았다. 먼저 어린 시절 친구를 잃었고, 그다음엔 여자친구가 경찰차에 실려 끌려갔다.

라이언이 내 손에 손깍지를 낀다. "무슨 일이야, 에비? 경찰 말로는 애틀랜타에서 어떤 여자의 죽음에 대한 중요 증인으로 당신을 심문하려고 찾고 있다는데. 그 현장에 당신이 있었다면서."

"응, 나도 그렇게 들었어. 경찰이 나와 얘기하고 싶다길래 나도 당신만큼이나 놀랐어. 영장까지 나왔다니 전혀 몰랐는걸." 경찰도 듣고 있을 테니 경찰 앞에서 하지 않을 말은 입에 담지 않도록 신중하게 말을 고른다.

"그 여자의 사망에 의심스러운 점이 있다는 뜻인가? 그니까, 그게 아니라면 왜 당신과 얘기하는 데 영장이 필요하지?"

나는 깊이 숨을 들이마시고 후 내쉰다. "어째서 경찰이 내가 뭔가 아는 게 있다고 생각하는지 도무지 이해가 안 가."

내가 말하는 동안 라이언은 마치 내 말의 진실성을 가늠하듯 고개를 주억거린다.

그가 뭐라 말하기 전에 레이철이 문을 열고 들어온다. 레이철의 시선이 우리 사이를 왔다갔다하더니 이내 아주 명쾌한 판단이 내려진다. 내가 자기 친구에게 거짓말을 하고 있다고.

"에비," 레이철은 내 이름에 방점을 콕콕 찍으며 말한다. "전화했어요. 통할 것 같더군요. 곧 알게 되겠죠."

통할 거라는 걸 알고 있으므로 나는 고개를 끄덕인다.

레이철이 라이언을 보고 말한다. "잠깐만 자리를 비켜줄래? 에비하고 몇 가지 의논할 게 있어서."

라이언은 우리를 번갈아 쳐다본다. 분명 자기가 듣지 못할 일이 뭐가 있는지 의아해하는 거다.

있어도 괜찮다는 말이 내 입에서 나오지 않자 라이언이 말한다. "그래. 밖에서 기다릴게."

그러고 나서 라이언이 나간다.

레이철이 손을 흔들어 방안을 가리킨다. "마이크와 카메라는 다시 꺼졌어요."

나는 고개를 끄덕이며 남들 듣지 못하는 데서 레이철이 하고 싶은 말이 무엇일지 기다린다.

"라이언한테 당신 진짜 정체를 밝힐 거야?" 레이철이 묻는다.

"내가 당신을 고용한 이유는 내 삶의 사적인 측면이 아니라 법적인 측면을 처리하라는 건데."

레이철은 물러서지 않는다. "라이언은 내 친구야."

나는 반응하지 않고, 몇 초간 서로 노려보다 레이철이 말한다. "석방 허가가 나는 대로 돌아오지. 허가가 난다면 말이지만."

"날 거야." 내가 말한다.

레이철은 방을 나서며 나를 다시 쏘아본다.

나는 의자에 기대앉아 잡생각을 지우고 머리를 비운다. 그래야 계획을 세울 수 있으니까.

루카 마리노—6년 전

나는 서두르지 않고 천천히 힐턴헤드에서 노스캐롤라이나 롤리까지 차를 운전한다. 지난 12시간이 마음을 짓누른다. 이제는 앤드루 마셜이 나에 대해 어떻게 생각하든 신경쓰지 말아야 하는데, 신경이 쓰인다.

나는 모든 연락을 끊었다. 맷이 백만 번도 넘게 전화하고 협박 문자를 줄줄이 날리지만 끄떡하지 않는다.

월요일 오전에 AAA 보석보증보험 앞에 차를 세운다. 두 번 다시 이곳에 발을 들이지 말라는 지시를 받긴 했지만. 앤드루와 있던 사우스캐롤라이나의 호텔을 출발한 지 거의 48시간 만이다.

맷은 내가 올 줄 모르고 있다.

마지막으로 이곳에 왔을 때 나는 겁에 질려 있었다. 피 흘리며 죽어가는 제니 킹스턴을 마룻바닥에 그대로 내버려두고 낮잠을 자고 있는 마일스를 소파에 남겨둔 채 킹스턴가에서 막 도망쳐

나온 참이었다.

오늘은 다르다.

오늘은 내 집 안방인 양 맷의 사무실에 들어간다.

대기실에 사람들이 드문드문 앉아 있고 접수 데스크에는 똑같은 여자가 있다. 내가 다가가자 여자는 건성으로 미소 짓다가 내가 데스크를 지나쳐 복도로 향하자 곧장 표정이 변한다.

"저기요! 먼저 접수부터 하셔야 해요!" 여자가 부랴부랴 내 뒤를 쫓아오며 소리친다.

나는 맷의 사무실 손잡이를 비틀어 열고, 여자는 내 등에 부딪히기 직전에 멈춰 선다.

"씨발 여태 어디 있었어!" 맷은 나를 보자마자 버럭 소리지르고, 이어서 내 뒤에 있는 여자를 본다. "프런트로 꺼져!" 내가 사무실 문을 닫을 때 여자는 유턴한다.

나는 맷의 책상 맞은편에 놓여 있는 의자에 2년 전과 똑같이 앉는다.

맷은 금요일 이후로 한숨도 못 잔 꼴이다. 우리가 마지막으로 통화한 이후로. 미리 세팅해둔 카메라의 실시간 영상을 그가 볼 수 있었던 마지막 순간 이후로. 내가 회선을 자른 이후로.

"내가 심어둔 여자가 주말 내내 앤드루를 찾아다녔어! 심지어 방에 찾아가서 문까지 두드렸다고! 넌 대체 어디로 사라졌다 나타난 거야? 씨발 니가 후디니*야?" 맷은 얼굴이 벌게졌고 입에서 침이 튄다.

---

* 탈출 묘기로 유명한 미국의 마술사.

나는 한껏 느긋이 답한다. "당신 계획이 하도 멍청해서 내가 개선 좀 했지."

맷은 이를 갈고, 그의 눈이 빠른 속도로 내 얼굴을 자세히 훑는다. "그게 무슨 말이야?" 그가 마침내 묻는다.

"스미스 씨한테 연결해줘." 내가 말한다. 맷은 나를 못 죽여 안달난 표정이다.

맷이 책상을 돌아 나와 내 앞에 선다. 허리를 숙이고 양손으로 내 의자 손잡이를 잡아 나를 가둔다. "묻는 말에 대답해." 맷이 말한다.

"싫어. 안 해. 이제는." 나는 팔을 들어 손목시계를 본다. "5분 줄게, 그담엔 갈 거야. 내가 가길 바라진 않을 텐데."

굉장히 위험한 게임이지만 나는 직감을 따를 수밖에 없다. 내 감은 한 번도 나를 실망시킨 적이 없다.

우리는 한참을 팽팽하게 서로 노려본다.

이번 작업을 인수해 내 작품으로 만들면서 내 안에서 뭔가 변했다. 그리고 나는 이전으로 돌아가지 않을 것이다.

"4분."

맷이 의자를 거칠게 떠미는 바람에 나는 뒤로 넘어갈 뻔한다. 나는 두 발을 앞으로 차서 균형을 되찾는다. 맷이 휴대폰을 집어 든다. 내게 등을 돌리고 스미스 씨와 조용히 통화한다.

몇 초 후 맷이 스피커폰을 켜고 내 쪽으로 돌아선다.

"말해."

전화 상대방은 아무 말도 하지 않지만 나는 기죽지 않기로 한다. "앤드루 마셜 건은 텄어요. 앤드루는 절대 바람을 피울 위인이 아닙니다. 징그럽게 깨끗해요. 억지로 밀어붙였다간 수치심에 아예 선거를 중도 포기했을 겁니다. 권력이 없는 사람에게 먼지를 묻혀봤자 득될 게 없고요. 이건 앤드루와 10분만 같이 있어도 알 수 있는 사실이죠."

스미스 씨의 침묵이 방안을 채우는 동안 맷이 나를 잡아먹을 듯 노려본다.

"하지만 더 나은 걸 가져왔어요. 넬슨 상원의원. 조지아에서 18년 동안 상원 의석을 지키고 있죠. 괜찮은 위원회 자리는 다 꿰차고 있고. 하느님과 아내와 조국을 사랑하고. 입에 공 모양 재갈을 물고 엉덩이를 찰싹찰싹 맞는 것도 사랑하시죠. 넬슨은 이제 당신 거예요. 플래시드라이브를 어디로 보내면 되는지만 알려주면."

나는 플래시드라이브를 맷을 통하지 않고 곧장 스미스 씨에게 넘김으로써 맷을 확실히 배제해버린다. 내가 말하지 않은 건 앤드루 마셜은 이제 내 것이라는 사실이다. 앤드루는 조만간 주지사가 될 것이다. 그는 하마터면 마수에 걸려들 뻔했다 간발의 차로 피했다는 사실을 알고 있고, 자신을 구한 사람이 누군지도 안다.

나는 맷을 바라보고 맷은 휴대폰을 바라본다. 맷의 이마에 맺힌 식은땀이 얇은 막을 이룬다.

그날 앤드루와의 대화는 쉽지 않았다. 다음날 아침 발코니에서 깨어난 앤드루는 질문이 많았다. 그리고 나는 그 질문에 모조리 대답했다. 방심하지 말 것. 그게 앞으로 앤드루가 명심해야 할 지침이다. 제아무리 믿을 만하다고 입증된 사람이라도 맹목적으로 신뢰하지 말 것. 뼈아픈 교훈이다. 앤드루는 내게 감사를 표하고 내가 이 삶을 떠날 수 있도록 온 힘을 다해 돕겠다고 제의했다. 범죄가 아닌 명예로 점철된 삶을 살 수 있도록. 그게 앤드루 마셜이니까.

나는 앤드루와 포옹하고 고맙다고 말한 다음 곧장 그와 헤어졌다.

내가 그를 필요로 한다면—정말 필요할 때면—그가 언제라도 달려와줄 것임을 나는 안다.

아무래도 오늘은 스미스 씨가 내게 말을 걸지 않을 모양이다. 나는 계속 얘기한다. "내가 임의로 작업을 변경한 게 마음에 들지 않을 수도 있고 또 바라던 결과가 아닐 수도 있지만 어쨌든 맷의 계획은 실패했을 거예요. 그리고 실패한 계획과 낭비된 자원보다야 넬슨 상원의원이 낫죠. 앞으로도 나를 쓰고 싶다면 직고용하시죠. 맷은 빼고. 내가 일은 제법 잘해요. 맷보다 낫죠. 아실 텐데요."

침묵.

맷은 완전 열받았다. 목까지 시뻘게졌고 어금니를 꽉 깨물었다.

마침내 스미스 씨가 말한다. "맷, 자네 폰을 루카에게 주고 복도로 나가 기다리게. 루카, 맷이 나가면 문을 닫고 스피커폰을 끄도록."

맷의 눈알이 금방이라도 튀어나올 것만 같다. 그는 사무실을 나가며 문을 쾅 닫는다.

나는 휴대폰을 집어들고 버튼을 눌러 스피커폰을 끈다.

"네." 내가 말한다.

"금요일 밤에 앤드루 마셜의 스위트룸이 꽤나 시끌벅적했다던데."

나는 주저하지 않고 답한다. "네. 맷의 계획이 뭔지 알고 나서 곧장 영향력 있는 주요 인사 몇 명을 칵테일파티에 초대했어요. 앤드루에게 먼지를 묻힐 수 없다면 그와 엇비슷하거나 더 중요한 다른 인물에게 묻히는 게 낫다는 걸 아니까."

침묵.

그러다 결국 질문이 나온다. "그 파티 때 앤드루 마셜은 어디 있었지? 자네 말대로 원하는 걸 손에 넣었다면 마셜은 상원의원의 행태를 본 목격자 아닌가?"

"앤드루의 술에 약을 타서 정신을 잃게 한 뒤 발코니의 라운지체어에 눕혀놨어요. 넬슨 상원의원은 여자를 데리고 자기 방으로 건너갔고 일은 거기서 벌어졌고요."

다시 침묵. 내 대답과 스미스 씨의 질문 사이의 간격이 신경에 거슬리지만 그 침묵이 핵심이다.

"맷의 지시사항은 오후 4시 30분에 자네에게 전달됐고 자네가 그 칵테일 모임 초대장을 보낸 건 5시 45분이었어. 어떻게 그렇게 짧은 시간에 작전에 들어갈 인력과 기술을 구할 수 있었지? 아니면 지시사항을 받기 전부터 이미 독단적으로 계획을 세우고 있었나?"

스미스 씨가 내 얘기를 곧이곧대로 받아들일 거라고 생각했다면 순진한 거지.

"전에 당신도 말했다시피 나는 임기응변이 빠르고 판단력이 좋거든요. 이건 그 또다른 예시에 불과하지 않을까요. 계획 변경을 상정하고 주말 작업에 돌입한 건 아니었지만 기타 돌발 상황에 준비가 되어 있지 않다면 프로가 아니죠. 지시사항을 받고 보니 맷이 이번 작업의 지휘봉을 잡았다는 게 확실해지던데요. 날림인데다 아마추어스러워서."

"그럼 그 주말에 마셜에 관해서는 빈손으로 돌아왔다는 말을 내가 믿어야 할까? 마셜과 함께 있는 내내 약점으로 이용할 만한 건수를 실제로 단 하나도 건지지 못했다는 말을?"

"그게 사실이니까. 지독하게 깨끗한 양반이라."

스미스 씨는 내 말을 믿지 않는다. 1분 후 나는 통화가 끊겼나 싶어 휴대폰을 확인한다.

"넬슨 상원의원이 유용하긴 하겠지만 우리가 자네에게 준 표적은 그자가 아니었네. 그래도 망할 뻔한 작업을 구해낸 건 인정할 만하군." 스미스 씨가 말한다. "앞으로는 나한테 직접 보고하도록. 그렇게 해서 일이 잘 돌아가는지 지켜보겠네. 당분간은. 자네는 꽤나 예상을 벗어나는구먼. 그게 좋은 쪽일지 나쁜 쪽일지는 두고 보면 알겠지."

나는 마지막 문장에 담긴 섬뜩한 협박을 무시한다. "작업 보수에는 새 직급이 반영되겠죠?"

어라, 낄낄거리는 웃음은 예상에 없었는데. "자네는 나를 밀어붙이는 데 거리낌이 없군."

"안 그랬다면 알아서 대우해줬을까요?"

스미스 씨는 내 질문을 귓등으로 흘린다. "자네가 과연 본인 생각만큼 유능한지 알아볼까. 플로리다에 자네가 힘을 보탤 만한 상황이 하나 있지. 돈이 넘쳐나는 작고 나른한 대학 도시야. 거기로 가쳤으면 하네."

"그럼요, 문제없죠." 나는 주저 않고 대답한다. 무슨 작업인지는 몰라도 내가 승급될 자격이 있음을 증명할 유일한 기회라는 건 안다.

"공항 근처 홀리데이인 익스프레스로 가도록. 현재 작업명으로 체크인하고 다음 지시사항을 기다리게."

그리고 전화는 뚝 끊긴다.

"통화 다 끝냈어." 닫힌 문을 향해 외치자 맷이 곧장 문을 벌컥 열고 들어와 내 손에서 휴대폰을 낚아챈다.

"후회하게 될 거야, 너." 맷이 말한다.

나는 어깨를 으쓱하고 주머니에서 조그만 종이학을 꺼내 맷의 책상 한구석에 떨어뜨린다.

"씨발 그건 또 뭐야?"

"나를 기억하라는 의미에서." 문으로 향하며 내가 말한다.

내가 AAA 보석보증보험 건물에서 걸어나가는 이 순간, 작고 흰 상자가 다양한 장소로 배달되는 중이다. 각각의 상자에는 방금 내가 맷에게 준 것과 비슷하게 생긴 종이학이 들어 있다. 종이학을 펼치면 해당 수령인의 상당히 아찔한 체위를 보여주는 사진이 있고, 그 하단에 붉은 매직펜으로 '힐턴헤드 2017'이라고 적혀 있다. 그걸로 충분하다.

나는 이제 막 팀의 규모를 약간 키운 참이다, 비록 팀원들이 자의로 모인 건 아니지만. 롤리의 경매 행사장에서 연행될 뻔한 그날 저녁 나는 고작 전화 한 통으로 곤경에서 벗어났다.

내가 이 사람들을 필요로 할 때가 오면 이들은 눈썹 휘날리게 달려올 것이다. 지금 내 수중에는 세상에서 크게 존경받고 하느님을 두려워하는 정치인들이 한줌 있다. 상원의원 한 명, 하원 의원 두어 명, 시장과 주 의회 의원 몇 명. 그리고 친구 따라 쫄래쫄래 칵테일파티에 놀러온 가엾은 루이지애나의 판사 매킨타이어 씨.

17장

현재

매킨타이어 판사님은 역경을 뚫고 챔피언처럼 해내셨다. 그가 기필코 해내리라는 건 진작에 알고 있었지만. 나는 지금 라이언과 함께 차를 타고 집으로 돌아가는 중이고, 레이철이 자기 차로 우리 뒤를 따라오고 있다. 레이철이 나를 관리감독하는 책임을 맡기로 합의하고 석방됐기 때문에 꼼짝없이 붙들려 다니게 생겼다.

오늘 바로 구금에서 풀려나기 위해 나는 금요일 아침까지 애틀랜타 경찰국으로 출두하여 에이미 홀더의 사망 당시 정황과 관련해 그쪽 형사들의 조사를 받기로 했다. 만일 거부했다면 애틀랜타의 호송팀이 와서 나를 끌고 갈 때까지 레이크포빙 경찰국에 억류되어 있었을 것이다. 그리고 만일 내가 금요일 아침까지 애틀랜타 경찰국에 나타나지 않으면 또다른 체포 영장이 발부될 것이다.

어제까진 스미스의 계획이 불분명했지만 지금은 아니다. 나는 언제든 루카 마리노로 돌아갈 수 있다고 생각했는데 오늘 이후로는 에비 포터의 신원을 버리는 게 불가능에 가까워졌다. 석방 조건으로 사진과 지문을 찍었고, 그리하여 지금 나는 생전 처음 그 시스템에 등재됐을 뿐 아니라 그것도 에벌린 포터로 올라간 것이다.

나는 주도면밀하게 루카 마리노를 세상과 단절시켜 깨끗이 지켜왔고―내가 준비가 됐을 때 돌아갈 수 있도록 백지상태로―따라서 내가 실제로 루카임을 입증할 방법은 하나도 없다. 그러나 에비 포터는 배경과 과거가 완벽한 인물이다. 머그숏, 새로 업로드된 지문, 에이미 홀더 사망 관련 조사를 위한 중요 증인 영장까지 포함해서 말이지.

8년 전 스미스는 체포될 뻔한 나를 구했고, 이번엔 체포되라고 덫을 놨다.

오늘은 월요일이고 이미 반나절이 지났으므로 이 사태를 해결할 시간은 만 사흘밖에 남지 않았다.

차 안은 조용하다.

지금 내 머릿속에서 꼬이고 엉킨 온갖 질문 중 제일 나를 괴롭히는 것은 이거다. 스미스가 이번 작업의 판돈을 왜 이렇게 높이 올리는 거지? 당분간은 이 신원으로 이 동네에 처박혀 있겠지만 여기서 내 할일은 이제 없다. 이게 진짜 작업이었을까 아니면 내 발을 묶어두기 위한 기만술이었을까?

"아무거나 물어봐도 돼." 침묵이 너무 길어지자 결국 내가 입을 연다.

"그 사람은 어떻게 죽었어?" 라이언이 묻는다. "그 사망 건으로 애틀랜타에서 당신에게 물어볼 게 있다는 그 여자."

"화재로."

라이언은 약간 움찔하는데, 시선은 여전히 도로에 고정한 채다. "그 여자는 어떻게 알게 됐어?"

"일하다가." 나는 답한다. 사실이다. 그 여자는 나의 지난번 작업 표적이었다.

몇 분 있으면 집에 도착하는데 라이언이 그 외에 아무것도 묻지 않자 나는 몰아붙인다. "안 물어볼 거야? 내가 그 현장에 있지 않았는지? 그 여자한테 일어난 일에 대해 뭔가 아는 건 없는지? 내가 거기에 일조하지 않았는지?"

"됐어. 하지만 내가 대답을 듣고 싶지 않아서 안 물어보는 건 아니야." 라이언이 고개를 돌려 나를 잠깐 바라보더니 이내 다시 길을 응시한다. "당신이 아직 내게 진실을 말해줄 준비가 되지 않아서지. 거짓말은 안 듣는 편이 나아."

"범죄자하고 한집에 있는 게 무섭지 않아?" 나는 장난기 없는 말투로 묻는다. "그 크고 아름다운 당신 집에 불을 지를까봐 겁나지 않아?"

몰고 또 몰고 계속 몰아붙인다.

그의 웃음기 없는 웃음소리가 차 안에 메아리친다. "동네 이웃 모두가 내 여자친구가 경찰에 끌려가는 걸 구경했어. 나는 하루 종일 경찰서에서 안달복달하며 여자친구를 빼내기 위해 할 수 있는 일은 다 했고. 그랬는데 지금 그 여자친구가 같이 차를 타고 집에 가면서 나한테 싸움을 거네, 내가 정면승부를 피한다고."

라이언이 내 쪽을 다시 흘깃 쳐다본다. "이런 일이 일어나서 즐겁냐고? 아니. 당신이 그런 일을 겪을 때 힘이 되어주려고 왔냐고? 응. 당신이 무섭냐고? 아니. 난 당신이 말해줄 준비가 될 때까지 충분히 기다릴 수 있어. 하지만 당신과 위선적인 대화는 하고 싶지 않아."

라이언의 말은 전혀 예상치 못한 방향에서 나를 때린다.

라이언이 팔을 뻗어 내 손안에 자신의 손을 밀어넣으며 차 안의 공기를 부드럽게 녹인다. "우린 애틀랜타에 갈 거고, 당신은 아는 게 전혀 없다고 경찰에 얘기하고, 그들이 묻는 말에 답하고, 그리고 나면 우린 평범한 일상으로 돌아갈 수 있을 거야." 너무도 확신에 찬 라이언의 말에 나는 하마터면 그게 가능한 선택지라고 믿을 뻔한다.

평범한 일상이 어떻게 생긴 건지 생각도 안 나는데.

차고에 들어와 주차를 하고도 라이언은 시동을 끄지 않는다. "회사에 들러 몇 가지 챙겨야 할 게 있어, 아까 못 가서." 라이언이 앞유리창 너머를 바라보며 말한다.

나는 후회할 말을 내뱉기 전에 차에서 내린다. 방금 그의 연설에 나는 하지 말아야 할 모든 얘기를 다 털어놓고 싶어졌는데 지금 그는 내게서 달아난다. 집안에 거의 다 들어오자 레이철이 차문을 닫는 소리가 들리고 내 뒤에서 구두굽이 또각또각 콘크리트에 부딪히는 소리가 난다.

"에비, 몇 가지 상의해야 할 사안이 있는데." 레이철이 나를 따라 뒷문으로 들어오며 말한다.

나는 고개를 끄덕이지만 뒤돌아 마주보지는 않는다. "일단 샤

위 좀 하고 한숨 돌려야겠어요. 한 시간 후에 봐요." 레이철이 뭐라 다른 말을 하기 전에 나는 위층으로 올라간다.

나는 닫힌 안방 문 앞에서 우뚝 발을 멈춘다. 우리는 방안에 아무도 없을 때 절대 이 문을 닫아놓지 않는다. 나는 오늘 아침에 나갈 채비를 하던 때를 돌이켜본다. 둘 다 주말에 있었던 일로 지쳐 비몽사몽하며 달팽이 속도로 움직였다. 내가 먼저 아래층으로 내려갔고, 그후 얼마 안 되어 라이언이 내려왔고, 그다음에 내가 다시 침대 옆 충전기에 꽂아둔 휴대폰을 가지러 뛰어올라왔었다.

내가 방을 나설 때 문은 열려 있었다.

나는 손잡이를 천천히 돌리고 문을 쓱 민다.

침대가 정리되어 있는데 그 또한 우리가 거의 하지 않는 일이며, 오늘 아침 우리의 상태를 고려하면 분명 정리했을 리가 없다. 나는 방안을 훑다가 침대 내 자리 쪽 협탁 위에서 나를 기다리고 있는 것을 보고 숨을 집어삼킨다.

종이학.

나 말고 다른 누구의 관심도 끌지 않을 정도로 조그만 종이학 한 마리가 스탠드에 기대어 놓여 있다.

나는 필요 이상으로 길게 그것을 응시하며 그것한테 줄 필요가 없는 힘을 실어준다.

이윽고 손을 뻗어 그것을 펼친다. 학의 몸통 안에 종이 한 장이 들어 있다. 앞면에는 사진 두 장이 인쇄되어 있다. 이게 바로 애틀랜타 경찰이 나에 대해 갖고 있는 증거이자 스미스의 선물이라고 나는 확신한다. 내가 매킨타이어 판사에게 내 수중에 무엇이 있는지 알려준 방법을 스미스가 내게 똑같이 써먹은 것이다.

위쪽 사진에서 나는 애틀랜타 도심의 한 호텔 앞에 서 있고 겨우 몇 발짝 떨어진 거리에 에이미 홀더가 잔뜩 화난 얼굴로 내게 가운뎃손가락을 치켜들고 있다. 두번째 사진에서 나는 에이미를 따라 호텔로 들어가는 중이다. 그로부터 고작 몇 분 후 길거리의 모든 휴대폰 카메라가 에이미의 방 발코니 창으로 뿜어져나오는 시커먼 연기를 앞다퉈 찍어댔던 바로 그 호텔이다. 우리 사이에 문제가 있었음이 명백하고, 내가 에이미를 따라 호텔로 들어간 것 또한 명백하다.

나는 이 순간을 똑똑히 기억한다. 흥분한 에이미의 말. 에이미가 나한테 소리지르는 말이 들릴 만큼 가까이 있던 사람들의 시선. 그리고 공기를 가르는 소방차 사이렌소리와 사람들의 비명, 매캐한 연기 냄새.

에이미와 대치하던 순간에 내가 사건 현장에 있던 것처럼 보이게 만드는 완벽한 증거. 내가 아는 스미스라면 다른 각도에서 찍은 사진들도 있을 테고 전부 꼼짝달싹할 수 없는 증거로 보일 것이며 그가 마음만 먹으면 언제든 애틀랜타 경찰국으로 전달될 것이다. 이 사진은 입맛 돋우는 티저에 불과하다.

종이 뒷면은 그가 내게 뭘 원하는지 알려준다.

날짜는 같지만 다른 장소에서 나를 찍은 사진이다. 나는 에이미가 머물고 있는 호텔에서 몇 블록 떨어진 은행에서 나오는 중이다.

사진 아래쪽에 전화번호가 있다. 나는 가방에서 휴대폰을 꺼내 곧장 전화를 건다.

"이렇게 빨리 자네 목소리를 듣게 될 줄이야. 내가 자네한테 매긴 점수가 짰나보군, 예상보다 일찍 빠져나왔는걸." 스미스의 기계음 톤이 평소보다 좀 높다.

"당신은 항상 나를 과소평가했죠." 온 힘을 다해 내 음색에 명랑한 조롱기를 주입한다.

"애틀랜타에서 에이미 홀더한테서 빼낸 걸 넘기도록 하게. 안 그럼 결말이 자네에게 별로 즐겁지 않을 거야."

나는 눈을 질끈 감고 조용히 심호흡을 한다. "거기서 있었던 일은 이미 다 설명했잖아요. 그건 입수하지 못했어요. 불에 다 타버렸다고."

"그럼 은행 금고 안에 있는 건 뭘까?"

나는 은행 앞 계단에 있는 내 사진을 다시 본다. "설마 이 사진 때문에 나를 경찰에 넘겼다는 건 아니겠죠."

"이젠 자네가 나를 과소평가하는군." 스미스가 코웃음친다. "웰스파고 은행 피치트리 스트리트 지점 내부 보안 카메라의 감시 영상이 나한테 있거든. 자네는 에이미 홀더의 몸을 집어삼킨 화염을 소방대원들이 완전히 진화하기도 전에 금고를 빌렸어. 자네는 절대 중요한 걸 몸에 지니고 다니는 법이 없으니, 입수한 것을 안전하게 숨길 만한 가장 빠르고 가까운 장소가 거기였겠지. 우리가 이런 대화를 하고 있는 유일한 이유는 내가 금고 번호도 서명 카드의 정보도 모르기 때문이네."

"그건 당신이 생각하는 물건이 아닙니다." 내가 말한다. "에이미나 에이미의 죽음과 아무 관련 없는 거예요."

음성 변조기의 으르렁거리는 기계음에 나는 움찔한다. "지금 나한테 시치미 뗄 때가 아닐 텐데. 자네는 애틀랜타로 가겠지. 근데 난 자네가 수요일까지 가졌으면 하네. 애틀랜타 중심가의 캔들러호텔에 자네 이름으로 예약된 방이 있어. 목요일 오전 10시에 호텔 로비에서 내 대리인을 만나 함께 은행에 가서 금고실로 들어가게. 내 대리인이 직접 은행 금고에 있는 물건을 꺼낼 거야. 자네가 한 말이 사실이고 그 물건이 에이미 홀더와 아무 관련 없다면 우린 이 문제를 완전히 종결짓고 지금까지 해왔던 대로 앞으로 계속하는 거지. 그리고 애틀랜타의 형사들은 급속도로 자네에게 흥미를 잃게 될 거야."

"금고의 내용물을 보여주면 당신이 사냥개들을 물릴 거라고 믿으면 되는 건가? 그럼 이번 작업은 어떻게 하고? 그냥 그만두고 떠나면 되나? 실패를 혐오하는 분이 이번 작업은 그래도 되는 건 또 뭐지?"

"자네와 나 사이가 이렇게 골 아픈 상황인데 자네는 고작 그런 게 알고 싶은가? 지금 중요한 건 에이미 홀더가 갖고 있던 걸 회수하는 것뿐이야. 갖고 있던 것 전부 다." 스미스는 순간 조용해지더니 덧붙인다. "한때 자네는 나의 최고 자산이었는데 지금 자네가 얼마나 추락했는지 보게나."

"난 지금도 당신의 최고 자산이고 우리 둘 다 그 사실을 잘 알죠."

요란한 웃음소리에 나는 깜짝 놀란다. "자네는 경찰서로 들어가 경찰과 얘기했어. 이젠 자네 이름이 적혀 있는 파일도 생겼지. 경찰이 지문을 요구했을 때 저항 한 번 하지 않던데? 취조실 영상을 봤네. 자네의 태도는 칭찬받아 마땅하더군."

스미스의 말은 총알처럼 하나하나 과녁을 제대로 맞힌다.

"자네 주머니엔 매킨타이어 판사가 몇 명이나 들었을까?"

나는 웃음을 터뜨리며 부디 억지웃음으로 들리지 않기를 빈다. "당신이 나한테 던지는 커브볼을 계속 피할 만큼은 되죠."

"안타깝지만 루카, 자네가 먼저 선택을 했으니 나도 이제 마음을 정해야겠군." 스미스가 으르렁거린다.

"처음부터 나를 속이지 않았던 것처럼 굴지 마시죠. 8년 동안 내내. 나는 당신의 최고 자산 중 하나였지만 그래도 당신은 내 뒤통수를 칠 순간만 기다리고 있었잖아."

스미스가 쯧쯧 혀를 찬다. "그야 당연하지 않은가. 자넨 내가 수하들이 통제를 벗어날 때를 대비해 비상대책 하나 마련해놓지 않을 사람으로 보이나? 이제 와서 감상적으로 굴지 말게. 이건 어디까지나 비즈니스야."

"내 행세를 했던 그 여자는 이번 작업을 맡으면서 자신에게 무슨 일이 일어날지 알고 있었나? 그게 사형선고라는 걸 알았을까?"

"그 여자는 아까운 희생자였지. 잠재력이 있었는데. 하지만 나는 항상 어려운 결단을 내릴 준비가 되어 있네. 내겐 홀더 건이 더 중요해."

역시 그랬군. 그들의 죽음이 사고가 아니었다는 확인. "그 여자가 임무를 완료하긴 했어요? 아니면 뭔가 당신을 실망시켰나?"

"그 여자는 자네를 당황시키기 위해 파견됐지. 그리고 잘해냈어. 그 여자는 루카 마리노로서 자신의 이름을 알리기 위해 파견됐어. 역시 잘해냈지. 그 여자는 그날 자네와 저녁을 먹기 위해 파견됐고, 그 여자가 살아 있는 모습을 본 마지막 사람이 자네가 되도록 만들어 경찰이 자네를 조사할 수밖에 없도록 했지. 그쪽 경찰이 자네에게 발부된 영장을 인지하게 하려면 수를 좀 둬야겠다고 생각하고 있었는데 자네가 그 부담도 덜어주던걸. 그 여자가 자네 물건을 뒤진 건 자네의 신경을 좀 건드려볼까 해서였네. 자네가 그걸 얼마나 싫어하는지 내가 잘 알거든. 그건 그렇고 자네가 보란듯 놔둔 그 스프레드시트는 제법 재밌더군. 훌륭한 플레이였어."

소리를 꽥 지르고 휴대폰을 벽에 집어던져 산산조각 내고 싶은 충동이 온몸을 내달리지만 내가 얼마나 처참한 기분인지 그에게 보여줄 수는 없다.

"내가 결국 그 여자의 전철을 밟지 않으리라는 보장이 어디 있지? 그 여자가 작업을 하러 이곳에 왔다가 어떤 감사인사를 받았더라? 머리부터 호수에 처박혔지."

"내가 자네한테 가져오라고 한 것을 가져오는 데 두 번 실패할 경우 자네도 똑같은 운명을 맞게 되리란 건 보장할 수 있네." 다음 말을 덧붙이며 스미스의 톤이 부드러워진다. "자네가 늘 그리던 그 동화 같은 해피 엔딩을 위해 필요하다면 무슨 짓이든 할 거라는 건 내가 잘 알지. 그 옛날 자네 어머니가 트레일러에 누워 쇠약해지는 동안 자네와 어머니가 계획하던 큰 집과 정원 말일세. 자넨 여전히 그 모든 걸 가질 수 있어. 나는 에비 포터를 아득한 기억 속으로 잠재우고 루카 마리노를 다시 살려낼 수 있네. 자네가 내가 원하는 걸 갖다주기만 하면."

스미스는 내가 그런 결말이 가능하다고 믿을 거라고 진심으로 생각하는 걸까?

"몇 번을 말해야 하는지 모르겠는데—애틀랜타 건은 실패했다고요. 당신이 에이미 홀더한테 뭘 원했든 간에 다 에이미가 무덤까지 들고 갔어. 그 금고 안에 당신이 생각하는 건 없다니까."

스미스는 한 박자 쉬었다 말한다. "이 전화번호는 이 통화가 끝나는 순간 먹통이 될 거야. 일이 어떻게 돌아가는지 자네도 잘 알잖나. 만약 자네가 정해진 시각에 호텔 로비에서 내 대리인을 만나지 않으면 나도 어쩔 수가 없군. 애틀랜타 경찰국에 가진 걸 다 넘기는 수밖에. 그 사진은 메인 공연의 예고편에 불과해. 자넨 여전히 도망칠 수 있겠지만 더이상 유령은 아니지." 스미스는 마지막으로 한마디 덧붙인다. "그리고 자네를 추적하는 건 경찰만이 아닐걸."

그리고 전화가 뚝 끊긴다. 다시 걸 생각은 없다. 스미스는 빈말을 하지 않으니까.

나는 그가 남긴 종이를 들고 욕실로 가서 세면대에 두고 초를 켤 때 사용하려고 욕조 옆에 놔둔 라이터를 집어든다. 종이는 삽시간에 재로 변한다. 나는 연기 때문에 경보음이 울리기 전에 모든 흔적을 물로 씻어내린다.

샤워기를 틀어 물 온도를 견딜 수 있는 한 뜨겁게 올리고 옷을 벗은 다음 물줄기 아래로 들어간다. 지난 몇 시간을 깨끗이 씻어내고 싶은 마음이 간절하다.

대답이 필요한 질문이 잔뜩 있다.

정리가 필요한 감정이 잔뜩 있다. 그렇게 오랫동안 그 남자를 위해 일해왔는데 꿈에도 생각지 못한 방식으로 배신당했다는 분노. 애초에 그가 내게 신원을 만들어줬던 이유가 오로지 나를 부수기 위해서였다는 말에 덮쳐오는 실망감. 첫 작업 때부터 그가 나의 죽음을 계획하고 있었음이 밝혀지면서 밀려드는 쓰라림. 그모든 게 내가 생각했던 것보다 훨씬 아프게 나를 강타한다. 내가 각오하고 있던 것보다.

그러나 가장 뼈저리게 나를 때린 건 그 여자의 죽음이다. 그 여자는 이곳에 와서 자신의 일을 했을 뿐이다. 그 여자가 죽은 건 내 잘못이다. 제임스가 죽은 건 내 잘못이다. 내가 스미스와 이 게임을 벌이지 않았다면 그 여자는 아직 살아 있을 것이다.

나는 몸 구석구석 박박 문지른다. 머리를 감는다. 세수를 한다. 뭐든, 뭐라도 깨끗하다는 감각을 느끼고 싶다.

그 여자의 죽음이 내 어깨를 짓누르고 허파를 채우고 시야를 흐린다.

욕실 문이 끼익 열리는 바람에 나는 소스라치게 놀란다. 라이언이 회사에서 돌아오는 대로 내가 어떤지 보러 들어올 거라고 예상하긴 했지만.

수증기 때문에 유리가 흐려져 라이언이 문을 열고 들어올 때까지 나는 그의 표정을 알아보지 못한다. 나를 응시하는 그의 미간에 한줄기 선이 그어진다. 내가 읽을 수 없는 표정이다. 다시 나가려나보다 하는데 그가 조용히 옷을 벗고 내 옆으로 들어온다. 내 손에서 샤워 타월을 받아들고 나를 샤워실 벽 쪽으로 돌려세운다. 한 손으로 내 허리를 잡아 나를 고정시키고 다른 손으로 내 어깨와 등허리를 따라 등을 씻어준다.

나는 돌아서서 그의 가슴에 얼굴을 묻고, 물줄기가 비처럼 우리 주위로 쏟아져내린다. 나는 엉엉 운다. 봇물이 터지자 멈출 수가 없다. 껵껵거리는 오열이 나를 무너뜨린다.

라이언이 내 귓가에 속삭인다. 말이 안 되는 문장들. 달콤한 말들. 약속들.

그의 부드러운 음성이 내 갑옷의 작은 균열들을 찾아낸다.

10분만 무너져 있자. 10분만 그가 주는 위로에 빠져 있자, 내가 위로를 받을 자격이 있는지 없는지는 일단 제쳐두고. 딱 10분만 있다가 다시 정신을 추스를 것이다.

물이 차가워지자 라이언이 샤워기를 잠그고 나를 그대로 안은 채 용케 수건을 집어든다. 라이언이 수건으로 닦아주는 동안 나는 가만히 서 있는다.

"이불 속으로 들어가고 싶어? 아님 먼저 뭣 좀 먹고 싶어?" 내가 레깅스와 헐렁한 티셔츠를 주워 입는 동안 라이언이 묻는다.

"레이철은 아직 있어?" 내가 묻는다.

라이언이 수건으로 몸을 닦으며 고개를 끄덕인다. "응. 당신을 직접 책임져야 한다고 생각하니까. 우리가 애틀랜타에 도착할 때까지 계속 옆에 있을 계획이야."

나는 심호흡을 한다. 그리고 한번 더. "애틀랜타에 같이 가지 않아도 돼."

라이언이 어깨를 으쓱한다. "당연히 같이 가야지. 하지만 오늘 저녁에 그 얘긴 하지 말자. 계획은 내일 세울 거야."

이제 내가 맞서 싸워야 하는 상대를 확실히 알았으니, 내 머리는 이미 몇 가지 버전의 시나리오를 굴리고 있다. 애틀랜타에 가기 전에 먼저 몇 군데 들를 곳이 있다.

"당신의 그 머릿속에서 지금 뭔가 벌어지고 있지?" 라이언이 묻는다.

그가 내 마음을 너무 잘 읽는다는 게 마음에 들지 않는다. 이건 라이언에 관한 한 내 방어벽이 얼마나 낮아졌는지 보여주는 신호다.

"경찰에서 나한테 뭘 물어볼까 생각하는 중이야. 질문에 대답하지 못하면 어떻게 될지."

라이언이 나를 바투 끌어당긴다. "내가 내내 당신과 함께 있을 거야. 레이철도. 우린 당신 편이야. 딴 건 몰라도 그거 하나만은 믿어줘."

나는 그의 손을 잡아 입가에 대고 손등 마디마다 하나씩 입을 맞춘다. "배고프다. 근데 잠시 정신을 추스를 시간이 필요해."

라이언이 빙그레 웃으며 내 손을 꼭 잡는다. "가서 먹을 것 좀 사올게. 준비되면 내려와."

라이언이 방을 나가자 나는 침대에 풀썩 주저앉는다.

자기 연민의 시간은 충분히 가졌으니 이제 일할 시간이다.

18장

스미스는 모레까지 애틀랜타로 오라고 했고, 내가 제일 원치 않는 건 그곳에 레이철을 달고 가는 일이다. 아래층에 내려가보니 레이철이 다이닝룸 테이블에 미니 오피스를 차려놨다. 한쪽 끝에는 노트북이 자리잡았고 널브러진 파일 상자들이 그 긴 테이블을 다 차지했다.

"라이언은?" 나는 인사 대신 묻는다.

레이철은 고개도 들지 않고 컴퓨터 옆 파일 더미를 정리하며 말한다. "먹을 거 사온다고 뛰어나가던데."

나는 레이철을 물끄러미 지켜본다. 충분히 신경에 거슬릴 만큼 오래. 끝내 레이철이 하던 일을 멈추고 테이블 끄트머리 의자에 털썩 앉아 나를 마주본다. "금요일 오전 9시까지 애틀랜타에 가야 하니까 여기서 목요일엔 출발해야 해요. 항공편을 알아봤는데 목요일 오후 4시 반에 직항이 있더군. 공항 근처 호텔에 방을 두 개 얻으면 되겠지. 오늘과 내일 모든 사항을 검토하고 대비책을 세우기로 하죠."

나는 바로 옆 의자에 앉아 거치적거리는 서류 더미를 밀어내고 테이블 위에 팔꿈치를 얹는다. "금요일 오전 8시 반에 애틀랜타에서 봐요. 그전에 먼저 해야 할 일이 있어서. 나 혼자."

레이철은 내 말이 끝나기도 전에 고개를 가로젓는다. "나는 당신을 감독해야 할 책임이 있어. 당신이 안 나타나면 내가 망해. 그리고 당신은 쉽게—그것도 룰루랄라하며—사라져버릴 수 있지만 난 여기 사는 사람이야. 내 인생 전체가 여기 있다고."

"내가 라이언한테 그런 짓을 할 리가 없잖아요." 나는 조용히 대꾸한다.

레이철이 눈을 굴린다. "라이언은 당신 본명도 모르지."

레이철은 내 속을 뒤집어놓을 속셈이고 그 시도는 거의 성공할 뻔한다. "그건 지금 논의 대상이 아니지. 난 맘만 먹으면 언제든 당신을 따돌릴 수 있어, 쥐도 새도 모르게. 하지만 지금 예의바르게 금요일에 애틀랜타에서 만나자고 얘기하는 거야. 어디서 만날지 장소만 말해."

우리는 서로를 노려보며 상대가 먼저 눈을 피할 때까지 대치 상태를 지속한다. 뒷문 열리는 소리가 라이언이 음식을 사서 돌아왔음을 알리고, 나는 그가 끼어들기 전에 이 상황을 종료해야 한다.

"당신한테 크게 와닿지 않을 거라는 건 알지만 약속할게요. 시간 맞춰 갈게요. 그리고 난 한번 약속한 건 어기지 않아. 절대."

레이철이 거친 숨을 내뱉는다. "우리가 이 사건을 같이 검토할 필요도 없다는 거로군."

검토와 대비가 필요하기야 하겠지만 당신이랑 할 일은 아니지, 데번과 할 거야. "네, 필요 없어요."

라이언이 고개를 빼꼼 내밀고 안을 들여다본다. 그의 시선이 나와 레이철 사이를 왔다갔다한다. "별일 없지?" 그가 묻는다.

"아무 일 없어." 레이철이 말한다.

"그럼." 내가 답한다.

"다들 와서 먹자." 라이언의 말에 레이철과 나는 그의 뒤를 따라 주방으로 간다.

라이언이 아일랜드 식탁 위에 뷔페 스타일로 음식을 펼쳐놓는 동안 나는 접시와 포크 등을 꺼낸다. "각자 뭘 좋아할지 몰라서 그냥 이것저것 사왔어."

식탁을 차리느라 이리 갔다 저리 갔다 분주한 와중에 레이철은 라이언과 나를 주의깊게 관찰한다. 우리가 이 좁은 공간에서 어떻게 움직이는지, 어떻게 항상 상대의 동선을 고려하고 서로를 배려하는지. 레이철에게 나는 짜증나는 인간이고, 레이철이 나에 대해 알고 있는 것을 생각하면 우리 모습을 지켜보는 건 분명 고역일 것이다.

파마산 치즈를 끼얹은 치킨 구이를 서빙 스푼으로 크게 떠서 내 접시에 옮겨 담는데, 라이언이 오늘 버나드 부부의 집에 가기로 했다는 게 비로소 생각난다. "오늘 당신이 안 와서 버나드 부인이 속상해하지 않을까?"

라이언은 맥주를 길게 한 모금 마시고 나서 대답한다. "일이 생겨서 못 갈 것 같다고 전화드렸어."

나는 라이언의 옆자리에 앉는다. "이번주에 제임스의 장례식이 있잖아, 당신은 여기 있다가 장례식에 가는 게 맞는 것 같아, 나랑 애틀랜타에 가는 것보다는."

"시외에 급한 볼일이 생겨서 못 간다고 이미 말씀드렸어."

나는 고개를 흔든다. "당신은 장례식에 가는 게 맞아. 애틀랜타 건은 레이철하고 내가 처리할 수 있어."

라이언이 포크를 접시에 탁 내려놓고, 챙그랑 소리가 주방 저편까지 울려퍼진다. "내가 어디 가는 게 맞는지는 내가 알아서 결정할 수 있다고 보는데."

이대로는 레이철에게 좋은 볼거리를 제공할 뿐이니 나중에 안방에 들어가 우리끼리 있을 때 얘기하기로 하고 일단 이 화제는 보류한다. 레이철은 이미 내가 혼자 떠나려 한다는 사실을 알고 있다. 나는 레이철을 쳐다보며 말한다. "그쪽도 장례식에 안 가도 괜찮은가봐요?"

"그럼요." 아쉬움 한 점 없는 경쾌한 어조다. "제임스와 마지막으로 얘기한 게 2년 전인데 그게 돈 달라는 전화였어요. 그래서 중독 치료를 받는다는 조건으로 보내줬죠. 재활 시설에 자리까지 알아보고 예약도 잡아놨는데. 현금을 손에 쥐자마자 연락두절. 2주 전에 제임스가 돌아왔을 때 우리 모임에서 그 녀석을 보지 않은 극소수 중 한 명이 나예요."

라이언이 신음소리를 낸다. "그 비슷한 얘기가 나도 열 개쯤 있는데."

이후 식탁은 의미 없는 잡담으로 채워지고, 이윽고 우리는 안방으로 물러나고 레이철은 아래층 남는 방으로 간다.

안방 한가운데 서서 나는 천천히 길게 숨을 토해낸다. 차분히 마음을 다잡는다. "나 혼자서 몇 가지 챙겨야 할 일이 있어서 그래." 내가 말한다. 라이언은 누군가가 우리 침대를 정돈했다는 사실을 눈치채지 못한 채 이불을 젖힌다. 그의 표정이 샐쭉해지지만 나는 계속 밀어붙인다. "레이철하고 애틀랜타에서 만나기로 했어. 당신도 거기서 만나면 좋겠어."

라이언은 옷을 벗고 이불 속으로 들어가 나를 쳐다본다. "오늘은 그만 얘기하자." 라이언이 이불 한쪽을 들추고 내게 옆자리로 들어오라고 한다.

확답을 받아내야 하는데, 나도 얘기하는 데 지쳐 불을 끄고 그의 곁에 들어가 눕는다.

———◆———

내가 주방 식탁에 공책을 펼쳐놓고 앉아 있을 때 레이철이 어슬렁어슬렁 들어온다. 나는 다 채운 페이지 두 장을 찢어내 작게 접어 청바지 뒷주머니에 쑤셔넣고 공책을 백팩 안에 챙긴 다음 커피포트로 가서 텀블러를 채운다.

"컵은 어디 있어요?" 레이철이 묻는다.

나는 커피포트 위쪽 찬장을 고갯짓으로 가리킨다. 레이철이 컵을 가지러 느린 걸음을 옮긴다. "오늘 아침에 떠나려고?"

나는 벽시계를 흘깃 보며 대답한다. "한 시간 내로." 휴대폰으로 인스타그램을 스크롤하다 셰프 보비 플레이가 그의 트레이드마크인 알미운 미소를 띠고 그릴 앞에 있는 사진을 올린 푸드 네트워크의 최신 게시물에서 멈춘다. 나는 댓글을 적는다. 〈보비 플레이를 이겨라〉는 내가 제일 좋아하는 #1 프로! 아니 어떻게 45분 안에 보비를 이겨? #좋은레시피는다받아적어놨음

미리 정해둔 목록의 첫번째 장소에서 만나자고 할 때 보통은 45분보다는 더 넉넉히 시간을 잡는 편이지만 어제 이후론 분명 데번도 나처럼 몇 분에 한 번씩 피드를 새로고침하고 있을 거다. 해시태그는 데번 이외의 사람이 보면 이게 뭔 소린가 싶겠지만 나는 데번에게 줄 게 있다는 걸 알려야 했고, 어디에 두면 되는지는 데번이 말해줄 것이다.

레이철이 커피에 설탕 한 덩이와 크리머를 넣은 다음 휘저으며 내 쪽으로 돌아선다. "라이언은 알아요?"

"알아요." 나는 계속 스크롤해 내 피드를 새로고침하면서 말한다. 스포티파이의 최신 게시물에 데번의 댓글이 뜨기까지 1, 2분밖에 걸리지 않는다. 콜드플레이의 〈See You Soon〉은 저평가됐어 #트윙키도

접선 장소에 도착하면 트윙키가 어디 있는지 찾아봐야겠군.

나는 앱을 종료하고 짐을 싸러 서둘러 위층으로 올라간다. 옷가지 몇 개를 가방에 던져넣고 욕실로 가서 세면도구를 챙긴다. 욕실에서 나오니 라이언이 침대 위에 자기 캐리어를 펼쳐놨고 이미 절반쯤 채웠다.

"정장도 가져가야 할까?" 그가 묻는다.

나는 한아름 들고 있던 짐을 캐리어에 떨구고 신발을 꺼내러 벽장으로 간다. "나 혼자 처리해야 해." 나는 그를 쳐다보지 못한다.

"당신이 혼자 처리해야 한다고 생각하는 건 알아, 하지만 당신

은 더이상 혼자가 아니야." 그의 시선이 침대를 넘어와 내 눈과 마주친다. "내가 당신과 같이 갈 거야."

나는 그를 똑바로 쳐다본다. "하지만 그럼 목요일에 일을 못하게 될 텐데. 목요일 업무가 당신한테 얼마나 중요한지 잘 아는데." 뭔가 얻어낼 수 있으려나 싶어 압박해본다.

라이언은 고개를 비스듬히 기울이며 눈을 가늘게 뜬다. "당신이 비밀을 말해주면 내 비밀도 기꺼이 말해주지." 깊고 나직한 그의 음성이 신경을 긁는다. "먼저 말씀하시죠." 그 창고를 지배하던 남자가 얼핏 보인다.

나는 팔짱을 끼고 빤히 그를 마주볼 뿐이다.

내가 그의 제안을 받지 않자 라이언은 양손을 들어 보인다. "뭘 캐물으려는 건 아니었어. 난 쉽게 겁먹지 않아. 그리고 당신이 뭘 하든 그게 혼자 처리해야 한다고 생각하는 일이라면 더욱 혼자 보내기 싫어." 우리는 계속 서로를 빤히 바라보다가 마침내 그가 이렇게 덧붙인다. "게다가 혹시 알아. 급할 때 내 전문 기술이 쓸모가 있을지." 저 미소. 끝내주게 매력적인 저 미소.

지금 이 상황에 미소가 나오냐? 그렇게 생각하면서도 바로 피식 웃어버리고 만다. "그 전문 기술이 뭔데?"

라이언은 어깨를 으쓱하고는 짐을 마저 싼다. "일단 데려가봐, 그럼 알게 될 테니."

라이언을 어떻게 해야 할지 마음이 갈팡질팡한다. 스미스는 나하고 이 살벌한 게임을 하는 동안 나를 이 작업에 투입하기로 결정했고, 나는 그 이유를 알아야 한다.

스미스는 내가 혼자 올 거라고 예상할 것이다. 현시점까지 나

는 100퍼센트 예측 가능하게 움직이려 했지만 지금부터는 정반
대로 움직일 필요가 있다. 게다가 라이언은 제임스의 장례식과
일주일 치 업무를 팽개치면서까지 같이 가겠다고 제법 세게 나오
고 있다. 되게 신기하네. 왜 이러지?

숨을 깊이 내쉬고, 나는 항복의 표시를 한다. "결정은 전부 내
가 해. 나 혼자 뭔가 처리하기 위해 잠깐 빠져나가야 할 일이 생
기면 그때 딴소리하지 마. 입도 뻥긋하면 안 돼."

라이언이 고개를 끄덕인다. "중간에 차버릴 생각은 꿈도 꾸지
마." 그가 능글맞은 미소를 지으며 말한다. "난 당신 얼굴만 보면
딱 알아."

그 선택지가 언제나 유효하다는 것은 그나 나나 잘 알고 있다.

———◆———

레이첼은 라이언은 같이 가는데 자기는 안 된다는 말에 폭발
한다.

내가 캐리어를 4러너의 트렁크에 싣는 동안 집 앞에서 레이첼
과 라이언은 열띤 논쟁을 벌이며 대치하고 있다. 나는 해치백을
탁 닫고 거리를 향해 돌아서서 이곳 풍경을 뇌리에 담는다. 인정
하고 싶진 않지만 많이 그리워질 것 같다.

운전석으로 들어가 라이언을 기다린다. 엔진 시동음을 듣고 라
이언이 어깨 너머로 나를 쳐다본다. 그가 차 쪽으로 걸음을 옮기
자 레이첼이 붙잡는다. 레이첼은 라이언이 모르는 나에 대한 정
보를 알지만 변호인의 비밀유지의무 때문에 라이언에게 말하지

는 못하고, 나와 함께 가려는 라이언을 그악스럽게 막는다.

그러나 라이언이 당최 듣지를 않는다.

라이언은 조수석에 올라탄 다음 레이철이 다가오자 창문을 내린다. 그는 자신의 타호를 몰고 가고 싶어했지만 이건 내가 주도하는 일이고, 정말로 중간에 라이언을 버리기로 작심하면 내 차가 필요하게 될 것이다.

레이철은 딱히 내 맘에 들지는 않는 표정으로 나를 힐긋 쳐다보고 라이언에게 집중한다. "나 농담하는 거 아니다, 라이언. 애틀랜타에 금요일 오전 8시 반보다 늦으면 절대 안 돼. 지금 내가 그쪽 관할서가 아닌 다른 장소에서 만나자고 수사관들을 구워삶는 중이니까 협의 마무리되는 대로 어딘지 알려줄게."

"몇 번을 말하는 거냐, 귀에 딱지 앉겠다." 대답하며 라이언은 뒤통수를 헤드레스트에 탁 기대고 앞유리만 응시한다. 레이철은 우리가 떠나는 것을 힘으로 막으려는 듯 열린 창문을 두 손으로 꽉 붙들고 있다.

나는 앉은 자세를 바로 하며 출발할 태세를 갖춘다. 작별인사는 하지 않는다. 그 비슷한 것도.

라이언이 나의 불편함을 알아채고는 내게 고개를 한 번 끄덕이고, 나는 기어를 후진에 놓고 레이철이 손을 떼고 한 발짝 물러나야 할 만큼 브레이크에서 발을 뗀다. "전화할게." 차가 조금씩 후진하기 시작하자 라이언이 레이철에게 말한다. "그리고 에비가 나를 어딘가에 떨궈서 데리러 와야 할 일이 생겨도 놀라지 마."

레이철은 라이언의 농담이 재미없는 게 분명하다.

집앞 도로로 나오자 라이언이 차창을 올리며 묻는다. "애틀랜타에 호텔을 예약해야 하면 내가 할까? 그니까, 우리가 지금 애틀랜타로 가고 있다면."

"이미 다 처리해놨어." 내가 답한다.

나는 동네를 벗어나 시내를 관통하는 분주한 도로로 접어들자마자 주유소로 들어간다. "기름 좀 넣어줄래? 난 차에서 먹을 간식 좀 사올게."

라이언은 내 말이 다 끝나기도 전에 차에서 내린다.

"난 콜라하고 감자칩. 바비큐맛으로." 내가 가게에 발을 들여놓기 직전에 라이언이 소리친다.

나는 과자 통로로 들어가 각기 다른 종류의 감자칩 두어 개와 땅콩버터 엠앤엠스 한 봉지를 집어든다. 그리고 탄산음료 디스펜서에서 잔을 채우고 있는 데번을 발견한다. 나는 뒷주머니에서 작게 접은 종이를 꺼내 트윙키 밑에 밀어넣는다. 내가 계산대에서 물건값을 계산하는 동안 데번은 과자 통로로 가서 어제 일어난 일과 내가 생각해낸 계획의 세부사항이 담겨 있는 손 편지를 가져간다. 최고의 의사소통 방식이라고 할 수는 없지만 이런 고전적인 수법이 해킹의 염려가 없다. 모든 게 차질 없이 진행된다면 조만간 우리는 얼굴을 마주할 것이다.

나는 차로 돌아와 조수석에 앉는다.

여전히 주유기를 들고 기름을 넣는 중인 라이언이 운전석의 열린 차창 너머로 나를 본다. "이젠 나보고 운전하라는 거지?"

"응, 부탁해." 나는 대답하고서 다이어트 닥터페퍼를 한 모금 들이켠다.

"내가 운전하면 어디로 갈 건지 얘기해줘야지." 다시 차에 탄

라이언이 말한다.

"주간 고속도로를 타고 동쪽으로 가."

우리는 한동안 아무 말 없이 달린다. 차 안은 조용하다. 음악도 틀지 않는다. 대화도 없다. 필요할 때 방향만 알려준다.

미시시피 삼각주에 들어서자 땅이 평평해지고 키 작은 농작물만 끝없이 펼쳐진다. 이제는 메인 고속도로를 벗어나 대략 한 시간마다 한 번씩 나타나는 작은 마을들을 잇는 시골길을 덜컹거리며 달린다. 경고판 하나 제대로 없이 제한속도가 80킬로미터에서 50킬로미터로 뚝 떨어져 속도위반 단속에 미처 대비하지 못한 운전자들의 범칙금으로 재정을 충당하는 종류의 마을들.

우리는 다시 기름을 넣기 위해 차를 세우고, 라이언이 기름값을 내겠다고 고집한다. 나는 낼 거면 현금으로 내라고 주장한다. 라이언은 내가 자기를 얕봤다는 듯 20달러짜리 지폐가 가득 든 뚱뚱한 지갑을 꺼내 이번 여행에 철저히 대비했음을 보여준다. 나는 그도 나 못지않게 뒤가 구린 인물임을 다시 한번 새긴다.

"제임스 장례식에 못 가게 돼서 유감이야." 다시 길을 나서며 내가 말한다.

라이언이 깊은 한숨을 내쉰다. "그러게." 그리고 나서 아무 말 안 할 줄 알았는데 이렇게 덧붙인다. "나는 몇 년 동안 제임스를 도와줬어…… 다 해결해줬지. 돈과 옷과 살 곳을 마련해줬어. 재활 시설에 넣어준 것도 한두 번이 아니야. 제임스한테 나는 비빌 언덕이었어. 녀석은 내가 달려와줄 거라는 걸 알았지. 내가 다 해결해줄 거라는 걸 알고 있었어. 맨날 다 알아서 해결해주는 사람이 있으니 뭐하러 굳이 자기 똥 자기가 치우며 살겠어?"

몇 분 후 내가 말한다. "난 해결사 필요 없어."

라이언이 내 쪽으로 고개를 휙 돌린다. 나는 똑바로 앞만 쳐다보고, 그는 나를 바라보다가 이내 눈길을 다시 도로로 돌린다. "나도 알아. 당신에게 필요한 게 몇 가지 있을지도 모르지만 해결사는 거기에 포함되지 않지."

그 말에 나는 물어보고 싶어진다. 물어보고 싶은 게 많다. 하지만 라이언은 이 점을 명확히 했다―내가 먼저 패를 까야만 자기 패를 보여주겠노라고. 그래서 질문 대신에 나는 말한다. "3킬로미터 더 가서 왼쪽 길로."

작업명: 웬디 윌리스―6년 전

이 아담한 도시 참 맘에 든다. 다른 삶을 살았다면 고등학교 졸업하고 곧장 이 도시의 대학에 들어갔을 거다. 각종 스포츠 경기와 공연과 미술 전시회를 다 찾아다니며 구경했겠지. 공강시간에는 동기들과 잔디밭에서 노닥거리며 교수님이 지난번 시험 점수를 얼마나 짜게 줬는지 불만을 토하고.

그러나 나는 그런 삶을 살고 있지 않다.

롤리의 공항 호텔에 고작 하루 있었는데 누가 방문을 두드렸다. 문을 여니 UPS 제복을 입은 남자가 서 있었다. 하지만 자세히 봤더니 힐턴헤드에서 맷의 마지막 지시사항을 전해줬던 그 남자였다.

"당신은 조지군요." 내가 말했다.

남자는 어리둥절한 표정을 지었다. "죄송합니다만 누구요?" 남자가 물었다.

나는 내 티셔츠의 왼쪽 가슴께, 즉 나한테 이름표가 있다면 달았을 위치를 가리켰다. "조지. 힐턴헤드의 호텔에서 당신 유니폼에 달려 있던 이름." 내가 그걸 기억해서 남자는 놀란 것 같았다. "하지만 본명은 아니겠죠."

남자는 주소도 송장도 없는 평범한 갈색 상자를 건넸다. "네, 아닙니다." 남자는 물건만 전달하게 되어 있을 뿐 나와 대화하는 건 금지였을 것이다.

"본명을 말해줄래요, 아니면 그냥 계속 조지라고 부를까요?"

남자가 어깨를 으쓱했다. "조지로 괜찮을 것 같네요."

"알았어요, 조지로 하죠." 남자는 나가려다 내가 묻는 말에 걸음을 멈췄다. "조지도 나랑 같이 플로리다에 가요? 아니면 다른 배송 일거리가 있어요?"

또 한번 으쓱. "두고 보면 알겠죠." 그리고 가버렸다.

상자를 뜯자 웬디 윌리스라는 이름의 플로리다주 운전면허증과 더불어 택배 및 보관업체 주소와 사서함 번호, 아파트 이름과 동호수가 적힌 종이 쪽지가 나왔다. 열쇠가 두 개 달린 열쇠고리도 있는데 열쇠 하나가 다른 것보다 훨씬 컸다. 그리고 마지막으로 삼십대 중후반의 남자 사진이 있었다. 사진 뒷면에는 미치 캐머런이라는 이름과 '이 남자에 대해 완벽히 숙지할 것'이라는 지시가 적혀 있었다.

미치 캐머런은 금방 찾아낼 수 있었다. 플로리다 중부에 위치한 대학의 풋볼팀 수석코치 미치 캐머런을 모르는 사람은 없었다. 미치는 적도 많고 친구도 많았다.

미치는 서른일곱 살이며 민디와 10년째 결혼생활을 이어오고 있다. 미치와 민디. 어머나 귀여워라. 미치는 또한 두 아이의 아버지로 아들 이름은 미치 주니어, 딸 이름은 마틸다였다.

이 가족은 대문자 M 하나로 끝이군.

미치와 그의 일상생활에 대한 모든 것을 알아내는 데는 나흘이면 충분했다. 도대체 왜 대학 풋볼 코치를 표적으로 삼는지 도무지 이해가 되진 않았다. 의뢰인이 누군지는 몰라도 스미스 씨를 고용해야 할 정도의 사건이 미치와 무슨 관련이 있는지 궁금했다.

이번주 나는 매일 자전거를 타고 풋볼 훈련장에 가서 미치가 일하는 모습을 지켜봤다. 오늘은 가을 오후에 야외에서 공부하는 대여섯 명의 다른 학생들과 똑같이 담요를 펴놓고 교과서를 둘러놓는다. 플로리다의 햇살이 내 피부를 멋진 구릿빛으로 그을린다. 지금까진 이렇게 오래 야외에 머물 일이 없었다.

미치는 선수들에게 꽤 인기가 좋은 것 같다. 엄격하긴 해도 자신감을 한껏 북돋아주고 열심히 했을 때는 칭찬과 격려를 아끼지 않는다. 매일 똑같이 훈련이 끝나고 미치가 선수들을 샤워장으로 보내면 나는 짐을 챙겨 택배사무소로 가서 사서함을 확인한다. 여태껏 볼 때마다 비어 있었는데 오늘은 예감이 좋다.

사서함 안에 작은 봉투가 들어 있는 것을 보자 기쁨의 환성이 작게 새어나온다. 드디어! 봉투를 반바지 허리춤에 찔러넣고 그 위로 티셔츠 자락을 내린 다음 최대한 빨리 택배사무소를 벗어난다.

나는 보안이 확보된 아파트로 돌아와서야 봉투를 열어본다.

안에는 다섯 명의 이름이 적힌 종이 한 장이 들었고, 각각의 이름 옆에 날짜와 시간이 적혀 있다.

구글에서 이름 두 개를 검색해보고는 바로 패턴을 파악했다. 이 명단의 사람들은 이 대학의 반경 100킬로미터 내에 살고 있는 고등학교 3학년으로 다들 탁월한 풋볼 커리어를 자랑한다. 그리고 내년 가을에 이들이 각각 어디서 뛰게 될지 억측이 난무하는 상황이다.

처음엔 어이가 없었다. 내가 여기 뭐하러 온 거지? 풋볼 코치 한 명과 열여덟 살짜리 남자애들 댓 명을 감시하러?

나는 고등학교와 대학의 풋볼에 관해 심층 조사에 들어간다. 그리고 대학들이 학생 선수들을 이용해 수백만 달러를 벌어들이고 있음을 알아낸다. 그 선수들이 프로에 가기 전에. 프로에 갈 만큼 운이 좋다면.

이건 거금이 오가는 비즈니스였다.

자기네 대학에 오라고 선수들에게 뒷돈을 준다는 얘기도 심심치 않게 들린다—한밤중에 뭉칫돈이 든 가방을 떨구고 간다든가 임시 휴대폰으로 통화한다든가. 그런데 더욱 놀라운 건 일명 영감님으로 알려진 대학 스포츠 후원자들이다. 이들은 모교의 우승 가능성을 바라보고 큰돈을 쓴다. 체육 프로그램에 현금을 던져주고 결과를 기대하는 것이다. 그리고 바라던 것을 얻지 못하면 지원을 끊는다. 여기서 진짜 문제는 이런 대학 체육 프로그램을 실질적으로 누가 운영하는가이다. 학교 운동팀 감독인가 아니면 수표를 써주는 극소수의 부유한 사람들인가. 구글에서 'T. 분 피컨스'*와 '오클라호마주립대학교'를 검색하기만 해도 전반적인 분위기를 알 수 있다.

그런 관행을 바꾸고 대학 선수들이 자신의 이름값과 초상권을 활용해 경제적 이익을 도모할 수 있게 하자는 요구가 거세졌다. 사실 업계 사람들은 이르면 2020년이나 2021년부터 전미대학체육협회NCAA에서 학생 선수들의 상업광고 계약을 허용할 거라고 전망한다. 현재로선 엄격히 금지되어 있는 사항이다. 만약 선수들에게 돈을 줬다가 걸리면 학교는 막대한 벌금을 물게 되고 포스트시즌 출전 기회를 잃을 수도 있으며, 그렇게 되면 선수 영입 노력은 물거품이 된다. 그러나 최악의 페널티는 선수 본인에게 돌아간다. 선수들은 경기 출전 자격을 박탈당한다. 어느 팀에서도 뛸 수 없다.

최근 몇 번의 작업에서 나는 정보를 수집하는 한편 상세 지시 사항을 기다리는 이런 소강상태를 이용해 과연 의뢰인이 우리를 고용해 맡기려는 일이 뭘까 추측해보곤 했다.

유망 선수들 명단을 던져줬으니 이번 작업에서는 그들이 뭔가 중요한 역할을 할 것으로 보인다. 미치가 속 시키면 스카우터일까? 미치의 프로그램에 문제가 생기길 바라는 라이벌 학교가 사주한 걸까?

나는 날짜와 이름에 집중한다. 선수들이 사는 곳을 구체적으로 파악하고, 경기 기록과 관련 데이터를 머릿속에 넣고, 소셜 미디어를 샅샅이 뒤진다.

다섯 명의 이름. 다섯 개의 날짜. 첫번째 날짜는 일주일 후다.

＊ 미국 석유 재벌로 자신의 모교 오클라호마주립대학교 풋볼팀에 역사상 최고액을 기부했다.

장비 설치와 기술 지원이 필요할 예정이므로 데번이 설정해놓은 여러 단계를 밟아 그에게 플로리다로 오라는 요청을 보낸다.

———◆———

미치 캐머런이 이들 다섯 선수에게 구애하는 장면을 지켜볼 계획이었는데, 뜻밖에 다른 학교 코치들이 선수들을 방문하는 장면까지 구경하게 됐다. 이 일대에서 다섯 손가락 안에 꼽히는 최상위 선수들인 만큼 다들 탐내고 있다. 미치가 있는 대학도 괜찮은 곳이지만 여기서 멀지 않은 곳에 더 크고 좋은 대학이 두어 군데 있어서 경쟁이 치열하다.

일단 데번이 필요한 장비를 가지고 도착하자 선수들 집에 기기를 세팅하는 일은 생각보다 수월했다. 선수들 집은 하나같이 가난한 동네에 있어서 지역 내 방범용 보안 설비는 아예 없다시피 했다. 대학의 시즌 우승에는 엄청난 돈이 걸려 있는데 이 아이들은 학교 관계자들에게 저녁 한 끼도 못 얻어먹는다. 이런 현실을 두고 보려니 속이 쓰리다. 너무 불공평해 보인다.

선수들을 염탐한 지 일주일이 지나자 사서함에 또다른 쪽지가 들어와 있다.

기존 명단의 인물들을 대상으로 모든 대학의 풋볼 프로그램과 관련된 미팅, 대화, 논의(가족 내 논의까지)를 기록한 녹취, 영상, 이미지를 전부 제출할 것. 자료를 수거할 택배원이 매일 밤 10시 정각 아파트에 도착할 예정. 절대 사서함에 넣지 말 것.

스미스 씨가 나를 면밀히 감시할 거라는 건 알고 있었지만 이 정도일 줄은 몰랐다. 한편으론 이번 의뢰인이 라이벌 대학이라는 심증에 무게가 실린다. 스미스 씨는 미치와 선수들의 대화뿐 아니라 모든 코치들과 선수들의 대화를 요구하고 있다. 하지만 선수들과 얘기하러 나타난 사람은 코치들만이 아니다.

가장 값나가는 선수가 누구인지는 금방 명확해진다. 타이런 니컬스. 타이런은 이곳 대학 도시에서 가장 가난한 흑인 동네에 산다. 작은 방 세 개와 코딱지만한 욕실 하나가 있는 집에서 부모, 할머니, 다섯 동생과 함께 살고 있다. 부모는 밖에 나가 일하는 시간이 길고 할머니가 아직 학교에 다니지 않는 아이들을 돌본다. 그의 부모는 아들에게 쏟아지는 뭇 관심에 어찌할 바를 몰라 쩔쩔매는 기색이 확연하다.

그러나 타이런은 영리하다. 돈을 주겠다는 제안을 전부 거절한다. 결국 가장 위태로워지는 사람은 타이런 본인이니까. 경기 출전 자격을 잃으면 선수로 뛸 수 없다. 먼저 대학 풋볼에서 성공적으로 경력을 쌓아야만 NFL에 입성할 수 있고 그제야 비로소 능력에 걸맞은 대우를 받을 수 있게 되는데, 경기에 못 나가면 NFL 진출 기회가 원천봉쇄되는 것이다.

빳빳하게 다림질된 버튼다운 셔츠를 입은 남자들이 타이런의 집 앞에 나타나는 장면을 나는 작은 화면으로 지켜본다. 타이런이 어떻게 대응하는지에 주목하고, 나중에 타이런이 어떤 제안을 받았는지 한 살 아래 남동생에게 얘기하는 것을 엿듣는다.

2주가 지나자 나는 진이 빠진다. 데번과 일을 나눠 각개격파하고 있긴 하지만, UPS 유니폼을 입은 조지가 현관문을 두드리기 전까지 다섯 곳에서 나오는 영상 자료를 다 훑고 관련된 부분만 따로 추출하는 일은 하루종일 걸리는 격무다.

한 가지 좋은 일은 조지가 내게 마음을 여는 것 같다는 거다. 처음 한두 번 왔을 때는 완전 사무적이었는데 지금은 문가에서 잠시 어슬렁거리기도 하고 잡담을 하기도 한다. 엊저녁에는 우리도 그렇지만 조지도 몹시 피곤해 보여서, 가면서 먹으라고 피자 몇 조각을 싸주기도 했다. 매일 밤 여기에 들르다니, 하루에 얼마나 넓은 지역을 커버해야 하는지 궁금하지 않을 수 없다.

몇몇 코치들의 비리 장면은 잡았지만 미치 캐머런은 유망주들을 만나는 동안 한 번도 선을 넘은 적이 없다. 미치는 선수들에게 자기 팀의 일원이 되어달라고 원하는 바를 솔직히 말하고, 선수 가족들을 정중히 대하며, 내어주는 음료나 음식은 뭐든 잘 먹고 칭찬을 아끼지 않는다. 그는 완벽한 손님이다.

앤드루 마설과 함께했던 시간이 문득 되살아나면서 앞으로 어떤 지시가 내려올지 우려되고 속이 얹힌 것처럼 답답해진다.

이번 작업이 뭔지 슬슬 알려줄 때가 됐는데.

영상을 훑으며 편집하는 긴긴 하루가 또 지나고, 나는 USB 메모리를 봉투에 넣고 벽시계를 본다. 금방 조지가 올 것이다.

데번은 마지막 지시사항을 보고 나서 조지가 그렇게 가까이 있다는 게 마음에 들지 않는다며 이 아파트엔 얼씬도 하지 않는다. 그래서 나는 데번의 녹화본을 받기 위해 매번 시간을 짜내 나갔다 올 수밖에 없다. 그 접선 장소는 날마다 바뀐다.

빠르게 두 번 문 두드리는 소리가 조지가 왔음을 알린다.

"안녕하세요, 조지." 나는 말하며 작은 택배 상자를 건넨다.

조지가 미간을 찌푸린다. "얼굴이 말이 아니네."

"말이라도 고맙네요." 나는 눈을 굴린다. "하루종일 감시 영상만 주구장창 보고 앉아 있어봐요, 얼굴이 어떻게 되는지."

조지가 내게 마닐라 봉투를 내민다. "오늘 저녁엔 줄 게 있군요. 어차피 들르는 김에 사서함까지 왕복하는 수고를 덜어줄까 해서. 위에다간 얘기하지 말고."

나의 안도감은 누가 봐도 뻔히 드러난다. "드디어 왔구나. 걱정하지 마요, 비밀 엄수 보장." 봉투를 뜯어 보려는데 조지가 안 가고 현관에서 우물쭈물한다. "뭐 또 딴 거 있어요?"

조지가 고개를 한 번 끄덕이더니 거의 속삭이듯 조그맣게 말한다. "이게 당신이 그분하고 직접 하는 첫 작업이라서 하는 말인데 만약 이번 일이 시험으로 느껴진다면, 시험 맞습니다."

나는 휘둥그레진 눈으로 조지를 빤히 쳐다보며 뭔가 더 말해주길 말없이 간청한다. 그러나 조지는 알쏭달쏭한 말만 남긴 채 가버린다.

나는 봉투를 빨리 열어보고 싶어 죽을 지경이다.

캐머런을 현재 직위에서 퇴출시키되 캐머런, 대학, 체육 프로그램, 장래 유망주들 중 그 누구에게도 경제적으로든 대외적으로든 부정적 결과가 나오지 않도록 할 것. 스캔들에 노출되지 않도록 처리할 것.

어떤 지시사항을 받게 될지 수많은 가설을 세워봤지만 이런 건 상위 10위 안에 없었다. 거기다 요구하는 조건과 결과가 명확함에도 불구하고 이 지시사항은 아주 모호하게 느껴진다.

만약 이번 일이 시험으로 느껴진다면, 시험 맞습니다.

그럼 뭐, 가보자고.

———◆———

성공 가능성과 스미스 씨가 내건 조건을 어길 위험성을 고려하여 이런저런 방법을 건별로 차근차근 검토하느라 며칠이 걸렸다.

미성년자 포르노를 미치의 컴퓨터 하드디스크에 올리고 사직하라고 협박하는 방법은 탈락. 첫째, 그게 모종의 스캔들로 비화하지 않으리라는 보장이 없고 둘째, 사직을 하면 계약 연봉의 남은 금액—6백만 달러—을 포기해야 하므로 경제적으로 타격을 입는다.

미치의 아내를 협박해도 같은 결과가 나온다. 대학 관계자들을 협박해도 스캔들에 노출될 공산이 크며 또한 대학측이 경제적으로 손해를 입게 된다. 미치에게 금전적 보상을 해주면서 계약을 해지해야 하니까.

손발이 묶인 기분이다.

시험에 통과하지 못할 것 같은 기분이다.

유일한 방법은 처음으로 돌아가 하나씩 하나씩 다시 따져보는 거다. 오로지 실패밖에 답이 없는 함정으로 나를 몰아넣었을 리는 없으니 뭔가 내가 놓친 게 있다. 스미스 씨는 내가 가진 가치와 역량을 입증해 보이길 원하므로 분명 이 작업을 성공시키는 방법은 있다—그걸 찾기만 하면 된다.

　　　　　　　　　　◆

　포드 자동차 대리점은 새로 지은 지 얼마 안 되어 아주 휘황찬란하다. 넓고 탁 트인 메인 전시장은 거의 유리와 크롬으로 이루어져 있다. 영업사원들이 입구에서부터 상어처럼 맴돌고 있지만 나는 그들 중 누구와도 눈을 마주치지 않고 성큼성큼 걸어들어가 전시장을 가로지른다.

　안내 데스크에 있는 젊은 금발 여자가 나를 재빨리 위아래로 살피더니 얼굴에 커다란 미소를 장착한다.

　"남부 포드에 오신 것을 환영합니다! 무엇을 도와드릴까요?"

　"필 로빈슨 씨와 얘기 좀 하러 왔어요."

　"대표님이 지금 시간이 되실지 제가 잘 모르……"

　"이걸 전해주시죠." 나는 안내 직원 앞에 하얀 봉투를 탁 내려놓는다. 필 로빈슨은 플로리다 중부 전역에 걸쳐 포드 자동차 대리점 다섯 곳을 갖고 있는데 여기가 메인 오피스다.

　직원이 돌아와 나를 대표실로 안내하기까지는 1분밖에 걸리지 않는다. 필 로빈슨이 문가에 서서 나를 맞이한다. 그의 시선이 나를 발끝부터 머리끝까지 훑는다. 나는 내가 의도한 디테일을 실컷 보고 기억하라고 당당히 내보인다. 내 옷차림은 근사하지만 과하거나 화려하지는 않다. 재킷은 특별 제작한 맞춤복으로 보이지만 치마는 확실히 기성품이다. 액세서리는 간소하지만 세련되고 품위 있다. 머리는 하나로 모아 틀어올렸고 화장은 평소보다 짙다. 나는 거뜬히 서른 살로 통한다.

나는 그에게 다가가 손을 내밀고, 그는 잠깐 버티지만 이내 항복한다.

"로빈슨 씨, 만나주셔서 감사합니다." 악수를 하며 내가 말한다.

필 로빈슨이 자기 방으로 들어오라고 몸짓하고 나는 방안을 재빨리 둘러본다. 이 남자는 풋볼 광팬이고 제일 손 큰 대학 스포츠 후원자 중 한 명이다. 팀 유니폼 상의와 우승경기 공을 액자에 넣어놨다. 선수들 또는 코치들과 찍은 사진이 있고, 그중에는 미치 캐머런도 있다. 필 로빈슨은 책상 앞 의자에 털썩 앉으며 내게 맞은편 의자에 앉으라고 손짓한다.

"이건 무슨 뜻이죠?" 그가 묻는다. 봉투가 열려 있고, 그의 대리점 로고 스티커가 뒷유리창에 붙어 있는 포드 트럭 뒤편에 현금 뭉치가 놓여 있는 사진이 꺼내져 있다. 잡담할 여유는 없다.

"나는 로저 맥베인 일로 왔어요."

그의 얼굴은 어리둥절한 표정을 띠지만 하얗고 뻣뻣한 목깃 아래서 붉은 기운이 슬금슬금 올라온다. "로저 맥베인이라는 이름은 처음 듣습니다."

나는 그 말을 곧이곧대로 믿고 다소 혼란에 빠진 사람처럼 이마를 찡그린 다음 사진을 몇 장 더 꺼낸다. 필 로빈슨과 로저 맥베인이 함께 있는 사진이다. "어라, 여기선 두 분이 아주 친해 보이는데요." 그리고 아이패드를 책상 위에 놓고 화면을 그쪽으로 돌린다. 나는 화면에 대기중인 영상의 재생 버튼을 누른다. 필과 로저 그리고 몇몇 거액 기부자들이 저녁식사를 함께하는 영상이다. 그들이 로저를 시켜 어느 고등학교 유망주에게 접근할 것인지, 각각에게 얼마의 돈을 제시할지 자세히 논의하는 장면이 재생된다. 심지어 필 로빈슨은 필요하다면 차량 두어 대쯤 희사하겠다고 말한다. "플로리다주립대로 가는 걸 막을 수만 있다면 뭘 못하겠어." 그의 말이다. 또한 작년에 얼마나 성공적으로 최고의 선수들을 영입했는지 떠벌리기도 한다. 나는 필 로빈슨이 이렇게 말한 직후 영상을 끈다. "내가 준 F-250이 터치다운 열두 번의 값어치는 했지."

책상 너머의 필 로빈슨은 화면을 뚫어져라 바라보고, 나는 그의 얼굴에서 핏기가 싹 빠지는 장면을 바라본다.

스미스 씨가 준 문서에 언급되지 않은 한 세력은 바로 기부자들이다. 표적: 보호 대상. 학교: 보호 대상. 체육 프로그램: 보호 대상. 유망 선수들: 보호 대상.

그러나 저들 돈 많은 과몰입 기부자들에 대해선 일언반구도 없었다.

선수들을 영입하려는 코치들뿐 아니라, 로저 맥베인처럼 필 로빈슨 같은 기부자들을 대리해 선수들에게 접근하는 브로커들도 내가 놓치지 않을 거라는 걸 스미스 씨는 알고 있었다.

"로저는 당신을 위해 일하죠. 당신은 모교에 데려오고 싶은 선수들을 찍어 로저에게 말하고, 그 선수들을 매수하라고 자금을 지원했고요."

나는 증빙자료를 가져왔고 그도 그걸 안다. 그는 말없이 검정 볼펜만 만지작거린다.

"당신이 그 팀 감독과 대학 총장과 코칭 스태프 절반과 함께 찍은 사진도 여러 장 있으니 대학측에서 당신이 무슨 짓을 했는지 알고 있고 묵인까지 했다고 보는 게 딱히 억측은 아닐 겁니다.

NCAA에서 세 시즌이나 네 시즌 정도 출전 금지를 먹인다면?"

이건 그냥 겁주기용 허세다. 내가 진짜로 학교를 끌어들일 수 있을 리가 있나. 하지만 이 남자는 그 사실을 모른다. 필 로빈슨이 자신의 비리 행위가 학교와 결부될까봐 겁을 먹기만 하면 된다. 그가 가장 두려워하는 일은 모교의 풋볼 프로그램 전체를 망가뜨린 원흉이 되는 거니까.

필 로빈슨이 마침내 입을 연다. "원하는 게 뭡니까?"

나는 필이 자신이 저지른 일로 팀이 곤경에 빠지게 놔둘 리 없다는 걸 알면서도, 내 위협에 그가 무너지자 그제야 속으로 안도한다.

"미치 캐머런을 날리고 싶어요. 당신과 그 돈독한 친구분들은 미치를 내보내야 한다고 주장하되 신사적으로 하세요. 미치의 비전에 동의하지 않는다고 하시죠. 팀 리빌딩이 필요한 시점이라고. 그리고 당신들이 위약금을 내고 미치와 계약을 해지하는 겁니다. 당신들 잘못인데 학교측이 6백만 달러를 까먹을 이유는 없잖아요."

필 로빈슨이 나를 향해 으르렁거리듯 입술을 뒤집어 이를 드러낸다. "나한테 그렇게 큰 영향력이 있을 리가, 뭔가 착각하는 모양입니다."

"설마. 나는 당신을 믿어요, 필." 나는 밝게 말한다. "잘하실 수 있다고 믿습니다."

"어째서?" 그가 묻는다. "어째서 캐머런이죠?"

"당신과 마찬가지로 우리도 학교를 위해 최고를 지향합니다. 우린 같은 팀이에요, 필."

필 로빈슨은 내 대답을 마음에 들어하지 않지만 더이상 캐묻지는 않는다. 나는 한껏 여유를 부리며 꺼내둔 것을 가방에 도로 집어넣고 짐을 챙긴다. "늦어도 월요일 오전까지 공식 발표를 기대할게요."

그리고 자리를 뜬다.

———◆———

사흘 뒤, 아파트에서 나는 한쪽 눈으로는 ESPN을, 다른 눈으로는 유망주들의 집에 설치한 카메라의 실시간 영상을 보고 있다. 사서함에는 더이상 아무것도 들어오지 않고 조지의 저녁 집배도 끊겼다. 나는 내 도박이 과연 성공했는지 결과를 기다리는 중이다. 기부자들이 코치를 날리려고 돈을 모아 위약금을 주고 퇴출시키는 일이 아예 없는 건 아니다. 다만 그런 일은 보통 코치가 너무 못해서 말아먹은 시즌의 막판에 일어난다.

나는 선수들 집의 해상도 낮은 영상을 보고 있다가 ESPN에 속보가 뜨자 시선을 TV로 돌리고, 화면 하단에 번쩍거리며 지나가는 문장에 주의를 집중한다.

플로리다에서 미치 캐머런 코치 퇴출

이어지는 자세한 소식. 대학은 미치 캐머런과 계약을 해지했으며, 위약금은 기부자들의 후원금으로 충당할 예정이다. 해고 이유는 향후 프로그램에 대한 캐머런 코치와 감독의 입장 차이로 알려졌다.

해냈다.

그로부터 1분도 지나지 않아 누가 문을 두드리는 바람에 깜짝 놀라 심장이 튀어나올 뻔한다. 나는 머리를 쓸어넘기고 몇 번 심호흡을 한 후 문을 연다. 갈색 UPS 유니폼을 입은 낯익은 얼굴이 있고, 그가 쭉 뻗은 손에는 작은 택배 상자 하나가 들려 있다.

"조지, 잘 있었어요?" 나는 상자를 받아들며 말한다. "시험은 통과한 것 같네요."

"그런 것 같군요." 조지가 싱긋 웃으며 문틀에 기대어 선다. "기분이 어때요?"

"꽤 좋은데요." 내가 말한다.

조지는 잠시 그대로 있다가 몸을 일으킨다. "또 봅시다, 조만간."

그리고 가버린다.

나는 문이 닫히는 순간 상자를 뜯는다. 안에는 타자기로 쓴 쪽지 한 장과 이체 확인증 그리고 플립폰이 들어 있다.

　　잔금 입금 완료. 상세 내역 첨부함. 다음 작업을 위해 대기하며 휴대폰을 충전 상태로 유지하고 연락을 기다릴 것.

됐다. 나는 이체 확인증을 보고 쪽지를 다시 읽는다. 확인증에 적힌 숫자를 한번 더 확인한다. 엄청난 돈이다. 이게 다 내 거다.

아파트에서 필요한 짐을 싸는 데는 몇 분밖에 걸리지 않는다. 나는 노스캐롤라이나로 돌아가지 않는다. 아무도 나를 찾을 수 없는 곳, 작업 막간에 들어앉을 안전한 곳을 찾아야 한다. 몇 년에 걸쳐 주의깊게 지켜본 결과 불가피한 악천후를 대비해 안전을 꾀하는 것이 얼마나 중요한 일인지 체득했다. 이곳과 비슷한 작은 규모의 다른 대학 도시에 틀어박히는 것도 나쁘지 않겠지. 학생들의 바다에 몸을 숨길 수 있는 곳.

나는 상상한다. 이 도시처럼 한적한 작은 동네에 사는 나를 머릿속으로 그려본다. 조용한 거리에 면한 아담한 집. 어딘가 안전한 곳.

이제 그 상상을 직접 눈으로 볼 수 있는 현실로 만들어야 한다.

떠나기 전에 한 가지 해치워야 하는 일이 있다. '나만의 신차' 중고 혼다를 허름한 주택 앞에 세운 나는 차에서 내려 차문을 잠근 후 손톱만한 앞마당을 몇 걸음 만에 가로지른다.

현관문을 두드리니 잠시 후 타이런이 나온다.

"안녕? 잠깐만 나와볼래?"

타이런은 영문을 모르겠다는 표정이지만 어쨌든 나오란 대로 나온다. 나는 차로 다시 걸어와 트렁크에 기대어 서고, 타이런은 내 바로 옆 도로경계석에 서 있다. 이쪽이 집안에 있는 것보다 엿듣는 귀에서 더 안전하다.

"너는 나를 모르겠지만 몇 가지 조언을 해주고 싶어서. 넌 장래가 무척 촉망되는 선수고 영리한 아이지. 하지만 좀더 영리해질 필요가 있어. 항상 누군가 엿듣고 있다고 가정해야 해. 24시간 내내. 밀고자가 있다고 생각하고 행동해. 너는 네가 받은 모든 오퍼와 추가 인센티브에 대해 남동생하고 얘기하는 걸 좋아하잖아…… 근데 그거 그만둬. 아무한테도 말하지 말고 너 혼자만 알고 있어."

타이런의 눈이 똥그래진다. 뛰어나올 것처럼 커진다.

"그리고 얻을 수 있는 건 다 얻어내. 다 갖는 거야. 성적을 얼마큼 내겠다 그런 약속은 절대 하지 말고, 다른 팀이 너한테 어떤 제안을 하든 개의치 말고 네가 원하는 팀과 계약해. 물론 거기에 대해서도 영리하게 처신해야겠지."

나는 몇 분 더 경고와 조언을 들려주고, 타이런은 내가 하는 말을 모조리 귀담아듣는 것 같다. 타이런은 궁금한 점을 묻고 나는 최선을 다해 답해준다. 돈을 불리려면 어디에 넣어야 하는지. 불필요한 주목을 끌지 않고 되도록 눈에 띄지 않게 지내려면 어떻게 해야 하는지. 왜 최신 기술을 믿으면 안 되는지. 내가 막 떠나려고 할 때 타이런이 묻는다. "근데 누구세요?"

나는 싱긋 웃으며 말한다. "얼른 어른이 되어야 했던 사람이지, 너처럼." 나는 뒤로 돌아 자리를 뜨려다 마지막으로 묻는다. "근데 너 어느 팀에서 뛸지 생각해놓은 데 있어?"

타이런이 어깨를 으쓱한다. "아직 확실히 정한 건 없어요. 아마 캐머런 코치님 가시는 데로 따라가지 않을까요."

나는 고개를 끄덕인다. "그래, 캐머런이 지금 다른 학교를 알아보고 있다는 얘기는 들었어."

"네, 코치님이 그런 일이 생기겠지만 걱정하지 말라고 하시더라고요."

타이런의 말이 어쩐지 내 뒤통수를 잡아끈다. "언제 그런 말을 들었어?" 나는 이 집에서 일어난 타이런과 미치 사이의 모든 대화를 지켜봤지만 미치가 그런 말을 하는 건 듣지 못했다.

"일주일 전쯤 우연히 마주쳤거든요. 좀 이상하고 아리송한 말씀을 하셨는데 전 대충 알아들었어요. 플로리다에 계시지 않더라도 저랑 같이 뛰고 싶다고."

우연히 마주쳤다고라.

일주일 전에.

미치 캐머런은 오늘 아침에 해고됐다. 일주일 전이라면 알았을 리가 없는 상황이다.

이거 무척 흥미롭군.

19장

현재

미시시피주 옥스퍼드에 들어서니 늦은 오후다.

옥스퍼드는 그림처럼 아름다운 아담한 대학 도시로 무엇이든 가능할 것만 같은 기분이 드는 곳이다. 나는 라이언에게 어디로 가야 할지 방향을 일러주고, 우리는 대학생들이 자주 찾는 광장에 면한 호텔로 향한다. 학생들은 낮에는 호텔 로비에서 공부하고 해가 지면 엘리베이터를 타고 옥상에 올라가 칵테일을 마신다.

"당신이 나를 어디로 데려갈지 온갖 상상을 해봤지만 그중에 이런 곳은 없었는데." 호텔 주차장에 진입하자 라이언이 말한다.

이 대학 도시는 라이언 모교의 라이벌 팀 중 하나인 올 미스Ole Miss의 연고지다.

"여기 와본 적 있어?" 나는 그저 라이언의 주의를 분산시킬 목적으로 묻는다. 길고 조용한 여정이었고, 나는 우리가 이곳에 온 이유를 화제로 삼고 싶은 생각이 전혀 없다.

"응, LSU가 여기서 시합할 때 한 번 와봤지." 라이언이 차를 주차장에 대고 나를 돌아본다. "여기서 하룻밤 묵는 건가?"

나는 고개를 흔든다. "아니. 당신은 여기 옥상 바에 올라가 있어. 뭐라도 먹든가. 맥주도 한잔 하고. 현금으로 계산해. 한 시간 후에 차에서 만나자."

나는 차문을 열고 훌쩍 내린다. 라이언이 바로 뒤에 따라붙는다. "우린 붙어 있어야 해." 라이언이 말한다. 무거운 백팩이나 가방을 메고 앞면에 그리스어가 길게 적힌 티셔츠를 입은 여자애들이 호기심어린 눈으로 우리를 흘끔거린다.

나는 학생들이 지나가기를 기다렸다 그에게 바투 다가가 양손을 그의 가슴팍에 얹는다. "이미 얘기했잖아. 내가 내 몫을 감당하는 동안 당신이 여기 이 도시에 나랑 같이 있다는 사실만으로 내겐 엄청 큰 힘이 돼. 당신은 내가 밀어낸다고 생각하겠지만, 수년 동안 곁을 내어준 사람은 당신뿐이야. 하지만 난 오늘 이 시간이 꼭 필요해. 내가 다른 수단을 강구하게 만들지 말아줘."

우리는 1분 남짓 서로를 똑바로 마주보고, 이윽고 라이언이 나를 끌어당겨 내 이마에 키스한다. "한 시간이다. 차 열쇠 필요해?" 그가 말한다.

스미스가 내 차를 추적하고 있다면—실제로 그럴 가능성이 높다—우리가 옥스퍼드에 있다는 건 알려도 되지만 나의 실시간 좌표는 알려주고 싶지 않다. 적어도 아직은.

"아니, 멀리 가지 않을 거고 다리도 좀 풀고 싶어서."

라이언은 호텔 쪽으로 걸음을 옮기고, 나는 반대편으로 걸어가기 시작한다. 광장에서 멀지 않은 조용한 주택가를 걷다가 포치로 빙 둘러싸인 예쁜 하얀 집 앞에서 발을 멈춘다. 앞마당의 수국이 분홍색 꽃망울을 터뜨리고 커다란 떡갈나무 가지에 걸어놓은 물통 주위로 벌새가 날아다닌다.

벽돌 계단의 단마다 놓인 화분에 봄꽃이 흐드러지게 피어 있다. 포치 왼쪽에 오붓한 휴식 공간이 있고 오른쪽에는 옛날식 그네를 매달아놨다. 나는 현관문 앞에 서서 오른쪽 왼쪽 번갈아 보고선 조그만 소파와 흔들의자가 있는 휴식 공간으로 어슬렁어슬렁 걸어간다. 소파와 의자 모두 미시시피대학의 상징색인 빨강과 파랑 패브릭을 씌워놨고 작은 쿠션들에는 올 미스 팀의 응원 구호 '호티 토디!'가 프린트되어 있다. 나는 쿠션을 가볍게 두들겨 매년 이맘때면 온 사방에 내려앉는 꽃가루의 얇은 층을 떨어내고, 조금 더 시간을 들여 흔들의자 위 쿠션들을 딱 내 맘에 들게 배치한다.

여긴 내가 꿈꾸던 집이고, 내가 늘 원하던 피난처다.

내 집이 아닌 게 너무 아쉬울 뿐.

나는 밀려드는 갈망을 꾹꾹 눌러넣고 다시 현관문 앞으로 간다. 초인종을 누르니 잠시 후 금발의 십대 여자애가 문을 연다.

"안녕? 아빠 집에 계시니?" 내가 말한다.

"그럼요, 불러드릴게요." 그렇게 말하고 여자애는 현관 방충망을 내 코앞에서 탁 닫는다. 딸이 아버지를 소리쳐 부르는 소리가 들리고 곧이어 아버지의 둔중한 발걸음소리가 집 저 안쪽에서부터 울린다.

방충망이 천천히 열리고 미치 캐머런이 나와서 묻는다. "무슨 일이시죠?"

집까지 찾아오는 건 위험 요소가 크지만 1년 중 이 시기 그리고 하루 중 이 시간에 미치가 있을 곳은 여기밖에 없다. 어차피 다른 곳에서 그와 만날 생각도 없지만.

"잠시 시간 좀 내어주실 수 있을까요? 내 이름은 웬디 윌리스예요. 당신이 플로리다에서 코치직을 벗어날 수 있게 도운 사람 중 한 명이죠."

미치는 내가 한 대 때리기라도 한 듯 뒤로 물러선다. 어깨 너머를 흘긋 돌아보고 별다른 인기척이 없다는 걸 알면서도 가족들이 나를 보기를 바라지 않는다는 듯 앞쪽 포치로 나와 문을 닫는다.

안으로 들어오란 말은 기대도 안 했다.

"미안합니다만 무슨 말씀을 하시는지 통⋯⋯"

나는 포치의 휴식 공간으로 걸어가 작은 소파 한가운데 앉고, 미치는 나를 지켜보며 내가 무슨 게임을 하려는지 파악하려 애쓴다. 몇 초간 팽팽히 서로를 응시하다 미치가 내 옆의 흔들의자에 조심스럽게 앉는다. "무슨 일 때문에 오신 건지 정말 당황스럽군요."

"당연히 그러시겠지요."

나는 어색함과 불편함이 내려앉도록 기다린다. 그것이 이 대화의 세번째 구성원이 되도록 초대한다. 그것만이 할 수 있는 방식으로 미치를 동요하게 만든다.

미치는 양손을 들어 보이며 입을 열고, 목소리가 평소보다 높고 빠르다. "이봐요, 당신이 왜 여기 왔는지 또 뭘 원하는지 모르겠지만 난 플로리다에서 해고됐어요. 나도 전혀 모르고 있다가 갑자기 당한 일인데 당신이 뭔가 착각을 한 것 같군요."

나는 상체를 내밀고 속삭임에 가깝게 목소리를 깐다. "헛소린 집어치우고 곧장 본론으로 들어가죠. 당신은 직장에서 잘리게 해 달라고 내 보스를 고용했어. 당신은 풋볼팀 감독이 너무 싫었고 기부자들도 눈엣가시였지. 뭐 나도 몇 명 만나보니 이유를 알겠 더라고. 근데 제 발로 나가자니 거금을 날리게 생겼고, 그래서 거 기서 꺼내달라고 사람을 쓴 거지. 하지만 당신은 그 팀에서 진행 중인 훈련과 시합 일정을 망가뜨리긴 싫어, 팀에 해를 끼치고 싶 진 않아, 그 정도 도리는 아는 남자라 이거야. 그 말은 곧 당신이 기본 예의는 지킬 줄 안다는 뜻이지."

미치는 팔걸이에 팔꿈치를 올려놓고 흔들의자 깊숙이 몸을 묻 는다. 움직이기가 겁나는 눈치다.

"당신이 나한테 원하는 게 뭐냐고, 필요한 게 뭐냐고 물으면 뭔가 인정하는 걸로 보일 수도 있으니까 내가 그 고민 해결해드 리지. 내가 돈이 좀 필요해요. 나는 내 할일을 다 했어. 당신은 동 전 하나 손해 안 보고 거액의 연봉을 고스란히 쥐고 나가서 금방 또 새 일자리 제안을 받았잖아. 그 일자리가 들어올 줄 당신은 이 미 알고 있었겠지. 그때 내가 당신을 도와줬으니 이번엔 당신이 나를 도와주는 게 공평하지 않을까."

미치의 턱이 경련을 일으키고 그의 눈은 정수리부터 발끝까지 나를 살핀다.

"몰래 녹음이라도 하고 있을까봐 걱정되시나?" 나는 일어나서 양팔을 옆으로 벌린다. "몸수색해봐요, 얼마든지."

별로 기꺼워하진 않는군. 미치가 뭐라 말하기 전에 그의 휴대폰이 울린다. 그는 주머니에서 휴대폰을 꺼내 보더니 화면을 터치한다. 뭔가를 잠시 확인하고는 휴대폰을 도로 주머니에 넣는다.

미치가 내 제안대로 내 몸에 도청 장치가 있는지 수색할 것 같진 않아서 나는 다시 소파에 앉는다. 우리는 서로를 빤히 바라보고 그는 천천히 흔들의자를 앞뒤로 흔든다. 머리 굴리는 소리가 여기까지 들리는 것 같다.

"당신 진짜 정체가 뭐야?" 마침내 미치가 묻는다.

"그냥 아무개지." 내가 대답한다.

미치 캐머런은 과연 강철 신경의 코치라는 명성에 걸맞은 남자다.

"그래, 아무개 씨, 당신 단단히 착각했어. 난 플로리다의 직장을 좋아했고 해고되지만 않았다면 은퇴할 때까지 쭉 거기 있었을 걸. 어쨌든 해고되고 나서 다행히 일이 잘 풀려 여기로 오게 됐고, 이젠 여기가 나의 홈그라운드지. 그리고 난 내 홈그라운드를 지킬 거야. 이만 가는 게 당신한테 좋을 거요. 지금 당장."

나는 소파에서 축 처졌고, 미치의 입술이 뭔가 더 말하려다 참는 듯 꾹 다물렸다. 나를 보는 눈빛에 연민이 어리는 게 보인다.

나는 조그만 소파에서 일어나 포치 계단을 향해 걸음을 옮긴다. 미치는 흔들의자에 그대로 앉아 있는다.

계단을 내려가려다 나는 뒤로 돌아서 미치를 보고, 내 안에서 부글부글 올라오는 절망과 낙담에 몸을 맡긴다. 여덟 해가 지난 후 내게 등을 돌린 보스에 대한 격렬한 분노와 적개심. 그걸 내 속에서 터트린다. "그거 알아? 당신은 머저리야. 난 당신한테 엄청난 호의를 베풀었는데, 내가 도움이 좀 필요하다니까 거기다

대고 뭐? 씨발 좆같은 놈. 존나 재수없는 새끼."

미치는 얼굴이 시뻘게져 벌떡 일어나고 그 바람에 흔들의자가 뒤로 넘어갈 뻔한다. 나는 의자만 쳐다보고, 천만다행으로 의자는 마지막 순간에 제자리로 돌아온다. 지금 저 의자가 나동그라지면 낭패다.

미치가 나를 향해 침을 튀기며 소리친다. "내 집에서 꺼지는 데 30초 주마. 안 그럼 경찰을 부를 거야! 남의 집에 쳐들어와서 그따위로 말하다니, 머리에 피도 안 마른 계집애가!" 이제 그는 남들이 보건 말건 신경쓰지 않는다.

그를 확실히 열받게 해야 하므로 나는 가운뎃손가락을 들어 보인 다음 쿵쿵거리며 계단을 내려온다. 효과 만점이다. 미치는 흔들의자를 내버려둔 채 주먹을 말아쥐고 쫓아나와 계단 꼭대기에 선다. 그가 마침내 남들 눈을 의식하며 주위를 둘러볼 때 나는 그의 옆집 앞 인도까지 나왔다.

"엿 먹어라, 미치!" 덤으로 외치고 나는 거리를 달린다.

두 블록쯤 달리고 나니 화가 가라앉고 정신이 좀 든다. 나답지 않게 흥분했다. 무모했다. 난생처음 내키는 대로 질러버렸다.

근데 진짜 기분좋다.

나는 시계를 확인한다. 라이언이 호텔 주차장으로 돌아와 나를 기다리고 있을 시간이다. 나는 더이상 등뒤를 힐끔거리지 않는다.

차로 돌아오니 라이언이 시동을 켜놓고 운전석에 앉아 있다. 나는 조수석에 훌쩍 타고 말한다. "출발." 만면에 번지는 미소를 애써 숨긴다.

라이언이 한 손을 기어에 얹고 고개를 돌려 나를 본다. 그의 입가가 씰룩인다. "웃는 걸 보니 또 뭔가 못된 수작을 부리고 있었군. 솜씨 좋은 도주 차량처럼 이대로 줄행랑치면 되는 거야, 아니면 대충 어디로 갈지 당신이 방향 지시를 내릴 거야?"

"옥스퍼드를 빠져나가서 테네시 방면으로 올라가." 라이언이 나를 놀려대고, 나는 이 분위기를 적당히 즐긴다.

"먹을 것 좀 사놨는데." 라이언이 고갯짓으로 뒷좌석을 가리킨다.

뒤로 팔을 뻗으니 하얀 비닐봉지가 손에 닿는다. 안에는 양파 빼고 다 넣은 치즈버거와 고구마튀김이 들어 있다.

"고마워." 나는 속삭이듯 말한다.

차가 출발하고 나는 버거를 들고 한입 크게 베어문다. 내가 먹는 동안 라이언은 말이 없고, 나는 목이 메어 삼키기가 힘들어진다. 내가 울컥한 건 이 음식 때문이다. 라이언은 내가 감자튀김보다 고구마튀김을 더 좋아한다는 걸 안다. 내가 익히지 않은 양파를 싫어한다는 것도. 내가 사는 세상에선 아주 드문, 사려 깊은 마음씀씀이.

나는 얼른 다 먹고 나서 쓰레기를 모아 비닐봉지에 집어넣는다.

"그럼 일단 테네시로?" 라이언이 묻는다.

나는 고개를 끄덕인다. "응."

라이언의 턱이 긴장하는 모양이 뭔가 하고 싶은 말이 있는데 참는 것 같다. 그러다 기어이 입을 연다. "내가 목요일에 하는 업무가 얼마나 중요한지 당신이 콕 집어 말했지. 난 텍사스 글렌뷰에서 사업을 하나 하고 있어. 레이크포빙에서 하는 일하고는 전혀 다른 성격의 일이야. 취득 과정이 의심스러운 물건들을 받아서 가격을 아주 높게 매겨 팔지. 나의 그쪽 사업이 레이크포빙에서도 다들 아는 얘기라곤 할 수 없고, 앞으로도 알릴 계획은 없어."

나는 이 고백에 깜짝 놀란다. "하지만 지금 나한테 말했잖아." 내가 말한다.

라이언이 나를 힐긋 보며 내 표정을 살피고 다시 도로를 주시한다. "매도 내가 먼저 맞는 게 낫겠다 싶어서."

그후로 우린 둘 다 말이 없다. 라이언은 전방의 도로를 응시하고, 나는 옆 유리창으로 빠르게 흘러가는 풍경을 바라보며 몇 킬로미터를 달린다.

"다 얘기해줄게. 하지만 지금은 아니야. 금요일은 넘겨야 해." 속삭이듯 조그맣게 말했지만 라이언이 한마디도 빼놓지 않고 들었음을 나는 안다. 금요일이 지나면 나는 필요한 모든 정보를 알게 될 것이다.

"그거면 됐어. 하지만 금요일 이후엔 숨김없이 다 털어놓는 거다."

휴대폰 알림음이 띵 울린 덕분에 나는 대답을 회피할 구실이 생겼고, 알림창을 확인하고 나서는 안도의 물결에 푹 잠긴다.

라이언이 내 쪽을 흘깃 보고는 변화를 알아챈다. "좋은 소식?"

나는 고개를 끄덕이며 말한다. "응. 딱 필요했던 것."

나는 휴대폰을 열고 앱을 실행시킨다. 미치의 휴대폰 화면을 실시간으로 복제하여 똑같이 보여주는 앱이다. 아니나다를까 미치는 정확히 내가 바라던 대로 움직였다. 나에 대한 불만을 제기하기 위해 스미스에게 연락을 취한 것이다.

미치를 찾아간 건 도박이었다. 그가 나를 집안에 들일 거라고 생각지는 않았지만 뿌리깊이 박힌 남부 특유의 손님맞이 관습을 보면 또 모를 일이었다. 그러나 다행히 그는 가족과 나 사이에 거리를 두고 싶어했고 그래서 우리는 계속 포치에 머물렀다. 그리하여 내가 맞은편 소파를 차지하고 앉아 있는 동안 그가 흔들의자에 앉았을 때, 다시 말해 직전에 내가 심어둔 장치 위에 앉았을 때는 데번이 그의 휴대폰으로 보낸 문자 메시지를 미치가 열어보는 일만이 남아 있었고, 우리는 작업에 들어갔다.

아까 바로가 아니라 지금에서야 미치가 나의 전 보스에게 연락을 시도한다는 사실은 그가 시간을 갖고 숙고했다는 뜻이며, 이것은 그의 신중한 성품을 대변한다. 스미스에게 다시 연락하는 게 꺼림칙했겠지만, 내가 자기 집 앞에 나타났다는 사실이 미치에겐 훨씬 더 위협적이었을 것이다. 그래서 내가 그 난리를 피우며 나와야 했던 거다. 처음에 그는 나를 안쓰럽게 여겼는데 그걸로는 충분치 않았다. 미치는 열받아야 했다. 나를 좀 겁내야 했다. 다시 연락을 취하는 위험을 감수할 만큼.

우리는 스미스에 대해 모르는 게 너무 많다. 데번의 놀라운 기술력에도 불구하고 스미스의 본명도 사는 곳도 밝혀내지 못했다. 우리가 알아내지 못한 또다른 정보는 의뢰인들이 어떻게 스미스와 연락하고 의사소통하는가였다. 나도 데번과 같이 보낸 시간이 있으니 가짜 이메일 주소 같은 간단한 방법이 아니라는 건 안다. 여기서 미치가 등장한다. 플로리다 건은 지금까지 내가 해온 작업 중 유일하게 의뢰인이 누군지 확실히 알 것 같은 경우다. 타이런 니컬스가 무심코 흘린 말이 단서였다. 미치 캐머런은 내가 그

거액 기부자에게 접근하기 일주일 전에 이미 플로리다에서 자신이 해고될 거라는 걸 알고 있었다. 그리고 타이런에게 자신이 어느 학교로 가게 되든 자신의 팀으로 와주면 좋겠다는 말을 전할 때 도청 장치가 있는 타이런의 집이 아닌 다른 장소를 골라서 얘기했다. 그런 것들을 아는 방법은 딱 하나밖에 없다.

미치 캐머런이 의뢰인이다.

지금 미치는 킹 하베스트라는 1970년대 밴드에 대한 팬심을 토로하는 온라인 게시판을 보느라 여념이 없다. 이 밴드의 유일한 히트곡 〈Dancing in the Moonlight〉를 정말로 애정하는 소수도 있겠지만 이 게시판의 글은 대부분 나의 전 보스에게 보내는 메시지일 것이다. 새로운 메시지 창이 뜨고 미치가 타이핑을 시작한다.

풋볼 두목: 오늘 <Dancing in the Moonlight>를 처음 들었어.

이거다. 이게 분명 의뢰인들이 스미스와 처음으로 연락을 트는 방법이다.

"결정의 시간이 왔습니다." 라이언이 전방의 도로 표지판을 고갯짓으로 가리키며 말한다. "멤피스로 직진할까 아니면 다른 길로?"

"멤피스는 아냐. 북동쪽으로 틀어." 내 말에 라이언이 오른쪽 깜박이를 넣는다. "내슈빌로 갈 거야."

라이언이 내 쪽을 흘긋 본다. "애틀랜타가 아니고?"

"아직은."

라이언이 고개를 끄덕인다. "그럼 한참 가야 하니 주유소에 들러 기름 좀 넣을게. 간식도 좀 사고."

다음 휴게소에서 라이언은 기름을 가득 채우고 나서 가게 안으로 들어간다.

나는 휴대폰을 꼭 붙들고 미치가 답을 받기를 기다리고 있다. 스미스로서는 미치의 메시지에 응대하는 게 내키지 않을 수도 있겠지만, 내 위치를 추적해 내가 옥스퍼드에 있었다는 걸 알고 있을 가능성이 높은데다가 미치가 무슨 얘기를 하는지 알고 싶다는 막강한 호기심에 끝내 못 이기기를 바라는 중이다. 내 예상대로 반응해줘야 하는데 안 그럼 몽땅 물거품이 된다.

이제 어디를 봐야 하는지 알았으니, 미치가 보는 화면만 하염없이 바라보는 대신 내 폰의 브라우저를 열고 그 게시판을 찾아 정보를 좀더 캐본다. 데번도 미치의 휴대폰 화면을 볼 수 있으므로 나와 똑같은 일을 하고 있을 것이다. 오늘 〈Dancing in the Moonlight〉를 처음 들었어, 라는 포스팅이 잔뜩 있다. 보스 밑에서 일하는 사람이 나 혼자가 아니라는 건 처음부터 알고 있었지만, 포스팅 개수만 봐도 내가 생각했던 것보다 훨씬 진행 건수가 많다. 내가 전에 했던 작업과 얼추 맞춰볼 수 있는 사용자 이름도 몇몇 보이지만 내게는 그들이 올린 첫 게시글만 보인다. 이후 대화는 개인 메시지로 옮겨서 하는 게 틀림없다.

1, 2분 만에 미치가 올린 글에 답이 왔다는 알람이 뜬다.

킹하베스트메가팬: 무슨 일입니까?

풋볼 두목: 웬 여자가 내 집에 찾아왔어요. 당신 밑에서 일한다던데. 웬디 뭐

라나. 나한테 돈을 요구하더군! 제정신이 아닌 여자였어. 내 집에서 나가라니까 나한테 씨발씨발거리면서 욕을 하고, 그것도 이웃에 다 들리게 소리를 고래고래 지르면서. 저런 이상한 여자나 내 집 앞에 나타나라고 내가 그렇게 많은 돈을 당신한테 지불했나?!!

킹하베스트메가팬: 예기치 않은 방문으로 폐를 끼쳐 죄송합니다. 그 여자에 대해선 저희가 책임지고 다시는 귀찮은 일이 생기지 않도록 조치를 하겠습니다.

"거기 있었군." 나는 중얼거린다. "잡았다."

◆

우리는 밤이 이슥해서야 내슈빌에 도착한다. 도시 끄트머리 허름한 모텔 앞에 차를 세운다. 라이언이 기어를 주차로 놓기도 전에 나는 차문을 연다.

"여기 잠깐 있어. 내가 가서 방을 얻을게." 나는 한 발을 차문 밖으로 내리며 말한다.

라이언이 시동을 끈다. "정말? 내가 가서—"

"정말이야. 여기서 기다려." 옥스퍼드를 출발한 후 라이언이 묻는 모든 질문에 내가 답을 회피하고 있어서 그는 답답해하고 있다.

몇 분 후 나는 차로 돌아와 라이언에게 방 호수를 알려준다. 1층에 있는 방을 달라고 했기 때문에 우리는 방문 바로 앞에 주차한다. 얼마든지 더 좋은 숙박 시설에 묵을 수 있지만 필요할 때 신속히 빠져나갈 수 있는 곳으로 골랐다.

짐이 별로 없어서 가방을 푸는 데 오래 걸리지 않는다.

"나 샤워한다. 그담에 나가서 먹을 것 좀 사올게." 라이언이 말한다.

샤워기에서 물이 쏟아지는 소리가 들리자마자 나는 휴대폰을 꺼내 인스타그램을 스크롤하며 내일 접선시간을 알리는 댓글을 찾아낸다. 그리고 다른 게시물에 댓글을 달아 데번에게 내가 그의 메시지를 받았음을 알린다.

욕실 문이 열리고 라이언이 수건만 두른 채 나온다.

난 하루종일 라이언을 보고 있을 수 있다. 그의 몸은 딱 내 타입이다―날씬하고 탄탄하지만 너무 근육질은 아니다. 내 눈빛이 반짝이는 걸 봤는지 라이언이 자기 캐리어 쪽으로 가지 않고 침대를 기어올라 내 쪽으로 온다. 그의 기분이 어마어마하게 좋아졌다.

이 순간 나는 내게 인심 쓰기로 한다. 머릿속으로 굴리고 있던 계획은 밀쳐둔다. 내 일정표에 잠시 멈춤을 누른다. 우리가 평범해질 수 있는 이 몇 안 되는 짧은 순간을 즐긴다.

나는 라이언을 가까이 끌어당기고 그의 체중이 나를 누른다. 나의 두 손은 샤워 후 아직 물기가 마르지 않은 그의 머리로 올라간다.

"엄청난 한 주였어." 라이언이 말한다. 그의 입술은 내 입술에서 겨우 몇 센티 떨어져 있다.

"그리고 화요일밖에 안 됐지." 내가 답한다. 이어서 정색한다. "이 여행에 따라나선 거 후회해?"

"아니, 아직은." 라이언이 피식 웃으며 말한다.

라이언은 나의 쇄골 바로 윗부분, 내가 아주 좋아한다는 걸 아는 그곳에 키스하고, 나는 발가락 끝까지 짜릿해진다.

"내가 진짜로 그랬다면? 내가 에이미 홀더의 죽음에 연루되어 있다면?" 내가 속삭인 문장이 우리 사이의 허공을 맴돈다. 자기 파괴적 행동의 표본이군.

라이언은 가만히 그대로 있다가 이윽고 고개를 들어 내 눈을 똑바로 바라본다. "그런 질문에 대한 답은 나한테는 필요 없어." 라이언이 고개를 숙이고 그의 입술이 살포시 내 입술 위로 내려온다. 머지않아 우리는 서로 몸을 포개어 겹치고, 그의 손과 입이 내 몸을 더듬어 내려갔다 다시 올라오는 이 순간에 나는 무아지경으로 빠져든다.

내가 사라질까봐 두려워하는 사람처럼 라이언은 나를 더욱 단단히 움켜잡고, 더욱 세게 끌어안고서 내 목과 어깨가 만나는 민감한 곳에 얼굴을 묻는다. 나직이 속삭이는 말들이 그에게서 흘러나오고, 뜻이 통할 리 없는 불완전한 말들이 뜻이 통한다.

내 손톱이 그의 등을 파고들 때 나는 단어 하나하나를 온몸으로 받아들인다. 굳이 말로 할 필요 없이 나도 그와 똑같이 느끼고 있음을 보여준다.

작업명: 헬렌 화이트—4년 전

이번 작업에서 나는 헬렌 화이트이고, 태어나서 서쪽으로 가장 멀리까지 왔다. 여기는 텍사스 포트워스다.

어째서 내가 맡은 작업은 죄다 남부 지역일까 항상 궁금했는데 아무래도 스미스 씨는 전국 각지에 일하는 사람을 두고 있는 것 같고 내 구역은 남부임이 틀림없다.

이거야 완전 대기업이잖아.

나는 텍사스가 처음이다. 여긴 뭐든 다 다르게 느껴진다. 일단 확실히 크고 시끄러운데, 그 외에도 뭔가 더 있다. 거의 문화 충격이다.

표면상 포트워스 건은 간단한 회수 작업이 될 것이다. 몇 년 전 도둑맞은 수백만 달러 상당의 그림 한 점이 석유 갑부 랠프 테이트의 드넓은 저택 어딘가에 숨겨져 있다고 한다. 이번 작업에 우리를 고용한 사람이 몇 년 동안 그 그림을 사들이려 애썼지만 랠프가 팔지 않았던 것 같고, 그리하여 우리는 랠프에게서 그림을 훔칠 계획이다.

그러나 그림을 훔치려는 사람은 나뿐만이 아니다.

스미스 씨는 게임을 아주 좋아하고, 이번 작업은 스미스 씨의 심보가 얼마나 배배 꼬여 있는지 보여주는 대표적 사례다. 그는 내게 이번 작업에 파견된 사람이 나 혼자는 아니라고 말했지만 정확히 몇 명이 도전장을 내밀었는지는 알려주지 않았다. 왜냐하면 이건 시합이고, 제일 먼저 그림을 가져오는 사람이 보너스를 받게 되니까. 그것도 아주 두둑한 보너스를.

뜻밖에도 나는 호승심에 불타오른다. 최근 몇 번의 작업에 근거해봤을 때 나는 이 사다리의 최상층에 근접한 듯하고, 그 그림을 들고나오면 내가 스미스 씨 밑에서 일하는 사람 중 최고임을 기정사실화하게 될 것이다.

문제의 그림에 대해 조사해보고 나서 나는 약간 실망했다. 지금도 행방이 오리무중인 반 고흐의 노란 양귀비꽃 그림 같은 걸작이 아니었다. 내가 노리는 그림은 대략 5백만 달러쯤 나가는데 딱히 귀엽지 않다. 서른여섯 시간 전에 이 작업에 대한 상세한 내용을 받았는데, 파면 팔수록 이 그림을 갖고 싶어하는 사람은 스미스 씨 본인이라는 확신이 들고 그래서 이걸 게임으로 만들었구나 싶다.

의뢰인이 없는 작업이 이번이 처음일 리 없다.

테이트 저택의 보안 시스템은 악몽이며, 도대체가 말이 되지 않는다. 전혀. 이게 무슨 장애물 경기도 아니고. 이 업계에 아무리 오래 몸담는다 해도 부자들 사고방식은 영원히 이해하지 못할 것 같다.

우리 랠프 씨는 자기 시스템이 해킹되는 일은 절대 있을 수 없다고 생각하시겠지만 우리 팀에는 데번이 있거든. 내가 데번에게 요청한 것 중 그가 이행하지 못한 것은 없고, 데번도 나에 대해 똑같은 얘기를 할 수 있다.

나는 버팔로 와일드 윙스에 들어가 식당 안을 둘러보며 데번을 찾는다. 눈이 마주치자 데번이 고개를 까딱하고 나는 사람들을 헤치고 데번이 앉아 있는 칸막이 테이블로 향한다.

내가 슬쩍 맞은편에 들어가 앉자 데번이 맥주를 건네준다. 못본 지 한참 됐으므로 만약 우리끼리만 있었다면 와락 끌어당겨 두 팔 벌려 얼싸안았을 텐데, 데번은 사람들 앞에서는 절대 시선을 끌 만한 행동을 하면 안 된다는 주의다. 그럼에도 여린 미소를 받은 나는 훨씬 더 화사한 미소로 돌려준다.

"색깔 잘 어울리네." 내가 말한다. 데번은 댈러스 카우보이스 저지를 입고 있다. 물론 나는 그가 그 팀을 싫어한다는 걸 안다. 데번이 그 옷을 입은 이유는 이 식당에 있는 사람들 중 절반 이상이 홈 팀을 응원하는 옷을 입고 있을 거라는 걸 알기 때문이다. 가게 안을 힐긋 둘러보니 온통 파란색, 흰색, 은색의 물결이다.

"거기까지. 내가 널 위해 이런 짓까지 하다니." 데번이 눈을 굴리고 토하는 시늉을 한다.

"너 나 좋아하지, 나도 다 알아." 나는 맥주병을 기울여 데번의 병과 목끼리 부딪친다. "건배!"

"그래, 그래." 데번이 중얼거리더니 맥주를 크게 한 모금 들이켠다. "텍사스로 파견된 건 처음이네. 딱히 마음에 들지는 않는데."

데번이 뭐든 새로운 것에 질색한다는 건 내 인생에 몇 안 되는 한결같은 요소 중 하나다. "내 담당 구역이 넓어지려나보지." 나는 킥킥거리며 말한다. 데번은 고개를 갸우뚱하며 미심쩍다는 표정이지만 서빙 직원이 우리 테이블로 다가오자 입을 다문다.

"주문하시겠어요?"

내가 데번을 쳐다보자 데번이 말한다. "난 햄버거하고 감자튀김 시켰어. 맛이 괜찮아. 맘에 들 거야."

나는 고개를 끄덕이고 말한다. "저도 같은 걸로 주세요." 직원이 가버리자 나는 마닐라 봉투를 가방에서 꺼내 데번에게 건네고 내가 아는 모든 정보를 공유한다. 데번이 내가 준 문서를 읽는 동안 나는 맥주를 홀짝이며 텍사스주 경계를 넘은 후 처음으로 느긋하게 긴장을 푼다. 데번은 나보다 최소 한 시간은 먼저 도착해서 도청기나 여타 녹화 장치가 있지는 않은지 이곳을 철저히 조사했을 것이다. 우리가 여기 있는 줄 아무도 모른다고 해도 말이다.

음식이 나오고 데번이 한 페이지 한 페이지 꼼꼼히 읽어나가는 동안 나는 사람들을 구경한다.

한 아이가 우리 테이블에서 몇 발짝 떨어진 곳에 서더니 말한다. "이 폰 너무 구려. 사진 다운로드가 안 돼." 아이와 친구들은 휴대폰을 한참 만지작거리더니 저리로 걸어간다. 내가 킥킥거리자 데번이 나를 쳐다본다.

나는 테이블 위의 조그만 검정 기기를 가리킨다. "데드 존을 얼마나 크게 만든 거야?"

데번이 아이를 힐긋 보더니 낄낄거린다. "직경 7.5미터." 그러고 나서 데번의 시선은 다시 앞에 놓인 설계도로 돌아간다.

나는 주위를 둘러보고 사람들이 죄다 유사한 휴대폰 이상 문제를 겪고 있음을 알아차린다. 데번이 우리 주변에 혼란을 발생시키고 있는 것이다. "다들 난리 났는데."

"난 지금 수많은 사람들이 그릇된 의사결정을 내리는 걸 막아주고 있는 거야." 데번의 시선이 얼마 떨어지지 않은 시끌벅적한 바 테이블로 아주 잠깐 옮겨간다. "저 사람들 나중에 나한테 감사하게 될걸."

이윽고 데번이 마지막 한 장을 넘기고 나를 바라본다. "이런 식으로 설계된 보안 시스템은 생전 처음 봐."

"뚫을 수 있겠어?"

데번이 고개를 외로 꼬고 의미심장한 눈길로 나를 쳐다본다. 감히 나를 모욕하다니, 라는 눈빛이다.

"자세히 설명해줘." 나는 배시시 웃으며 말한다.

데번이 서류 뭉치를 뒤져 평면도를 꺼내놓는다. "여기 보안 체계는 진짜 끝내줘. 완전 최고야. 이렇게까지 구축할 이유가 없는데 그래서 더 아름다운 거지." 데번이 한 구역을 손가락으로 짚으며 묻는다. "그 그림은 저택 한가운데 이 방에 있다는 거지, 맞아?"

"응, 거기가 트로피 전시실이야. 테이트가 아프리카에서 죽인 이국적인 동물 박제를 보관하는 곳이지. 그 전시실 내부를 찍은 사진을 몇 장 찾아냈어. 시가 전문점에서나 쓰는 대형 습도 조절 시가 보관함도 있고 군침 돌게 만드는 테킬라 컬렉션도 있어." 나는 문서 더미에서 종이를 한 장 끄집어낸다. "이 도면을 보면 우리 그림이 행방불명된 직후에 전시실이 증축됐다는 걸 알 수 있어. 이동 가능한 가짜 벽이 추가된 것 같아. 내 생각엔 우리 그림도 그렇고 테이트가 불법적으로 취득한 다른 것들도 그 벽 뒤에 숨겨놨을 가능성이 높아. 장물을 보여줄 정도로 친하진 않은 사람이 전시실에 들어올 때를 대비해서."

데번이 증축도면을 자세히 들여다본 후 메인 설계도로 다시 시선을 옮긴다. "그림이 보관됐다고 추정되는 방의 바깥 키패드에 번호를 입력해야 할 거야"—이어서 데번의 손가락이 케이블과 전선을 나타내는 선을 따라 종이를 횡단한다—"그동안 나는 여기 백업 시스템에 붙어서 경보기가 곧바로 작동하지 않도록 막을 거고. 둘 다 원격으로는 접근할 수 없어. 말도 안 되게 간단하면서도 또 무지하게 복잡해. 그리고 주어진 시간은 끽해야 5분 정도. 우리가 보지 못한 방안에서 5분이니까 거기서 또 뭐가 기다리고 있을지는 알 수 없지. 다른 우회로는 없어. 대단히 멋있어, 진심."

데번에게 아직 특별한 사람은 없지만 만약 그런 사람을 만나게 되면 잘 만들어진 보안 시스템에 대해 느끼는 것과 똑같은 감정을 그 사람에게도 느꼈으면 좋겠다.

"일단 전시실 안에 들어가면 시간이 5분밖에 없다는 거지? 이유는? 경보를 해제하면 해제된 상태 그대로 있는 게 아니야?"

데번이 천천히 고개를 가로젓는다. "그렇지가 않아. 테이트는 그 방에서 일어나는 일을 초 단위로 기록하도록 시스템을 설정했고, 그 정도 시간보다 더 오래 실시간 피드가 중단되면 경보가 울리도록 되어 있어. 그걸 무효화하거나 우회할 수 없는 게, 보안 시스템이 그 방 내부에 있거든. 원격 접속도 불가능하고." 데번이 두 군데 구역을 가리키며 단락시켜야 하는 전선과 그 외 내가 이해하지 못하는 여러 다른 일들에 관해 복잡한 설명을 이어간다.

"타이밍이 완벽해야 해. 기막히게 완벽히 맞춰야 해. 초 단위까지. 경보는 경비실 안에서만 울리니까 전시실 안에서는 그게 작동됐다는 걸 알지도 못할 거야. 아는 순간엔 이미 늦은 거고."

데번의 눈길이 설계도면 위를 계속 배회하는 동안 그의 고개는 마치 눈으로 보고 있는 것을 믿지 못하겠다는 듯 앞뒤로 천천히 까딱거린다. "이거 완전 내 취향이긴 한데 정상은 아니야. 내 말은, 도대체 누가 이렇게까지 해? 당신을 생각하면 이건 마음에 들지 않아. 뭔가 다른 꿍꿍이가 있어."

"일종의 게임인 것 같아. 그림을 회수하려는 사람이 나 혼자가 아닐 거라는 얘기도 이미 들었고."

"그치만 왜?" 데번이 묻는다. "스미스가 여럿을 보내는 건가 아니면 다른 선수들이 들어온 건가?"

"다 스미스 씨 쪽일 거야."

"그치만 왜?" 데번이 다시 묻는다. "이건 합리적이지가 않아."

나는 어깨를 으쓱한다. "스미스 씨가 이런 짓을 벌인 게 처음은 아닐걸. 심심하다 싶으면 게임을 하려는 것 같더라고. 부자들은 원래 이상하잖아."

데번이 고개를 옆으로 기울인다. "이 작업 안 한다고 하면 안 돼?"

그 말에 나는 멈칫한다. "진심이야? 이건 하지 말아야 한다고 생각해?"

"모르겠어." 데번이 도면을 들여다보며 아랫입술을 씹는다.

나는 상체를 내밀어 데번이 보는 식으로 설계도를 보려고 해본 다. "안 한다고 할 수 있는지 모르겠어. 한 번도 작업을 거절해본 적이 없어서."

"시간이 좀더 필요해. 얼마나 빨리 돌입하고 싶어?"

나는 감자튀김 몇 개를 입안에 쑤셔넣고 다음 단계에 대해 생 각에 잠긴다. "한 며칠 오스틴에 갔다 와야 해. 이번 주말에 테이 트 저택에서 독립기념일 파티가 성대하게 열릴 거야. 그때까지 데번의 계획이 다 정리되면 그날이 테이트를 치기에 가장 좋은 기회야. 그러니까 내가 없는 동안 준비를 마쳐줘." 누가 또 그림 을 노리는지, 게다가 몇 명이 노리는지조차 모르는 상황이므로 뒤로 미룰수록 위험도가 커진다. 하지만 데번이, 특히나 제 쪽에 서 먼저 시간이 필요하다고 말할 때는 그만한 위험을 감수할 가 치가 있다.

나는 잠시 머뭇거리다 이렇게 덧붙인다. "파티에 잠입할 방법 을 찾아야 할 거야. 이번 작업은 근처에 밴을 대놓고 차 안에서 할 수 있는 그런 일이 아니야."

데번이 고개를 끄덕인다. "알아."

데번은 그런 숨겨진 공간이나 무대 뒤에서 편안함을 느끼지만 이번 작업에 한해서는 그게 불가능하다.

나는 테이블 아래로 그의 발을 가볍게 툭 찬다. "걱정 마, 잘할 수 있어."

데번이 감자튀김에 랜치 드레싱을 듬뿍 찍어 먹는다. "두고 보 면 알게 되겠지."

이 〈Sweet Home Alabama〉 커버곡은 리드 싱어가 귀에 거슬리는 음색으로 삑사리만 안 냈어도 상당히 괜찮았을 거다. 나머지 밴드 멤버는 아주 훌륭하니까. 그러거나 말거나 나는 비트에 맞춰 머리를 흔든다.

나는 이 밴드가 무대에 오르기 직전에 오스틴에 도착했고 공연 내내 맨 앞줄에 있었다. 리드 싱어가 나를 알아차렸다. 아까 두 곡을 부르는 동안 내 가슴을 눈여겨봤고, 나는 타이트한 V넥을 좀더 아래로 끌어내려 보기 편하게 해준다.

공연이 끝나자 리드 싱어가 눈을 똑바로 내게 맞추고는 무대 뒤로 오라고 고갯짓한다.

인파를 헤치고 무대 뒤쪽 커튼을 젖히고 들어가니 리드 싱어가 나를 기다리고 있다. 녀석은 자기소개고 뭐고 없이 다짜고짜 나를 끌어당겨 우악스럽게 키스한다. 나는 적당히 맞춰주다가 고개를 든다.

"자기 방금 너무 섹시하게 부르더라." 나는 말하면서 두 손으로 녀석의 가슴팍을 어루만지고, 녀석의 손가락이 내 머리칼을 파고든다. 엊그제 코발트블루색으로 예쁘게 염색한 머리다.

"색깔 맘에 드네." 녀석이 말한다.

"난 블루 라인 팬이거든." 나는 녀석에게 몸을 부빈다. "아주 광팬이지."

녀석이 클럽 후문을 고갯짓으로 가리킨다. "나갈까?"

밴드 멤버들이 그 말을 듣고 녀석의 이름을 큰 소리로 부른다.

"소여! 너 장비 다 싣기 전에 빠져나가면 죽는다!"

소여는 나를 바싹 끌어당겨 내 손을 제 허리에 두른다. 나는 손가락을 소여의 청바지 허리띠 속으로 찔러넣고 손톱으로 살며시 녀석의 피부를 긁는다. "응, 나가자." 내가 말한다.

"가야겠어! 이 빚은 나중에 갚을게!" 소여는 멤버들을 돌아보지도 않고 소리친다.

"아이 씨발아, 테이트!"

소여의 친애하는 아버지 랠프 테이트가 아들의 이 알량한 활동에 금전적 지원을 하지 않았다면 소여는 진작에 밴드에서 쫓겨났을 거다. 재능으로 보나 쓸모로 보나 소여는 누가 봐도 최악의 멤버다.

"이름이 뭐야?" 소여는 등뒤의 사람들을 깡그리 무시하고 묻는다.

헬렌 화이트로는 좀 약할 것 같다.

나는 콧잔등을 찡긋하고 아랫입술을 깨문다. 소여는 예상대로 내 입술을 뚫어져라 보고 있다. 그때 내가 속삭인다. "키티."

소여가 고양이 우는 소리를 낸다. 나는 눈을 굴리지 않으려고 젖 먹던 힘까지 총동원한다.

소여는 한 손으로 내 궁둥이를 잡고 다른 손으로는 뒷문을 열면서 나를 보며 히죽 웃는다. 다루기 쉬운 상대는 아닐 것이다. 하지만 내가 아는 게 하나 있다면 그건 비대한 자아의 금수저 도련님들을 살살 구슬리는 법이다.

테이트가의 독립기념일 파티는 돼지 몰이와 올가미 던지기 시합, 일몰 직후로 예정된 30분짜리 불꽃놀이까지 풀 세트로 갖춘 초대형 축제이며, 초대장 얻기가 하늘의 별 따기다.

그 집 아들내미 밴드의 그루피가 아니라면 말이다.

소여와 나, 그리고 소여의 절친 스무 명이 한 시간쯤 늦게 파티장에 나타난다. 테이트 저택에 들어가기 위해 소여를 이용한 사람이 나 말고 또 있나 알아내기 위해 이 절친 무리에 대해 최대한 정보를 수집했는데, 얘네들이 어젯밤부터 곤죽이 된 걸로 봐서 스파이는 나밖에 없는 것 같다. 애들이 쭉 그 모양으로 놀도록 대마 쿠키를 싸갖고 온 건 제법 나쁘지 않은 수였다.

우리는 발레파킹 접수대 앞에 차를 세우고, 우리 카라반의 차량 네 대가 뒤따라 선다. 소여가 접수대를 지키고 있는 가여운 여드름투성이 십대 아이에게 차 열쇠를 던지며 말한다. "가까운 데 놔둬. 오래 안 있을 거야."

나는 소여 옆으로 슬쩍 다가가 자연스럽게 허리를 감싸안고, 우리는 드넓은 대저택 안으로 들어간다. "불꽃놀이 보여준다고 약속해놓고선." 나는 입술을 삐죽이며 말한다.

"네 불꽃놀이는 여기 있잖아, 키티 캣." 소여가 제 사타구니를 쥐며 말한다.

이게 파티에 들어가는 가장 손쉬운 방법이긴 한데 가장 역겨운 방법이기도 하다.

집안에 들어서자마자 누가 소리친다. "소여!"

소리 나는 쪽으로 고개를 돌리니 랠프 테이트가 계단 꼭대기에 서서 우리를 향해 눈을 부라리고 있다. 소여와 함께 입장하면 아무래도 기억에 남을 테니 나는 그에 어울리는 역을 하기로 했다. 나의 데님 핫팬츠는 뒤쪽으로 궁둥이가 약간 삐져나올 만큼 짧고 성조기 패턴의 비키니 톱은 상상의 여지를 별로 주지 않는다. 내 머리카락은 조국의 생일을 기념하고 소여의 밴드 블루 라인에 대한 나의 깊은 애정을 피력하는 파란색이다. 잘 보이게 붙인 일회용 타투와 스모키 눈화장, 소방차 같은 새빨간 립스틱으로 룩을 완성한다. 나는 흔한 볼거리 뒤에 숨는다.

랠프 테이트가 유유히 우리에게 다가오고, 옆에 있는 소여의 몸이 긴장하며 굳어지는 게 느껴진다. 소여는 소란을 피워 주목받고 싶어한다. 아빠의 돈을 무시하는 척하고 싶어한다. 하지만 아빠가 돈을 다 끊어버리겠다고 위협하는 순간 납작 엎드릴 주제에. 이런 도련님들은 너무 빤하다니까.

"친구들 몇 명하고 같이 올 거라고 했던 걸로 아는데." 랠프 테이트가 우리 뒤의 무리를 응시한다. "얘기했던 것보다 좀 많군."

소여가 두 팔을 활짝 벌린다. "우리 다 들어가든가 아님 관두지 뭐."

이 쓸모없는 도구 같으니. 나는 숨을 참고 랠프가 아들에게 본때를 보여주기 위해 우릴 다 내쫓지 않기를 빈다. 천만다행으로 테이트 부인이 끼어들어 상황을 매끄럽게 처리한다.

"아들, 우리집은 너와 네 친구들에게 언제나 열려 있단다!" 테이트 부인은 소여의 어머니가 아니고 소여보다 고작 여섯 살 많을 뿐이지만 소여 못잖게 과시하기를 좋아한다. 부인이 우리에게 술과 음식이 차려진 곳을 알려주는 동안 랠프는 밖으로 사라진다. 나는 뒷주머니에서 휴대폰을 꺼내 데번에게 단문을 보낸다.

뚝딱

소여가 어릴 때부터 알고 지낸 여자애들한테 휩쓸리는 사이 나는 슬쩍 무리에서 빠져나와 같이 온 애들 못잖게 약에 취한 척 비틀거리며 바 테이블로 간다.

"보드카 크랜베리." 내가 말한다.

바 안쪽에는 데번이 있다. 데번이라는 걸 몰랐다면 전혀 알아보지 못했을 것이다. 다른 서빙 직원들과 똑같은 유니폼을 입고 콧수염을 제법 멋지게 길렀으며 짧게 친 평소 머리 대신 레게 머리를 했다. 데번의 수정 계획안을 들었을 때 나는 그가 이렇게 사람 많은 장소에 기꺼이 들어오겠다고 해서 깜짝 놀랐고 자기만의 익숙한 동굴에서 나와서 기뻤다. 데번은 너무 오래 그늘 속에 있었다.

데번은 내게 알코올이 한 방울도 들어가지 않은 음료를 내민 다음 손목시계를 본다. "변경사항 없음. 카메라는 4시 17분에 꺼져."

이번 작업을 시도하는 사람이 우리만이 아님을 알고 나서 데번은 버팔로 와일드 윙스를 나오자마자 몇 시간 만에 테이트 저택의 경비 시스템에 침투했고 그때 이후로 쭉 이 집을 지켜보고 있었다. 데번은 어젯밤 내게 문자로 숫자 4를 보내 지금까지 그림을 훔치려는 시도가 네 번 실패했음을 알렸다. 자세한 내용은 아직 듣지 못했지만 데번이 "변경사항 없음"이라고 말한 걸로 봐서 우리가 계획했던 방식으로 시도한 사람은 없었던 듯하다.

"대기중인 사람은 몇 명 있어?" 내가 묻는다.

"세 명. 하지만 다행히 불꽃놀이 때까지 기다릴 거야." 데번이 답한다. 나는 고개를 끄덕이고 슬그머니 바에서 빠져나온다.

데번의 예상대로 그림을 훔칠 목적으로 여기 온 다른 세 사람처럼 우리도 불꽃놀이에 맞춰 작전에 돌입하는 방안을 검토했지만, 그랬다간 마주칠 사람이 많아질 듯하여 우리는 백주대낮에 감행하기로 한다.

나는 파티오 근처 의자에 털썩 앉아 벽시계를 지켜본다. 우리는 초 단위로 시간표를 짰고, 나는 시계가 4시 17분을 가리키자마자 조그만 사이드테이블에 보드카 크랜베리를 내려놓고 집안으로 들어간다. 일단 파티장을 통과한 후 목적지인 후미진 복도에 위치한 화장실로 간다. 평면도를 모두 암기했으므로 길을 잘못 들 일은 없다. 화장실에 들어가 문을 잠그고 데번이 미리 수납장에 넣어둔 가방을 꺼낸다. 가방 안에는 검정 가발과 서빙 직원 유니폼, 장갑, 시계 그리고 커다란 검정 쓰레기봉투가 있다. 그걸 전부 핫팬츠와 비키니 톱 위에 재빨리 걸쳐 입는데 이건 최단 기록 갱신이다. 기본적으로 카메라에 잡히면 안 되지만 복도에서 누군가와 마주친다면 키티는 너무 눈에 띈다. 화장실에서 나온 후 나는 데번에게 문자를 보낸다. 간다

나는 집안을 가로질러 안쪽 복도로 향하고, 거기서 왼쪽으로 돌면 테이트의 전시실이 있다.

나는 오른쪽으로 돈다.

주방을 지나갈 때 고개를 푹 숙이고 쓰레기봉투를 방패처럼 들고 간다. 누가 봐도 쓰레기를 버리러 나가는 서빙 직원으로 보이

므로 아무도 나를 눈여겨보지 않는다.

몇 번 더 모퉁이를 돌아 세탁실 문 앞에 도착한다.

나는 다시 문자를 보낸다. 준비 완료

문 앞에는 작은 키패드가 달렸고 불빛이 빨강에서 초록으로 바뀐다. 나는 문을 열고 안으로 들어가 쓰레기봉투를 건조기 위에 올려놓고 봉투 안에서 조그만 검정 기기를 꺼낸다. 기기를 세탁기 옆에 있는 캐비닛 문에 갖다대고 데번이 문자로 알려준 일련번호를 넣는다. 밖에서 보면 캐비닛에 잠금장치가 있는지 알 수 없지만 몇 초 후 찰칵 소리가 나면서 문이 탁 열린다.

캐비닛 안 옷걸이 봉에는 사냥복이 가득 걸려 있다. 나는 한 번에 한 움큼씩 잡아서 옷을 다 들어낸 다음 옷 뒤쪽에 숨겨져 있던 패널에 검정 기기를 갖다댄다. 데번이 다시 보내준 암호를 기기에 넣는다.

몇 초 후 패널이 탁 열리고, 내 눈앞에는 몹시 고가지만 아주 못생긴 그림이 있다.

나는 그림을 꺼내고 쓰레기봉투에 숨겨온 복제품으로 바꿔치기한다. 다행히 별로 크지 않은 그림이다. 사냥복을 다시 옷걸이에 전부 원위치한 다음부터는 데번이 문을 하나하나 잠그며 내가 보안 시스템에서 빠져나오는 것을 돕는다.

잠시 후 나는 세탁실 앞 복도로 다시 나와 차고로 향한다. 모퉁이를 돌다 집안을 순찰하는 보안요원과 부딪힐 뻔한 순간 내 심장이 쿵쾅거린다. 중심을 잃은 보안요원이 내 팔을 잡고 몸을 가눈다.

"죄송합니다. 제가 너무 급하게 돌았죠." 보안요원이 말한다.

나는 보안요원이 기대하던 웃음을 보여준다. "괜찮아요." 내가 말한다.

보안요원이 거의 빈 생수병을 인사조로 흔들다가 내가 들고 있는 쓰레기봉투 쪽으로 고개를 내민다.

내가 봉투 입구를 벌리자 그가 생수병을 던져넣는다. "고마워요." 그가 말한다.

"천만에요." 답하며 나는 그림이 소량의 물 정도는 버틸 수 있기를 속으로 빈다.

나는 고개를 푹 숙인 채 후문을 통해 대형 쓰레기통이 있는 차고로 나간다. 유니폼을 벗어 핫팬츠와 비키니 톱 차림으로 돌아가고, 벗은 옷가지와 가발을 그림이 든 쓰레기봉투에 쑤셔넣은 다음 주둥이를 묶어 쓰레기통 안으로 던진다. 안뜰로 돌아온 후 데번에게 문자를 보낸다. 쓰레기 내다버림

데번이 쓰레기봉투를 회수한 후 다시 보안 카메라를 돌릴 것이다.

사이드테이블에 보드카 크랜베리 잔을 내려놓고 나서 20분 후 나는 다시 잔을 집어든다. 얼음은 거의 녹지 않았다. 한 모금 크게 들이켜고 소여를 찾으러 간다. 소여는 풀장 옆에 앉아 있고, 나는 웬 금발 여자와 소여 사이를 비집고 들어가 여자의 자리를 차지한다. 여자의 표정이 언짢아진다.

"어디 있었어, 울 애기?" 혀가 꼬인 말투다.

"자기 찾고 있었지."

소여가 한 팔로 나를 감싸안아 끌어당긴 다음 반대편에 있는 여자에게 말을 건다.

나는 보드카 크랜베리를 홀짝이며 심호흡을 한다. 이번 작업에서선 데번에게 정말 큰 빚을 졌다. 버팔로 와일드 윙스에서 만난 다음날 데번은 오스틴에 나타났다.

공립 중앙도서관의 청소년 어린이 서가에서 데번은 사람 크기만한 체스판 위에서 여중생 세 명에게 체스 두는 법을 알려주고 있었다. 고집스레 고수하는 온갖 원칙과 절차에도 불구하고 데번은 아이들에게만은 한없이 물렀다. 나는 근처에 널린 의자 중 하나에 조용히 자리잡고 앉아 그들이 끝날 때까지 기다렸다. 여자애들이 게임을 새로 시작하기 위해 대형 체스 말을 재배치하자마자 데번은 돌돌 만 종이를 집어들고 내게 호젓한 안쪽 공부방들 중 한 곳으로 오라고 손짓했다. 아무도 우리 대화를 듣지 못하게 지켜주는 검정 상자를 옆에 두고 우리는 두번째로 머리를 맞대고 설계도를 살폈다.

"그 그림이 이 방에 있는 게 확실해?" 데번이 물었다.

나는 책상 너머로 상체를 기울이고 데번이 보는 것을 보려고 했지만 특별히 떠오르는 것은 없었다. "거기가 그 집에서 가장 방비가 철저한 곳이지. 증축된 가짜 벽은 테이트가 뭔가를 거기에 숨겨놨다는 뜻이고. 데번이 그랬잖아, 여기 보안 시스템이…… 정확히 뭐라고 말했더라? 아름답다고 했나? 하여간 모든 정황이 그 그림이 전시실에 있음을 가리키고 있어."

"하지만 이건 게임이라며. 그림을 찾으러 그 집에 가는 사람이 당신 혼자가 아닐 거라고 했지?"

내가 고개를 끄덕이자 데번이 저택의 작은 귀퉁이를 가리켰다. "여기 있는 이거 보여?"

나는 고개를 바짝 들이밀고, 데번이 보여주려는 것을 보는 데 도움이 되기라도 하는 것처럼 눈을 가늘게 떴다.

안 보였다.

"그냥 바보랑 얘기한다 치고 말해줘." 결국 내가 말했다.

데번의 손가락이 '세탁실'이라고 표시된 공간을 톡톡 두드렸다. "선이 전부 다 이 방으로 연결된 거 보여?"

나는 다시 고개를 끄덕였다.

"끽해야 세탁기와 건조기가 있는 방에 이건 너무 과해."

나는 말귀를 금세 알아들었다. "그러니까 전시실은 미끼라는 거지? 아무도 통과할 수 없는 도무지 말이 안 되는 시스템으로 무장한 방으로 모두를 보내버린다. 그리고 덫에 걸리면⋯⋯ 당연히 걸리겠지⋯⋯ 보안요원들이 소리 없는 알람을 보고 신속히 출동한다. 그동안 그림은 세탁기 옆에 깊이 잠들어 있고."

데번이 나를 보며 활짝 웃었다. "내 생각이 바로 그거야."

"그래도 나랑 같이 들어갈 거야? 역할 연기를 할 거야?" 내가 물었다.

데번이 고개를 끄덕였다. "이미 변장 준비가 착착 진행되고 있어." 실제로 그의 말에는 내가 예상치 못한 설렘이 묻어났다.

그리고 데번의 말이 옳았다. 지금쯤 데번은 그림을 확보해 테이트 저택을 떠났을 것이다. 나는 소여가 원하는 만큼 놀아주다가 저택에서 나오는 대로 곧장 팽개칠 예정이다.

나는 아침에 뒷주머니에 넣어둔 하얀 종이학을 꺼내 풀장 물위에 띄운다. 종이학이 둥실둥실 물위를 건너간다.

보드카 크랜베리를 또 한 모금 홀짝인다. 이제 좀 있으면 불꽃놀이가 시작된다.

———◆———

전화가 올 줄은 알았지만 그래도 휴대폰이 울리자 나는 깜짝
놀란다. 테이트가의 파티에서 집에 돌아오니 임시 휴대폰이 주방
식탁 위에서 기다리고 있었다.

"여보세요."

"생각보다 파란 머리가 잘 어울리더군." 스미스 씨가 기계 음
성으로 말한다.

"색 빼려면 고생깨나 하겠죠."

스미스 씨가 나직이 웃는다. "물건은 곧 수거하러 갈 거고 다
음 작업의 상세한 내용은 자네가 입금 확인하는 대로 전달될 걸
세. 입금 내역은 보너스 포함이네."

노트북을 열어 내 은행 계좌에 로그인하니 이미 입금된 금액이
보인다. 나는 언제나처럼 바로 다른 계좌로 이체한다.

"그럼 난 여기서 대기하죠."

전화가 끊어지나 했는데 스미스 씨가 덧붙인다. "자네가 그걸
회수해서 내가 감명을 받았다는 말을 꼭 해야겠군."

"내가 몇 명이나 누른 거죠?" 나름대로 정보를 캐내려 낚싯줄
을 던져본다. 스미스 씨가 답을 해줄 성싶지 않아 좀더 밀어붙인
다. "난 기대 순위권 바깥이었나요?" 이 사다리의 꼭대기까지 몇
칸이나 남았는지 알고 싶다.

스미스 씨가 작게 킬킬거린다. "자넨 항상 그 에고가 문제지,

루카."

"난 그걸 자신감이라고 부르죠. 그리고 지금까진 그게 잘 먹혔고." 나는 전화기에 대고 만족스러운 투로 말한다.

침묵이 길어지지만 기다린다. 만약 얘기해주지 않을 거라면 지금쯤 끊었을 것이다.

그가 마침내 입을 연다. "자네가 승자고 그걸 물어볼 배짱도 있으니 이렇게 말이나마 해주고 있는 거야."

1분 가까이 답이 없자 내가 말한다. "잔뜩 흥분시켜놓고 지금 숨넘어가겠어요. 애간장 그만 태우시죠."

그가 또다시 킬킬거린다. "그다지 이상적이라 할 수 없는 상황에서 내 부하들 중 누가 정상에 오르는지 알아둬야 할 필요가 있었다고만 해두지. 그리고 가장 확실한 길이 틀린 길임을 누가 알아볼 수 있는지. 축하하네."

"이 건에 의뢰인이 있기나 했어요? 실제 작업 같진 않던데."

"작업은 언제나 실전이지. 하지만 그 최종 목적이 무엇인지 자네가 늘 명확히 아는 건 아닐걸."

내가 다른 말을 꺼내기 전에 스미스 씨가 말한다. "문을 열어보게. 조만간 연락하지."

통화가 끝나고 나는 문으로 간다. 문구멍으로 내다보니 평소처럼 UPS 유니폼을 입은 조지가 작은 상자를 들고 있다.

"딱 맞춰 왔네요." 나는 문을 열어주며 말한다. 조지가 내게 작은 상자를 주고 나는 조지에게 갈색 종이로 감싼 그림을 건넨다. "들어와서 한잔할래요? 코가 삐뚤어지게 취해서 서로의 비밀을 다 털어놓을 수도 있잖아요." 나는 윙크하며 말한다. "혹하는 거 다 알아요.”

“아무리 혹해도 못한다는 것도 알잖아요.”

조지와 나는 지난 수년 동안 자연스럽게 전우애를 키워왔다. 한곳에 오래 머물지 않는 직업 특성상 이 업계에서는 친구를 사귀기가 어렵다. 사실상 데번이 나의 유일한 진짜 친구이지만 우린 몇 달씩 서로 얼굴 한 번도 못 보고 지내기도 한다. 그 외엔 조지가 내 삶에서 유일하게 변함없는 요소다. 아니 뭐, 스미스 씨도 있긴 하지만 그가 내게 기계 변조음 이상의 존재가 될 리 있을까 싶다.

“파란 머리네요.” 조지가 말한다.

나는 고개를 흔들어 머리카락을 흩날린다. “맘에 들어요?”

“뉴올리언스에서 했던 금발 머리가 마음에 들었는데. 그게 아마 내가 제일 좋아하는 머리일 겁니다.”

나는 웃음을 터뜨린다. “뭐, 이 색을 다 빼고 나면 다시 금발일 거예요.”

“알았어요. 그럼 난 이만 두목한테 이걸 전해야겠네요. 조심히 잘 지내요, 루카.”

조지가 걸음을 돌려 떠날 때 나는 복도에 기대어 소리친다. “조만간 조르고 졸라서 꼭 같이 한잔하고 말 테다!”

조지가 가다 말고 돌아서서 나를 마주본다. “누가 날 꼬드겨 원칙을 어기게 만들 수 있다면 그건 아마 당신이겠죠.” 조지가 다시 가까이 다가와 덧붙인다. “명심해요, 더 큰 작업을 맡을수록 더 면밀히 감시된다는 걸. 눈은 어디에나 있어요.”

나는 멀어져가는 조지를 지켜보며 그의 경고를 되씹는다. 그가

나에게 경고성 조언을 해준 건 이번이 처음이 아니며, 마지막 또
한 아니길 바란다.

20장

현재

라이언이 모텔방 문까지 따라 나오지만 밖으로 나오지는 않는다. 나는 돌아서서 고개를 내밀어 그에게 살며시 키스한다.

"오래 안 걸릴 거야." 나는 달래는 투로 말한다.

라이언이 나를 꼭 끌어안는다. "정말 혼자 가도 괜찮아? 내가 같이 가면 안 되는 거야? 재빨리 달아나야 할 때 운전기사가 필요할지도 모르잖아."

내 웃음소리는 진심으로 느껴질 만큼 호쾌하다. "나도 같이 가면 좋겠는데 이건 나 혼자 처리해야 하는 일이라. 게다가 당신은 회사 업무도 봐야 하잖아. 할머니 고객들을 실망시켜드리면 안 되지."

라이언은 양손으로 내 온몸을 어루만지며 잘게 키스를 퍼붓는다. "필요하면 전화해."

마지막으로 입맞춤을 하고 나는 걸음을 옮긴다.

내 차가 주차장을 돌아나갈 때까지 라이언은 열린 문가에서 지켜본다. 오늘은 중요한 날이므로 내가 왜 이곳에 왔는지 맑은 머리로 생각을 정리할 필요가 있다. 다음 단계에 들어가기 전까지 시간 여유가 있어서 마음도 가다듬을 겸 목적지 없이 내키는 대로 드라이브한다.

또한 나를 미행하는 자들을 확인하고 놈들을 엿 먹일 시간을 번다.

누군가 내 뒤에 있다는 걸 안다. 테이트 작업 이후로 항상 누군가가 있었다.

차를 몰고 동네를 이리저리 쏘다니다보니 테이트 작업 당시가 두서없이 떠오른다. 박제된 동물들과 시가 보관함 외에 별거 없는 방을 지키던 그 복잡한 보안 시스템이 생각난다. 그것은 작업이라기보다 스미스가 우리 모두를 적대적 경쟁에 투입시킨 심보 고약한 게임에 가까웠다.

데번은 우리 엄마가 드라마 〈더 영 앤 더 레스트리스〉의 빅터 뉴먼*을 보듯 성심으로 그 집을 관찰했다―단 1초도 놓치지 않았다. 그 집에 드나드는 사람들을 하나하나 세심히 살폈고, 그림을 노리고 오는 모든 사람을 확인했으며, 나에게 카메라 위치를 일일이 숙지시켜 화면 노출시간을 최소화하게 했다.

그림을 보내고 작업비가 입금된 후 다시 이동할 때가 됐지만, 이곳까지 작업을 하러 왔다가 실패한 다른 사람들에 대한 궁금증

---

* 1973년부터 지금까지 방영중인 미국 CBS 가족 드라마의 주요 악역. 냉철한 대기업 CEO로 주변인들과 갈등을 빚는다.

이 가시지 않았다. 그들이 누군지, 나처럼 이 작업에서 저 작업으로 떠도는 삶 이외에 더 나은 무언가를 바라고 있는지, 호기심을 떨칠 수 없었다.

데번은 과연 데번인지라, 부탁을 하기도 전에 정확히 내가 원하던 것을 보내줬다. 실시간 영상에서 따온 스크린숏 외에 이름과 주소까지 찾아달라고 했을 때에도 데번은 내게 의문을 표하지 않았다. 스미스는 테이트 작업에 총 여섯 명을 파견했고, 나는 그들을 모조리 만나보고 싶었다.

스미스 밑에서 일하는 다른 사람들의 존재에 그렇게까지 근접한 건 처음이었고, 그 기회를 허비하고 싶지 않았다. 그들 모두가 나와 얘기하고 싶어하는 건 아닐 수도 있겠으나 적어도 한두 명과는 대화할 수 있기를 바랐다.

테이트 작업에서는 경쟁자였을지 몰라도 앞으로 동맹이 되지 못할 이유가 없지 않은가? 내게만 응답하는 내 팀을 꾸리는 일의 중요성을 깨달은 건 그때가 처음이 아니었다. 그리고 데번이 없었다면 그때 나도 실패자 중 한 명이었을 것이다. 그들에게 연락해도 크게 문제가 되지 않을 거라고 나는 데번을 설득했다. 우리는 그들과 자원을 공유할 수 있었다. 기획과 전략을 함께 브레인스토밍할 수 있었다.

커뮤니티를 만들 수 있었다.

조사 끝에 데번은 한 명의 이름과 주소를 내게 건넸다. 나는 작업과 작업 사이 휴지기를 틈타 차를 끌고 플로리다 샌블래스곶까지 찾아가 세상 귀여운 아담한 분홍색 집을 방문했다. 집 앞쪽 처마에는 풍경이 여섯 개쯤 매달려 있었고, 모래와 파도 그림이 그려진 도어매트에는 '온종일 해변에서 뒹굴뒹굴'이라는 문구가 프린트되어 있었다.

그때 테이트 작업에 들어간 다른 사람들을 알아내고 그중 한 명과 대화하는 데 간신히 성공한 다음, 모든 게 바뀌었다.

처음으로 이 일과 이런 삶에서 떠나고 싶다는 생각이 들었다. 달아나서 새로운 삶을 시작하고 싶어졌다. 사우스캐롤라이나에서 그날 아침 앤드루 마셜이 말했던 것처럼 목적이 있는 삶. 그때까지의 내 삶에서 반짝이던 광택이 사라지고 흠집과 기스만 남았다. 하지만 이 직업은 2주 전에 퇴사 통보를 하고 그만둘 수 있는 종류의 일이 아니다. 내가 루카 마리노와 그 외 소중한 모든 것들로 돌아가고 싶다면.

그래서 나는 하던 일을 계속했다. 스미스가 주는 일을 계속 받으면서도 마치 내게 그 일을 거부할 선택지가 있는 것처럼 굴었다.

루이지애나로 파견되어 라이언 섬너라는 표적을 받았을 때, 나는 내 앞에 놓인 작업을 할 준비가 되어 있다고 생각했다.

이론적으로는 스미스가 내게 무엇을 던지든 다 받아낼 수 있다고 생각하면 편하다.

현실적으로는 스미스가 한 짓에 대비할 방법이 없었다. 스미스는 가장 아픈 곳을 때렸다.

달아나긴 이미 늦었으니 끝을 보는 수밖에 없다.

나는 마침내 목적지에 도착해 주차장 빈자리를 찾아낸다. 주차 미터기에 동전을 몇 개 넣은 다음 재빨리 CVS에 들어가 선불폰과 1회 복용분 진통제와 물 한 병을 산다. 왼쪽 눈 안쪽에서 서서히 두통이 올라올 기미가 보여 미리 조치를 취해야 한다. 나는 내 차 뒤쪽에 기대어 서서 통화 버튼을 누른 휴대폰을 어깨와 귀 사이에 잘 끼워넣고 자유로운 양손으로 알약 두 개를 입안에 털어 넣은 다음 물을 마신다.

데번은 두번째 신호음에 전화를 받지만 인사말이든 뭐든 입도 벙긋하지 않는다.

"나야." 내가 말한다.

"한 시간 후 21C 호텔. 로비 커피숍."

"번호는?"

"515." 그러고 나서 데번은 통화를 끝낸다.

호텔까지는 차로 금방이고, 다행히 정문 앞 모퉁이를 돌자마자 차 댈 곳이 있다. 21C는 부티크 호텔 겸 미술관이어서 로비는 사람들로 초만원이고, 돌돌 굴러가는 캐리어와 앞뒤로 휘두르는 서류가방을 요리조리 피해 주 출입구 오른편에 위치한 커피숍까지 인파를 헤치고 나아가야 한다. 대형 회의장으로 이어지는 홀 위에 걸린 커다란 현수막이 내 시선을 사로잡는다.

약속은 지키는 앤드루 마셜,
다시 선택합시다

나는 길게 늘어선 호텔 커피숍 줄을 지나 로비가 잘 보이는 위치의 작은 테이블에 가서 앉는다.

45분 후 정문으로 성큼성큼 들어서는 앤드루 마셜 주지사가 보이자 내 얼굴에는 환한 미소가 번진다. 꽤 많은 사람을 대동하고 왔는데 그중 둘은 나의 짧은 보좌관 시절 같이 일하던 사람임을 알아보겠다. 사전 여론조사 결과 앤드루는 압도적 차이로 재선이 확실시되고 있으며, 그의 이름은 이미 유력 대통령 후보로 여기저기서 거론되는 중이다.

나는 자리를 맡아두기 위해 재킷을 테이블 위에 올려놓고 그들을 향해 걸어간다. 열 발자국 거리쯤 다가가자 앤드루가 나를 알아본다. 내 외모가 6년 전하고 꽤 다를 텐데도 그의 얼굴에 떠오른 인지의 표정을 나는 볼 수 있다.

앤드루가 사람들 틈에서 빠져나와 우리 사이의 거리를 좁힌다.

"미아?" 그가 묻는다.

"네, 주지사님. 접니다."

"어떻게 지냈어요?" 그가 어떻게든 인사를 하고 싶어하는 게 보인다. 포옹이든 악수든 하고 싶은데 상황상 둘 다 여의치 않자 결국 두 손을 주머니에 찔러넣고 만다.

"잘 지내죠. 그동안 쭉 관심을 갖고 주지사님의 정책과 활동을 지켜봤어요. 더할 나위 없이 자랑스럽습니다."

앤드루가 어깨를 으쓱한다. "초기에 좋은 충고를 몇 가지 들어서 그게 굉장히 많은 도움이 됐어요."

나는 심호흡을 한 번 하고 묻는다. "잠시 단둘이 얘기할 수 있을까요?"

그의 보좌관 중 한 사람이 어느새 옆에 와 있다. "죄송하지만 주지사님 일정이 빠듯해서요. 몇 분 후 바로 오찬 연설이 예정되어 있습니다." 보좌관이 앤드루의 팔에 손을 얹고 끌고 가려는데 앤드루가 막는다.

"마거릿, 괜찮습니다. 몇 분 정도는 있으니."

나는 커피숍 쪽을 몸짓으로 가리키고 아까 맡아둔 테이블로 돌아간다. 앤드루가 내 뒤를 따라온다. 일단 둘 다 자리에 앉자 앤드루가 묻는다. "곤란한 일이 생겼어요? 그래서 여기까지 온 겁니까?"

나는 애매한 미소를 띄운다. "그런 셈이죠. 지금은 일단 괜찮아요."

앤드루가 양 팔꿈치를 테이블에 얹고 상체를 내밀며 거의 속삭이듯 조용히 말한다. "나는 미아에게 빚을 졌어요. 알잖아요. 내가 어떻게 도우면 됩니까?"

나는 고개를 저으며 말한다. "아직 도움을 청할 정도까진 아니에요. 다만 그 얘기가 지금도 유효한지, 기꺼이 도움을 주실 수 있는지 확인차 들렀어요."

우리는 서로를 물끄러미 바라보고, 앤드루는 내 표정을 읽으려 하지만 나는 아무런 내색도 보이지 않는다. "미아를 돕는 일이 내 권한 안이라면, 기꺼이."

이것이 도덕적으로 완전무결한 앤드루 마셜에게서 얻을 수 있는 최선의 답이라는 것을 알기에 나는 고개를 끄덕인다. "그 말이 듣고 싶었어요. 현재 제 상황에서는 그걸로 충분해요. 주지사님은 어떻게 지내세요?"

앤드루는 여전히 내 눈을 주시하며 의자 등받이에 등을 기댄다. "나는 잘 있습니다. 주지사 직무와 재선 캠페인을 병행하느라 좀 바쁜 시기이긴 하죠. 그래도 물어볼 수밖에 없군요, 미아, 괜찮은 거지요? 행복한 거지요?"

에휴, 그가 알면 얼마나 놀랄까. "좀 다듬어야 할 울퉁불퉁한 곳이 몇 군데 남아 있긴 하지만, 거의 다 해결됐어요."

이 대답에 드디어 앤드루는 내가 바라던 만큼 활짝은 아니지만 어쨌든 미소를 보여준다. 그가 손목시계를 힐긋 보고, 그것은 시간이 다 됐다는 신호다.

"가셔야죠." 나는 그가 마음 편히 몸을 일으킬 수 있도록 먼저 말한다.

앤드루는 자리에서 일어나 주머니 속에서 명함 한 장을 꺼내더니 내게 내민다. 내가 명함을 살피는 동안 앤드루가 말한다. "내 개인 전화번호입니다. 내가 어떻게 해야 하는지 말만 해요."

이어서 앤드루는 자리를 뜬다.

테이블에 도로 앉은 나는 멀어져가는 앤드루를 지켜본다. 명함을 손에 들고 몇 번을 다시 읽는다.

요란하게 긁히는 소리가 나는 바람에 내 시선은 명함에서 떨어져 앤드루가 방금 일어난 의자를 당기는 남자에게 내려앉는다. UPS 유니폼 대신 짙은 색 정장을 차려입은 조지다.

의자에 털썩 앉으면서 조지는 내가 미처 숨기기 전 내 얼굴을 가로지른 찰나의 놀라움을 놓치지 않는다.

"정장 입은 모습이 멋진데요." 내가 말한다.

조지가 싱긋 웃으며 말한다. "애틀랜타에 있어야 하는 거 아닌가요."

"열심히 가는 중이에요. 그전에 두어 군데 들를 곳이 있어서." 내가 대답한다.

"뭘 하는데요?" 조지가 부드럽게 묻는다. 나를 걱정하는 게 눈에 보인다. "괜한 위험 무릅쓰지 마요. 앤드루 마셜은 먼지 한 톨 묻을 일도 하지 않을 거라는 거 잘 알잖아요."

내 시선은 조지의 얼굴에 고정되어 있다. "무슨 말을 하는지 모르겠네요. 근처를 지나다보니 이왕 온 거 예전 친구들은 뭐하고 지내나 소식이나 들으면 좋겠다 싶어서."

조지가 인상을 쓴다. "딴사람들한테는 거짓말할 수 있어도 나한테 그러면 안 되죠. 그동안 쌓은 세월이 얼만데."

"그러는 조지야말로 내가 대답하지 못할 걸 알면서 질문하면 안 되죠."

조지가 입가를 문지르더니 말한다. "스미스 씨는 당신에게 좀 더 동기 부여가 필요하다고 생각해요."

나는 불만에 찬 한숨을 요란하게 토해낸다. "또 내가 길거리에 있는 사진을 수사관들에게 보낼 거예요?"

"내가 한 게 아닙니다." 조지가 말한다. "나는 일개 심부름꾼인걸요. 다음번 제보 사진이 도착하면 더욱 빠져나가기 어려워질 겁니다. 스미스 씨는 진심이라고요."

나는 조지의 말을 곱씹으며 느릿느릿 고개를 끄덕인다. "그 밖에 또 전할 말은요?"

진짜로 하고 싶은 말을 곰곰 생각하는 것처럼 조지의 눈가에 주름이 잡힌다. "내가 해줄 말이 하나 있어요. 애틀랜타로 가요. 내일 오후까지 그 은행 금고에 들를 시간은 아직 충분하잖아요. 스미스 씨가 원하는 걸 줘버려요. 그러지 않았을 때 스미스 씨가 나한테 내릴 명령을 나는 수행하고 싶지 않아요. 제발, 루카."

그 말에 나는 살짝 울컥한다. 그가 나를 가장 솔직하게 대한 순간이다.

나는 이 말밖에 할 수 없다. "미리 알려줘서 고마워요."

조지가 자리에서 일어서는 동안 나는 그대로 앉아 있는다. "당신 친구한테 감이 좀 녹슨 것 같다고 전해줘요. 정비복 차림으로 직원용 출입구로 들어오다가 딱 내 눈에 띄었거든."

조지는 항상 데번을 '당신 친구'라고 부른다. 데번과 조지는 몇 년에 걸쳐 그들만의 고양이와 쥐 놀이를 하며 서로 상대의 정체를 간파하려 애쓰는데, 둘 중 어느 쪽도 성공한 것 같지는 않다. 최소한 데번은 아직 성공하지 못했다고 알고 있다.

"그때 같이 한잔할 수 있었다면 좋았을 텐데." 내가 말한다.

조지가 웃음을 터뜨린다. "당신이 얼른 애틀랜타로 가면 가능할지도 모르죠." 그러고는 막 걸음을 옮기려다 말고 나를 돌아보며 덧붙인다. "행운을 빌어요."

나는 어깨를 으쓱하고 씨익 웃는다. "운에 기대는 건 하수죠."

조지의 웃음소리가 커피숍을 나서는 그를 따라간다.

나는 10분을 더 그대로 꼼짝 않고 앉아서 방금 전 대화를 머릿속으로 복기한다.

도망치고 싶다는 욕구가 쇄도하며 내 시스템을 압도한다.

하지만 도망친다는 건 결국 스미스뿐 아니라 경찰에게도 쫓긴다는 뜻이고 평생 등뒤를 경계하며 살아야 한다는 뜻이다.

마침내 나는 자리에서 일어나 엘리베이터로 향한다. 엘리베이터를 타고 8층을 누른다. 내려서 비상구 계단으로 이어지는 문으로 간다. 엘리베이터와 계단을 세 번 더 오르락내리락한 끝에 5층에 도착하자 내 뒤를 밟는 사람이 아무도 없다는 확신이 든다. 데번 성격을 아니까, 당연히 그는 호텔에 들어오기 전에 5층의 감시 카메라 영상이 같은 화면을 반복 재생하도록 만져놨을 것이다.

나는 515호 방문을 두드린다.

데번이 문을 열고 말한다. "조지가 앉았을 때 그 깜짝 놀라는 표정, 제대로였어."

"포트워스에서 '눈은 어디에나 있다'고 듣긴 했지만 그게 조지라곤 생각도 못했거든. 다른 감시자가 있는 줄 알았지. 그래서 조지가 앉았을 땐 진짜로 좀 놀랐어." 나는 데번 옆 의자에 앉는다. "데번 감이 무뎌졌다고 한마디하던데. 직원용 출입구로 들어오는 걸 봤다면서."

데번의 윗입술이 말려올라간다. "본인이 도착하는 순간 내가 건물에 진입한 게 단지 우연이었다고 생각하는 거야?" 데번이 눈을 굴리고 덧붙인다. "그 양반은 내가 눈에 띄고 싶어할 때만 날 볼 수 있다니까."

데번은 호텔 책상 위에 모니터와 프린터를 설치해놨고 나는 그가 화면에 띄운 이미지를 살펴본다. 앤드루와 내가 프레임 안에 들어 있긴 하지만 초점은 우리가 아니다. 조지다. 내가 앤드루와 얘기하는 동안 조지는 로비의 윙백 체어에 신문을 펼쳐들고 앉아 있지만 시선은 나를 주시하고 있다.

"조지가 오디오도 땄겠지? 앤드루와 내가 말하는 걸 다 들었을까?"

데번이 다른 키를 두어 개 누르자 앤드루와 나의 대화가 재생된다. "응, 저기 테네시 타이탄스 모자를 쓴 할아버지. 지팡이 속에 마이크가 있을 거야. 커피숍에서 나간 다음 호텔 앞 인도에서 조지한테 지팡이를 넘겼거든."

화면에서 그 할아버지를 찾아보니 아닌 게 아니라 지팡이 끝이 내 쪽을 향하도록 테이블에 비스듬히 걸쳐놨다.

"앤드루가 날 보고 어떻게 반응할지 사실 잘 몰랐는데, 더이상 바랄 수 없는 최선의 결과였어." 여기까지 찾아온 건 모험이었지만 6년 전 앤드루가 내게 빚을 졌다고 생각한다는 건 자명했고, 그때의 감정이 되살아날 거라는 자신이 있었다. 앤드루가 그걸 소리 내어 말해주기만 하면 됐고, 그는 나를 실망시키지 않았다. 또한 스미스가 그 말을 내가 원하는 대로 해석할 거라는 확신도 있었다. 스미스는 앤드루가 단지 사람이 좋아서 나를 돕는다고 생각지 않을 것이다. 내가 뭔가 앤드루의 약점을 쥐고 있기 때문에 할 수 없이 나를 도와준다고 생각할 것이다. 스미스는 늘 내가 앤드루 마셜의 더러운 비밀을 손에 넣었지만 나 혼자만 알고 있다고 단정했다. 그래서 빅터 코널리에 대한 정보도 똑같이 내가 숨겼을 거라고 믿는 게 편한 것이다. 스미스는 내가 그 정보를 에이미 홀더에게서 빼내 그에게 넘기는 대신 나 혼자 틀어쥐고 있다고 생각한다.

안전금고를 빌린 게 나의 충성심을 의심의 구렁텅이로 던져넣은 결정적 행위가 됐을 것이다.

그렇다면 이 유죄판결이 뜻하는 바는, 가장 가까운 호수에 머리부터 처박히지 않도록 나를 지켜주는 유일한 물건이 은행의 강력 보안문 안쪽에 봉해져 있는 5×7인치짜리 상자의 내용물이라는 얘기다.

"코널리는 팔짱 끼고 앉아서 기다리고 있어, 아니면 그쪽도 겍

정해야 하나?" 내가 묻는다.

데번이 키보드를 몇 번 두드리자 화면이 바뀐다. "지금까진 관망중이긴 한데, 내가 그쪽도 계속 주의깊게 지켜보고 있어."

나는 문제의 남자 사진을 노려본다. 내 조사에 따르면 코널리는 예순일곱 살인데 데번이 수집한 사진에서는 나이보다 늙어 보인다. 몇 가닥 남지 않은 머리는 완전히 백발이고 몇십 년에 걸쳐 자외선에 노출된 피부는 친절하지 않은 세월을 보여준다. 그러나 나이든 노친네로 보일지 몰라도 이 남자가 지극히 위험한 인물임은 의심의 여지가 없다.

코널리의 사업은 예상하다시피 합법과 불법의 복합형이다. 슈퍼 카와 전용기와 전국에 산재한 저택을 무슨 돈으로 샀는지 증명이 필요하기 때문이다. 하지만 세금 신고서에 기재한 꽤 높은 수입은 그가 악랄한 수단을 통해 벌어들인 금액에 비하면 새 발의 피다.

그런 이유로 스미스가 빅터 코널리를 계속 기분좋은 고객으로 모시기 위해 그렇게 갖은 애를 쓰고 있는 것이다.

그리고 코널리가 기분이 나빠졌을 때 스미스가 그에게 나를 희생양으로 던져주는 건 사양하고 싶다.

그래서 지금 데번과 내가 공세를 취하고 있는 것이다.

스미스가 내게 불리한 증거를 더 갖고 있다는 건 알지만 그게 뭔지 알기 위해 애틀랜타 형사들과 마주하고 앉을 때까지 기다릴 생각은 없었으므로 지금 당장 패를 내놓으라고 스미스를 압박하는 중이다. 스미스는 자기가 나에 대해 쥐고 있는 나머지 정보를 경찰에 제보하면 내가 겁먹을 줄 아나본데, 나야 아직 내가 뭔가

할 수 있을 때 그걸 정리하게 된다면 기쁘지 뭐. 여차하면 도망갈 기회가 아직 있을 때.

"스미스의 정체를 알아내려면 얼마나 더 걸려?" 내가 묻는다.

옥스퍼드로 우회한 것은 세 가지 목적이 있었다. 첫째, 좀 이성을 잃은 것처럼 보이고 싶었다. 스미스에게 내가 통제를 벗어나 다음엔 어디로 튈지 모른다는 우려를 심어주고 싶었다. 불규칙하게 튀면 다음 수를 예측하기 까다롭다.

둘째, 의뢰인들이 스미스와 어떻게 연락하는지 알아낼 필요가 있었다. 내가 문을 두드렸을 때 미치 캐머런이 하소연할 상대는 단 한 사람밖에 없었다. 이보시오, 킹 하베스트.

마지막으로, 스미스의 정체가 여태 오리무중인데 우린 무엇보다 그걸 먼저 알아내야 한다. 그 팬 사이트와 스미스의 이용자명을 알아냈으니, 우리를 스미스에게로 이끌어줄 뭔가를 발견하길 바라며 데번이 시스템을 역추적하는 중이다.

"거의 다 돼가." 데번은 그걸로 끝이고 나도 더이상 채근하지 않는다.

데번이 어제 내가 트윙키 밑에 넣어둔 손 편지를 꺼낸다. "스미스가 그 여자와 제임스를 죽인 건 당신 잘못이 아니야."

나는 고개를 끄덕인다. 하지만 스미스가 그런 짓까지 서슴지 않을 놈이라는 걸 알았어야 했는데. 그날 밤 그 여자가 떠나기 전에 얘기를 더 해줬어야 했는데. 어떤 식으로든 경고를 해줬어야 했는데.

"아직도 우리가 튀어야 한다고 생각해?"

숨을 크게 들이쉬었다가 내쉬며 데번은 잠시 내 얼굴을 주의깊게 관찰한다. "나라면 감옥에 가거나 죽거나 둘 중 하나인 길을 계속 가느니 일단 튀어서 전열을 재정비하겠어."

데번의 말이 끝나기도 전에 내가 고개를 흔든다. "지금 튄다고 해서 그 두 가지를 모면할 수 있는 건 아니지."

뒤에 있는 컴퓨터에서 알림음이 나는 바람에 데번은 무슨 말인가 하려다 말고 화면을 바꿔 드디어 애틀랜타 경찰 시스템에 접속했음을 보여준다.

"에이미 홀더 파일을 끌어올 테니까 놈들이 뭘 갖고 있는지 보자고." 사진 몇 장이 화면을 채우자 데번이 말한다. "여기 입력 날짜를 보면 이 사진들은 당신이 레이크포빙에 도착하기 한 달 전에 업로드됐네. 이게 중요 증인 영장의 근거가 됐을 거야."

우리는 이미지를 더 잘 보기 위해 화면 앞으로 당겨 앉는다.

"당신이 에이미를 차에서 끌어내는 이 사진은 아름다운 동작이라고 보긴 힘들군."

"그건 어쩔 수 없었어."

데번이 이 사진 저 사진 차례로 클릭한다. "카메라 앵글 진짜 잘 피하네. 감시꾼의 위치를 알고 있었어?"

처음으로 나 혼자 일한 미치 캐머런 작업 때처럼 특별히 중요한 경우가 아닌 한 조지는 작업중인 나를 따라다니지 않는다. 나를 감시하는 건 버리는 시간이 적지 않은 일이고, 조지는 분명 더 중요한 임무가 있는 사람이다. 대체로 나는 나한테 붙은 감시꾼을 짚어낼 수 있지만 가끔은, 가령 그날 밤에는 그럴 수가 없었다. 워낙 캄캄해서 세 걸음만 떨어져도 하나도 안 보였다.

나는 고개를 저으며 말한다. "아니. 그니까 아는 건 아니고, 그런 상황에서 감시꾼이 어디 있을지 대충 감이 오긴 하지…… 내가 감시자라면 어디서 지켜볼지."

"좋아, 이거 보자. 방금 에이미 홀더 파일에 새 이미지가 추가됐어. 스미스가 뭘 보냈는지 확인하자. 진짜 약올랐나본데. 지체 없이 바로 보냈네."

사진에 붙은 메모만 보면 타 부서 수사관이 별개의 사건을 조사하다 우연히 이 치명적인 증거를 발견하고 보내준 것처럼 보인다. 데번이 지금 경찰 서버에서 이 사진을 삭제할 수도 있겠지만 스미스가 또 보내면 그만이다. 이대로 놔두는 게 최선이다.

키보드를 몇 번 두드리자 내게 불리한 최신 증거가 나온다.

비디오 영상이다.

데번이 재생 버튼을 누르자 화면 속에 내가 있다.

21장

현재

모텔 주차장에 차를 세우니 늦은 오후다. 우리 방 열린 창문 앞에서 라이언이 휴대폰을 귀에 대고 방안을 왔다갔다하는 게 보인다. 내가 차를 대자마자 라이언은 통화를 끝내고 밖으로 나온다.

차 시동이 꺼지기도 전에 라이언은 이미 차문 앞에 와 있다.

"계속 전화했는데." 하루종일 연락이 안 돼서 분명 뒤숭숭했을 것이다.

"아까 모텔에 전화해서 1박 더 묵는다고 얘기했다고 문자 보냈잖아." 그렇게 말하고 나는 라이언이 대답하기 전에 고개를 기울여 키스한다. 한참을 그렇게 뒤얽힌 채 둘 사이에 생긴 앙금을 모두 잠재운다. "미안, 생각했던 것보다 오래 걸렸어."

일단 영상을 보고 나니 계획하고 결정해야 할 일이 많아졌다. 스미스는 나의 감방 자물쇠를 거의 채운 거나 마찬가지였다. 하여간 난놈은 난놈이다.

라이언이 나를 따라 모텔방에 들어와 내가 캐리어에서 여벌옷을 꺼내는 동안 가만히 지켜본다. "아까 레이철하고 통화했는데," 라이언이 말한다. "내일 오후까지 애틀랜타로 간대. 우리도 내일 아침 일찍 애틀랜타로 출발해서 금요일 심문 전에 당신하고 둘이 준비할 시간을 가졌으면 좋겠다는데. 차로 가면 대충 네 시간에서 다섯 시간 정도 걸릴 것 같아."

"알았어." 나는 갈아입을 옷을 꺼내들고 일어난다. "나 샤워 좀 할게."

"배고파?" 라이언이 묻는다.

"죽을 지경."

"여기 주유소 건너편에 피자집 있더라. 당신 샤워하는 동안 내가 뛰어가서 사올게." 라이언이 다가와 짧게 키스하고 방을 나선다.

옷가지와 세면도구를 들고 욕실로 가서 진통제를 찾아 세면가방을 뒤진다. 아침의 두통이 다시 말썽이다. 약통 뚜껑을 열기도 전에 비었다는 걸 알겠다.

라이언에게 전화해 사다달라고 할까 아니면 엘리베이터 앞 복도에 있는 자판기에서 살까 잠시 고민한다. 자판기에 오늘 아침 샀던 것과 같은 1회 복용분 소포장 진통제가 있었다.

머리가 너무 지끈거려서, 피자집은 아무래도 시간이 걸릴 테니 자판기에서 사기로 한다.

옷은 그대로 입고 있으니 신발만 신으면 된다. 거의 다 갔을 때 자판기 쪽 야외 공간에서 들리는 말소리에 나는 발을 멈춘다. 이 모텔에 묵고 있는 다른 손님일 수도 있지만 내 감이 조심하라고 경고한다.

나는 아주 조금씩 다가간다. 벽돌 벽에 등을 기대고 숨을 고르며 눈을 감는다. 내가 왜 그런 싸한 느낌을 받았는지 정확히 짚어 내길 바라며 나머지 감각을 더욱 민감히 일깨운다. 깊이 숨을 들이쉬고, 길게 내뱉는다.

두 사람의 목소리. 둘 다 남자다. 한쪽이 다른 쪽보다 훨씬 목소리가 굵고 낮다.

나는 몸에서 힘을 빼고 벽 너머 공간으로 침투한다. 몇 발짝 떨어진 곳에서 들려오는 음성에 귀를 기울인다. 말소리가 내 쪽으로 흘러들고 금세 몇 마디가 귀에 팍 꽂힌다. 애틀랜타와 에이미 홀더.

뒷주머니에서 살그머니 휴대폰을 꺼내 라이언에게 문자를 보낸다.

나: 내가 됐다고 할 때까지 피자집에서 기다려. 이유는 묻지 말고

나는 보내기 화살표를 누른다.

곧이어 자판기 방향에서 익숙한 알림음이 들린다.

헐. 이게. 무슨.

라이언이 답문을 적는 동안 떠오르는 작은 점들을 지켜보고 있는데 수군대는 말소리가 계속 들린다. 나는 알림을 꺼놓았으므로 문자가 와도 소리가 나지 않는다.

라이언: 알았어 어떻게 하면 되는지 알려줘

"젠장, 뭣 때문인지 겁먹었는데." 라이언의 음성이 공간을 채우고 나는 그대로 얼어붙는다. 두 사람이 내 쪽을 향해 오는 것 같다.

이어서 들리는 목소리도 나는 안다. "무슨 일인지는 말 안 하고?"

조지다.

라이언이 조지와 얘기하고 있다.

"응. 나 가봐야겠다. 애틀랜타에 도착하면 알려줄게."

"내일 정시에 도착 못하면?" 조지가 묻는다.

나는 숨을 깊이 들이마신다. 아냐, 아냐, 아냐, 이건 아니지.

"어떻게 하면 좋을지 알려줄게. 지금처럼 정보가 막 퍼져 있는 상황이 좀 껄끄러워."

"그럼 연락 줘, 기다릴게." 조지가 말한다. "그리고 이거 받아. 들어온 지 좀 됐는데 레이크포빙을 뜨기 전에 전달할 기회가 없었어."

나는 조용히 몇 발짝 물러난 다음 부리나케 건물 옆면을 따라 방으로 돌아온다.

막 방문을 여는데 휴대폰이 진동하며 전화가 왔음을 알린다. 라이언의 사진이 화면을 채운다.

나는 방안에 들어와서 전화를 받는다. "응."

"무슨 일이야? 괜찮아?"

"응, 괜찮아. 그냥 혼자 좀 놀라서." 목소리가 떨리고 힘이 없지만 방금 알아낸 사실 때문이 아니라 지금 말하는 내용과 어울리기 때문이길 바란다.

"지금 가고 있어. 좀만 기다려. 금방 갈게." 라이언이 말하고 전화를 끊는다.

나는 신발과 청바지를 얼른 벗고 욕실로 간다. 샤워기를 틀어놓고 얇은 흰색 타월을 두른다. 마구 뛰는 심장을 진정시키기 위해 몇 번 심호흡을 하는 시간을 가진다.

곧 문이 열리는 소리가 난다.

"에비!"

나는 욕실에서 고개를 내민다. "여기야."

라이언은 순식간에 내 곁에 다다른다. 그의 두 팔이 바이스처럼 나를 단단히 죄어 끌어안는다. 나는 내 두 팔에게 그와 똑같이 얼싸안으라고 종용한다. "무슨 일이야?" 방금까지 그가 누구와 얘기했는지 몰랐다면 이런 관심과 배려에 기분좋았을 텐데.

나는 눈을 질끈 감고 다섯까지 센다. 다시 한번 숨을 깊게 들이마시고, 길게 내쉰다.

"아무것도 아니야, 진짜로. 밖에서 무슨 소리가 나길래. 알고 보니 청소하는 직원이 밖에서 뭘 두들긴 거였어."

눈을 뜨자 라이언의 뒤쪽 욕실 거울에 서로를 단단히 끌어안은 우리 모습이 비쳐 보인다. 그리고 라이언의 뒷주머니에 돌돌 말려 꽂혀 있는 종이도. 저게 조지한테 받은 거로군.

샤워기 물의 뜨거운 증기가 비좁은 욕실을 채우며 거울이 흐려진다. 나는 수도꼭지에서 똑똑 새는 물방울 소리로 몇 초를 센다.

이 순간과 나 자신을 분리해야 한다. 방금 들은 이야기에 반응하고픈 욕구가 아닌 다른 무언가에 집중해야 한다. 마음만이라도 그와 나 사이에 틈을 벌려야 한다.

라이언의 입술이 내 귓가에 속삭인다. "괜찮아?" 그의 행동은 딱 그답고, 나는 머릿속으로 우리가 함께했던 모든 시간을 하나하나 스크롤해본다. 라이언이 내 작업에 능동적으로 참여하고 있다는 걸 상수로 놓고, 그때 주차장에서 내 차 타이어가 펑크나고 우리가 처음 만났던 그 시점부터 면밀히 검토한다.

나는 목소리가 제대로 나올지 자신이 없어서 고개만 끄덕인다.

라이언이 조지를 만났다. 내가 조지와 편하게 얘기하듯 라이언도 조지와 친밀하고 자연스럽게 말을 주고받았다.

라이언이 금방이라도 제 비밀을 몽땅 내게 말할 것처럼 느껴질 때가 꽤 여러 번 있었다. 심지어 그는 차 안에서 텍사스 사업에 대해 까놓고 말해주기도 했다. 나도 자칫 다 털어놓을 뻔한 위기를 여러 차례 겪었다.

나는 그를 위해 모든 것을 걸 각오였지만, 그는 나를 갖고 놀고 있었다.

서러움에 시야가 뿌옇게 흐려진다. 머릿속이 뿌옇다. 속이 다 뿌예진다.

라이언의 두 손이 내 몸을 더듬어 올라와 내 얼굴을 감싼다. 상체를 젖혀 얼굴을 본다. 내 눈이 그의 눈을 탐색할 때 그의 눈도 내 눈을 탐색한다.

"놀라서 겁먹다니 당신답지 않은데." 라이언이 속삭인다. 그의 말이 맞다.

내가 그를 연구했듯 그도 나를 연구했을까? 고구마튀김을 좋아하고 커피에는 설탕을 두 스푼 넣는다, 고 쓰인 문서가 있었을까?

"하루종일 두통이 너무 심해서 힘들었거든. 그랬는데 밖에서 요란한 소리가 나는 바람에 순간 끈이 끊어졌어." 나는 샤워기 쪽으로 눈을 돌린다. "온수 바닥나기 전에 들어가 씻는 게 낫겠다."

라이언은 내 등을 한번 더 쓸어준 다음 욕실에서 나간다. "계산대 직원한테 20달러 더 주고 방으로 배달해달라고 했으니까 당신 나올 때쯤 피자도 와 있을 거야."

라이언이 문을 닫고 나간 뒤에도 나는 문을 잠글 수가 없다. 그의 여자친구는 그런 짓을 하지 않으니까. 나는 쏟아지는 뜨거운 물 아래로 발을 내딛는다. 내게 필요한 건 정신이 번쩍 들게 하는 충격이다. 얼굴에 정통으로 맞은 펀치 같은 것. 덕분에 뿌연 안개는 걷히지만 내 혈관 속에 들어앉은 비참함에는 아무런 도움이 되지 않는다. 애가 끊어진다.

나는 내게 우리의 가능성에 대해 애도할 시간을 5분 준다. 가능할 수도 있었던 미래를 슬퍼하는 5분. 나라는 여자가 완벽한 동네의 완벽한 집에서 완벽한 남자와 함께 사는 게 가능하리라 믿었던 희망을 파괴하는 5분.

그리고 이건 나의 세계가 아님을 상기한다.

나는 아주 잠깐 스쳐지나가는 유령에 불과하다.

깨끗한 옷으로 갈아입고 젖은 머리칼로 욕실을 나오니 라이언이 조그만 테이블을 깨끗이 치우고 먹을 자리를 마련해놓았다. 반시간 전만 해도 배고파 죽을 것 같았는데 지금은 음식 생각만 해도 토할 것 같다.

그래도 테이블 앞에 앉아 억지로 한 조각을 삼킨다. 정적을 실

없는 잡담으로 채운다. 그의 여자친구는 그렇게 할 테니까.

"금요일에 대비해 레이철과 당신이 준비할 시간이 별로 없을까봐 걱정이야." 빈 피자 상자를 바깥 쓰레기통에 버리고 온 라이언이 말한다.

그의 뒷주머니에 있던 종이가 지금은 보이지 않는데 그것도 같이 버린 건 아니기를 빈다.

"레이철과 같이 준비할 시간은 충분할 거야. 약속할게." 나는 침대로 기어올라가 이불 속에 푹 파묻힌다. "춥다. 냉방 좀 줄여줄래?"

라이언이 창문 아래 있는 공조기로 가서 온도를 조절한다.

그리고 몇 분 더 방안을 돌아다니며 이것저것 뒤적이다 욕실로 들어간다. 얼마 안 있어 침대로 들어와 내 옆에 눕는다. 라이언이 나를 끌어당겨 안고, 나는 순순히 안긴다. 그는 아무 말이 없고 더이상 채근하지 않는다. 우리는 머리끝부터 발끝까지 꼭 붙어 있고, 내 등에 닿은 라이언의 가슴에서 규칙적인 심장박동이 느껴진다. 그가 말을 꺼내려는 듯한 순간이 몇 번 있었지만 결국 어떤 말도 수면 위로 떠오르지 않는다.

나는 라이언과 조지의 대화를 머릿속으로 자꾸 자꾸 자꾸 되새긴다.

"머릿속이 복잡한 것 같은데. 무슨 생각 해?" 귓가에 바투 속삭이는 질문은 애정이 뚝뚝 묻어난다. 우리가 진짜로 함께하는 사이인 것처럼.

"그냥 좀 피곤하네."

라이언은 대답을 강요하지 않고 그저 내 머리를 어루만진다.

그렇게 머릿결을 쓰다듬어주면 내가 좋아한다는 것을 그는 안다.
우리 둘 다 쉬이 잠들지 못한다.

22장

현재

나는 해가 뜨기 전에 눈을 뜬다.

어젯밤 잠들기까지 한참이 걸렸고 결국 잠이 들었을 때는 꿈자리가 사나웠다. 라이언은 원래 아침에 일어나기 직전에 가장 곤히 자므로, 그가 조지를 만나고 돌아왔을 때 갖고 있던 서류를 찾아보려면 지금이 적기다.

밤새 나를 끌어안고 있던 라이언의 손이 느슨해져 그를 깨우지 않고 침대에서 빠져나오기는 어렵지 않다. 나는 그의 짐이 있는 쪽으로 바닥을 기어간다. 라이언은 옷가지와 신발, 세면도구가 든 더플백과 업무용 노트북 가방을 가져왔다. 내가 지금까지 이 노트북 가방을 몇 번을 털어봤는지 모른다. 컴퓨터에 있는 파일을 샅샅이 뒤지고 인터넷 방문기록도 확인했는데, 내가 이미 스미스에게 보고한 것들 외에 라이언은 뭘 놓고 다니지 않으려고 굉장히 조심했다.

내가 뒤져볼 거라는 걸 다 알고 있었군, 나는 이제야 깨닫는다. 나는 그가 내게 옜다 하고 던져준 것만 찾아낸 셈이었다. 이런 바보 멍청이.

하지만 조지가 넘겨준 그 문서는 라이언이 읽고 나서 피자 상자와 함께 내버리지 않았다면 여기 어딘가에 있어야 한다.

창문 아래 공조기가 다시 털털거리며 돌아가면서 가방 지퍼 여는 소리를 덮는다. 가방 안 대부분의 공간을 차지한 노트북이 제일 먼저 나온다. 그가 고객들과 상담할 때 메모용으로 쓰는 노란 리걸 패드와 우리가 길을 나선 후 몇 번의 통화에서 그가 강력 추천하던 어느 뮤추얼 펀드에 대한 스프링 제본 설명서도 있다.

안쪽 포켓에 쑤셔넣은 종이 뭉치가 있다. 한 장씩 살펴보는데 거의 다 투자금융 업무와 관련된 것이어서 조지가 준 문서가 없을 가능성에 대해서도 마음의 준비를 하려는 순간, 마지막 몇 장의 가장자리가 다 펴지지 않고 도르르 말려 있는 게 보인다.

이게 돌돌 말려 있던 그 종이다.

종이를 펼치며 그게 무엇인지 알아차리는 데는 오래 걸리지 않는다.

머릿속에서 경고음이 미친듯이 울려댄다.

이건 내가 스미스에게 넘긴 마지막 정보 묶음이다. 데번이 〈피플〉 잡지 속에 끼워 내게 밀어주었고, 내가 한번 쭉 검토하면서 넘기고 싶은 정보만 추렸었다. 끝 페이지 맨 아래 구석에 파란색 펜으로 내일 다시 사서함을 확인하겠다고 내 손으로 적은 메모를 보니 이건 복사본이 아닌 원본이다. 그때 내 가방에 파란색 펜밖에 없어서 그랬으니까.

이게 여기 있으면 안 되는데.

고개를 돌려 라이언이 자는 모습을 눈여겨보는 사이 머릿속에서 퍼즐이 재배열되기 시작한다. 라이언이 그 사다리에서 나보다 위에 있을 거라고 생각은 했지만, 그래도 이걸 갖고 있으면 안 되지. 이런 원본을. 조지가 라이언에게 전달해주면 안 되지. 조지가 그 사서함에서 수거하여 곧장 이리로, 라이언에게 갖다주면 안 되잖아.

스미스 본인이 운송 사업을 원했다는 안이 가장 그럴듯한 시나리오로 보였는데, 만약 그 이상의 뭔가가 있다면? 이미 자기 소유의 사업을 자기가 적대적 인수하겠다는데 내가 그걸 무슨 수로 망치겠냐고. 작업도 아닌 작업에 나를 묶어둘 이유가 없었다.

에어컨이 털털대며 돌아가고 라이언이 자고 있는 동안 내 머리는 핑핑 돌아가다 온갖 가설과 추측과 의혹에 걸려 넘어진다.

라이언과 조지의 어제 만남에서 두 가지 사실이 확인됐다. 조지가 우리의 소재를 아는 건 라이언이 알려줬기 때문이다. 그리고 두 사람이 서로를 대하는 모습에서는 시간이 쌓여야만 형성되는 종류의 친밀함이 드러났다.

몇 년 동안 나는 스미스의 얼굴을 알기 위해 갖은 애를 썼다. 고개를 돌려 세 발자국 거리의 라이언을 바라본다. 내가 점점 혐오하게 된 나의 보스가 라이언일 수도 있다는 사실이 믿기 힘들다.

아니. 아니지, 그건 말이 안 된다. 라이언은 나이가 너무 어리다. 타임라인이 맞지 않는다.

물건들을 가방 속에 정확히 원래 있던 대로 집어넣으면서 나는 머릿속으로 스미스와 나의 모든 대화를 하나하나 되짚어본다.

내가 처음 스미스와 얘기한 건 8년 전이다. 당시 라이언은 LSU에 재학중이었고 노스캐롤라이나와는 아무 연결점이 없었다.

스미스는 나를 맷한테 넘겼고, 이후 2년 동안 나는 맷하고만 일했다. 6년 전 앤드루 마셜 작업 때까지는 스미스와 다시 얘기한 적이 없었다.

6년 전.

라이언의 조모가 6년 전 암투병을 시작했다. 조부가 집에 머물며 조모를 간병할 수 있도록 라이언이 조부를 대신해 트럭 운송업―합법적 부문과 불법적 부문 둘 다―에 뛰어들었고, 오래지 않아 조부가 사망한 후에는 사업을 완전히 이어받았다.

그가 이어받은 사업은 그게 다였을까?

아니.

아니지.

라이언은 나와 함께 애틀랜타로 가는 중이고 그곳에서 나는 경찰 여럿과 얘기하게 될 것이다. 라이언이 그렇게까지 얼굴을 팔고 다닐까?

이어서 머릿속에서 나는 버나드 부부의 집에 다시 와 있다. 수사관의 질문을 받고 일일이 답하던 그 작은 방을 보고 있다. 거기서 수사관은 에비 포터가 앨라배마 브룩우드 출신이라는 사실을 알게 됐다. 왜냐하면 라이언이 말했으니까. "에비는 몇 달 전에 앨라배마 브룩우드에서 여기로 이사왔어요. 제임스하곤 모르는 사이였죠."

아냐, 아냐, 아냐.

이어서 월요일 아침의 차고. 그곳에서 라이언이 꾸물거렸다.

그리고 나는 데번이 보낸 911 문자를 무시했다. 왜냐하면 라이언이 아직 나를 보내줄 준비가 되지 않았으니까. 그때 나는 이런 생각을 했었다. 차고에서 라이언과 미적거리지 않았다면 데번의 문자를 바로 확인했을 것이다. 그 몇 분 차이로 나는 깔끔한 도주로를 날렸다.

잠깐 있어봐. 아냐. 우리가 옥스퍼드를 출발한 후 그 팬 사이트에서 스미스는 미치에게 답을 했다. 라이언은 운전중이었다. 나는 그 답글이 뜨는 것을 본 순간으로 되감는다. 나는 내 차 조수석에 앉아 있었다. 라이언은 막 기름을 넣고 간식거리를 좀더 사오겠다며 가게에 들어갔다. 내가 스미스와 미치의 대화를 지켜보는 동안 라이언은 가게 안에 있었다.

라이언과 조지가 같이 있던 순간의 기억이 활성화되고 나는 다른 렌즈를 통해 그 장면을 지켜본다. 내가 조지를 대할 때와 똑같은 편안함과 친밀함이 그들 사이에도 있다. 하지만 결정을 내리는 사람은 라이언이다. 그 결정에 따르는 조지. 라이언에게 문서를 전달하는 조지.

이번 작업은 시험이었다. 나의 충성심을 테스트하는 시험.

젠장, 라이언은 내가 그 운송 사업에 대한 정보를 넘기기 전에 수정을 가했다는 사실을 금방 알았을 것이다. 내가 시키는 대로 똑바로 일하지 않았다는 직접적인 증거를 가지고 있다. 그리고 나는 그가 스미스에게 사업체를 뺏길까봐 걱정했다.

나는 가까이서 감시당할 거라는 사실을 알았다.

같은 공간에 있는 것보다 더 잘 감시할 수 있는 방법이 뭐지?

아니.

거기까지 가진 말자. 아직은.

성급한 결론을 내리기는 쉽지만, 섣부른 단정은 치명적이다.

나는 침대 내 자리로 다시 기어들어가 머리맡 협탁에서 휴대폰을 낚아채 인스타그램을 연다.

내 피드를 스크롤하다 디지털 미디어 스킴에서 오늘의 5대 주요 뉴스를 간추려 올린 게시물에 댓글을 단다. 이런 따끈한 소식이! 너무 뜨거워 감당이 안 되네! #다시길떠남 #나혼자

한두 시간은 데번이 이 댓글을 못 볼 가능성이 높지만 그래도 라이언을 두고 혼자 여길 떴다는 사실을 그에게 알려야 한다.

댓글이 업로드되자 나는 지갑과 차 열쇠를 집어들고 나머지는 전부 포기한다. 어차피 도시를 벗어나면 차후 필요한 물건을 구하기 위해 굿윌스토어에 들를 계획이었으므로 쇼핑 목록에 몇 가지 품목만 추가하면 된다.

모텔방 문 열리는 소리가 방안에 울려퍼지지만 다행히 라이언은 뒤척이지 않는다. 나는 금세 내 차를 타고 주차장을 벗어난다. 주간 고속도로에 들어서자마자 레이크포빙에서 에비 포터가 사용하던 휴대폰을 버린다. 차에 추적 장치가 붙어 있더라도 데번이 준 조그만 검정 상자 덕분에 그 장치는 아무런 정보를 제공하지 못한다. 전에는 스미스가 내가 어디로 가는지 알기를 바랐지만 이제부터는 아니다.

일단 두 시간 정도 달리고 나서 나는 선불폰을 사기 위해 차를 세우고 데번에게 전화를 건다.

"안녕?" 통화가 연결되자 내가 말한다.

"무슨 일이야?" 데번이 묻는다.

나는 그간의 일을 상세히 설명하고, 우리 둘 다 잠시 말이 없

다. "내가 무슨 생각 하는지 알겠지." 마침내 내가 입을 열지만 라이언이 실제로 누군지 소리 내어 말하고 싶진 않다.

"나도 그 생각 하고 있는 거 알겠지." 데번이 대꾸한다. "하지만 단정은 금물……"

"우리는 오직 팩트만 다룬다." 나는 데번이 하려던 말을 대신한다. 그것이 우리의 주문이다.

나는 아직 이 휴대폰을 산 가게의 주차장이고, 내 차 뒤에 숨어서 차체 길이만큼만 수없이 왔다갔다하고 있다. 운전을 오래 했더니 몸이 뻐근해서라고 혼자 되뇌지만 사실 나를 몰아붙이는 건 공포다.

"난 레이크포빙으로 돌아왔어." 데번이 말한다. "나는 내가 맡은 일을 할 테니까 당신은 당신이 맡은 일을 해." 내가 전화를 끊기 전에 데번이 말한다. "그 게시판 건은 거의 끝나가. 필요할 때 연락할 수 있게 이 휴대폰은 계속 유지해. 지금 당신은 인스타그램 계정에 로그인을 못 할 테니까. 위험도는 충분히 낮아."

이런 경우 데번이 어떤 파라미터를 이용해 위험 대비 이익을 측정하는지 모르겠지만, 나는 그를 십분 신뢰하므로 그의 추론에 이의를 제기하지 않는다.

"알았어." 나는 잠시 머뭇거리다 덧붙인다. "내일 아침에 우리가 바라는 대로 일이 마무리되지 않을 것 같으면 바로 튀어. 하던 거 다 팽개치고 모습을 숨겨."

"L, 나는 당신을 버리지 않아. 알잖아."

"스미스와 경찰 사이에 껴서 이번에 내가 무사히 빠져나갈 가능성은 희박하다는 거 피차 잘 아는 처지에 뭘. 고려해야 할 다른 사람들도 있고. 우선 헤더에겐 데번이 필요해."

"그건 당신도 마찬가지지." 데번이 말한다. "튀는 건 언제라도 늦지 않아. 일단 엉덩이 털고 일어나서 움직여."

"오늘 할일 다 마치면 연락할게." 나는 전화를 끊는다. 이 모든 대화가 내가 차마 입 밖에 꺼낼 수 없었던 작별인사처럼 느껴진다.

———◆———

'이든에 오신 것을 환영합니다'라는 표지판을 통과한 게 오후 2, 3시쯤이다. 아까 데번에게 연락할 임시 휴대폰을 사기 위해, 그리고 윈스턴세일럼의 굿윌스토어에서 옷가지를 사기 위해 잠깐 멈췄을 뿐 진짜 장거리 운전이었다.

나의 두 눈은 한때 내가 우리 동네라고 불렀던 이 도시를 흡입하다시피 쓸어담는다. 삽시간에 밀려드는 추억의 봇물에 빠져 죽을 것만 같다. 친구들과 어울려 다니던 패스트푸드 식당, 엄마와 같이 매주 몇 시간이고 신상품을 꼼꼼히 들여다보던 원단 가게는 여태 그대로지만 다른 건물들은 오래 방치해둔 탓에 심하게 망가졌다. 내가 다닌 고등학교 앞을 지나는 도로로 접어들어 수천 번 오갔던 후문과 주차장 사이 잔디밭 가운데로 난 옛길을 보는 순간 숨을 쉬는 게 거의 물리적으로 불가능해진다.

마지막으로 여기 왔던 게 전생의 일 같다.

근데 또 어제 일 같기도 하다.

모든 게 굉장히 친숙하고 낯익지만 그래도 난 이곳에서 이방인이다. 연락할 사람도 찾아갈 사람도 없다.

마지막으로 길을 꺾자 내가 살던 거리가 나온다. 나는 트레일러 공원에 차를 세우고 시동도 끄지 않고 내린다. 빽빽하게 들어찬 소형 이동식 주택들을 하나하나 관찰하며 예전 모습과 현재를 비교하고 각각을 집이라 불렀던 이들을 떠올린다. 나는 왼편 가운데 있는 주택을 맨 나중으로 아껴둔다.

이런 상태의 집을 누가 본다면 엄마가 얼마나 당혹스러워할지에 생각이 미치자 마음이 불편해진다. 우리가 살고 있을 때도 딱히 볼 건 없는 집이었지만 엄마는 늘 깨끗이 쓸고 닦아 말끔히 정리해놨고 계단 옆 비좁은 화단에 꽃을 심어두었다. 지금은 잡초가 무성하고 지붕에는 파란색 타프 천막을 덮어놨으며 입구 앞 벽돌을 깔아놓은 곳에 고장난 트럭이 서 있다.

예전에 나였던 여자애를 떠올리니 가슴이 저릿하다. 이곳을 집이라고 불렀던 아이. 그 아이는 여기서 행복했다. 정말 행복했다. 심지어 엄마가 암투병을 할 때에도 그 어리고 순진한 여자애는 자신이 엄마를 돌볼 수 있다고 생각했다. 엄마를 병마에서 구해낼 수 있다고 생각했다.

또한 그 아이는 이 트레일러에서 많은 것을 깨우쳤다. 아무리 열심히 노력해도 때론 충분치 않다는 것을 배웠다. 믿을 수 있는 유일한 사람, 진정으로 의지할 수 있는 유일한 사람은 자기 자신밖에 없다는 것을 배웠다.

바로 옆 트레일러에서 커튼 밖을 엿보는 여자가 추억에 젖으려고 내가 이 먼길을 달려온 것이 아님을 일깨운다.

내가 이든으로 돌아온 이유는 하나다.

나는 차를 타고 다시 메인 도로로 나와 시츠 주유소에서 기름을 넣은 후 화장실에서 재빨리 옷을 갈아입는다. 통창을 낸 사무용 건물들이 낮고 길게 늘어선 신시가지까지 가는 데는 몇 분 걸리지 않는다.

신시가지에서도 가장 멀리 끝에 있는 브라운병원 근처에 차를 대고 입구로 걸어간다.

"무슨 일로 오셨나요?" 접수대로 다가가자 직원이 묻는다.

"건물 관리인이 불러서 왔어요. 전기 차단기를 전체 점검하는 중입니다. 어젯밤에 반려동물 용품점에서 누전이 나서 큰일날 뻔했는데 천만다행으로 사람이 있어서 불로 번지기 전에 잡았어요. 몇 분 안 걸릴 겁니다." 나는 굿윌스토어에서 대충 전기공으로 통할 만한 유니폼 셔츠와 카키색 바지를 운좋게 발견했다.

"아!" 직원이 내게 안으로 들어가보라고 몸짓하며 말한다. "물론이죠. 필요한 게 있으면 말씀하세요."

나는 직원에게 활짝 웃어 보이고 병원 안쪽으로 향한다. 다행히 모든 직원이 환자들과 함께 진료실에 있어서 나는 누구의 눈에도 띄지 않고 유유히 설비실로 들어간다. 배전함을 지나쳐 곧장 메인 서버실로 가서 가방에서 USB를 꺼내 꽂고 데번이 적어준 대로 코드를 입력한 후 파일이 업로드되는 것을 확인한다.

나는 5분 만에 설비실에서 나온다. 다시 대기실로 돌아와 접수대 직원에게 고개를 까딱 숙인다. "여긴 아무 이상 없네요. 좋은 하루 보내세요."

그로부터 10분 후 나는 두 번 다시 오지 않을 이든을 떠난다.

데번에게 전화를 걸고 그가 받는 순간 말한다. "다 됐어."

"스크린숏을 보낼게." 데번이 말한다. "미치 캐머런 도박이 성공했어. 이제 우린 스미스가 누군지 알아."

심장박동수가 하늘을 찌를 듯 솟구치고, 나는 차를 갓길에 대고 이미지가 로딩되길 기다린다. 그리고 그 사람이 나온다. 화면은 손톱만하지만 내 눈에는 낯익은 얼굴만 보인다. 나는 필요 이상으로 오래 들여다본다.

마침내 휴대폰을 다시 귀에 댄다. "이제 팩트를 다루는군." 내가 말한다.

"맞아, 그래." 데번이 잠시 침묵하다 말을 잇는다. "그렇다고 계획을 변경할 필요는 없어, L."

나는 힘겹게 침을 삼킨다. "알아. 전화를 돌려. 먼저 경찰 쪽부터 해결하고 싶어. 은행은 그다음에. 경찰을 떨구지 못하면 나머진 다 소용없으니까 지금 당장은 그쪽이 최우선이야."

"알았어. 내가 전에 한 말 명심해. 튀는 건 언제라도 늦지 않아. 일단 실행에 옮기는 것부터 시작해."

보이지 않는다는 걸 알면서도 나는 고개를 끄덕인다. "레이크 포빙 일은 잘되어가?"

"진작에 끝냈지. 문제없이 집에 들어왔어. 내일 아침에 제일 먼저 경찰에 제보할 거야." 데번이 말한다. "가다가 강이 나오면 그 휴대폰은 던져버려. 경찰과 만날 때 그 전화기를 몸에 지니고 있지 마."

"그럴 거야. 애틀랜타에 도착하면 새걸 마련할 테니까 다음번 통화는 내가 그 형사들과 볼일을 마치고 난 다음이겠지. 만약 내 전화가 안 오면, 알지⋯⋯"

"그만, 종말론은 아직 일러. 연락 기다릴게." 그러고 나서 데번이 전화를 끊는다.

나는 그의 사진을 몇 분 더 물끄러미 바라보다 삭제한다.

작업명: 리자이나 헤일—6개월 전

작업이 지루하다고 느낀 건 이번이 처음이다. 나는 조지아주 디케이터에 있고, 지금까지 내가 받은 건 새 신원과 이 지역 컨트리클럽의 회원 번호 그리고 에이미 홀더라는 이름과 아래의 지시 사항뿐이다.

에이미 홀더는 빅터 코널리 및 코널리 일가의 사업과 관련된 극히 민감한 정보를 소지하고 있다. 그리고 빅터에게 불리한 그 정보를 팔겠다고 협박하며 돈을 요구하는 중이다. 에이미 홀더가 협박을 실행에 옮기기 전에 정보를 회수하는 일이 얼마나 중요한지 아무리 강조해도 지나치지 않다. 이번 작업을 일임하는 만큼 기밀 유지는 필수. 빅터 코널리 같은 자의 눈 밖에 나는 일은 우리 중 누구도 원하지 않는다. 에이미 홀더를 감시하고 그 여자에 대한 모든 것을 숙지할 것. 별도 지시가 있을 때까지 직접 부딪치지 말되, 언제라도 즉각 행동에 들어갈 수 있도록 준비할 것.

에이미는 시계처럼 정확히 매일 오후 5시 25분에 컨트리클럽 바의 쌍여닫이 유리문을 밀고 들어선다. 지난 두 주 동안 에이미는 대략 오후 5시까지 집에 머물렀고, 이곳 클럽까지 고작 3킬로미터 거리를 출퇴근하듯 오갔으며, 술집 문 닫을 때까지 보드카 마티니를 못 마셔 죽은 귀신이 붙은 것처럼 폭음했다.

에이미는 키 170센티미터에 몸은 운동선수처럼 다부지고 벌꿀색 금발 머리가 어깨 바로 아래까지 내려온다. 화장은 엷고 액세서리 하나 없으며 항상 까칠한 무표정이다.

에이미가 늘 앉는 바 테이블에 스윽 자리를 잡으면, 클럽 로고가 새겨진 빳빳한 버튼다운 셔츠 차림의 모리스라는 명찰을 단 바텐더가 쾌활하게 인사하고 따스한 미소를 지으며 차후 이어질 여러 잔 중 첫 잔을 내준다. 요 몇 년 새 확실히 데번은 이런 능동적 역할을 맡아 앞에 나서는 데 재미를 붙였다.

"메뉴판 보시겠습니까?" 모리스가 묻는다.

"좀 이따가요." 에이미가 대답한다.

"알겠습니다. 필요하실 때 말씀만 주십시오." 모리스는 물러난다.

이 대화 또한 한결같다. 똑같은 질문, 똑같은 대답. 에이미는 메뉴판을 달라고 하는 법이 없고 바텐더도 두 번 다시 물어보는 법이 없지만, 에이미가 고개만 까딱하면 몇 초 만에 술잔이 다시 채워진다.

나는 열하루 동안 이 술집을 들락거렸고, 굳이 에이미의 눈을 피해 숨지 않고 그냥 편히 자리잡고 앉은 지 내리 사흘째다. 에이미는 주변을 깡그리 무시하고 제 술만 홀짝인다. 휴대폰이 있는지 모르겠지만 한 번도 폰을 꺼내 보지 않는다. 나를 포함해 여기서 최소 한 번이라도 폰을 들여다보지 않은 사람은 없고, 하다못해 시간이라도 확인한다.

그러나 에이미는 아니다.

에이미는 바에 앉아 넉 잔에서 여섯 잔까지 마티니를 마신 다음 핸드백을 들고 일어나 집까지 짧은 거리를 운전해서 간다. 어떤 날은 가는 내내 차가 노란 중앙선을 오락가락 넘어 다닌다. 에이미는 순전히 위치 때문에 그 터무니없이 비싼 타운하우스에 산다. 내일 아침에 일어나면 전 과정을 똑같이 반복할 것이다.

에이미를 감시하러 그 집에 들어갈 수는 없는 노릇이니 나의 유일한 선택지는 이 클럽에서 어슬렁거리는 것뿐이다.

나는 바에서 대각선 맞은편 자리에 앉아 밤이면 밤마다 그래왔듯 들어오고 나가는 사람들의 동선을 눈으로 좇는다. 바 구역은 골프나 테니스를 치고 들어와 그날의 시합 결과를 축하하거나 위로하는 회원들로 붐빈다. 레스토랑은 저녁 외식하는 가족 단위 손님들을 맞이한다. 두 구역 다 시끄럽고 정신없다.

이렇게 죽치고 앉아 대기하자니 점점 스트레스가 쌓인다.

보통 나는 작업이 시작되기 전에 약간의 준비 기간을 갖는데, 이번엔 스미스 씨에게 연락을 받고 24시간도 안 되어 디케이터로 가는 시 경계를 넘고 있었다. 화급을 요한다길래 허둥지둥 도착해서 오자마자 곧장 작업에 돌입할 줄 알았는데 내가 받은 지시는 정반대였다. 그리하여 두 주가 지난 지금까지 내가 한 일이라곤 저 여자가 저녁식사로 술을 들이켜는 모습을 지켜본 것뿐이다.

그렇다고 내가 여기서 무슨 일이 일어나는지 모른다는 얘기는
아니다.

내가 대기 상태에 있는 이유는 다른 사람이 에이미와 막후교섭
을 벌이며 정보를 자발적으로 반납하라고 설득하고 있어서다. 그
사람들이 착해서가 아니라 에이미가 가진 정보를 빠짐없이 고스
란히 돌려받으려면 그게 최선이기 때문이다.

현재 에이미의 안전을 지키는 것은 에이미가 아직 손에 쥐고
있는 그 협박 자료뿐이다. 에이미가 그걸 자발적으로 넘기든 내
가 에이미에게서 빼내오든 상관없이 그게 에이미의 손을 벗어나
는 순간 에이미는 스미스 씨와 코널리 일가 양쪽에서 분노의 집
중포화를 맞을 것이다.

그리고 테이트 작업 후 경고를 들었다시피 나 혼자 이곳에 파
견됐을 거라는 환상은 없다. 에이미 홀더는 스미스 씨에게 최우
선 순위가 됐고, 그는 단 한 가지도 우연에 좌우되지 않도록 철저
히 준비했을 것이다.

나는 바 테이블로 옮겨 에이미에게서 세 자리 떨어진 스툴을
골라 둘 사이에 널찍이 공간을 띄우고 앉은 후, 와인 한 잔 더 달
라고 손짓한다.

데번이 내 앞에 와인잔을 내려놓고 묻는다. "메뉴판 보시겠습
니까?"

나는 방긋 웃으며 말한다. "아뇨, 괜찮아요." 데번은 바 저쪽
편에 앉은 단체 손님을 응대하러 간다. 이번 작업에 데번이 필요
하게 될지는 모르겠으나 나는 데번 없이는 일하고 싶지 않은 지

경에 이르렀다. 불가분의 팀메이트가 됐다고나 할까.

"못 보던 분이네." 에이미가 말한다.

나 말고 딴사람에게 말을 건 게 아닌가 하고 잠시 주위를 둘러본다. 나한테 하는 말이라는 게 확실해지자 나는 대답한다. "네, 이사온 지 얼마 안 됐어요." 그리고 스툴에 앉은 채 에이미를 향해 몸을 돌려 열린 자세로 대화에 임한다.

에이미는 나를 위아래로 훑어보고는 제 마티니로 돌아간다.

"당신이 뭘 찾고 있는지 다 아는데, 그건 여기서 못 찾아." 에이미는 새끼손가락을 술잔에 넣고 휘휘 저은 다음 입에 넣고 쪽 빤다. "찾을 리가 없지! 당신네 사람들한테 전해!"

갑작스러운 폭발에 나는 흠칫 움츠러들 수밖에 없다.

에이미는 잔을 입가로 가져가 단번에 쭉 들이켜더니 빈 잔을 허공에 대고 마구 흔든다. "너넨 절대, 결코, 무슨 일이 있어도 그거 못 찾아!" 너무 크게 말해서 몇 사람이 고개를 돌려 이쪽을 본다.

에이미가 의자를 휙 돌려 나를 똑바로 바라보고 이를 드러내며 히죽 웃더니 다시 바 테이블로 몸을 돌린다. "꺼져." 외치듯 속삭인다.

며칠 전 나는 에이미를 감시하는 나를 감시하기 위해 파견된 사람을 식별했다. 방금 골프 라운딩을 마친 듯한 옷차림으로 안쪽 구석자리에 앉아 있는 아저씨다. 지금 이곳 상황이 스미스 씨에게 실시간 업데이트되고 있을 가능성이 농후하고, 에이미와 직접 부딪치지 말라는 지시를 들었으므로 나는 신중히 걸음을 내디뎌야 한다. 이번 작업에서 배제되기는 싫거든.

"아무래도 사람을 착각하신 모양이네요. 무슨 말씀이신지 통 모르겠습니다." 그렇게 말하고 나는 몸을 바로 하여 바를 마주하고 내 앞에 놓인 와인을 한 모금 홀짝인다. 에이미가 폭발한 게 나 때문이라면 스미스 씨가 엄청 화낼 텐데.

곁눈으로 보니 에이미는 나한테 짜증나고 실망하기라도 한 것처럼 어깨가 축 늘어졌다. 잠시 더 지켜보는데 에이미 앞에 또 한 잔의 칵테일이 놓이자 얼굴이 확 밝아지며 환성을 지른다. "모리스! 당신은 나의 영웅이야!"

에이미에 대한 사람들의 관심이 잦아들고 주변 사람들의 대화가 재개되자 주위 볼륨이 올라간다.

나는 관찰하기 좀더 편하게 스툴을 살짝 에이미 쪽으로 돌린다.

에이미는 내가 의자를 돌린 것을 눈치채고 자기도 똑같이 방향을 튼다. "당신은 지지난주 월요일 오후 6시 17분에 처음 이 클럽에 나타났지. 하늘색 테니스 스커트에 흰색 민소매 톱을 입고 있었어. 머리는 하나로 묶었고. 보드카 크랜베리를 주문했지. 그 다음날 저녁엔 5시 45분에 꽃무늬 시프트 드레스를 입고 왔어. 마신 건 샤르도네 두 잔." 에이미는 플라스틱 칵테일 젓개를 들어 나를 가리키며 내가 이 클럽에 당도한 정확한 시각을 비롯해 매번 내가 뭘 먹고 마시고 입었는지 줄줄 읊어대고, 말이 길어지면서 점점 목소리가 커진다. "그리고 매일 밤 당신의 암청색 렉서스 SUV가 내 집까지 졸졸 따라왔어." 심지어 자동차 번호판까지 외우고 있다.

나는 주위를 힐끔 둘러보고 또다시 청중이 생겼음을 알아차린다. 안쪽 구석의 미행꾼은 아예 대놓고 우리를 쳐다본다. 술 취한 여자한테 이런 식으로 취조당한 건 예전에 딱 한 번 제니 킹스턴 때뿐이다. 바닥에 쓰러진 제니의 머리 주위로 피 웅덩이가 생겨 나던 장면이 기억을 헤집고 밀려들면서 그 직후 보스가 내게 던 진 질문이 되살아난다. 제니가 제풀에 넘어지지 않았다면 자네는 어떻게 했을까? 8년 동안 내 머릿속을 맴돌고 있는 그 질문.

우선 이 상황을 수습해야 한다. "제가 이사온 지 얼마 안 돼서, 여기가 사람들 만나기 제일 좋은 장소라는 생각이 들었거든요."

"그렇겠지. 놈들은 그걸 회수하고 싶겠지. 하지만 그걸 넘기는 순간 난 죽은 목숨이라는 거 피차 잘 알잖아."

나는 카메라나 마이크를 찾아 바 주변을 힐긋 둘러보고 스미스 씨가 오늘밤 우리 사이에 무슨 대화가 오갔는지 얼마나 들을 수 있으려나 가늠해본다. 확실히 눈에 띄는 건 없지만 엿듣고 있을 가능성을 배제할 수 없으므로 일단 쇼를 계속한다.

"무슨 말씀이신지 잘 모르겠지만 혹시 도움이 필요하시다면 제가―"

"당신은 날 도우러 온 게 아니잖아. 아무도 날 도울 수 없어. 하지만 나도 어쩔 수 없었어. 그걸 갖고 나오지 않았으면 난 이미 죽었을걸." 에이미는 대꾸할 틈도 주지 않고 덧붙인다. "이제 됐으니까 가봐." 그리고 다시 칵테일을 마주하고 앉는다.

나는 그대로 바에 머물며 천천히 와인을 다 마신 다음 계산을 하고 스툴에서 일어나 밖으로 나온다.

차에 타고 나서는 몸에 익은 습관대로 내게 마련된 작은 아파트로 돌아간다. 바에서 우리가 벌인 그 소동이 이미 스미스 씨의 귀에 들어갔음은 의심의 여지가 없다. 오늘밤 일로 그가 나를 철수시킬 것 같진 않지만 이제부턴 그 어느 때보다 바짝 감시를 붙이겠지.

◆

사흘 후 나는 다음 단계에 들어간다. 에이미의 집 건너편에 숨어서 에이미가 집에 도착하기를 기다린다. 두번째 지시사항은 컨트리클럽에서 에이미가 내게 대거리한 다음날 아침에 들어왔다. 내 예상이 맞았다. 스미스 씨는 나를 어여삐 여기지 않았다.

> 단순한 지시도 따르지 못하는 자네의 무능력으로 인하여 일정이 앞당겨졌다. 수단과 방법을 가리지 말고 휴대폰, 컴퓨터, 태블릿, 하드디스크 등등을 포함한 모든 디지털 기기를 찾아내 회수할 것. 디지털 정보를 저장할 수 있는 매체라면 뭐든 빼내올 것. 그 정보가 얼마나 민감한 것인지, 어떻게 다루어야 하는지 더 말할 필요는 없겠지.

우리는 완곡어법 흉내를 집어치웠고 여기 적힌 경고는 명백하다―내가 회수한 정보는 오직 그만 볼 수 있고, 그렇지 않으면 나도 에이미 홀더와 똑같은 신세가 될 것이다. 나는 에이미와 친구가 되거나 가까이 지내거나 일을 지체하면 안 된다. 나는 에이미에게서 모든 것을 빼앗아야 한다. 지금 즉시.

전조등 불빛이 앞마당을 가로지르며 에이미의 차가 좁은 진입로로 비틀비틀 들어오고, 차의 오른쪽 측면이 쓰레기통을 간발의 차이로 비껴간다. 오늘밤 마티니는 못해도 다섯 잔이군.

차는 멈췄는데 운전석 문은 열릴 기미가 없다.

몇 분이 지났는데도 에이미는 여전히 차에서 내리지 않는다. 나는 10분까지 기다린 후 매복처를 나와 느릿느릿 진입로를 걸어 차가 서 있는 곳으로 간다. 어느 정도 접근하자 이내 핸들에 걸쳐져 앞으로 고꾸라진 형체가 보인다.

나는 운전석 문을 열고 에이미가 콘크리트 바닥으로 나동그라지기 전에 붙잡는다. 핸드백을 뒤져 집 열쇠를 찾아 내 주머니에 넣는다. 에이미의 양쪽 겨드랑이에 손을 넣어 차에서 끌어내 집으로 끌고 간다. 신발 한 짝이 벗겨지고 이어서 다른 짝도 벗겨진다. 나를 지켜보고 있을 카메라를 향해 가운뎃손가락을 들어 보이고 싶은 심정이지만 꾹 참고 되도록 길 쪽에 등을 돌린 자세를 유지한다. 현관문 앞까지 꾸준히 움직인다. 잠긴 문을 열자 축복 같은 고요함이 우리를 맞이한다.

나는 에이미를 소파에 눕힌 다음에야 한숨 돌린다. 일단 에이미를 제대로 누이고 나서 다시 밖으로 나가 신발과 가방을 줍고 잠시 차 안을 수색한다. 막 뽑은 신차를 처음 몰고 나온 날처럼 아무것도 없이 깨끗하다.

이 시점에서 스미스 씨는 내가 일을 제대로 하는지 사람을 시켜 창문으로 엿보게 할 가능성이 다분하므로 나는 집안을 뒤지고 다니기 시작한다. 이 집도 차와 똑같이 먼지 한 톨 나오지 않는다. 첨단 기기는 눈 씻고 찾아봐도 없다. 유선전화는 있지만 휴대폰도 컴퓨터도 어떤 종류의 태블릿도 없다. 기기가 있긴 하지만 지금 여기엔 없음을 시사하는 충전기 하나 없다. TV가 한 대 있는데 지붕 위 안테나에 연결된 채널밖에 나오지 않는다. 흔히 숨기는 장소는 다 찾아봤지만, 1980년 이후에 출시된 제품은 이 집에 들어온 적이 없는 것 같다.

에이미가 구식 방법을 썼을까 싶어 공책과 수첩과 종이 쪼가리까지 찾아봤다. 아무것도 없다.

나는 의자에 앉아 소파에서 잠든 에이미를 우두커니 바라보다 결국 오늘은 여기까지 하기로 하고 그 집을 나선다.

———◆———

내가 집을 수색한 다음날 에이미는 애틀랜타 시내 중심가에 있는 호텔로 거처를 옮겼다. 그게 나흘 전이다. 나는 지금 차 안에 앉아 에이미가 최소 마티니 넉 잔을 마신 모습으로 비틀거리며 모퉁이 술집에서 나오는 모습을 지켜본다.

에이미의 행태가 급변을 거듭하는 관계로 나는 거의 매일 새로운 지시사항을 받고 있다. 가장 최근 지시사항은 스미스 씨가 인내심을 완전히 잃었음을 보여준다.

에이미가 무슨 짓을 벌일지 모른다. 그 여자를 즉시 데려올 것. 타협안은 없음.

그 여자를 즉시 데려올 것이라니. 이런 건 또 처음이네. 어디로 데려오라는 거지? 일단 붙잡은 다음에 누가 나한테 접근할 때까지 기다리나? 차 트렁크에 집어넣어? 스미스 씨도 에이미 못잖게 종잡을 수 없게 나온다. 완전 겁에 질린 모양인데, 이러면 빅터 코널리가 이 문제를 해결하라고 그에게 얼마나 많은 압력을 넣고 있는지 궁금해질 수밖에 없다.

나는 차에서 훌쩍 내려 에이미의 뒤에서 적당한 거리를 유지하며 길을 건넌다.

에이미는 횡단보도 신호가 초록불로 바뀌자마자 도로에 내려선다. 맞은편에서 오는 사람들이 재빨리 피하지 않으면 에이미는 새빨간 코트 자락을 휘날리며 그대로 들이받아버린다. 반대편 인도에 올라설 때는 도로경계석에 걸려 넘어질 뻔한다.

꼴이 아주 가관이다.

에이미는 바로 앞에 있는 관광객 무리는 안중에도 없이 호텔 앞 인도를 가로질러 무작정 돌진한다.

거기서 에이미가 발을 멈추자 나는 급히 오른편으로 틀어 차도는 벗어나되 에이미와 너무 가깝지 않도록 거리를 벌린다.

에이미는 인도를 오가는 인파 한가운데 버티고 서 있다가 자신을 지나쳐 가려는 보행자들에게 떠밀려 빙그르르 돌더니 나를 마주보고 선다. 에이미의 시선과 내 시선이 얽힌다.

나를 알아봤다는 표정이 뚜렷하다.

에이미가 손을 들어 손가락으로 나를 가리킨다. "당신. 당신 여기서 뭐하고 있는 거야? 내가 분명 꺼지라고 했을 텐데."

나는 식겁해서 뒤로 몇 발짝 물러나 모퉁이 쪽으로 슬금슬금 걸음을 옮기지만 미처 자리를 피하기 전에 에이미가 거리를 좁히며 소리지른다. "돌아가서 그 좆만이 스미스한테 좆까라고 전해. 그 새끼는 지 머리가 존나 좋은 줄 알지만 택도 없지. 그놈은 오랫동안 사람들을 엿 먹이고 사기치고 다녔어. 그 자세한 증거가 나한테 다 있다고! 난 놈의 약점을 잔뜩 쥐고 있거든. 놈이 아는 것보다 훨씬 더 많이!"에이미는 오만상을 찌푸리고 가운뎃손가락 욕을 한 다음 뒤로 돌더니 아무 일 없었다는 듯 태연히 호텔 로비로 들어간다.

스미스 씨에 대해 에이미가 방금 한 말의 충격이 내 얼굴을 덮치지만, 금세 몇 년 동안 갈고닦아 완벽해진 무표정으로 교체된다. 지금 나는 감시당하고 있으니까. 나는 스미스 씨가 이곳에 심어놓은 아저씨를 찾아 길거리를 빠르게 눈으로 훑는다. 에이미가 훔쳤다는 그 민감한 정보가 의뢰인에 대한 것뿐만이 아니라는 사실이 스미스 씨의 귀에 들어가는 건 이번이 처음일 것이다. 이걸 알게 되면 보나마나 노발대발하겠지. 스미스 씨는 에이미가 입수한 빅터 코널리에 대한 정보를 내가 보지 않을 거라고 믿지도 않는 사람인데, 자신에 대한 정보를 내가 빼낼 수도 있다고 생각했다면 결코 이번 작업에 나를 투입하지 않았을 것이다. 자신에게 불리한 정보가 내 손에 들어오게 되는 일은 절대 바라지 않을 것이다. 내가 그에게 불리하게 이용할 수 있는 정보가.

나는 오랫동안 스미스 씨에 대한 정보를 탐색하고 있었다. 그의 정체를 밝힐 수 있는 단서가 될 만한 것은 뭐든 파고들었다. 그에 대한 정보가 내 손에 들어오면 내가 무슨 짓을 할지 그는 당연히 우려하는 게 맞다.

자네 자신과 작업을 지키기 위해서라면 뭐든 해야 해. 일찍이 스미스 씨가 내게 해준 이 조언을 잊은 적이 없다. 매 작업 때마다 가이드로 삼는 조언이다.

이 작업이 끝나려면 아직 한참 멀었다.

나는 미리 세워놓은 계획대로 에이미를 뒤따라 호텔로 들어간다. 비품실까지 가는 데 몇 분이 소요된다. 물품 보관함 중 한 군데서 객실 청소부 유니폼이 든 가방을 찾아낸다. 나는 재빨리 옷을 갈아입고 다갈색 머리를 단정하게 틀어올린다. 가방을 뒤지니 밑바닥에서 마이크와 단일 이어피스가 나온다. 마이크를 유니폼 목깃 안쪽에 끼우고 이어피스를 귀에 꽂고 이제 나갈 준비가 됐다.

근거리에서는 주파수를 감지당하기 쉽기 때문에 데번은 평소 이런 종류의 기술을 좋아하지 않지만 이번엔 어쩔 수 없었다. "준비 완료."

이어피스에서 데번의 말소리가 들린다. "출발해도 좋아. 조심하고." 데번은 어제 이 건물에 들어와 시스템을 해킹했고 지금은 길가에 세워놓은 밴 안에서 작업하고 있다. 한쪽 눈으로는 나를 보고 다른 눈으로는 호텔 보안 카메라의 실시간 영상을 보고 있을 것이다. 내가 이동해야 하는 구역에 사람이 없을 때 카메라 화면을 정지시켰다가 내가 통과한 후에 다시 돌린다. 나는 섰다 걸었다를 반복하며 머리 위 카메라에 포착되지 않도록 움직일 계획이다.

객실 청소는 몇 시간 전에 이미 다 끝났으므로 청소 카트는 한쪽 벽면에 붙여 세워진 채 심야 근무조가 비품을 다시 채워주길 얌전히 기다리고 있다. 나는 제일 가까운 카트를 잡고 세탁할 리넨을 넣는 자리에 내 검정 더플백을 쑤셔넣은 다음 엘리베이터를 부른다.

"엘리베이터는 비었어. 복도가 빌 때까지 기다렸다가 문 열게."

"카피." 내가 말한다.

엘리베이터 문이 열리고 나는 카트를 밀고 들어가 5층을 누른다. 문이 열리자 카트를 밀며 복도로 나온다.

"거기서 기다려." 데번이 말한다. "에이미가 방금 메인 엘리베이터에서 내려서 자기 방으로 가는 중이야. 에이미는 카메라에 잡혀야 하니까 방에 들어갈 때까지 기다렸다가 영상 자를게."

나는 손목시계를 확인한다. "왜 이렇게 오래 걸려? 벌써 들어갔어야 하는 거 아냐?"

내 시선은 복도 한쪽 끝에서 반대편 끝으로 휙휙 날아다니고, 부디 지금 방에서 나오기로 마음먹은 사람이 없기를 기도한다. 하루 중 하필 이 시간에 하필 이 층에서 카트를 밀고 다니는 객실 청소부의 존재를 언급할 사람은 단 한 명도 필요 없다.

"방문 앞에 있어. 카드키를 슬롯에 꽂으려고 다섯번째 시도 중."

"아이고야." 내가 중얼거린다.

"오케이, 들어갔다. 가도 돼."

나는 자리를 출발해 복도를 따라 카트를 밀며 나아가다 메인 홀에 다다라서는 에이미의 방 쪽으로 꺾는다.

에이미의 방문 앞에서 카트를 세우고 문을 빠르게 두드린 후 외친다. "청소요!"

잠시 후 에이미가 문을 연다. 나는 말할 틈을 주지 않고 카트를 앞세워 에이미를 밀어붙이면서 방으로 들어가고, 곧이어 뒤에서 문이 저절로 탁 닫힌다.

23장

현재

나는 애틀랜타 시내 중심가의 웨스틴호텔에 칼같이 시간 맞춰 도착한다. 로비에서 나를 기다리고 있던 레이철은 내가 아슬아슬하게 딱 맞춰 나타나자 마뜩잖은 기색이 역력하다.

나는 스미스가 내 이름으로 예약한 캔들러호텔을 노쇼로 날렸고, 은행 앞에서 보기로 한 마감 시한도 어겼으므로 도착시간을 빠듯하게 맞출 수밖에 없었다.

"안 오려나보다 했어요." 내가 다가가자 레이철이 말한다.

나는 레이철 몇 발짝 뒤에 있는 사람을 알아본다. "오겠다고 약속했잖아요." 나는 레이철에게 말한다.

"얘기 좀 할 수 있을까?" 라이언이 우리 쪽으로 가까이 다가오며 묻는다.

레이철이 말한다. "라이언이 나한테 전화해서 당신이 자길 버리고 갔다고 했는데." 나는 저 치켜올라간 눈썹과 말투가 의미하는 바를 모를 리 없지만 모른 척한다.

나는 레이철을 보며 말한다. "이제 곧 미팅 시작이죠?"

레이철이 손목시계를 힐긋 보더니 엘리베이터 쪽으로 따라오라고 내게 몸짓한다. "라이언, 이거 먼저 해결하고 나머지는 나중에 처리하자, 알았지?"

레이철은 우리가 연인 사이의 사소한 감정 싸움을 하는 중이라고 생각한다. 나는 굳이 바로잡지 않는다.

라이언은 로비 의자에 털썩 앉더니 엘리베이터 문이 닫힐 때까지 우리를 쳐다본다.

가야 할 층에 도착하자 나는 라이언을 머릿속에서 내몰고 당면한 과제에 집중한다.

"이걸 어떻게 해냈어요?" 나는 레이철에게 묻는다. 솔직히 미팅 장소를 경찰서에서 이 호텔 회의실로 변경한 레이철의 능력에 감탄했다. 유능한 여자다. 그 점은 인정할 수밖에 없다.

"우린 영장이 발부된 줄도 몰랐고, 이쪽 사람들 질문에 대답하기 위해 그 먼길을 왔잖아요. 자기네 오해를 불식시키기 위해 여기까지 오는 성의를 보였는데 경찰서로 출두하라는 건 너무한 처사죠."

이번 일에서 레이철이 내 편이라 다행이긴 한데, 아마 그 제보영상을 본 경찰은 내가 제 발 저려 겁먹고 나타나지 않을까봐 레이철의 요청에 응하기로 했을 것이다.

"명심해요." 회의실이 연달아 있는 복도를 뚜벅뚜벅 걸어가며 레이철이 말한다. "내 허락 없이는 어떤 대답도 하지 마요. 불필요한 말을 덧붙이지도 말고."

나는 레이철의 주도면밀한 시선을 받으며 고개를 끄덕인다. 우리는 3호실이라고 적힌 문 앞에서 걸음을 멈춘다.

"그리고 어떤 감정도 내보이지 말라고 주의를 주려 했는데, 생각해보니까 그건 당신 전문이지."

그 말에 나는 진심으로 슬며시 웃음이 난다. 아이고 이 여자가 전모를 알면 얼마나 놀라려나.

레이철이 문을 밀어 열고 나는 그 뒤를 따라 회의실로 들어간다. 긴 테이블에 의자가 죽 배치된 구조를 예상했는데 의외로 아늑하다. 애틀랜타의 스카이라인이 멋지게 보이는 통창 옆에 커피 테이블이 있고, 테이블 주위로 소파 하나와 넉넉한 크기의 의자 두 개가 전부인 아담한 방이다. "여기서 핵심은 우리가 협조를 하는 중이고 숨기는 건 아무것도 없다는 거지." 레이철이 방 한가운데로 걸어가며 말한다. 방을 본 나의 놀라움을 알아채고 이렇게 덧붙인다. "이 방이 주는 인상이 마음에 들었거든. 이렇게 포근하고 아늑한 공간에서 무슨 험한 일이 생길 수 있겠어요?"

커피 테이블 중앙에는 갓 내린 커피 한 주전자와 블루베리 머핀 접시가 있다.

"당신은 그쪽 의자에 앉아요." 레이철이 소파 왼편의 의자를 가리키며 말한다. "나는 이쪽에 앉을 테니. 그리고 수사관들은 우리 사이에 있는 그 소파에 오손도손 같이 앉는 거지."

내가 자리에 앉는 사이 레이철은 테이블 옆 바닥에 서류가방을 내려놓는다.

"솔직히 말해서 난 준비가 미진한 기분이에요. 그날 무슨 일이 있었는지, 여기서 어떻게 대응할지 우린 한마디도 상의하지 못했으니."

나는 의자에 몸을 묻고 다리를 꼬며 말한다. "나를 믿고 따라와주면 좋겠군요."

레이철은 커피 테이블 건너편에서 나를 응시하고, 물어볼 게 산더미처럼 있겠지만 다행히 입 밖에 내지는 않는다. 어색한 침묵이 흐를 새도 없이 문 두드리는 소리가 난다.

"이제 당신 무대야." 그렇게 말한 레이철은 자리에서 일어나 문을 열고, 옆으로 비켜서 여자와 남자를 회의실 안으로 들인다. 나는 있던 자리에 그대로 머물며 그들이 내게 와서 자기소개와 악수를 하게 만든다.

"저는 크로프턴 수사관이고 이쪽은 웨스트 수사관입니다." 두 사람이 내 앞에 서자 남자가 말한다.

레이철은 자기 의자 앞으로 가서 소파를 가리키며 두 사람에게 앉으라고 권한다. 웨스트 수사관이 소파를 힐긋 본 다음 레이철을 보고, 마지막으로 나를 본다. 소파에 앉으면 우리 두 사람을 동시에 볼 수 없다는 사실을 깨달은 것이다.

두 사람은 잠시 주저하다 결국 소파에 엉덩이를 붙인다. 편안한 자세를 찾아 자리를 다시 잡느라 1분가량 더 지체한 다음에야 시작할 준비가 된 듯하다.

웨스트는 깡마른 백인 여성으로 아마도 지난 10년간 유니폼처럼 입었을 하얀 셔츠, 검정 바지, 검정 블레이저 차림이다. 왼손 약지에 낀 수수한 금반지가 유일한 액세서리다. 입가에 잡힌 주름으로 보건대 엄청난 애연가다. 크로프턴은 웨스트와 정반대다.

키 큰 흑인 남성으로 체구를 보면 왕년에 라인배커였을 것이다. 셔츠는 파란 페이즐리 무늬이고 황갈색 바지에 두른 허리띠를 꽉 조인 모양이 최근에 뱃살이 빠진 모양이다. 십자가가 달린 심플한 금 체인 목걸이를 걸고 있다. 크로프턴이 막 앉으려 할 때 얼핏 보인 양말이 그의 유머 센스를 알려준다. 고양이들이 유니콘을 타고 있는 옅은 분홍색 양말이다.

근데 이게 과연 그들의 진정한 모습일까.

혹시 그들도 나와 같진 않을까? 가면 뒤에 숨은 건 아닐까.

왜냐하면 오늘 아침 나는 매우 신중하게 옷을 골라 입었고, 내가 의도한 나의 이미지를 보여주려고 상당히 공을 들였기 때문이다. 흰색 면티에 청바지. 화장은 전혀 하지 않고 머리는 포니테일로 올려 묶었다. 나는 실제보다 다섯 살은 거뜬히 어려 보인다.

"커피 좀 드릴까요? 머핀이나?" 레이철이 묻는다.

크로프턴이 제 복부를 가볍게 두드린다. "저는 됐습니다. 10킬로 빼라는 엄격한 지시를 들었거든요. 아직 3킬로 남았어요."

웨스트는 가방에서 조그만 수첩을 꺼내 펼치며 제안을 아예 못 들은 척 말한다. "시작하죠." 크로프턴이 작은 녹음기를 꺼내 윗부분의 동그란 빨간 버튼을 누르고, 웨스트가 허스키한 낮은 목소리로 말한다. "웨스트 수사관과 크로프턴 수사관이 에이미 홀더 사망사건의 중요 증인 에벌린 포터를 심문합니다." 이어서 날짜와 장소, 시간을 추가한 후 나와 눈을 똑바로 마주친다.

레이철이 한 손을 든다. "에이미 홀더의 사망은 사고로 판명되었음을 기록에 남기고 싶습니다. 그러므로 제 의뢰인 에벌린 포터가 홀더 씨에게 일어난 일과 무관함을 증명하기 위해 저희가 이곳까지 와서 경찰에 협조하고 있음을 공식적으로 남깁니다."

"머리 변호사님의 지적은 공식적으로 기록되었습니다." 웨스트가 말하고 내게 고개를 돌린다. "에이미 홀더 사망 당시 당신은 왜 조지아주 디케이터에서 리자이나 헤일이라는 신원으로 살고 있었습니까?"

흠, 곧장 치고 들어오는군. 스미스를 압박해서 내 기분을 잡치게 할 수 있는 건 몽땅 다 경찰에 까발리도록 만들었으니. 레이철을 쳐다보니 레이철은 어깨를 살짝 으쓱하며 이게 정말 나의 무대임을 상기시킨다.

"그때 제가 전 남자친구와 정서적으로 무척 건강하지 못한 관계여서, 그 사람과 거리를 두려고 이사를 한 상태였어요. 그는 헤어지자는 말을 못 받아들였고, 나는 그 사람이 나를 쫓아올까봐 겁이 났어요. 경찰에도 가봤지만 유일하게 해줄 수 있는 게 접근금지 명령뿐이라는데, 그게 얼마나 무력한지는 다들 아시잖아요. 그래서 그 사람이 나를 찾지 못하도록 가명을 썼던 거예요."

내 말에 잠시 침묵이 돈다. 레이철이 이 대답에 감명을 받았는지 왼쪽 눈썹을 약간 치켜올린다.

"그 일이 있었을 때 어디에 살고 있었습니까?" 웨스트가 묻는다.

"앨라배마 브룩우드요."

보스가 나를 앨라배마 브룩우드에서 평생을 살아온 에벌린 포터로 만들기 위해 얼마나 각고의 노력을 기울였는데 그건 써먹어줘야지.

"브룩우드 경찰에 연락해서 사실관계를 확인해야겠군요." 크로프턴이 차분한 어조로 말한다.

나는 고개를 끄덕인다. "당연히 그러셔야죠. 전 남자친구 이름은 저스틴 번스예요. 그 사람 형이 거기 경찰에 있어요. 레이 번스 경감이라고."

웨스트가 수첩에 정보를 휘갈겨적는다. 브룩우드 경찰에 전화해보면 실제로 레이 번스 경감이 있고, 번스 경감에게 저스틴이라는 내 또래 남동생이 있다는 사실을 알게 될 것이다. 저스틴은 범죄 기록도 있다. 두어 번의 음주운전 그리고 여자친구와 앞마당에서 싸워서 이웃이 경찰을 불렀을 때 소란을 피운 일.

저스틴과 내가 싸운 기록을 찾지 못하더라도 그런 일이 없었다고 단정하지는 않을 것이다…… 저스틴의 형이 기록에 남지 않도록 조치를 취했다고 생각하겠지.

첫번째 거짓말이 중요하다.

난 준비 빼면 시체인 사람이다.

웨스트가 오늘의 심문 책임자인 듯하고, 지금까지의 내 답변에 김이 좀 샌 것 같긴 하지만 그래도 고삐를 늦추지 않는다. "에이미 홀더와는 어떻게 알게 됐습니까?"

"같은 오크 크리크 컨트리클럽 회원이었어요." 내가 말한다.

웨스트는 미리 준비해둔 질문 목록을 짚어가듯 수첩에 뭔가를 체크한다. "에이미 홀더는 사망 후 추도식도 장례식도 없었습니다. 외동딸이었고 결혼하지 않았으며 자식도 없었지요. 홀더 씨의 가족이나 친구 중 아는 사람은 없나요?"

레이철이 의자 끄트머리로 나와 앉는다. "우리는 홀더 씨의 인생에 관한 질문에 대답하기 위해 여기 온 게 아닙니다. 제 의뢰인이 사건 현장에 있었다는 매우 구체적인 증거가 있다는 말을 들었습니다. 그 얘기로 바로 넘어갈 수 있을까요?"

웨스트가 무릎 위에 있는 서류를 뒤적인다. "안 그래도 그러려고 하고 있어요, 머리 변호사님." 레이철에게 말한 후 다시 나를 본다. "에이미 홀더를 마지막으로 본 게 언제입니까?"

자, 그럼 가볼까. 가급적 진실에 충실해야 한다는 건 오래전에 배웠지. "9월 초에 디케이터를 떠났고, 이사하기 전에 본 건 기억나는데 정확한 날짜까진 말하기 어렵네요." 사실 알맞은 단어와 알맞은 어조를 구사하기만 하면 진실을 말하는 건 어렵지 않다. 저들은 내가 사용한 톤 때문에 날짜를 말하기 어렵다는 말을 기억을 못한다는 뜻으로 받아들일 것이다. 실제로는 그걸 말했다간 죄를 뒤집어쓸까봐 날짜를 말하기 어렵다는 얘기지만.

"8월 27일 오후 6시 12분에 에이미 홀더는 아메리칸호텔에 들어갔습니다. 27분 후 홀더의 방은 화염에 휩싸였고요." 말하는 어투는 담담하다. "그 호텔에 간 적이 있습니까?"

"호텔 안에 있는 레스토랑에서 식사한 적이 있어요." 사실이다.

크로프턴이 아이패드를 꺼내 커피 테이블 한가운데 내려놓고, 레이철과 나 둘 다 화면을 자세히 보려고 상체를 숙인다. 크로프턴이 재생 버튼을 누르고 웨스트가 말한다. "이건 사망 직전 호텔로 들어가는 홀더 씨가 찍힌 보안 카메라 영상입니다."

우리는 모두 해상도 낮은 영상 속에서 에이미가 일가족 네 명을 밀치고 길을 건넌 다음, 휴대폰만 들여다보며 걸어가는 남자와 부딪혀 빙그르르 도는 모습을 지켜본다. 저 새빨간 코트 때문에 알아보기 쉽고, 특히 두 팔을 휘젓다 내게 가운뎃손가락 욕을 날리는 장면은 아주 잘 보인다. 이 각도에서 나는 화면 뒤쪽에 있으며 초점이 어긋나 흐릿하다.

영상 재생이 끝나고 웨스트가 나를 본다. 화면이 정지되고, 나는 프레임 귀퉁이에 간신히 보인다. "이 장면이 기억납니까, 포터 씨?"

내가 무슨 말을 하기도 전에 레이철이 대신 답한다. "저 뒤쪽의 흐릿한 형체가 제 의뢰인이라고 암시하는 건가요? 조지아주의 백인 여성 중 절반은 갈색 머리예요. 저건 그들 중 누구라도 될 수 있지요." 레이철은 허리를 숙여 버튼을 눌러 영상을 다시 재생한다. "제 눈에 보이는 건 명백히 술에 취한 여자군요. 홀더 씨는 술에 취해 침대에서 담배를 피운 결과 화재로 사망한 흡연자였어요. 포터 씨가 에이미 홀더의 사망과 연관이 있음을 시사하는 증거가 있다면, 아 진짜, 제 의뢰인으로 제대로 보이는 사진이 있다면 그걸 좀 보고 싶은데요."

좋았어, 잘하는데, 레이철. 감동이야.

크로프턴이 화면에 다음 영상을 띄운다. "이건 목격자가 찍은 영상입니다."

애틀랜타 시내 중심가는 주말엔 제법 인파가 몰리지만 주중에는 딱히 사람 많은 인기 지역이 아니다. 데번은 보안 카메라부터 소셜 미디어에 올라온 영상까지 그 장소가 태그됐거나 근처 가게가 태그된 그날의 영상은 하나도 빠짐없이 이 잡듯 뒤졌다. 그럼에도 우리는 이 영상의 존재를 48시간 전에야 알았고, 아무래도 그 '목격자'의 보스와 나의 보스는 동일인인 것 같다.

카메라 각도가 에이미의 호텔방과 정확히 수평으로, 맞은편 빌딩에서 찍은 영상이다. 발코니 창문으로 연기가 뿜어져나오는 것을 보고 카메라를 들어올려 문제의 방을 손톱만큼 포착한 지상의 진짜 목격자들과 달리, 시야가 가리는 것 없이 훤히 뚫려 있다.

영상이 시작되면 카메라는 호텔 건물을 비추며 서서히 옆으로 이동하다가 에이미 방의 열린 발코니 문에서 멈춘다. 발코니 난간이 콘크리트 구조물이어서 방의 위쪽 절반만 보이고 침대는 화면에 들어오지 않는다.

오디오도 있는데, 데번과 내 생각엔 이 영상이 하필 이 순간에 나를 찍은 게 수상해 보이지 않도록 나중에 추가된 것 같다.

크로프턴이 볼륨을 높이자 웬 남자 목소리가 나온다.

"저 메이드 몸매 죽이는데! 우리 방 침대 정리 서비스도 해주려나."

이어서 호텔 객실 청소부 유니폼 차림의 내가 나온다. 나는 방 안쪽 깊숙한 곳에 있지만 열린 발코니 문을 통해서는 명확히 보인다. 누군가 발코니 벽을 투시해 본다면 침대가 있을 만한 위치를 내려다보고 있다. 우리가 방금 봤던 영상과는 달리 아주 깨끗한 영상 속의 나다.

나는 저 순간을 똑똑히 기억한다. 가방에서 막 성냥갑을 꺼냈고, 바야흐로 성냥을 그으려는 참이다. 침대에 불이 붙기 직전이다. 몇 초 지나자 그 기억이 조그만 화면에서 재생되고, 시커먼 연기가 뭉게뭉게 피어올라 방을 잠식하자 내 모습은 시야에서 흐릿하게 사라진다.

24장

현재

나는 침착을 유지하며 아무런 감정을 내비치지 않는다. 이 영상을 처음 본 게 아니라서 어렵지는 않다.

그래, 올 게 왔군.

두 수사관 모두 기대에 찬 눈빛으로 나를 보고 있다.

"저건 루카 마리노예요." 나는 몇 초 후 입을 연다.

그들은 서로를 마주보고, 다시 내게로 시선을 옮긴다.

크로프턴이 묻는다. "루카 마리노라고요?"

"네, 저 영상 속 여자는 루카 마리노입니다."

나는 루카 마리노의 신원을 보호하기 위해 오랫동안 노력해왔다. 다시 그곳으로 돌아가 그 여자가 될 수 있도록. 엄마와 내가 꿈에 그리던 집을 짓기 위한 땅도 이미 사났다. 엄마가 좋아할 만한 정원을 꾸미려고 조경 계획도 세워났다. 그러나 그 이름이 위협받자, 이름은 그냥 이름일 뿐이라는 것을 깨달았다. 몇 년 동안 루카 마리노를 지켜왔지만 나는 더이상 그때의 멋모르고 순진한 여자애가 아니다. 결국 루카를 보내주기로 결정한 건 쉬운 일이 아니었지만, 사실 루카는 오래전부터 세상에 없었다. 엄마의 기억을 생생하게 간직하기 위해, 또는 엄마가 내게 바랐던 꿈을 이루기 위해 내가 루카 마리노일 필요는 없다.

레이철을 포함해 모두의 시선이 내게 집중된다.

"명확히 정리하겠습니다. 당신 말은 지금 저게 당신이 아니라는 거지요." 웨스트의 말이다.

내 눈썹은 치켜올라가고 내 입은 떡 벌어진다. 이어서 나는 고개를 갸웃하고 어리둥절한 표정을 짓는다. "저 호텔방 안의 여자는 루카 마리노예요. 달리 어떻게 말할 수 있을지 모르겠네요." 내게 거짓말탐지기를 갖다댄다면 나는 당당히 통과할 것이다.

레이철이 끼어든다. "제 의뢰인은 최근 루이지애나 레이크포빙에서 머물던 한 여자를 말하는 겁니다. 그 여자는 일주일 전 자동차 사고를 당해 유명을 달리했습니다."

나는 고개를 끄덕이고 덧붙인다. "에이미가 죽었을 때 루카는 이 근처에 살았어요. 루카는 에이미랑 아는 사이였고요."

"그 여자와 에이미 홀더의 관계를 아십니까?" 웨스트가 묻는다. 노트북을 꺼냈는데 아마 루카 마리노를 검색하는 중일 것이다.

"다시 한번 말씀드리지만," 레이철이 말한다. "저희는 홀더 씨의 지인에 관한 질문에 답하러 여기 온 게 아닙니다."

나는 한 손을 들고 말한다. "괜찮아요, 레이철. 그 질문엔 대답할 수 있어요." 이건 프레임을 제대로 짜야 한다. "에이미는 좀 질 나쁜 사람들하고 어울렸어요. 루카도 그중 하나였고요. 제가 해드릴 수 있는 얘기는 그게 다예요." 또다시, 이건 기본적으로 톤의 문제다.

수사관들이 사진을 몇 장 더 내민다. 내가 에이미를 차에서 내려 집까지 끌고 올라가는 사진을 비롯해 나도 이미 다 아는 사진들이다.

나는 사진을 넘겨 보고 어깨를 으쓱한다. "거기 나온 사람은 다 루카 마리노예요."

웨스트는 화면에 뜬 검색 결과에 푹 빠져 있다. 크로프턴이 허리를 숙여 들여다보고는 중얼거린다. "진짜 무섭게 닮았네."

사진을 찾았나 싶어 나는 옆으로 기울여 웨스트의 노트북 화면을 힐긋 본다. 맞네, 제임스 어머니의 페이스북에 올라온 그 바보 같은 수프에 관한 게시물이다. 여자는 머리를 하나로 올려 묶고 화장기 없는 얼굴에 청바지와 흰 면티를 입었다. 우리는 쌍둥이로도 보인다. 스미스는 이런 완벽한 짝을 찾은 것을 두고두고 후회할 거다.

지금쯤 웨스트는 데번이 만들어놓은 공식 기록도 건져올렸을 것이다. 에이미의 사망 시점을 포함하는 기간에 루카 마리노가 애틀랜타 중심가에 아파트를 얻었음을 보여주는 부동산 관련 서류. 그리고 혹시 몰라서 추가로, 에이미가 살던 동네에서 루카 마리노 이름으로 등록된 차량이 두어 번 주차위반을 했음을 보여주는 과태료 부과 기록. 이것은 당시 루카가 그 지역에 있었음을 입증하는 증거가 될 것이다.

데번과 나는 내슈빌에서 갈라져 나는 노스캐롤라이나로 갔고 데번은 루이지애나로 돌아갔다. 이들 수사관이 레이크포빙 경찰에 전화해 루카 마리노라는 여자와 그 여자가 있던 당시에 대해 물어보면, 제임스의 방에서 잠자고 있던 가방에서 발견된 에이미 홀더에 관한 사진과 정보가 가득 든 파일 폴더에 대해 듣게 될 것이다. 데번이 심어놓은 가방이다. 데번은 도움을 주고 싶어 안달이 난 교회 자원봉사자로 분하여 경찰에 전화해 경찰이 이미 수거해 확보한 것들 외에도 루카 마리노의 개인 소지품이 하나 더 있더라고 알리는 역할을 톡톡히 해냈다.

"어째서 루카 마리노가 루이지애나까지 당신을 뒤쫓았을까요?" 웨스트의 질문이다.

나는 어깨를 으쓱한다. "그건 제가 대답할 수 있는 질문이 아닌데요."

나는 그들의 범죄사건을 해결해주려 온 게 아니다. 내가 원하는 방향으로 그들의 시선을 돌리기 위해 왔을 뿐이다.

나의 전 보스는 나랑 똑 닮은 여자를 찾아내 그 여자가 내 신원을 사칭할 수 있도록 정말 심혈을 기울여 준비했다. 소셜 미디어에 그 여자를 대대적으로 퍼뜨렸고 온 동네의 화젯거리로 만들었다. 모든 가능성에 대비해 빈틈없이 조치를 취했다. 그러고 나서 죽여 없앴다.

죽여 없앰으로써 경찰도 그 여자를 심문하는 게 불가능해져버렸고, 오늘 내가 이 수사관들에게 말한 내용에 반박할 사람도 없어졌다.

스미스는 나중에 내가 진짜 신원으로 돌아가기 어렵게 만들려는 의도였겠지만, 어제 나는 말하자면 내 관에 내 손으로 마지막 못질을 해버렸다. 굿윌스토어에서 구한 유니폼과 이든에서 들른 마지막 경유지 덕분에 그 여자의 치과 기록은 현재 노스캐롤라이나 이든의 한 치과에 루카 마리노라는 이름으로 저장된 기록과 일치하고, 그 여자의 시신 신원 확인을 완벽하게 해줄 것이다.

내가 루카 마리노를 영원히 잃는다면 이만한 값어치는 해야지.

두 수사관이 컴퓨터 화면에 빠져 있는 동안 레이철이 테이블 맞은편에서 나를 응시한다. 나는 그 시선을 똑바로 마주한다.

"수사관님," 레이철이 드디어 말문을 연다. "저희가 이 먼길을 왔는데 제 의뢰인이 에이미 홀더의 사망사건과 관련이 있음을 보여주는 증거는 그야말로 하나도 없군요. 이제 뭔가 다른 게 없다면……"

"이번에 새로 알게 된 정보는 저희가 차후 확인하겠습니다. 하지만 이왕 오신 김에 필요한 걸 모두 확실히 해두는 차원에서, 8월 27일 저녁에 어디 있었는지 말씀해주시겠습니까?" 아직 손 뗄 생각이 없다 이거지.

나는 편히 의자에 몸을 묻는다. 차분히. 침착한 모습으로.

"레이크포빙 경찰에게서 영장이 발부됐다는 얘기를 듣고 다이어리를 들춰봤어요. 그랬더니 에이미가 죽은 날 내가 어디 있었는지 알겠더라고요. 그날 저녁 친구 집에 저녁을 먹으러 갔어요. 친구 부부가 아들을 낳은 지 얼마 안 되어서 아기를 보러 오라고 초대했거든요."

내 응답에서 유일한 거짓말은 저녁식사 날짜다. 그때 저녁식사는 그날로부터 일주일 전에 일어난 일이다.

웨스트가 수첩에 펜을 든다. "그날 저녁 같이 식사한 친구분의 성함과 연락처를 알려주시겠습니까?"

"네, 그럼요. 이름은 타이런 니컬스예요."

크로프턴이 고개를 재깍 쳐든다. "팰컨스에서 뛰는 그 타이런 니컬스요?"

나는 빙그레 웃는다. "네, 오랜 친구거든요."

또 하나의 진실.

나는 휴대폰을 들며 말한다. "오늘 아침에 형사님들을 만날 거라고 했더니, 자기한테 확인이 필요하면 얼마든지 전화하라고 하더라고요. 지금 전화해도 될까요? 어쩔 수 없는 상황이 아닌 한 타이런의 개인 번호를 드리는 건 좀 아닌 것 같아서."

크로프턴은 애틀랜타 팰컨스의 가장 유명한 선수 중 한 명과 얘기할 기회에 신이 나서 펄쩍 뛴다.

백문이 불여일견이므로, 나는 페이스타임으로 타이런에게 전화를 건다.

타이런이 휴대폰 화면에 등장한다. 그는 자기 집 서재에 앉아 있다. 등 뒤 벽에는 프린트, 신문기사. 센트럴플로리다의 고등학교 선수 시절 저지, 그 후 미치 캐머런 코치 휘하의 올 미스 시절 저지, 이어서 NFL 입성을 알리는 저지가 액자에 담겨 걸려 있다. 언젠가 식구들에게 더 나은 삶을 선사할 수 있다는 희망을 가지고 대학 풋볼 리그에서 뛰면서 전액 장학금을 받는 게 가장 큰 꿈이던 순진한 열여덟 살짜리 아이가 참 먼 길을 왔다.

"안녕!" 타이런이 깊고 크게 울리는 목소리로 말한다.

"안녕, 타이런. 잠시 여기 형사님들하고 얘기를 나눠줄 수 있을까?" 나는 하는 김에 미간도 한번 찌푸려준다.

"물론이지, 바꿔줘."

누가 봐도 들뜨고 흥분한 크로프턴에게 나는 휴대폰을 넘긴다.

"네, 안녕하세요, 니컬스 선수. 저는 애틀랜타 경찰의 크로프턴 수사관입니다. 저희가 8월 27일 저녁 포터 씨의 소재를 확인해야 해서요. 포터 씨가 그날 니컬스 선수 집에 있었다고 하는데요."

의자 깊숙이 앉는 나를 레이철이 다시 빤히 쳐다본다. 나는 레이철에게 싱긋 미소를 지어 보인다.

"맞아요." 타이런이 말한다. "에비는 그날 저녁 우리집에 있었어요. 그때가 세인츠와 홈경기를 했던 주였죠. 시즌중이라 제가 집에서 저녁을 먹을 수 있는 날이 화요일뿐이어서, 그날이 우리집에 와서 아들을 보기 딱 좋은 날이었거든요."

크로프턴은 만족했지만, 유명인에 위축되지 않는 웨스트는 질문을 하나 더 한다. "그날 저녁 포터 씨가 타이런 씨의 집에 도착한 시간과 출발한 시간이 어떻게 되죠?"

"제가 훈련장에서 나와서 에비를 픽업했으니까 그게 한 5시쯤이었을 겁니다. 워낙 간만에 만난 터라 제법 늦게까지 있었어요. 에비와 제 아내가 9시인가 10시쯤 와인을 한 병 더 깠을걸요?" 타이런이 껄껄 웃음을 터뜨린다. "그다음엔 당연히 노래방 기계를 꺼냈죠. 세상에, 그 둘은 자기들이 노래를 잘한다고 생각한다니까요."

확인 사살.

크로프턴이 말한다. "감사합니다. 필요한 사항은 모두 확인했습니다. 협조해주셔서 다시 한번 감사드립니다."

"뭘요, 언제든지." 타이런이 말한다.

크로프턴이 내게 휴대폰을 돌려주고, 나는 화면의 타이런을 본다. "확실히 해줘서 고마워."

타이런이 웃는다. "천만에. 우리 동네에 왔으니 저녁 먹으러 올 거지? 제이든이 얼마나 컸는지 못 믿을걸."

"당연하지! 여기서 나가는 대로 전화할게. 그때 약속 잡자."

나는 통화를 끝내고 수사관들에게로 시선을 돌린다.

두 사람은 나를 쳐다보고, 그다음엔 서로를 쳐다보며 말없이 눈길로 대화를 주고받는다.

웨스트가 수첩을 덮는다. "이것으로 오늘 조사는 모두 끝난 것 같군요. 포터 씨에게 추가 질문이 있으면 연락드리겠습니다."

두 수사관은 몇 초도 걸리지 않아 짐을 챙겨 회의실을 나간다.

레이철과 나는 여전히 서로를 마주보고 앉아 있다.

"루카 마리노가 제임스와 함께 처음 더비 파티에 나타났을 때 당신은 그 여자가 누군지도 몰랐어."

레이철의 말에 나는 고개를 흔든다. "똑바로 기억해봐요. 나는 제임스가 여자와 같이 나타났다고 했지, 내가 그 여자를 아는지 모르는지에 대한 얘기는 안 했는데."

이래서 내가 가급적 진실을 말하려는 것이다.

레이철이 자리에서 일어나 치마를 편다. "뭐, 이로써 모두 깔끔하게 정리된 것 같군요."

나는 어깨를 으쓱한다. "잘 끝나서 다행이네요." 끝나지 않았다. 내 경우엔. 나를 노린 위협 중 한쪽을 처리하긴 했지만 더욱 심각한 위험을 야기하는 건 다른 쪽이다.

레이철이 서류가방을 집어들고 문 쪽으로 걸어가고, 문을 열기 전에 말한다. "네, 나도 그래요. 당신이 그 여자의 죽음과 관련이 있다고는 생각하기도 싫으니."

나는 레이철을 똑바로 바라보며 말한다. "당신이 믿어도 되는 진실이 하나 있다면, 그날 에이미 홀더와 호텔방에 있던 여자는 루카 마리노였다는 거예요."

우리는 잠시 서로를 응시하고, 이내 레이철이 다른 말 없이 회의실을 빠져나간다.

레이철은 더 생각할 것 없이 여기서 나가면 끝이지만, 내가 마주할 상황은 좀 다르다. 나의 출발은 도착만큼 순탄하지 않을 것이다.

나는 가방에서 깨끗한 새 폰을 꺼내 복도로 나서자마자 데번에게 전화한다.

"경찰 쪽은 잘 해결됐어." 통화가 연결되자마자 내가 말한다.

"잘됐네. 그럼 이제 다른 문제를 처리하자." 데번이 말한다.

"내가 도착했을 때 여기에 라이언이 있었거든. 마주치지 않았으면 좋겠는데. 좀 도와줄 수 있어?"

데번이 키보드를 마구 두들기고 있음을 의미하는 익숙한 난타 소리가 들린다. "그 사람 오늘 뭐 입었어?"

내 머릿속에 라이언의 이미지가 형성된다. "청바지. 파란색 옥스퍼드 버튼다운 셔츠."

"알았어. 호텔 경비 쪽에 행동거지가 수상한 자로 신고할게. 오래 붙잡아두진 못하겠지만 건물에서 빠져나갈 시간은 충분히 벌어줄 거야. 블루투스 이어폰으로 바꿔. 계속 통화하면서 가자."

나는 가방을 뒤져 데번이 디자인한 조그만 살색 이어버드를 꺼내 폰과 연결한다. 이어폰을 오른쪽 귀에 끼워넣고 포니테일로 묶은 머리를 풀어내린다. 나의 피부색과 비슷하고 머리카락 커튼 속에 숨겨져 있어 남들은 쉽게 알아차리지 못한다.

나는 휴대폰을 뒷주머니에 찔러넣고 복도를 걸어간다. 이제 호랑이 굴에 들어가려 하는데, 이 통화 채널을 열어둬야 한다고 데번이 주장했다는 사실에 울컥한다. 지금 데번은 나를 위해 자신을 취약한 상태로 노출시킨 것이다.

"혹시 나중에 말 못하게 될까봐, 여태껏 전부 다 고마웠어. 내 친구가 되어줘서 고마워."

데번이 목청을 가다듬는다. "지금 그런 얘기 할 때가 아니잖아. 게임에 집중해. 빠져야겠다 싶으면 바로 빠져나가. 튀는 건 언제라도 늦지 않아."

나는 복도 끝에서 비상계단으로 나가는 금속 바를 민다. 콘크리트 공간은 어둡고 축축하며 내 목소리가 벽에 부딪혀 울린다. "내려가는 중이야."

로비 층에 도착해 조심스럽게 문을 열고 밖을 내다보니 마침 제복을 입은 호텔 경비 두 명이 라이언에게 다가서는 모습이 보인다. 경비들이 라이언에게 뭐라 뭐라 하는데 내게는 들리지 않고, 라이언은 로비의 넓은 공간을 두리번거린다. 경비들이 라이언에게 따라오라고 몸짓하지만 라이언은 여전히 제 앞에 있는 남자들보다 엘리베이터에 더 신경을 쓰며 실랑이를 벌인다.

경비들이 양쪽에서 팔을 하나씩 잡자 라이언은 순간 몸싸움을 벌이려는가 싶더니 곧 순순히 응한다. 경비들에게 붙들려 가면서 라이언은 마지막으로 등뒤를 돌아본다.

라이언이 사라지자마자 나는 계단실에서 빠져나오며 속삭인다. "출구로 이동."

"길거리 CCTV를 해킹해서 보고 있으니까 당신이 문을 나서자마자 나한테 보일 거야."

가장 가까운 출구는 옆 골목으로 나 있는 문이다. 문까지 몇 걸음 남지 않았을 때 누가 말을 건다. "안녕, 루카."

나는 몸을 돌리고 누구인지 보고는 그대로 얼어붙는다.

"여기서 이렇게 보게 되다니 정말 놀랐어요. 조지."

"거리로 데리고 나와." 데번이 내 귓속에서 말한다. "그 안에 있으면 내가 볼 수가 없어."

"어제 날 바람맞혀놓고 놀라면 안 되죠." 조지가 말한다.

나는 고갯짓으로 문을 가리키며 밖에 나가서 말하자고 한다. 조지는 자기도 찬성이라는 듯 마주 고개를 끄덕인다.

"보인다. 그대로 교차로까지 북쪽으로 걸어와." 데번이 내게 말한다.

내 눈에는 카메라가 보이지 않지만 이 세상의 누군가가 나를 위해 망을 봐주고 있다는 사실에 나는 안도한다. 비록 현재로선 그가 해줄 수 있는 게 별로 없지만.

"그 수사관들이 실패할 경우 당신은 플랜 B죠?" 힘있고 안정된 어조를 유지하기 위해 나는 무던 애를 쓴다.

조지가 웃음을 터뜨린다. "나는 플랜 A가 될 예정이었어요. 당신이 보스가 원하는 걸 주기만 했다면 경찰을 상대할 필요도 없었을걸요."

나는 어깨를 으쓱하고 옆에서 나란히 걷는 조지를 쳐다본다.

"다음번에 내가 다시 보스를 열받게 하면 두고 봐요. 그 카드가 바로 다시 나오겠죠. 살인죄에는 공소시효가 없으니까."

"그때 성냥에 불을 붙이기 전에 그 생각을 했었어야죠." 조지가 조용히 말한다.

"라이언이 호텔에서 나갔어." 데번이 알린다.

나는 깊게 숨을 들이마시고 천천히 내뱉는다. 그리고 한번 더 심호흡. "후회할 일이야 많죠. 내가 저지른 일들을 평생 안고 살아야 할 테고." 나는 조지의 시선을 맞받는다. "당신은 이렇게까지 해야 해요?"

우리는 횡단보도를 몇 발짝 앞두고 발을 멈추고, 조지가 나를 빤히 쳐다보며 내 표정을 뜯어본다. "나도 이러고 싶지 않아요. 하지만 그 안전금고 안에 있는 것을 회수해야 합니다. 현재 그게 유일한 선택지라는 건 피차 잘 알잖아요. 나는 두 손 두 발 다 묶인 상태예요, 루카. 당신은 내게 다른 수를 남기지 않았어요."

"그다음엔?" 내가 속삭인다.

조지는 양손을 허리에 얹고 내게서 몇 발짝 떨어져 눈으로 길거리를 훑는다. 그리고 다시 내게 고개를 돌린다. "어쩌면 나는 금고 안에 있는 것을 확인하느라 한눈팔지도 모르죠. 당신이 사라지는 것을 보지 못할지도."

조지는 그가 나를 놔줄 거라고 내가 믿기를 바란다. 지금은 놔줄지 몰라도, 얼마 안 있어 뒤돌아보면 그가 있을 것이다.

초록불이 들어와 우리는 길을 건너고, 다음 두 블록을 말없이 걸어 문제의 은행 앞에 선다.

"빠져나가려면 지금이야." 데번이 내 귓속에서 말한다. "일단 안에 들어가면 돌이킬 수 없어."

내가 그 자리에 붙박여 있는 동안 조지는 은행 입구로 가는 계단을 오르기 시작한다.

"올 거죠?" 그가 묻는다.

나는 데번의 우려를 털어내고 조지의 뒤를 따른다. 도망치는 것이 선택지였던 적은 한 번도 없었다.

작업명: 리자이나 헤일— 6개월 전

성냥불을 켜자 유황냄새가 코를 쏜다. 나는 잠시 성냥을 그대로 들고 불꽃이 안정적으로 타들어가는 것을 확인한 후 침대에 던진다. 불길이 옮겨붙고 이불의 합성섬유를 삼키며 일어나더니 새빨간 코트에 달라붙자 제대로 번진다.

에이미의 나머지 소지품을 검정 더플백에 던져넣고 나는 마지막으로 방안을 둘러보며 빠뜨린 것 없이 다 챙겼는지 확인한 다음 가방을 다시 청소 카트에 싣는다. 화염이 솟구치고 검은 연기가 자욱이 방을 채운다. 이제 가야 한다는 신호다.

나는 호텔방 문을 당겨 열고는 카트를 밀고 복도로 나와 대기 중인 직원용 엘리베이터로 곧장 걸어간다. 1층으로 내려오자 데번이 나를 기다리고 있다. 나는 가방을 꺼낸 후 카트를 데번에게 넘겨준다. 우리는 말 한마디 없이 헤어지고, 데번이 지하주차장을 통해 블록 반대편 출구로 나갈 때 나는 주방 뒷문을 통해 호텔 옆 골목으로 나온다.

차문을 열고 운전석에 털썩 주저앉는다. 휴대폰을 꺼내 비상용 번호를 누르는데 손이 벌벌 떨린다.

스미스 씨는 첫 신호에 전화를 받는다.

"어떻게 된 거야?" 벌써 화재 소식이 그의 귀에 들어갔다.

나는 그에게 들리기를 바라며 떨리는 숨을 내뱉는다. "방에 들어가니까 에이미는 이미 침대에 있었어요. 만취해서는 입에 물고 있는 담배에 불을 붙이더라고요. 내가 로히프놀 주사기를 들고 침대 근처로 다가간 순간 에이미가 발악을 하는 바람에 물고 있던 담배가 이불로 떨어졌어요. 바로 옆에 빈 와인병도 뒹굴고 있었는데 그 내용물이 침구에 스며들었나봐요. 순식간에 침대 전체가 화염에 휩싸였거든요. 에이미를 잡으려고 했지만 이미 불길에…… 옷이 다……" 내 목소리가 갈라지고 너덜너덜한 신음을 토해낸다. "끔찍했어요. 정말 순식간에. 에이미가…… 화염에 휩싸였어요." 내 음성은 불안하고 겁에 질렸다. 부들부들 떨린다.

전화기 반대편의 스미스 씨는 조용하다. "그 방에 쓸 만한 건 없었나?" 마침내 그가 묻는다.

"모르겠어요. 에이미를 재운 다음에 찾아보려고 했는데 화재경보기가 울린 즉시 그 방에서 나와야 했어서." 나는 재빨리 대답한다. "아무것도 챙기지 못했습니다."

"아무것도 가지고 나오지 않았다고?"

"네. 하나도." 검정 가방은 재킷 속에 쑤셔넣었으므로 그걸 누가 봤을 리는 없다.

나는 어떤 반응이나 다음 질문을 기다리지만 침묵뿐이다. 드디어 스미스 씨가 입을 연다. "에이미 홀더가 호텔 앞 인도에서 자네한테 큰 소리로 위협을 가했다는 건 알고 있네. 나와 관련된 협박이었다고."

"에이미는 완전히 만취 상태였어요. 하는 짓도 정상이 아니었죠." 이렇게 대답하지만 에이미가 했던 말을 부인하지는 않는다.

"내게 불리하게 이용할 수 있는 뭔가를 손에 넣고 시치미 떼는 건 자네에게 일도 아니겠지." 스미스 씨의 말투가 싸늘하다. 전에는 들어보지 못한 냉랭함이다.

나는 떨리는 목소리로 대답한다. "에이미가 당신에 대해 뭘 갖고 있었는지 내가 어떻게 알아요. 집에도 차에도 그 호텔방에도 아무것도 없었는데. 호텔방에 뭔가 있었더라도 지금쯤 다 재가 됐을 테고."

침묵. 영원히 지속되는 침묵.

영원처럼 느껴지는 시간이 지나고 스미스 씨가 말한다. "나중에 연락하겠네." 그리고 전화를 끊는다.

나는 핸들에 이마를 대고 깊이 숨을 들이마신다. 심장이 쿵쾅거린다. 시동을 걸려고 키를 꽂는데 자꾸 헛손질을 한다. 몇 분이 걸린 끝에 마침내 시동을 걸어 차를 빼고, 소방차들이 연이어 도착할 때 나는 그곳을 빠져나온다.

두 블록 떨어진 웰스파고 은행 앞에서 주차 공간을 발견하고 안으로 들어간다.

25장

현재

나는 조지와 같이 은행에 들어가 안내 데스크로 향한다. 안전금고에 들어가려면 데스크에서 출입 기록 장부에 서명해야 한다.

"안녕하세요, 무슨 일로 오셨나요?" 데스크 직원이 묻는다.

나는 억지로 미소를 짜낸다. "안녕하세요, 안전금고에 들어가려고 왔어요."

"네, 보관함 번호와 성함이 어떻게 되시죠?"

"리자이나 헤일. 보관함 번호는 3291입니다." 나는 지난번 작업 때 썼던 신분증과 몇 달 동안 모처에 숨겨두었던 조그만 열쇠를 꺼낸다. 직원이 장부를 열어 내 보관함이 있는 페이지를 펼치고, 나는 마지막으로—그리고 유일하게—그 보관함에 접근했던 기록, 즉 금고를 개설했던 날 바로 밑에 서명한다.

"밖에 손님이 와 있어. 방금 도착했어. 계단 근처에 서 있군." 이어피스에서 데번이 속삭이는 말이 들린다.

나는 천천히 심호흡을 하며 조지와 함께 은행 직원을 따라 금고실 문을 통과해 개인 대여실로 들어간다. 대여 금고실에는 벽마다 조그만 놋쇠 문이 줄지어 있고 커다란 테이블이 정중앙에 놓여 있다. 직원이 한쪽 슬롯에 자신의 열쇠를 밀어넣고 내가 나머지 슬롯에 내 열쇠를 집어넣는다. 우리는 동시에 열쇠를 돌린다.

보관함 문이 열리자 직원이 말한다. "서랍을 테이블 위에 올려놓고 보시면 됩니다. 그럼 시간 천천히 가지세요. 저는 이만." 직원이 나가면서 문을 닫는다. 벽시계 소리 외에는 적막하다. 째깍, 째깍, 째깍. 방이 좁아지며 옥죄어드는 느낌이다.

조지가 보관함으로 손을 뻗어 서랍을 꺼낸다. 내용물은 여전히 뚜껑 밑에 숨겨져 있다. 조지는 서랍을 테이블 위에 놓는다.

조지가 나를 물끄러미 바라본다. 5초. 그리고 10초. 이 순간 이후 우리는 예전으로 돌아갈 수 없다는 것을 피차 알고 있다. 그의 시선에서 안타까움의 기미가, 그리고 모르긴 해도 약간의 후회까지 엿보이지만 나는 일말의 감정도 내비치기를 거부한다. 마침내 그가 앞에 놓인 서랍으로 다시 주의를 모은다. 느릿느릿 뚜껑을 연다.

안에 든 것은 조그맣고 하얀 종이학 한 마리뿐이다.

1초. 그리고 2초. 조지의 얼굴에 당혹이 스친다.

당혹은 분노로 바뀐다. 죄다 태워버릴 듯한 분노여서 방안의 산소가 다 빨려들어가는 것 같다. 눈이 가늘어지고 미간에 주름이 생긴다. 이를 악문다.

째깍, 째깍, 째깍.

"이제 조지라고 안 불러도 되겠지." 나는 시간을 끌기 위해 말을 꺼낸다.

그가 종이학을 한쪽 날개로 집어들고 비틀어 연다. 그리고 시간을 들여 펼쳐서 백지임을 확인한다. 이 보관함 속에 그에 대해서든 빅터 코널리에 대해서든 아무런 정보가 없음은 명백하다.

수만 가지 다른 반응에 대해서는 대비와 각오를 했지만, 빈 보관함을 향한 수그러들 줄 모르는 관심은 그중에 없었다. "난 당신이 매트릭스 광팬이거나 상상력이 부족해서 스미스라는 이름을 고른 줄 알았는데 그게 아니라 당신은 문자 그대로 스미스 씨더군. 크리스토퍼 스미스. 제법 기발한데. 당신 이름은 원래 널리고 널린 이름 중 하나니까." 나는 장황하게 얘기한다.

스미스에게서 웃음소리가 새어나오지만 헛웃음일 뿐이다.

마침내 그가 나를 마주본다. 펼친 종이를 여전히 손에 쥐고서. 한 걸음, 이어서 두 걸음. 그가 나를 향해 한 걸음씩 내디딜 때마다 나는 뒤로 한 걸음씩 물러난다.

종이가 그의 손에서 빠져나와 바닥으로 팔랑팔랑 떨어진다.

한 걸음 앞으로.

한 걸음 뒤로.

"언제 알아차렸지?"

"내 보스와 나의 배송 기사가 동일인이라는 거? 당신의 본명? 어제 오후에." 내가 대답한다.

스미스는 열린 안전금고 보관함을 고갯짓으로 가리킨다. "하지만 저건 훨씬 전부터 나를 기다리고 있었던데."

나는 고개를 끄덕인다.

"과거에 아주 많은 자들이 시도했다 실패한 것을 자네가 알아냈다는 데 감명을 받긴 했지만, 자네가 내 이름을 안다고 해서 달라지는 건 아무것도 없어." 날 선 음성은 그가 자제력을 발휘하기 위해 안간힘을 쓰고 있다는 사실을 알려준다. "에이미 홀더가 내게서 훔쳐간 정보는 어디 있지? 그 방이 불타오르자마자 호텔을 나와서 자네가 제일 처음 들른 곳이 여기였어. 자네가 빼돌린 게 아니라고 또 거짓말할 생각은 말게." 벽면에 늘어선 백 개도 넘는 다른 보관함을 힐긋거리는 그를 보니 무슨 생각을 하는지 알겠다. 내가 보관함을 한 개만 대여한 게 아니고, 따라서 그게 아직 가까이에 있을 수 있다고 생각하는 거다.

"아, 에이미가 훔친 건 입수했어요. 다만 여기 두지 않았을 뿐이지." 나는 대여실 맞은편을 몸짓으로 가리키며 말한다. "하지만 당신이 그렇게 생각할 줄 알았어. 당신의 수많은 가르침 중 하나였잖아. 의심을 사더라도 훔친 물건을 소지하고 있지 않으면 빠져나오기 더 쉽다."

내 등이 벽에 닿은 지금 우리는 고작 몇 센티 떨어져 있을 뿐이다. 뒤쪽 보관함의 금속 손잡이가 내 등을 찌른다. 나는 그 통증을 이용해 정신을 집중한다. 이 방안에서는 그의 먹잇감일지 몰라도 저 문 반대편에는 사람들이 있다. 그도 나 없이 혼자 이곳을 빠져나가기는 쉽지 않을 거다. 우리를 안으로 안내했던 직원이 보관함을 다시 잠그기 위해 대기하고 있을 테니.

"자네는 자신의 이익을 위해 작업을 망쳤어."

"내가 망쳤다고 당신이 단정하는 거겠지. 그 작업은 성공이었어. 다만 그 최종 목적이 무엇인지 당신이 몰랐던 거고." 나는 스미스의 말을 똑같이 그의 면전에 돌려준다. 그의 표정으로 보건대 이 안전금고 안이 아니었더라면 나는 죽은 목숨이었겠군.

스미스가 팔짱을 낀다. "우린 자네가 인정하고 싶어하는 것보다 더 닮은 구석이 많은 것 같군. 시키는 작업을 완료하는 대신 그 상황을 자신에게 유리하게 이용했다라."

그 말이 정곡을 찔렀지만 내 머릿속을 그가 들여다보게 할 수는 없지. "배웠으니까…… 오랫동안 당신에게 많은 것을. 하지만 내가 배운 제일 중요한 건 이거였을걸─나 자신과 작업을 지키기 위해서라면 뭐든 해야 한다. 아등바등 열심히 했다고, 그 말대로 살려고."

"노스캐롤라이나의 그 트레일러 공원 이후로 참 먼길을 왔군. 난 자네에게 기대를 아주 많이 했지. 하지만 이게 뭔가. 지금의 자네는 대단히 실망스러워." 그가 나를 비웃는다.

"난 당신의 최고 자산이었고 우리 둘 다 그 사실을 잘 알지. 당신은 실망이 뭔지 모르는 것 같군."

스미스가 내게 상체를 기울이고, 나는 그의 얼굴을 보기 위해 고개를 뒤로 젖힐 수밖에 없다. "얼마나 오래 내 뒤통수를 칠 궁리를 하고 있었지?"

"4년." 나는 굳이 그의 말을 정정하지 않고 대답한다. "당신이 내 뒤통수를 칠 궁리를 하고 있던 시간의 반밖에 안 돼."

4년 전에 무슨 일이 있었길래 내가 자신에게서 등을 돌린 건지 스미스는 기억을 더듬는 중이다.

마침내 그가 말한다. "테이트 작업."

나는 고개를 끄덕인다. "테이트 작업 맞아."

스미스가 허리를 펴고 양팔을 벌린다. "결국 이게 다 뭐하는 짓이지? 이런 귀여운 곡예에는 이유가 있다고 생각하는데."

"당신은 에이미가 빅터 코널리와 그의 가족들이 저지른 범죄에 대한 정보를 갖고 있다고 했지. 하지만 그건 당신이 수년 동안 그들을 배신해온 사실을 보여주는 정보였어. 동부 해안에서 가장 큰 마피아 집안을 엿 먹이는 건 좋은 생각이 아니지. 에이미는 전부 다 확보했어. 계좌 이체 내역과 각종 서류, 그리고 당신이 거액을 착복하고 그들의 비밀을 팔아먹고 그들의 이익이 아닌 당신의 이익을 위해 정보를 활용해왔음을 보여주는 통신 기록. 당신은 코널리의 비호 세력인 척했지만 실제로는 그들에게 가장 큰 위협이야. 하지만 당신 본명을 모르고선 당신을 협박해봤자 소용이 없었지, 크리스토퍼."

스미스의 얼굴에서 웃음기가 싹 사라진다. "헛소리 집어치워. 네가 원하는 게 뭐야, 루카?"

"없어, 하나도. 그리고 지금 난 에비 포터야. 더이상 당신에게 쓸 에너지도 없네. 이건 그냥 호의로 해주는 얘긴데, 우리 인연도 어지간히 길었으니 말이야, 지금 밖에 당신의 오랜 친구들이 기다리고 있거든. 정말이지 이 이상 오래 기다리게 하면 안 될 텐데." 2초, 이어서 3초 동안 그를 응시하다 덧붙인다. "내가 비상 대책 하나 마련해놓지 않을 사람으로 보이나?"

스미스는 나를 노려보며 한쪽 눈썹을 치켜올린다. 그는 늘 침묵을 무기처럼 능숙하게 휘둘렀고, 지금 이 순간도 마찬가지다.

"오늘 일은 네 생각대로 끝나지 않을 거야." 스미스가 내 얼굴에 자기 얼굴을 바싹 들이대고 말한다. "틈날 때마다 등뒤를 돌아보는 게 좋을걸. 내 약속하지, 언젠가 내가 거기 있을 거야."

"당신은 이미 내게 단 하나밖에 없는 소중한 것을 빼앗았어. 루카 마리노는 사라졌어, 죽어서 땅에 묻혔지. 당신에게 잡힐 약점 따윈 이제 없어."

스미스가 뒤로 돌아 걸어가고 나는 바닥에 주저앉지 않으려 젖먹던 힘을 다한다. 그는 문을 홱 잡아 열고, 문짝이 벽에 쾅 부딪힌다.

스미스가 금고를 나서기 직전에 내가 말한다. "이제 와서 감상적으로 굴진 마시지. 이건 어디까지나 비즈니스야."

스미스는 은행 로비로 나가자마자 전화를 건다. 우리를 금고실 안으로 안내했던 직원이 다가오자 나는 손사래를 친다. "금고는 이제 필요 없어요. 열쇠는 보관함 안에 있고요."

"알겠습니다, 헤일 부인. 그럼 계약 해지 서류에 서명을……"

나는 직원의 말을 무시하고 스미스를 뒤따라 은행 밖으로 나간다. 그리고 바깥 계단에서 기다리고 있는 빅터 코널리와 코널리 집안 사람들을 스미스가 알아본 바로 그 순간을 목격한다. 스미스는 잠시 머뭇거리다 통화를 끝내고 휴대폰을 뒷주머니에 집어넣는다. 허리를 꼿꼿이 펴고 자신에게 수백만 달러를 도둑맞은 사내를 마주하기 위해 걸어나간다. 한 번도 나를 뒤돌아보지 않는다.

스미스가 SUV 뒷좌석으로 안내되는 동안 빅터 코널리는 내게 고개를 까딱하고 앞자리 조수석에 탄다. 엊저녁 우리는 에이미가 수집한 정보를 모조리 코널리의 호텔방으로 보내고 그를 배신한 사내를 오늘 인도하겠다고 약속했다. 예전에 스미스는 수많은 역

400

경을 헤쳐나왔겠지만, 이번엔 빠져나오지 못할 것이다.

"젠장, L. 당신한테 비디오도 달아놓을 걸 그랬어. 그놈이 보관함을 열었을 때 표정을 보고 싶었는데." 데번이 내 귓속에서 말한다.

"난 토할 것 같았어." 이제 다 끝나자 나의 동력원이던 아드레날린이 삽시간에 바닥을 드러낸다. "조지라고 알고 있던 사람이 스미스라니. 뇌에서 동일시 처리가 안 돼."

"완전 골때리지. 얼른 택시 잡아. 비행기가 한 시간 반 후에 뜰 거야."

——◆——

방금 내렸어. 문자를 보낸 다음 휴대폰을 조수석에 던져놓는다.

목적지까지는 차로 30분이 걸리고, 나는 완전히 방전됐다. 마지막 몇 킬로미터를 졸지 않고 갈 수 있을지 모르겠다. 천만다행으로 오래지 않아 목적지의 진입로가 시야에 들어온다. 나는 핸들을 꺾어 구불구불한 자갈길로 들어선다.

현관 앞 등이 켜져 있다. 밖이 완전히 캄캄해서 그 밝은 빛이 고맙다. 나는 몸뚱이를 억지로 차에서 끌어내 포치 계단을 힘겹게 올라간다. 초인종에 아예 몸을 기대고 문이 열릴 때까지 버튼을 누르고 있다.

"그건 좀 과하다고 생각지 않아?" 데번이 문을 열며 말한다.

"내 인생에서 가장 긴 사흘이었어." 나는 소파에 쓰러져 신발을 벗어던진다. "나 사흘 내리 잘 거야."

"안에 가면 침대 있는데." 그렇게 말하면서도 데번은 내게 담요를 덮어주고 사이드테이블 위의 스탠드를 끈다. 내가 움직이지 않을 거라는 걸 아니까.

"다 잘 끝난 것 같네?"

필사의 노력을 기울여 나는 고개를 든다. 여자는 심플한 잠옷 차림에 머리가 사방으로 뻗쳤다. 나의 좁쌀만한 속은 내 초인종 소리에 저 여자가 자다 깨서 고소하다. 난 지난 일주일 동안 그 고생을 했다고.

"어쨌든 당신 살인죄로 감옥 갈 일은 없을 것 같아."

에이미 홀더가 깔깔 웃을 때 내 눈꺼풀이 감기면서 나는 세상 모르게 곯아떨어진다.

루카 마리노—4년 전

텍사스 포트워스에서의 테이트 작업은 내가 스미스 씨 밑에서 일하는 유일한 사람이 아님을 확실히 알게 된 첫 작업이었다. 테이트 저택에 잠입하기 며칠 전부터 보안 카메라 화면을 계속 지켜보고 있던 데번은 나와 똑같은 목적으로 그곳에 파견된 사람들의 영상을 확보했다. 저택에서 그림을 회수하려 했던 사람들을 모조리 추적해달라는 나의 부탁에 데번은 능력을 십분 발휘했다.

그리하여 나는 지금 플로리다의 한 조그만 마을의 모래투성이 길가에 서서 세상 귀여운 분홍색 바닷가 주택을 바라보고 있는 것이다. 여기서 바다는 보이지 않지만 소리는 들린다.

앞마당에는 신기하게 생긴 돌들을 수집해 한 줄로 엉성하게 길을 깔아놓았고, 그게 포치까지 이어진다. 이 집 주인이 나와 동류라면 내가 여기 온 걸 이미 알고 있을 것이다.

현관문에서 몇 발짝 거리까지 진입하자 문이 열린다.

"안녕하세요." 나는 함박웃음을 지으며 말한다.

"무슨 일인가요?"

"에이미 홀더 씨죠? 잠시 얘기할 수 있을까요?"

에이미는 당연히 경계 태세다. 나라도 그랬을 거다. 피신처는 무슨 수를 써서라도 지켜야 하는 곳이고 예고 없이 나타나는 낯선 자들에게 시달리는 경우는 거의 없다.

"거기서 말씀하시죠."

나는 고개를 끄덕이고 얘기를 꺼내는 최선의 방법을 고민한다. "포트워스의 테이트 작업에 대해 얘기하고 싶어서요."

치켜올린 눈썹이 내가 에이미에게서 얻어낸 유일한 반응이다.

"우리의 고용주는 동일인이죠." 내가 덧붙인다.

에이미가 가슴 앞에서 팔짱을 낀다. "그만 가줘야겠는걸."

젠장. 눈빛에서 보인다. 바로 접고 튈 생각이다.

나는 달아나려는 에이미를 막으려는 것처럼 한 손을 든다. "누가 이렇게 내 집 앞에 나타난다면 나도 지금 당신과 똑같은 기분이겠지요. 정말 대화가 필요해서 그런데, 시간과 장소는 당신에게 맡길게요." 나는 가방을 뒤져 펜과 방금 주유한 주유소의 영수증을 꺼내 뒷장에 내 개인정보를 빠르게 적는다. 그리고 진심이 똑똑히 전해지도록 에이미를 똑바로 쳐다보며 말한다. "내 전화번호예요. 내 본명하고. 극소수만 알고 있는 정보죠. 꼭 같이 얘기해야 할 중요한 일이 있어요. 연락이 올 때까지 패너마 시티 비치에 있을게요."

나는 다시 걸어나와 우편함에 영수증을 넣고 다른 말 없이 그 집을 떠난다. 이렇게 함으로써 나는 엄청난 위험을 감수하게 됐지만 달리 선택의 여지가 없었다.

닷새가 지나고 에이미에게서 연락이 온다.

해변 근처 농산물 직거래 장터에서 만나자고 겨우 15분 전에 통보한다. 사람 많고 시끄러운 시장은 나였어도 제안했을 법한 최적의 장소다.

"당신 나이와 인종 배경에 맞는 루카 마리노는 노스캐롤라이나 이든에 사는 앤젤리나 마리노의 부고에 언급된 사람뿐인데."

나는 고개를 끄덕인다. "내가 다른 마음을 먹지 않는 한 누가 찾아봐도 그게 다예요."

우리는 뛰는 꼬마들을 피해 가판대 사이를 걷다가 피크닉 테이블이 가득 놓인 아담한 구역에 다다른다. 안쪽 구석에 빈자리가 있고, 에이미가 한쪽에 앉자 내가 맞은편에 앉는다.

"자, 시작해보시지."

나는 곧장 본론으로 들어간다. "작업할 때 나를 도와주는 친구가 한 명 있어요. 그 친구가 테이트 작업에 들어가기 전에 그쪽 보안 시스템을 좀 활용했죠. 당신은 내가 들어간 바로 다음에 왔더군요. 내가 남겨둔 모조품을 갖고 나왔고."

에이미는 잠시 말이 없다가 이윽고 입을 연다. "위조품을 주고도 몰랐다고 엄청 까였지."

"그건 내가 여태껏 본 그림 중 가장 흥측했어요. 설마 그런 걸 위조씩이나 할 거라고 누가 상상했겠어요, 모를 만도 하죠." 나는 긴장을 누그러뜨리기 위해 가볍게 던져본다.

에이미가 웃음을 터뜨린다. 짧고 나직했지만 웃음은 웃음이니까.

그러나 에이미에게 해야 할 다음 말을 생각하니 내 얼굴에서는 웃음기가 가신다. "그 그림을 회수하려던 사람이 우리 둘뿐이 아니라는 건 알았어요?"

에이미가 고개를 끄덕인다. "그럼. 그 작업이 거지같은 시험의 일종이라는 얘길 들었지. 승자는 보너스를 받았고."

"그건 시험 이상이었던 것 같아요." 나는 조용히 말한다. "내 친구가 그때 참여했던 사람들을 모두 확인해줘서 난 그 사람들을 찾았어요. 당신을 찾았던 것처럼."

"그런데?"

나는 목청을 가다듬는다. "우리뿐이에요. 남은 사람은 우리밖에 없어요."

에이미가 허리를 약간 세워 앉는다. "그게 무슨 소리지?"

"스미스는 대청소를 하는 중이었고, 그게 스미스가 누구를 남기고 누구는 남기지 않을지 결정하는 방법이었어요. 우리가 일하면서 보고 들은 것들이 있으니 우릴 그냥 해고하는 걸로는 못 끝내는 거죠."

내가 다른 사람들의 이름과 사망 원인을 나열하는 동안 에이미는 눈 한 번 깜빡이지 않고 나를 빤히 쳐다본다.

"당신은 모조품을 들고나오긴 했지만 그 세탁실로 가는 퍼즐을 실제로 풀어냈으니 살려둔 걸 거예요."

내가 데번에게 보안 영상에 나온 사람들의 위치를 파악해달라고 한 건 이기적인 이유에서였다. 끊임없이 거주지를 옮겨야 하고 내가 어떤 사람인지 솔직히 말할 수 없는 인생은 너무 외롭다. 나는 다른 사람들을 경쟁 상대로만 보지 않았다. 그들은 내 친구가 될 수도 있었다. 이런 삶과 직업의 고뇌를 이해할 만한 사람들. 함께 있을 때 진정한 자신을 보여줄 수 있고, 어쩌면 서로 도울 수도 있는―까다로운 작업을 맡았을 때 조언 한마디라도 해줄 수 있는―그룹. 데번은 그들을 추적하기를 주저했지만 내가 설득했다. 그러나 우리 둘 다 에이미 빼곤 모두가 그 작업 직후 치명적 사고나 갑작스러운 중병으로 사망했다는 사실을 받아들일 준비는 되어 있지 않았다.

에이미는 여태껏 아무 말이 없다.

"우리가 스미스의 시험에서 실패하는 쪽에 남게 되는 건 시간 문제일 뿐이에요. 그 친구가 없었다면 나도 세탁실로 가야 한다는 걸 몰랐을 거예요. 그 친구가 말 그대로 내 목숨을 살린 거죠."

에이미는 내게서 시선을 거두어 사람들을 물끄러미 바라본다.

"난 스미스가 나를 골라내서 버릴 때까지 기다릴 생각 없어요." 내가 말한다.

드디어 내 말에 반응이 온다. 에이미는 내 말과 거기 담긴 의미를 곱씹으며 미간을 찡그린다. "그래서 뭐, 일을 그만두겠다고? 내가 이미 시도해봤어…… 퇴직은 불가능해." 에이미의 목소리가 갈라지는 것으로 보아 미처 말하지 않은 것이 숱하게 있음이 분명하다.

"스미스 씨가 은퇴를 하셔야지." 내가 말한다.

에이미는 고개를 절레절레 흔든다. 그리고 일어서려는 낌새다. 내가 겁을 준 모양이다.

이젠 직진밖에 없다. "한동안 이 문제에 대해 고민해봤는데, 나 혼자서는 못해요. 당신이 같이 하겠다면 천천히 시간을 갖고 실행에 옮겨야 할 거예요. 스미스에 관한 정보를 긁어모으자고요. 놈의 약점이 될 만한 뭔가를. 워낙 지저분하게 살아온 인간이니 분명 놈에게 속은 사람들도 있을 테고. 상세한 내용을 입수한 다음 놈을 그들에게 넘기는 거예요. 그들이 놈을 처리해주겠죠."

에이미는 이를 앙다문 채 멍하니 옆만 바라본다.

나는 말을 잇는다. "그리고 스미스의 정체를 알아내야 해요. 그들에게 놈이 배신했다고 제보해봤자 놈의 진짜 신원까지 같이 넘기지 못하면 헛수고니까."

에이미는 고개를 젓는다. 내가 너무 많은 걸 한꺼번에 던지는 바람에 듣고 처리하는 속도가 말하는 속도를 쫓아오지 못하는 것이다.

"무슨 일이 있어도 우린 스스로를 지킬 거예요." 내가 덧붙인다. "판을 뒤집을 때가 오면, 아주 사소한 것 하나하나까지 모든 걸 세밀하게 컨트롤해야 해요."

에이미가 자리에서 일어나 떠나려고 걸음을 내딛는 순간 내가 묻는다. "스미스가 당신을 잡으려고 할 때 그가 노릴 가족이 있어요? 반드시 지키고 싶은 사람이?"

에이미는 내 질문에 대답을 할지 말지 한참을 고민한다.

"응, 있지." 그걸로 끝이고, 나도 자세한 건 캐묻지 않는다.

"그렇다면 우린 그 사람들의 안전을 확실히 도모해야겠지요."

에이미가 결국 고개를 돌려 나를 바라본다. "당신은?"

"없어요. 아무도."

에이미가 무슨 말을 할지 숙고하는 동안 나는 가만히 지켜본다.

"작업을 안 하겠다고 말한 적 있어? 스미스가 당신에게 시킨

일을 거절한 적 있어?"

나는 고개를 흔든다. "아뇨. 없어요."

에이미는 시선을 돌리며 답답하다는 듯 짜증 가득한 웃음을 흘린다. "스미스가 당신 계획을 알아내면 어떻게 나올지 전혀 모르는군."

에이미가 우리 계획이라고 하지 않아서 좀 낙심했지만 아직 퇴짜 맞은 건 아니다. 아직은.

"우릴 잡아 죽이려 들겠죠. 하지만 우리가 선수 치면 안전하게 제어된 상태에서 폭탄을 터뜨릴 수 있어요." 기어이 내가 말한다. "폭탄을 제거하는 유일한 방법이 그걸 터뜨리는 것뿐일 때는. 어차피 터질 거라면 최대한 컨트롤해서 터뜨리는 게 상책이잖아요. 그러면 피해를 최소한으로 줄일 수 있고."

에이미는 어쩜 이렇게 세상 물정 모르는 순진한 애가 다 있느냐는 듯 헛웃음을 터뜨린다. 어쩌면 내가 순진한 걸지도.

"그러니까 진짜로 그걸 할 생각이라는 거지." 에이미가 한 박자 쉬었다 말한다.

"우리한테 다른 선택지가 있다고 생각지 않으니까." 내가 답한다.

26장

우리 업계에는 단타성 사기와 중장기 사기가 있는데, 방금 나는 내 인생 최장기 사기 작업에 마침표를 찍었다. 일을 다 끝내고 난 지금, 왠지 온몸이 찌뿌둥하다.

사흘 내리 자겠다고 했을 때 농담이 아니었던 게, 나는 거의 이틀을 잤다. 데번과 에이미는 까치발을 하고 내 주위를 돌아다니며 내 손이 닿는 곳에 먹을 것이 있는지 확인하고, 궁금해 죽겠지만 질문을 쏟아붓지 않도록 주의했다.

이번 작업은 그들에게도 아주 길었으니까.

"드디어 깼군." 데번이 소파 옆 의자에 털썩 앉으며 말한다.

"덜 깼어." 내가 말한다. "숙취랑 비슷한데 마시는 재미는 없었달까."

데번이 껄껄 웃는다. "샴페인을 너무 일찍 터뜨렸다?"

"샴페인에 일찍이 어딨어." 에이미가 거실로 들어오며 외치더니 데번 옆 의자에 앉는다. "잘 잤어?"

"그렇게 말한다면야 뭐." 커피 한 잔이 간절하던 참에 에이미가 머그잔을 내 앞에 내려놓는다.

우리는 잠시 말이 없다가 이윽고 에이미가 입을 연다. "은행에서 안전금고 보관함을 열어본 순간 놈의 표정을 보고 싶었는데."

데번이 폭소한다. "나도 딱 그 얘기 했어."

나는 어깨를 으쓱하며 말한다. "한 방 먹였을 때 입이 떡 벌어지고 경악하는 표정을 기대했는데 웬걸, 한쪽 눈썹만 치켜올리고 끝이더라."

이후 30분 동안 나는 수사관들과 만났던 때의 얘기를 상세히 들려준다. 그때는 데번도 실시간으로 듣고 있지 않았으니까.

"헐, 요컨대 놈이 당신의 쌍둥이를 보내서 운이 좋았던 거네. 안 그랬으면 완전 망할 뻔했어." 에이미의 말이다. "타이런이 알리바이를 대줬어도 그 여자가 당신이 아니라고 경찰을 납득시키긴 어려웠을걸."

나는 어깨를 으쓱한다. "감옥이 너무 바짝 들이닥치면 우린 언제든 당신을 무덤에서 불러일으키면 되니까. 난 실제로 살인자가 아니거든."

에이미가 웃음을 터뜨린다. "뭐, 그치, 그것도 있었네."

"그 영상 녹화가 시작되기 전에 에이미가 미리 세탁 바구니 속에 들어가 있던 것도 다행이었지. 영안실에서 시신을 가져다놓기 직전에 내가 그 맞은편 건물도 확인했는데 그땐 그 방이 비어 있었다고." 데번이 울상을 하고 덧붙인다. "그런 식으로 허를 찔리는 건 정말 질색이야."

나는 데번의 발을 슬쩍 찬다. "너무 자책하지 마. 데번은 우리 둘 다 인정하고 싶지 않을 정도로 수천수만 번 우릴 곤경에서 구해줬는걸. 항상 완벽할 순 없잖아."

나는 데번에게 진짜 온갖 것을 다 요청해봤다고 생각했다, 시체를 갖다달라고 부탁하기 전까지는. 그것도 아주 딱 집어서 이런 조건의 시체를 요구했으니. 갓 사망했을 것. 백인. 여성. 아무도 찾지 않는 무연고자일 것. 우리는 대략 키 170센티미터의 긴금발 머리 여자 시체에 눈에 확 띄는 그 새빨간 코트를 입혔다.

우리의 계획이 통하려면 에이미 홀더는 아주 거창하고 화려한 방식으로 떠들썩하게 죽어야 했다.

우리가 처음 이날―스미스로부터 해방될 날―을 준비하기 시작했을 때는 여기까지 오는 데 얼마나 오래 걸릴지 아무도 알지 못했다.

실행에 옮기기까지 우리가 기대했던 것보다 오래 걸리긴 했어도, 계획 자체는 상당히 단순했다. 각자 맡은 작업을 하면서 스미스가 제 의뢰인의 뒤통수를 치고 있다는 증거를 찾는다. 새어나갔다간 스미스가 제 자신의 안위를 걱정해야 할 만큼 대형 건수를. 그리고 무엇보다 중요한 건, 그의 정체를 밝혀내야 했다.

하지만 에이미의 말이 맞긴 맞았다. 스미스가 우리의 충성심에 의문을 품기 시작했을 때 무슨 짓을 할지 우리는 전혀 몰랐다.

또한 스미스가 우리에 대해 쥐고 있는 건 뭐든 초반에 털어내게 만들고 그에 따라 적절히 우리 계획을 조정할 필요도 있었다. 그러다 코널리 사기 건이 에이미에게 얻어걸렸고, 그걸로 충분했다. 그리하여 에이미가 희생양이 됐다. 에이미는 불만을 품고 지시를 어기면서 독단적으로 일을 벌이는 부하로 분했다. 만약 스미스가 에이미를 길들일 수 있는 뭔가를 뒷주머니에 넣고 있다면 그걸 꺼내 쓸 수밖에 없는 상황을 만들었다.

그리고 스미스는 우리를 실망시키지 않았다.

에이미는 오랜 시간이 흐른 후에야 내게 자신의 여동생 헤더 얘기를 꺼냈다. 자매는 어렸을 때 어머니가 약물 과다 복용으로 쓰러진 후 맡아줄 친척이 나타나지 않자 위탁 가정에 맡겨졌다. 둘은 각기 다른 가정에 보내지면서 연락이 끊겼다. 에이미는 스미스 밑에서 일하기 시작하면서 작업할 때 활용하는 자원을 동원해 헤더를 찾아냈다. 에이미가 동생을 찾아냈다면 스미스 역시 찾아냈을 거라는 걸 우리는 알고 있었다.

바로 그 지점을 스미스가 노리고 찔렀다. 스미스는 마약 사용과 유통 건으로 언제든 헤더를 체포하고 헤더의 어린 딸 세이디를 위탁 양육 제도에 넣어버릴 수 있는 증거를 쥐고 있었다. 에이미와 헤더에겐 최악의 악몽이었다.

스미스가 첫번째 위협을 날린 직후 데번은 헤더와 세이디를 빼내 다른 주로 이주시키고 다른 이름을 쓰게 했다. 임시 해법이긴 해도 해법은 해법이었다.

우리는 그 폭발을 통제했다.

또한 헤더와 데번이 급속도로 친해진 것도 나쁘지 않았고, 데번은 그때 이후로 헤더와 세이디를 용의주도하게 보호해왔다. 아무도 그들에게 접근할 수 없도록 철통같이 지켰다.

"그럼 이제 헤더와 세이디는 어떻게 하지?" 나는 에이미에게 묻는다. "털사로 돌아간대?"

"피닉스가 맘에 든대. 거기서 쭉 산다고 해도 놀랍지 않아. 새로운 장소에서 새출발한 게 좋았나봐." 에이미가 활짝 웃으며 데번을 돌아본다. "데번도 피닉스로 이사할 거라며."

"아마도." 데번은 어깨를 으쓱하지만 벙긋한 미소에 속내가 다 드러난다.

헤더와 세이디가 목전의 위험에서 벗어나자 에이미는 애틀랜타로 이동하여 불안정하게 날뛰기 시작했다. 스미스에겐 단 하나의 선택지만 남게 됐다─누군가를 파견해 에이미가 갖고 있는 정보를 회수하는 것.

우리 계획에서 가장 위태로운 지점은 그 작업이 내게 할당될 거라고 가정한 부분이었다. 우리는 에이미가 막 나가는 시점을 내가 작업을 막 마친 시점과 일치하도록 잡아서 내가 쓰일 수 있도록 했다. 그리고 말이야 바른 말로, 나는 스미스가 부리는 자원 중 최고의 인재 중 한 명이었다. 스미스가 나를 파견하지 않을 경우에 대비해 비상대책도 마련해놨지만, 다행히 그 작업은 내게 돌아왔다.

그리고 에이미를 감시하는 나를 감시하기 위해 스미스가 보낸 사람들은 에이미에게 칵테일을 서빙하는 바텐더를 눈여겨보지 않았고, 데번이 칵테일에 알코올을 하나도 넣지 않았다는 사실도 알아차리지 못했다. 에이미가 내게 소리지를 때마다 정확히 우리가 의도한 순간에, 항상 사람 많은 공공장소에서 중대 정보가 새어나가도록─반드시 스미스의 귀에 정보가 들어가도록─한 것이 이상하다고도 생각지 않았다.

또한 에이미가 본인이 불러일으킨 이 폭풍을 버티기 위해 애틀랜타를 선택한 것도 미심쩍어하지 않았다. 애틀랜타는 나의 가장 오래되고 가장 유명한 친구의 홈그라운드이며, 그는 기꺼이 내게 알리바이를 제공해줄 터였다. 타이런은 화요일 저녁이 제일 적합하다고 우리에게 알려줬다.

에이미는 자신이 맡은 배역을 완벽하게 소화했다. 술집을 나서 횡단보도를 건너 호텔로 들어갈 때까지 10여 대의 보안 카메라에 확실히 찍혔다. 그동안 내내 휘청휘청 비틀거리면서. 그런 상태에서 부주의하게 담배에 불을 붙였다 해도 전혀 억측이 아니었다. 나는 그 호텔방에서 에이미를 청소 카트에 태워 밀고 나왔고, 데번이 카트를 넘겨받은 다음 에이미는 지하주차장으로 탈출하여 그곳에 대기해둔 차에 탔다. 그때 이후로 에이미는 쭉 이 별장에서 숨어 지냈다.

스미스가 나를 의심하길 바라긴 했지만 나를 에이미 살해에 연루시킬 확실한 증거를 갖고 있을 줄은 전혀 몰랐고, 미처 대비하지 못했다.

그 부분은 우리 모두에게 충격으로 다가왔다.

애틀랜타 이후 우리 계획의 첫 부분은 완성됐다. 우린 그를 거뜬히 묻어버릴 수 있는 증거를 모았다. 에이미의 '사망'은 차후 보복에서 에이미의 안전을 완벽히 보장했다.

이제 우리에게 필요한 건 그의 본명뿐이었다.

드디어 내 차례였다. 나는 스미스가 쥐고 있는 내 약점을 이용하도록 그를 압박해야 했다. 나를 향한 폭탄이 터지는 걸 통제하는 것이다.

우리는 헤더와 세이디가 에이미의 약점이라는 걸 알고 있었지만, 내 경우엔 그가 나의 어디를 찌를지 확실히 알기 어려웠다. 그래서 나는 스미스가 자신의 패를 깔 때까지 장단을 맞춰줄 수밖에 없었다.

그 자동차 여행은 내 나름의 막 나가기였다. 나는 스미스의 정체를 밝혀내기에 가장 가능성 높은 카드가 미치 캐머런이라는 것을 알고 있었지만, 코널리 증거를 확보한 다음에야 비로소 그 카드를 꺼내 쓸 수 있었다.

나는 미치를 들쑤셔야 했고, 앤드루 마셜과 만난 일은 스미스를 한계까지 밀어붙였다. 스미스는 항상 내가 뒷주머니에 정치인을 넣고 다닐 가능성이 다분하다고 의심해왔으니까.

그것이 스미스가 나를 위해 준비했던 폭탄에 불을 붙였다.

아니, 스미스는 불을 붙였다고 생각했겠지.

"스미스의 행방에 대해선 아무 얘기 없어?" 에이미의 질문에 나는 상념에서 깨어난다.

데번이 노트북 키보드를 두드린다. "확실한 건 없어. 코널리 일가는 자기들 식대로 일을 처리했을 거고, 그렇다면 우리가 신원을 확인할 수 있는 신체 부위는 발견되지 않을 것 같은데."

그 말에 나는 움찔한다. 스미스가 그동안 해온 짓에 비하면 그것도 약과지만, 그를 내 손으로 사신에게 넘겼다는 사실에 내가 힘들어할 거라는 걸 데번은 알고 있다.

하지만 그때는 놈이 죽느냐 아니면 우리가 죽느냐였다.

"다 끝났으니 하는 말인데, 스미스에게 꼼짝없이 당했다고 생각한 순간이 몇 번 있었어." 나는 조용히 말한다.

데번이 툴툴거린다. "맞아, 가짜 루카에는 완전 식겁했어. 그게 어느 방향으로 튈지 도무지 모르겠더라."

"우리가 제때 그 여자를 빼냈어야 했는데." 내가 말한다.

에이미가 허리를 숙여 내 팔을 힘주어 잡는다. "놈의 계획이 뭔지 알았더라면 당연히 그렇게 했겠지. 그래도 그 여자가 놈에게 당한 마지막 희생자야."

나는 고개를 끄덕이며 그 말에서 일말의 위로를 찾으려 한다. "라이언이 얼마나 깊이 관련되어 있는지 파악했어?"

데번이 노트북에서 고개를 든다. 대답을 듣고 싶은지 나도 내 마음을 모르겠어서 그 질문은 미루고 있었다. 데번은 제임스의 부모 집에 에이미에 관한 파일을 심어둔 후 스미스가 사는 버지니아로 날아갔다. 스미스가 나와 함께 은행에 들어갈 때 데번은 스미스의 개인용 컴퓨터를 털고 있었다. 일단 어디를 봐야 하는지 알게 되자 정보가 봇물처럼 터져나왔고, 데번은 스미스가 운영하는 사업의 모든 측면을 속속들이 밝혀낼 수 있었다.

"라이언과의 관련점은 우리가 이미 알고 있는 것뿐이야. 스미스는 라이언의 운송 서비스를 오랫동안 이용했어. 라이언의 회사가 커지자 스미스의 관심도 커졌지. 스미스는 당신에게 말했던 대로 라이언의 사업을 인수하려는 생각이었을 거야. 지금까지 알아낸 바에 의하면─세부 내역을 다 파악하려면 시간이 좀 걸려─라이언은 이전까지의 거래를 통해 그와 알고 지내긴 했지만 스미스 조직의 규모와 사업 영역까지는 몰랐던 것 같아."

에이미가 의자에 앉은 채 몸을 바로 세워 나와 데번을 번갈아 쳐다본다. "그렇다면 스미스가 왜 라이언에게 라이언의 사업에 관한 정보를 넘겼지?"

데번이 어깨를 으쓱한다. "나도 모르지. 스미스야 이유가 있어서 그랬겠지만, 라이언에게 직접 물어보지 않는 한 영원히 알 수 없지."

"뭐 그럼 영원히 모르는 걸로." 내가 말한다.

에이미가 폭소를 터뜨린다. "진심이야? 라이언한테 안 물어볼 거야?"

나는 어쩔 수 없이 얼굴이 잔뜩 구겨진다. "내가 그걸 어떻게 물어봐!"

"당연히 물어보면 되지." 데번이 다시 노트북으로 시선을 돌리며 말한다.

"그래 봤자 무슨 소용인데? 작업은 다 끝났어. 난 앞으로 바르고 정직하게 살 거야. 불법 활동은 이제 안 해."

에이미가 눈살을 찌푸린다. "바르게 산다는 게 라이언과 끝내야 한다는 뜻은 아니잖아. 라이언은 도덕적으로 회색이고, 당신도 도덕적으로 회색이지. 게다가 라이언은 끝내주게 잘생겼고 침대에서도 끝내줄 것 같은데."

"난 세 달 걸겠어. 그다음엔 나한테 전화해서 이럴걸. '데번, 내가 지금 이런 작업을 하고 있는데 말이야……'" 데번이 내 말투를 흉내내며 새된 음성으로 말하는 바람에 나는 눈을 굴리다 말고 웃어버린다.

"나는 한 달 건다." 에이미가 말한다.

나는 두 사람을 향해 쿠션을 던진다.

우리는 사흘을 더 별장에 머물고, 그동안 데번은 스미스의 컴퓨터에서 복사해온 나머지 파일을 샅샅이 훑는다. 그러나 현실에서 동떨어진 이 시간이 영원히 지속되지는 않는다.

"자 그럼, 숙녀분들, 난 이만 가볼게." 데번은 무거운 백팩과 가방을 짊어진다. 데번의 차는 이미 각종 장비로 꽉 찼다. 데번이 제일 먼저 떠난다. 에이미와 나는 번갈아 그와 포옹하지만 포치까지 따라 나가 배웅하는 사람은 나뿐이다.

"우리가 해냈어." 내가 말한다.

데번의 얼굴에 미소가 번진다. "우리가 해냈지." 그리고 잠시 틈을 두었다 말한다. "이 삶에서 손떼겠다는 생각을 번복하게 되면 꼭 나한테 알려줘."

"나 진짜 손뗀다니까." 내가 말한다, 자기 확신이 좀 부족하긴 하지만. "그리고 재밌게 놀자고 모이면 되지! 꼭 일과 관련해서만 만나야 하나."

데번이 껄껄 웃으며 차로 걸어간다. "물론 그럼 되지. 당신이 부르면 바로 달려갈게." 데번은 짐을 차 뒷좌석에 던져넣고 출발한다.

그다음으로 떠나는 사람은 에이미다. "자리잡으면 문자해, 알았지?" 에이미가 당부한다.

"응. 그럼 한두 주 내로 보겠네." 나는 에이미가 캐리어를 차에 싣는 것을 거들고, 우리는 서로를 얼싸안고서 그대로 한참을 서 있는다.

그러고 나서 에이미 역시 떠났다.

나는 별장에 좀더 머문다. 해야 할 일이 있고, 세워야 할 계획이 있고, 고민해야 할 결정이 있지만, 일단 한 주 동안은 이 고요와 평화에 감사할 뿐이다.

작업명: 에비 포터—4개월 전

목요일에 라이언 섬너는 항상 정확한 시간에 나타난다. 그는 늘 하던 대로 가장 바깥쪽 주유기 앞에 차를 세운다.

오늘 그는 약간 캐주얼한 차림새로, 평소 입는 버튼다운 셔츠 대신 지역 골프클럽 로고가 새겨진 폴로셔츠를 입었다. 이번주 목요일만 특별히 다른 이유가 뭔지 궁금하다.

나는 치마를 접어 약간 짧게 올려 입고 머리칼을 정확히 내가 원하는 모양으로 쓸어내린다.

처음부터 이번 일이 내 인생에서 가장 위험한 작업이 될 거라는 걸 알고 있었다. 스미스는 나를 무너뜨리기 위해 이곳으로 보냈다.

나는 이번 작업을 정석대로 진행할 예정이다. 선을 넘지 않고, 앞서나가지 않는다. 전개되는 대로 내버려둔다. 그리고 스미스가 손에 든 모든 패를 동원해 나를 찌를 때까지 기다렸다 역습

한다.

"안녕하세요." 나는 라이언의 차로 다가가며 말한다.

라이언은 깜짝 놀랐지만 금방 표정을 감춘다. "안녕하세요." 인사하는 그의 얼굴에 씨익 미소가 번진다. 직접 보니 더 귀여운걸.

나는 왼쪽 뒷바퀴의 바람이 완전히 빠져 한쪽으로 기우뚱 내려앉은 내 차를 고갯짓으로 가리킨다. "저래서 그런데 도움을 좀 얻을 수 있을까요? 타이어 갈아끼우는 법을 오래전에 아빠한테 배웠는데 기본적인 이론은 기억나지만 막상 실행하려니 만만치가 않네요."

라이언의 미소가 커지고 덕분에 온 얼굴이 환해진다. 정말 끝내주게 잘생긴 얼굴이네.

"그럼요. 이것만 끝내고 금방 차 돌려서 그쪽으로 갈게요."

나는 곧장 고출력 미소로 응수하고 내 차로 돌아간다.

라이언이 내 차 옆에 주차하고 차에서 내리면서 나를 바라본다. 나는 정확한 포즈로 보란듯 차에 기대어 서 있다. 라이언이 자기 차 트렁크로 가서 잭을 꺼내고 펑크난 타이어 앞에서 한쪽 무릎을 대고 앉는다. 나는 그 옆에 웅크려 앉고, 그의 시선이 내가 바랐던 대로 몇 초간 내 다리에서 떠나지 않는다.

내 조사에 의하면 라이언은 골프와 테니스를 좋아하지만 어느 쪽도 실력이 아주 뛰어나진 않다. 그는 LSU에 다녔고 남학생 사교클럽에서 행사 기획을 담당했다. 대학 2학년 때부터 3학년 때까지 사귄 사람이 있었지만 여자가 해외로 공부하러 가면서 깨졌다.

"얼굴이 굉장히 낯이 익어요." 라이언이 타이어에서 첫번째 휠 너트를 풀 때 내가 말을 건다.

그가 나를 힐긋 보며 말한다. "저도 마침 같은 생각을 하고 있었는데."

"혹시 캘리 로저스 아세요? LSU에 다닌 친구였는데."

그의 표정으로 보건대 이름은 알지만 얼굴을 떠올리지는 못한다. 나는 라이언이 대학에 다니던 시기에 여학생 사교클럽에 있던 여자들 중 그의 친구의 친구들 게시물에는 태그됐지만 그의 게시물에는 한 번도 태그되지 않은 여자들을 살폈다. 이름은 친숙한데 나에 대해 물어볼 만큼 사이가 친숙하지는 않은 여자들.

"마티 브라이턴하고 친한?"

"네, 맞아요!"

"마티 브라이턴하고 함께 있을 때 한두 번 만났던 것 같네요." 그렇게 말하고 라이언은 다시 타이어에 집중한다.

일단 공통의 연결고리가 생기고 나면 더이상 낯선 이로 여겨지지 않고 대화가 편해진다. 라이언은 타이어를 다 갈아끼운 후에도 선뜻 가버리지 않는다. 이제 우리는 둘 다 차에 기대어 서로를 바라본다.

"제가 한잔 사야겠네요! 은인에게 그 정도는 해야죠."

라이언이 몇 센티 더 가까이 상체를 기울인다. "제가 저녁을 사게 해주신다면 한잔 얻어먹지요."

하는 짓이 매끄럽다.

"벌써부터 알고 지낸 기분이지만 아직 정식으로 자기소개도 안 했네요." 나는 악수하러 손을 내밀고, 이미 아주 가까이 있는 관계로 멀리 내밀지는 않는다. "에비 포터예요."

그의 손이 내 손을 맞잡는다. "라이언 섬너입니다."

"그럼, 라이언, 한잔과 저녁식사, 아주 근사한 생각인데요."

"따라오실래요?" 그가 묻는다.

"바로 뒤따라갈게요." 내가 대답한다.

우리는 아담한 비스트로에 차를 세우고, 내가 차문을 열기도 전에 그는 내 운전석 문 앞에 서 있다. 라이언이 손을 내밀어 차에서 내리는 나를 잡아준다.

레스토랑에 들어가서 라이언은 야외석을 요청한다. 아무리 루이지애나라도 일 년 중 이 시기의 바깥 자리는 아직 쌀쌀하다. 나의 짧은 치마는 방한에 별다른 도움을 주지 못하지만, 근처에 히터가 몇 개 놓여 있는 걸 보니 마음이 놓인다. 야외석 가장자리의 나무들 사이로 전구가 늘어져 있다. 첫 데이트에 이상적인 장소다.

우리는 와인과 에피타이저를 주문하고 나서 얘기하고 얘기하고 또 얘기한다. 그가 내 쪽으로 상체를 기울이고 나도 똑같이 기울인다.

"당신에 대해 좀더 듣고 싶어요." 메인 요리가 나오자마자 라이언이 말한다.

불현듯 엄마가 생각나고, 우리가 집이라고 불렀던 그 소형 트레일러—엄마는 그곳을 집답게 만들었다—가 와락 생각나면서 처음으로 나는 첫번째 거짓말이 하기 싫어진다. 엄마한테 바느질을 배운 얘기며, 엄마와 함께 집안의 모든 봉제 인형에 옷을 만들어 입혔던 얘기가 하고 싶다. 둘이서 왕족이 된 것처럼 우아하게 티파티를 했던 얘기도. 우리집 벽에 걸려 있던 세계지도 얘기를 하고 싶다. 우리는 다트를 던지고 그게 꽂힌 나라에 대해 알 수 있는 모든 것을 알아내곤 했다.

그러나 나는 대본에 충실하게 부모님이 자동차 사고로 돌아가셨으며 나는 내 길을 찾으려 애쓰는 중이라고 말한다. 나는 필요 이상의 진실을 이야기에 엮어넣는다. 다른 누구에게 했던 것보다 더 많이 나 자신에 대해 그에게 얘기한다.

그의 손이 테이블 너머로 뻗어오고, 그게 얼마나 좋을지 알고 있으므로 나는 단단히 각오한다. 손이 닿는 느낌이 과연 좋다.

너무 좋다.

그래서 나는 살짝 물러난다. 그에게 거절의 느낌을 주지 않을 정도로만. 스스로 약간의 거리감을 확보할 정도로만. 나는 속으로 벽돌을 하나씩 쌓아서 감정을 가둔다. 라이언 섬너는 작업물이다. 이건 지속성 없는 작업이다. 그는 나의 상상의 산물인 에비 포터에게 매료된 것이다.

에비 포터가 누구이며 그 여자가 왜 여기 왔는지 제대로 머리에 새겨야 할 시간이다.

작업에 들어갈 시간이다.

에비 포터—현재

라이언은 집 앞마당의 완벽하게 가꾼 초록 잔디밭에서 잔디 깎이를 밀며 왔다갔다하고 있다. 해가 기울며 이우는 빛이 하얀 2층집 위로 황금빛을 드리워 집이 은은하게 반짝인다.

라이언은 두번째로 지날 때 나를 발견하고 곧바로 엔진을 끈다. 낡고 바랜 카키색 반바지에 목둘레와 밑단이 너덜너덜한 하늘색 티를 입고 있다.

나는 나를 응시하는 그를 응시하며 인도에 서 있다. 우리는 둘 다 몇 분 동안 움직이지 않는다.

애틀랜타 호텔의 그날 아침 이후 석 달이 지났다.

그는 진입로를 반쯤 내려와 나를 마중한다. 다리와 신발에 온통 잔디 부스러기가 붙었고 손에는 윤활유가 묻었다.

마지막으로 그를 봤을 때 이후로 변한 건 없는지 나는 그의 얼굴을 유심히 살핀다. "아직도 나하고 얘기하고 싶어한다면 좋겠는데." 내가 말한다.

라이언은 뒷주머니에서 걸레를 꺼내 손을 닦는다. 한참 후 마침내 그가 눈을 들어 나를 보며 고갯짓으로 집 쪽을 가리킨다. 그리고 내가 따라오는지 보지도 않고 집 옆면을 돌아 안마당으로 걸음을 옮긴다.

내 시선은 안마당 귀퉁이에 세 줄로 길게 심어져 싱싱한 이파리와 열매를 잔뜩 매달고 있는 작물들에 걸려 멈춘다.

라이언이 야외용 의자 두 개를 나란히가 아니라 서로 마주보게 배치하더니 그중 하나에 앉으라고 몸짓한다. 나는 마당을 등지고 있는 의자를 고른다. 지금은 저 정원을 볼 수가 없다.

라이언은 바로 옆 아이스박스에서 맥주 두 개를 집어들어 하나를 내게 건넨다. "오지랖 넓은 이웃들 감시망에서 벗어나 얘기하는 게 좋을 것 같아서. 진입로에서 그 볼거리를 제공한 후로 이 동네 할머니들이 멀찍이 거리를 두고 더이상 나한테 손녀딸을 밀어붙이길 포기하셨다는 점에서는 당신에게 감사해야겠지만."

"당신이 평판에 먹칠을 하고 싶다면 난 아무때고 시간 낼 수 있어." 나는 맥주를 한 모금 마신다.

"내 평판이 당신이 생각했던 것처럼 좋았던 적은 없는데. 당신만 준비되면 언제든 연극은 끝내도 돼."

나는 마음이 진정되기를 바라며 깊게 숨을 들이마셨다 천천히 내쉰다. "어디서부터 시작해야 될지 모르겠네. 너무 오래…… 연극을 해와서."

라이언의 고개가 갸웃하며 나를 관찰한다. 데번과 에이미와 나는 지칠 때까지 계속 추리와 분석을 거듭했지만 이 사건에서 라이언이 어느 편인지, 나나 스미스에 대해 얼마나 아는지 통 알 수가 없었다. 우리가 확실히 아는 건 라이언이 어느 정도 스미스와 일을 같이 하긴 했지만 그의 조부가 사망한 후에는 그가 텍사스 동부에서 운영되는 사업체의 단독 오너라는 사실뿐이다.

나는 우리 사이에 아직 끝내지 않은 일이 남아 있으며, 시간이 흘러도 그를 다시 보고 싶다는 강한 욕망이 줄어들지 않았다는 것 또한 알고 있다.

"대화를 하자고 나를 찾아오기까지 아주 느긋하게 즐거운 시간을 보내셨을 테니 당신 얘기부터 들어야겠지만." 라이언은 작은 사이드테이블에 맥주를 내려놓은 다음 의자 등받이에 등을 기대고 깍짓손으로 뒤통수를 받친다. "당신은 내 예상 범위를 완전히 벗어난 존재였어. 내가 당신의 펑크난 타이어를 갈았을 때 당신이 글렌뷰의 사업에 관한 정보를 캐내려 한다는 걸 내가 알았냐고? 아니. 당신을 만나기 전부터 뭔가 이상했거든. 회사나 집에 물건들을 이리저리 움직인 흔적이 있고. 중요한 게 없어지고. 당신을 만난 후로는 더 심해졌지만 그 일과 당신을 연결시키진 않았어. 꿈에도." 라이언이 한쪽 입꼬리만 올라간 미소를 짓고 어깨를 으쓱해 보이며 자기가 당황했어야 맞는데 그러지 않았다고 몸짓으로 말한다. "몇 년 동안 드문드문 같이 일해온 거래처 사람이 소문을 들었다면서, 누가 내 사업체에 잠입해 운송에 관한 정보를 빼돌려 가장 높은 값을 부르는 사람한테 팔려고 한다고 말해주더군."

"거래처 사람?" 내가 묻는다.

라이언은 고개를 젓는다. "내 얘긴 여기까지야. 당신 얘기를 조금이라도 듣고 난 후에 계속하겠어." 그는 맥주를 길게 들이켠 다음 테이블에 도로 내려놓는다.

"당신은 나의 작업 대상이었어. 나는…… 보스와 좀 문제가 있었고, 보스는 나를 영 못마땅해했어. 그래서 당신을 배정받았을 때 난 이게 진짜 일이 맞나 의심스러웠어. 평소와 달랐거든. 보스는…… 게임을 좋아하는 사람이야. 내가 여전히 충직한 부하인가 테스트를 하곤 했지. 난 당신도 게임을 하는 게 아닌가 싶었어, 물론 아니었지만."

라이언은 내가 하는 얘기를 이해하려 애쓰며 눈을 가느다랗게 뜬다. 내가 너무 애매모호하게 말하고 있기 때문이다. "그놈…… 최악인데. 당신 보스란 놈 진짜 개쓰레기네."

나의 폭소에 그도 나도 놀라고 만다. "당신은 상상도 못할 거야." 정직하게 얘기하는 건 생각했던 것보다 훨씬 어렵다. "운송에 관한 내부 정보를 팔려는 사람이 있다고 당신에게 경고한 그 거래처 사람이 테네시의 모텔 복도에서 얘기한 사람과 동일인이라면, 당신은 이미 내 보스를 만났어."

라이언은 상체를 내밀고, 등을 기댄 느긋한 자세는 사라진 지 오래다. "당신 그 대화를 들은 거야? 그래서 기겁하고 혼자 가버린 거야? 그래, 맞아, 그 사람이야. 근데 그 자식이 당신 보스라고?" 혼란을 정리해보려 애쓰는 라이언의 눈빛이 아득해진다. "그 자식 말로는 나한테서 파일을 훔친 사람이 당신이라던데."

"뭐, 틀린 얘긴 아니지. 두 사람을 이간질해서 반목하게 만드는 게 보스가 제일 즐겨 하는 오락이거든." 아니 오락이었다고 해야 하나. "그게 최고의 결과를 낳는다고 생각했어. 한쪽이 다른 쪽을 방해하고, 아무도 서로를 믿지 않고. 그래놓고 자기는 형편 좋게 멀리서 구경하는 거지."

우리는 서로를 가만히 들여다본다. 우리가 한때 믿었던 것을 지금 서로에 대해 알게 된 것과 대조하면서.

"범인이 나라고 그가 언제 당신한테 얘기했어? 내가 당신을 속이고 있다는 걸 알았으면서 왜 나랑 계속 같이 있었어?" 내가 묻는다. 라이언이 스미스인 줄 알았을 때는 그가 나를 계속 옆에 두는 게 이상하지 않았었다.

"우리가 경찰서에서 나오기 직전에 그 자식이 나한테 문자를 보냈어. 만나자더군. 전해줄 정보가 있다면서. 그래서 당신을 집에 데려다주고 사무실에 들러야 한다고 나간 거였어." 라이언이 실소를 터뜨리고 안마당을 멍하니 바라본다. "지금 생각하니까 그 자식이 나를 어떻게 갖고 논 건지 다 보이네. 누가 자기한테 접근하더니, 글렌뷰 특송을 이용하는 걸 안다면서 제휴를 제안했다는 거야. 중간 단계를 생략하고 싶지 않냐면서. 난 그 자식 말에 넘어가서 놈이 내 편이라고 믿었지. 저쪽이 성공하지 못하게 놈이 막고 있다고 믿었어. 놈은 당신이 나를 이용해 회사의 재무 정보와 고객 정보, 운송 기록에 접근하려 한다고 얘기했어. 나한 테 '증거'를 줬지. 놈은 당신이 나머지 정보를 그들에게 넘기기 위해 애틀랜타에서 접선할 거랬어. 그들이 경찰과 관련해서 당신 문제에 손을 써주겠다고 당신과 약속했다면서. 그래서 나는 당신을 밀착 감시하기로 약속했어. 이 일의 배후가 누군지 알고 싶었 거든. 누가 그런 지저분한 일을 하라고 당신을 보냈는지. 나는 완전 열받은 상태였어. 진입로에 차를 세우고 그 자식이 준 걸 다 훑어봤지."

라이언이 마침내 고개를 돌려 나를 바라보고, 의자에 앉은 채 상체를 내밀고 양 무릎에 팔꿈치를 올린다. "근데 그때가 제일 혼란스러웠어." 그의 음성은 나직하지만 또렷하다. "당신이 나한테서 훔친 증거라면서 내민 게 죄다 틀린 거야. 주요 발송 날짜는 내 계획보다 일주일씩 늦고. 발송량은 더 적고. 바이어 이름도 다 바뀌었고. 이해가 안 갔어. 하지만 그걸로 놈이 나한테 하는 말의 진위를 의심하기엔 충분했지. 그다음에 방으로 들어가서 당신을 찾았어. 샤워실 안에 있는 당신을 봤는데 당신이 완전히…… 무너진 거야. 너무 서럽게 펑펑 울어서 난 당신이 산산조각나는 줄 알았어. 그때 내가 느낀 감정도 똑같았어. 내가 뭔가 큰 조각을 놓치고 있다는 걸 알았지." 라이언은 내게 서글픈 미소를 지어 보인다. "난 세상 끝까지 당신과 같이 가서 그 끝이 어딘지 알아낼 생각이었어."

그의 눈빛이 너무나 강렬해서 나는 시선을 피할 수밖에 없다. 헛기침을 해서 꽉 막힌 목을 풀고 나는 마침내 말문을 연다. "게임을 하는 건 보스 혼자만이 아니었거든. 나도 그를 꼭지가 돌 만큼 화나게 만들어야 했어. 이미 화가 나 있었지만 그보다 더 심각하게. 나는 보스의 신뢰를 완전히 잃어야 했지. 하지만 당신이 회사를 그에게 뺏기는 것도 싫었어. 당신 회사를 그의 조직을 굴리는 또다른 톱니바퀴로 만들고 싶지 않았어. 그래서 상세 내역을 수정했던 거야."

라이언이 손을 뻗어 내 의자 다리를 잡고 나를 가까이 끌어당긴다. "나머지도 다 얘기해줘."

나는 심호흡을 하고 데번과 에이미에 대해, 이름은 빼고, 얘기한다. 노스캐롤라이나의 이든에 대해, 엄마가 세상을 떠날 때까지 우리 둘이 살았던 트레일러에 대해 얘기한다. 스미스와 조지에 대해, 거의 막판까지도 어떻게 그 둘이 동일 인물이라는 걸 몰랐는지에 대해 얘기한다. 나를 사칭했던 여자에 대해, 스미스가 그저 자신의 의지를 천명하기 위해 어떻게 그 여자와 제임스를 비명횡사하게 만들었는지에 대해 얘기한다.

내가 마음의 짐을 털어놓는 동안 어느샌가 라이언이 나를 자기 무릎 위로 끌어당겨 안았다. 나는 머리를 그의 가슴에 기대고, 그는 나의 모든 비밀에 귀를 기울이며 나의 머리칼을 쓰다듬는다.

"제임스가 이 일에 휘말려서 너무 마음이 안 좋아. 그 두 사람에게 무슨 일이 일어날지 알았더라면 거기서 그들을 꺼낼 방법을 어떻게든 찾았을 거야."

"응, 그랬을 거라는 거 알아."

우리는 해가 저물 때까지 한참을 말없이 앉아 있는다.

———◆———

라이언과 함께 사는 일상에 얼마나 금방 적응했는지 참 기가 찰 노릇이다. 이번에 다른 점이 있다면 우리 둘 다 각자 수상한 구석이 있음을 솔직히 인정하고 있다는 것뿐이다.

오늘은 목요일이고, 라이언은 텍사스 동부로 출근한다.

"6시까지 집에 올게." 라이언이 텀블러에 커피를 따르며 말한다. 더이상 투자자문회사 사무실로 출근하는 척할 필요가 없으므로 청바지에 티셔츠 차림이다.

"난 집에 있을 거야." 나는 라이언에게 바짝 붙어서 양팔로 그를 감싸안는다.

라이언은 내 목에 얼굴을 묻고 잔 키스를 날린다. "집에 오는 길에 스테이크 좀 사올까?"

"음, 그거 좋네. 텃밭에 먹어야 할 애호박이 잔뜩 있으니 같이 그릴에 굽자. 이젠 이웃들도 나를 살살 피해."

라이언이 웃음을 터뜨린다. "그게 다 안마당의 절반이 텃밭이고 사람들을 볼 때마다 억지로 야채를 떠안길 때 생기는 일이지." 한번 더 입을 맞추고 나서 라이언이 내 입술에 대고 중얼거린다. "나 없는 동안 착하게 살아야 해."

나는 낄낄 웃으며 말한다. "애는 써보겠지만 장담은 못해."

라이언이 출발하고, 나는 그의 차가 시야에서 사라질 때까지 배웅한다.

나는 커피잔을 가득 채운 다음 손님방 중 하나를 개조해 만든 아담한 홈 오피스로 향한다. 자리를 잡고 모든 기기에 전원을 넣느라 몇 분이 소요된다. 데번이 이 공간을 만들었고, 우리는 만일에 대비해 가능한 모든 안전 조치를 취하고 있다.

나는 보안 회선으로 전화를 걸고 첫 신호에 에이미가 받는다. "잘 잤어?" 아직 반쯤 잠에 취한 목소리다. 에이미는 이름은 그대로 유지했지만 성은 나와 같이 포터를 쓴다. 관계성에 목말라 하던 사람은 나뿐만이 아니었던 듯하다.

"좋은 아침." 나는 킹 하베스트 팬 사이트에 로그인하며 인사한다. 팝업창이 뜨면서 새로운 메시지가 왔음을 알리고, ⟨Dancing in the Moonlight〉의 후렴구 첫 부분이 컴퓨터 스피커에서 재생된다.

"새로운 메시지 두 개." 나는 에이미에게 말한다.

하품소리가 들리더니 이내 에이미가 말한다. "열어보고 그들이 원하는 게 뭔지 알아보자고, 스미스 여사님."

나의 아침 일과 중 제일 좋아하는 시간이다.

감사의 말

이 책을 쓰면서 많은 변화가 있었다. 나는 청소년 도서 시장에서 일반 도서 시장으로 넘어왔고, 에이전트와 출판사를 바꾸어 새롭게 시작했다. 그리고 그 경험은 그야말로 경이로웠다.

먼저 나의 에이전트 세라 랜디스에게 깊고 큰 고마움을 전한다. 첫 미팅 때부터 『첫번째 거짓말이 중요하다』를 향한 세라의 열정과 애정에는 당할 자가 없었다. 나는 이 책의 강력한 지지자는 물론 새 친구까지 얻었다. 세라의 응원과 상담에는 고맙다는 말로 부족하다.

스털링 로드 리터리스틱의 모든 분께, 특히 실비아 모너와 해외판권팀에 감사하다. 『첫번째 거짓말이 중요하다』가 전 세계에 출간되다니 너무 설레고 기대된다!

나의 영화 에이전트 데이너 스펙터와 버니 바타, 이 책을 믿어주고 훌륭한 각색팀을 찾아줘서 고맙다. 당신들이 최고다!

책이 집을 제대로 만나면 마법이 일어난다. 패멀라 도먼, 제러미 오턴, 마리 마이클스, 셰리스 홉스―이들은 편집 드림팀이다. 이들의 전문성과 지원을 뒷배로 두어 그저 기쁘고 고마울 따름이다! 『첫번째 거짓말이 중요하다』가 지금의 꼴을 갖추기까지 힘써준 편집부의 노고와 헌신에 감사드린다. 또한 디앤드라 알바라도, 매슈 보에지, 제인 카볼리나, 첼시 코언, 트리샤 콘리, 테스 에스피노사, 커샌드라 퓰러, 브라이언 타트, 앤드리아 슐러츠, 케이트 스타크, 리베카 마시, 메리 스톤, 크리스틴 최, 몰리 페센덴, 제이슨 라미레스, 린 버클리, 클레어 바카로 등 바이킹/패멀라 도먼북스와 헤드라인의 모든 분께 감사의 말을 전한다. 이외에도 드러나지 않게 애써준 많은 분들이 있고, 그들 모두에게 고맙고 감사하다.

메건 미란다와 엘 코시마노, 한 여자가 바랄 수 있는 최고의 비평 파트너 겸 친구들에게 고마움을 표한다. 그대들 없이 어떻게 해냈을지 상상이 안 간다.

정말 많은 사람들이 나를 응원해줬고, 그 점에서 나는 행운아다. 나의 남편 딘과 세 아들 밀러, 로스, 아처, 나의 가장 든든한 지지자가 되어주어 감사하다. 너무 사랑하고 매일매일 고맙다. 늘 나를 자랑스러워한 엄마와 조이와 친지들에게 감사를 전한다. 항상 내 곁에 있어준 친구들아 고맙다. 내가 영상을 찍을 때마다 나의 머리와 의상과 배경을 언제나 완벽하게 세팅해준 에이미 밸러드, 크리스티 풀, 팸 데슬로프에게 특별한 감사를 전한다. 영상 작업에는 온 마을이 동원된다!

끝으로, 그러나 결코 덜하지 않은 마음으로, 독자 여러분께 감사드린다! 이 책이 여러분이 읽은 나의 첫 책이든 아니면 내가 쓴 책을 데뷔작부터 쭉 읽어온 독자든, 한 명 한 명 모두 정말 고마워요!

옮긴이 **엄일녀**
을묘년 화곡동에서 태어났다. 서울대학교 언론정보학과를 졸업하고 출판 기획과 잡지 편
집을 겸하다 지금은 전업 번역가로 일하고 있다. 『내일 또 내일 또 내일』『섬에 있는 서점』
『비바, 제인』『사서 일기』『그녀의 몸과 타인들의 파티』『세번째 호텔』『로즈의 아홉 가지
인생』『여자는 총을 들고 기다린다』『비극 숙제』『나이트 워치』 등을 번역했다. 『리틀 스트
레인저』로 제10회 유영번역상을 수상했다.

문학동네 세계문학
첫번째 거짓말이 중요하다

1판 1쇄 2025년 4월 11일
1판 2쇄 2025년 5월 13일

지은이 애슐리 엘스턴 │ 옮긴이 엄일녀

기획·책임편집 윤정민 │ 편집 김경미 이희연
디자인 최윤미 이주영 │ 저작권 박지영 형소진 오서영
마케팅 정민호 서지화 한민아 이민경 왕지경 정유진 정경주 김수인 김혜원 김예진 나현후 이서진
브랜딩 함유지 박민재 이송이 김희숙 박다솔 조다현 김하연 이준희
제작 강신은 김동욱 이순호 │ 제작처 천광인쇄사

펴낸곳 (주)문학동네 │ 펴낸이 김소영
출판등록 1993년 10월 22일 제2003-000045호
주소 10881 경기도 파주시 회동길 210
전자우편 editor@munhak.com │ 대표전화 031)955-8888 │ 팩스 031)955-8855
문학동네카페 http://cafe.naver.com/mhdn
인스타그램 @munhakdongne │ 트위터 @munhakdongne
북클럽문학동네 http://bookclubmunhak.com

ISBN 979-11-416-0969-6 03840

잘못된 책은 구입하신 서점에서 교환해드립니다.
기타 교환 문의 031)955-2661, 3580

www.munhak.com